यह दाग़ दाग़ उजाला

(कहानी-संग्रह)

यह दाग़ दाग़ उजाला

क़ुर्रतुलऐन हैदर

अनुवाद

डॉ. सादिक़

वाणी प्रकाशन ग्रुप | भारतीय ज्ञानपीठ

वाणी प्रकाशन : भारतीय ज्ञानपीठ की पुस्तकों के एकमात्र प्रकाशक एवं वितरक

राष्ट्रभारती लोकोदय ग्रन्थमाला : ग्रन्थांक 454

सजिल्द तीसरा संस्करण : 2003
सजिल्द चौथा संस्करण : 2008
सजिल्द पाँचवाँ संस्करण : 2009
सजिल्द छठा संस्करण : 2026

वाणी प्रकाशन : भारतीय ज्ञानपीठ की पुस्तकों के एकमात्र प्रकाशक एवं वितरक

वाणी प्रकाशन
4695, 21-ए, दरियागंज, नयी दिल्ली-110 002
दूरभाष : 011-23273167, 23275710
ईमेल : sales@vaniprakashan.in
www.vaniprakashan.com

ISBN : 978-93-5775-814-7

मूल्य : ₹ 500

यह दाग़ दाग़ उजाला
(कहानी-संग्रह)
क़ुर्रतुलऐन हैदर

YAH DAAG DAAG UJALA
(Short-Stories)
by Qurratulain Hyder

आवरण : रोहित कौशिक
मुद्रक : आर. टेक ऑफ़सेट प्रिंटर्स, दिल्ली-110 032

यह दाग़-दाग़ उजाला, यह शब गज़ीदा सहर।
वह इन्तज़ार था जिसका, यह वह सहर तो नहीं ॥

—फ़ैज़

अनुक्रम

भूमिका

प्रथम संस्करण से

उर्दू की प्रथम मौलिक कहानी का ज़िक्र छिड़ते ही अकसर लोगों की जिह्वा पर इंशा अल्लाह खाँ इंशा (1756-1818) का नाम आ जाता है। इंशा अल्लाह कृत रानी केतकी की कहानी (1800) और 'सिल्के गुहर' को उर्दू कहानी के आरम्भिक चिह्न माननेवालों को यह नहीं भूलना चाहिए कि उर्दू में 'दास्तान' और 'कहानी' दो पृथक विधाएँ हैं। फिर दास्तान और अफ़साने में भाषा और मिज़ाज का फ़र्क़ होता है। इस बुनियादी फ़र्क़ को दृष्टि में रखकर इंशा अल्लाह खाँ की इन दोनों रचनाओं को संक्षिप्त दास्तानें तो निस्संकोच माना जा सकता है किन्तु प्रथम मौलिक कहानियाँ स्वीकार कर इंशा को उर्दू के आद्य कथाकार का दर्जा नहीं दिया जा सकता। हमें यह तथ्य भी विस्मृत नहीं करना चाहिए कि स्वयं इंशा अल्लाह खाँ ने अपनी इस कृति को 'दास्तान रानी केतकी और कुँवर उदयभान की' शीर्षक दिया था। स्पष्ट है इसके बाद भी उसे 'दास्तान' के स्थान पर 'कहानी' मानना युक्तिसंगत नहीं होगा।

उर्दू भाषा में एक पृथक गद्य-विधा के रूप में कहानी के प्रथम चिह्न उन्नीसवीं शताब्दी के पहले दशक में फ़ोर्ट विलियम कॉलेज से सम्बद्ध लेखकों द्वारा तैयार की गयी पुस्तकों में मिलते हैं। प्रोफ़ेसर इबादत बरेलवी ने हैदर बख़्श हैदरी की 174 कहानियों का संकलन पेश करते हुए उसकी भूमिका में लिखा है कि इन कहानियों को पढ़ने के बाद वे इस निष्कर्ष तक पहुँचे हैं कि ये कहानियाँ न केवल उर्दू के साहित्यिक गद्य का श्रेष्ठ उदाहरण प्रस्तुत करती हैं वरन् कहानी परम्परा के निर्माण में भी बड़ा महत्त्व रखती हैं क्योंकि इनसे लघुकथा अथवा शार्ट-स्टोरी की कलात्मक झलकियाँ स्पष्ट रूप से दिखाई देती हैं। इनके विषय जीवन के छोटे-बड़े महत्त्वपूर्ण मामलों से सम्बन्ध रखते हैं। सारी कहानियाँ किसी ख़ास विचार-बिन्दु पर आधारित हैं। इनमें सांस्कृतिक, मानसिक और भावात्मक सच्चाइयाँ प्रतिबिम्बित होकर कला के साँचे में ढल गयी हैं। प्रोफ़ेसर इबादत बरेलवी के इस दावे के बावजूद हैदर बख़्श हैदरी की उक्त रचनाओं को उस कहानी के सम्मुख नहीं रखा जा सकता जिसके लिए शार्ट-स्टोरी टर्म का प्रयोग किया जाता है। हैदरी की रचनाओं को उर्दू में कहानी विधा के आरम्भिक चिह्न अवश्य कहा जा सकता है।

सही मानों में उर्दू कहानी का आरम्भ सैयद अहमद ख़ाँ (1817-1898) कृत कहानी 'गुज़रा हुआ ज़माना' के प्रकाशन (1874) के साथ होता है। यह कहानी आज भी आलोचकों द्वारा बनाई गयी कड़ी-से-कड़ी कसौटी पर खरी उतरती है। 'गुज़रा हुआ ज़माना' के अतिरिक्त सैयद अहमद ख़ाँ की कुछ और कहानियाँ भी मिलती हैं जिनमें 'ज़ाहिद और फ़्लासफ़र की कहानी', 'ख़्वाब था जो कुछ कि देखा', 'एक नादान ख़ुदा-परस्त और दाना दुनियादार' इत्यादि विशेष रूप से उल्लेखनीय हैं। यह सारी कहानियाँ उनकी सुप्रसिद्ध पत्रिका 'तहज़ीबुलअख़्लाक़, के विभिन्न अंकों में प्रकाशित हुई हैं।

उन्नीसवीं शताब्दी ही में प्रकाशित होनेवाली, अन्य लेखकों की मौलिक कहानियों में 'एक ख़त' (पण्डित रतनलाल), 'ख़्वाबे-परेशाँ' (मौलवी इनायतउल्लाह), 'ऐ बसा आरज़ू कि ख़ाकशुदा' (सैयद मोहम्मद अली शकील), 'एक पुरानी दीवार' (अली महमूद), 'एक हिकायत' (मौलवी नज़ीर अहमद), 'इस मज़मून को पढ़कर...' (मुंशी सज्जाद हुसैन) आदि ख़ास तौर से उल्लेखनीय हैं। इस दौर की कहानियों में आपबीती, स्वप्न, संवाद, फ़्लैश-बैक, वग़ैरह तकनीकों के प्रयोग भी मिलते हैं।

अब तक हुए शोधकार्यों के अनुसार उन्नीसवीं शताब्दी के अष्टम दशक में उर्दू की प्रथम मौलिक कहानी प्रकाशित हुई। नवम दशक में बँगला भाषा में और फिर 19वीं शताब्दी के अन्तिम दशक में उड़िया, असमिया और मलयालम भाषाओं में प्रथम मौलिक कहानियाँ लिखी गयीं। बीसवीं सदी के पहले दशक में हिन्दी और दूसरे दशक में गुजराती, मराठी, तमिल, तेलुगु, कन्नड़ तथा सिन्धी भाषाओं में प्रथम मौलिक कहानियाँ प्रकाशित हुईं।

बीसवीं शताब्दी के आरम्भ के साथ ही पहले सज्जाद हैदर यल्दरम और फिर मुंशी प्रेमचन्द द्वारा उर्दू कहानी के एक नये दौर की शुरुआत हुई। इस दौर के अन्य कहानीकारों में सुल्तान हैदर जोश, राशिदुल ख़ैरी, सुदर्शन, नियाज़ फ़तेहपुरी, मजनूँ गोरखपुरी, हकीम अहमद शुजाअ वग़ैरह तथा दो महिला कथाकार नज़्र सज्जाद हैदर और हिजाब इस्माईल (विवाह उपरान्त हिजाब इम्तियाज़ अली नाम से प्रसिद्ध हुईं) के नाम विशेषतः उल्लेखनीय हैं।

बीसवीं शताब्दी के आरम्भिक तीन दशकों में उर्दू कहानी साहित्य में आदर्शवाद, यथार्थवाद, छायावाद और सुधारवाद की प्रवृत्तियाँ पायी जाती हैं जो कभी पृथक-पृथक और कभी एक-दूसरे में सम्मिलित दिखाई देती हैं।

यल्दरम की तेहरीरों द्वारा उर्दू में 'अदबे-लतीफ़' (Prose Fancy) का आरम्भ हुआ। रूमानी रुझान के सभी लेखकों पर उनका प्रभाव रहा है। साथ ही उनकी कई महत्त्वपूर्ण कहानियाँ भी प्रकाशित हुईं, जिनके लिए पहली बार 'क़िस्से' के बदले 'अफ़साना' शब्द प्रयोग किया गया। जीवन के नवीनतम मूल्यों को स्वीकारने तथा

प्रचलित सामाजिक कुरीतियों और नैतिक नियमों को बदलने की प्रबल इच्छा को उनकी कहानियों में कलात्मक अभिव्यक्ति मिली है।

नियाज़ फ़तेहपुरी, मजनूँ गोरखपुरी और हिजाब इस्माईल आदि के नाम भी रूमानी दौर के कहानीकारों में विशेष महत्त्व रखते हैं। इन सभी की रचनाओं में कल्पना प्रधानता और आध्यात्मिक रुझान नज़र आता है जिसके कारण विषय गौण हो जाता है। प्रकृति और सुन्दरता के प्रति समर्पित यह कहानीकार मानवप्रेम, विश्वबन्धुता, आज़ादी और स्वतन्त्र विचारधारा के प्रवर्त्तक और समर्थक हैं और धार्मिक तथा नैतिक मान्यताओं के प्रभुत्व को अस्वीकार करते हैं।

प्रेमचन्द की आरम्भिक कहानियों पर रूमानियत और आदर्शवाद का पुट स्पष्ट नज़र आता है। उन्होंने अतीत को न केवल उसके स्वस्थ और मनोरम पहलुओं के साथ आदर्श बनाकर रूमानी ढंग से प्रस्तुत किया अपितु बदलते समय की चुनौतियाँ स्वीकार कर अपने लिए एक पृथक मार्ग निर्माण करने का भरसक प्रयत्न किया। यथार्थवाद का यह मार्ग उनके लिए अत्यन्त उपयुक्त और अनुकूल सिद्ध हुआ।

प्रेमचन्द 1917 से हिन्दी में भी लिखने लगे थे किन्तु इसके साथ-साथ अपने अन्तिम समय तक वे उर्दू में भी लिखते रहे क्योंकि खड़ी बोली के यह दोनों रूप उनकी दृष्टि में एक-दूसरे के पूरक हैं। इसी प्रकार अपनी कहानियों में वे आदर्शवाद और सुधारवादी प्रवृत्ति से भी आजीवन जुड़े रहे। उर्दू कहानी में यथार्थवाद की सशक्त परम्परा स्थापित करनेवालों में वे अग्रगण्य हैं।

हिन्दी साहित्य की तरह उर्दू में भी प्रेमचन्द की हैसियत एक ऐसे महत्त्वपूर्ण अध्याय की है, जिसके अभाव में उर्दू कथा साहित्य ही नहीं वरन समूचे उर्दू साहित्य का इतिहास अपूर्ण समझा जाएगा।

सन् 1932 में 'अंगारे' शीर्षक एक कहानी संकलन के प्रकाशन के साथ उर्दू कहानी में एक नया मोड़ आया। यहाँ से कहानी विधा पुनः नयी सम्भावनाओं और नये आयामों से परिचित हुई। 'अंगारे' के नौजवान लेखकों ने अपनी इन कहानियों में समसामयिक जीवन की समस्याओं को अभिव्यक्ति देने के मामले में जितनी निर्भीकता से काम लिया था उतनी निर्भीकता 'अंगारे' से पूर्व लिखी गयी कहानियों में कहीं नज़र नहीं आती। धर्म और समाज की असंगतियों पर उन्होंने सीधा प्रहार किया था जिसे पढ़कर धर्म और समाज के ठेकेदार भड़क उठे थे और उन्होंने 'अंगारे' के विरोध में ज़बरदस्त प्रचार-अभियान चलाकर अन्ततः सरकार द्वारा उसे ज़ब्त करा दिया। 'अंगारे' की ज़ब्ती तो सम्भव थी सो हो गयी किन्तु उसके द्वारा फैलनेवाली स्वतन्त्र-निडर अभिव्यंजना की लहर पर प्रतिबन्ध लगाना मुमकिन न था। अतः यहाँ से उर्दू कहानी की एक नयी परम्परा ने जन्म लिया जिसमें आगे चलकर 'कफ़न' और 'आख़िरी कोशिश' जैसी कहानियाँ लिखी गयीं और फिर इसी परम्परा को सआदत हसन मण्टो और इस्मत चुग़ताई आदि ने अपनाया।

आज यदि हम 'अंगारे' की कहानियों का अध्ययन करें तो वह हमें उतनी उत्तेजक महसूस न होंगी बल्कि फ़ीकी और साधारण-सी प्रतीत होंगी। अब इनका महत्त्व केवल ऐतिहासिक होकर रह गया है, किन्तु जब कभी उर्दू कहानी की नयी परम्परा और यथार्थ की बेबाक अभिव्यक्ति की बात होगी, 'अंगारे' का ज़िक्र ज़रूर किया जाएगा।

प्रेमचन्द और 'अंगारे' के लेखकों ने नयी उर्दू कहानी को जिस मंज़िल तक पहुँचा दिया था, वहाँ से प्रगतिशील आन्दोलन के साथ एक पूरी-की-पूरी नस्ल ने कहानी विधा को अपने अनुभवों की अभिव्यक्ति का माध्यम बना लिया। वास्तव में यह प्रगतिशील लेखकों का अग्रगामी दल था जिसके मानसिक प्रशिक्षण में पश्चिम जगत् के आधुनिक आन्दोलनों के साथ मार्क्सवाद की उस क्रान्तिकारी विचारधारा का भी महत्त्वपूर्ण योगदान रहा है जो उस युग के साहित्य को नयी गति और आयाम दे रही थी।

प्रगतिशील कहानीकारों ने स्वयं को समय की धारा से अलग करने की चेष्टा नहीं की अपितु क्षण-प्रतिक्षण बदलती हुई प्रकृति और समय के परिवेश में उन कारणों और प्रतिक्रियाओं को समझने का प्रयत्न किया जिनमें मानव-जीवन घिरा हुआ था। यथार्थ की अभिव्यक्ति के लिए उन्होंने नयी शैलियाँ तलाश कीं और समसामयिक जीवन को अपनी कला में समोकर उर्दू कहानी की एक नयी परम्परा को जन्म दिया जिसमें रूमानी लेखकों की आकांक्षाएँ, मानव-प्रेम की भावना, वर्ग संघर्ष और स्वतन्त्र विचारधारा के साथ-साथ प्रेमचन्द का आदर्शवाद, सुधारवाद, सहानुभूति यथार्थ चित्रण की एक विशेष पद्धति और उनकी कला-चेतना शामिल थी। प्रगतिशील कहानीकारों का अपना स्पष्ट दृष्टिकोण और सैद्धान्तिक बुनियादें भी थीं।

उर्दू की प्रगतिवादी कहानियों में विशेषतः तीन रुझान नजर आते हैं। पहला सामाजिक यथार्थ की अभिव्यंजना का रुझान है जिसका प्रतिनिधित्व (प्रेमचन्द सहित) हयातुल्लाह अंसारी, उपेन्द्रनाथ अश्क, अली अब्बास हुसैनी, रशीद जहाँ, अहमद अली, राजेन्द्र सिंह बेदी, अख़्तर अंसारी, अख़्तर ओरैनवी, सुहेल अज़ीमाबादी, हाज़रा मस्रूर, बलवन्त सिंह, प्रकाश पण्डित, हंसराज रहबर और शौकत सिद्दीक़ी इत्यादि कर रहे थे।

हयातुल्लाह अंसारी की कहानियों में सामाजिक यथार्थ के रूप से ज़्यादा उसकी कुरूपता मुखरित हुई है। उनमें सर्वहारा वर्ग के दबे-कुचले इंसान अपने वास्तविक माहौल और परिवेश में साँस लेते प्रतीत होते हैं। 'आख़िरी कोशिश', 'सहारे की तलाश', 'ढाई सेर आटा', 'कमजोर पौदा', 'भरे बाज़ार में' और 'मोज़ों का कारख़ाना' वग़ैरह जैसी कहानियाँ उनकी कला-कौशल के उत्कृष्ट प्रतिमान हैं। 'ढाई सेर आटा' उर्दू की पहली मार्क्सिस्ट कहानी मानी जाती है लेकिन 'आख़िरी कोशिश' में

हयातुल्लाह अंसारी की लेखनी यथार्थ चित्रण के उस शिखर पर पहुँच गयी है, जहाँ तक प्रेमचन्द की पहुँच भी नहीं हो सकी है। 'क़फ़न' उर्दू की सम्पूर्ण और शाहकार कहानी कहलाने के बावजूद यथार्थ चित्रण के मामले में 'आख़िरी कोशिश' से बहुत पीछे है।

अहमद अली, रसीद जहाँ और अख़्तर हुसैन रायपुरी भी अपने-अपने ढंग से यथार्थ चित्रण ही करते हैं। अहमद अली इस मामले में दूसरों से कुछ भिन्न हैं। बिलकुल स्पष्ट अन्दाज़ उन्हें पसन्द नहीं। अतः वे विचार-प्रवाह, मनोविश्लेषण और छोटी-छोटी चीज़ों के विवरण द्वारा अपनी कहानियों में सूक्ष्म दृष्टि का परिचय देते हैं। उनकी कहानियों में दिल्ली का एक ख़ास वर्ग अपनी सम्पूर्ण विशेषताओं के साथ जीवन्त हो उठा है। अली अब्बास हुसैनी, आज़म क़ुरेवी और सुहेल अज़ीमाबादी की कहानियों में प्रेमचन्द के प्रभाव के बावजूद उनका अपनापन भी विद्यमान है। उपेन्द्रनाथ अश्क़ ने 'चट्टान' शीर्षक कहानी संग्रह के प्रकाशन के साथ ही अपनी अलग पहचान बनाने का सफल प्रयास किया। इन कहानियों में वे यथार्थवादी लेखक के रूप में काफ़ी बुलन्दी पर नज़र आते हैं। हंसराज रहबर की कहानियों में सामाजिक बर्बरता और आर्थिक दुर्दशा को ज़बान मिली है, उनमें शोषण और अत्याचार के विरुद्ध बगावत का पैग़ाम मिलता है।

राजेन्द्र सिंह बेदी ज़िन्दगी के अछूते पहलुओं की खोज में निमग्न रहते हैं और फिर उन्हें ईमानदारी के साथ कलात्मक ढंग से अपनी कहानियों में प्रस्तुत कर देते हैं। कहानी कहने की कला पर उन्हें पूर्ण अधिकार है अतः वे दिलचस्पी को अन्त तक बरक़रार रखते हैं। उनका दृष्टिकोण सदैव निष्पक्ष रहता है। बेदी की कहानियों में अनावश्यक विस्तृत वर्णन से दामन बचाकर, छोटी-छोटी महत्त्वपूर्ण बातों से कहानी बुनने की अद्भुत कुशलता नज़र आती है। वे अपने पात्रों पर स्वयं का व्यक्तिगत नज़रिया लादने की बजाय उनकी आत्मा की गहराइयों में उतरकर सत्य को निर्वस्त्र देख लेते हैं और फिर अपनी कहानियों के माध्यम से उसका रहस्योद्घाटन करने में बाह्य सच्चाइयों को भी विस्मृत नहीं करते। यथार्थ की बदलती हुई शक़्लों को भी वे कलात्मक महारत के साथ अपनी गिरफ़्त में ले लेते हैं। उनके यहाँ कहानी-कला के सम्पूर्ण और कामयाब नमूनों की कमी नहीं। 'गर्म कोट', 'तुलादान', 'ग्रहण', 'सिर्फ़ एक सिगरेट', 'गुलामी', 'लाजवन्ती', 'लम्स', 'पान-शॉप', 'रहमान के जूते' और 'अपने दुःख मुझे दे दो' जैसी कहानियाँ बेदी की कला और चिन्तन के श्रेष्ठ नमूने हैं।

प्रगतिशील कहानी का दूसरा रुझान इन्क़िलाबी रूमानियत का है जिसके प्रतिनिधि कहानीकारों में कृष्ण चन्दर, अहमद नदीम क़ासमी, ख़्वाजा अहमद अब्बास, महेन्द्रनाथ, ए. हमीद, इब्राहीम जलीस और अनवर अज़ीम इत्यादि के नाम उल्लेखनीय हैं।

उर्दू साहित्य में कृष्ण चन्दर का आगमन एक रूमानी कथाकार की हैसियत से हुआ। उनके आरम्भिक दौर की कहानियाँ, रूमानियत और भावुकता से ओत-प्रोत हैं। कुछेक कहानियों में उन्होंने प्रकृति और मनुष्य को बेहद विस्तृत कैनवस पर अद्वितीय ढंग से प्रस्तुत किया है। कृष्ण चन्दर की यह वास्तविक और स्वस्थ रूमानियत क्रान्तिकारी नज़रिये के साथ मिलकर बाद की कहानियों में एक कलात्मक शक्ति बनकर उभरी है जिसे 'इन्क़िलाबी रूमानियत' की संज्ञा दी गयी है। इन कहानियों में, प्रचलित राजनीतिक और आर्थिक व्यवस्था से असन्तोष की भावना और शोषण करनेवाली ताकतों के विरोध का रवैया मिलता है। इनमें ज़ालिम अत्याचारी शक्तियों से टकराने और उन्हें तहस-नहस करने की प्रबल इच्छा और एक नये समाज के निर्माण का ख़ूबसूरत सपना निहित है।

कृष्ण चन्दर व्यंग्य के आयुध से भी ख़ूब काम लेते हैं। वे सामाजिक बुराइयों को निर्भीकता से अपने व्यंग्य का निशाना बना लेते हैं। 'ज़िन्दगी के मोड़ पर', 'महालक्ष्मी का पुल', 'कालू भंगी', 'ग़ालीचा', 'अन्नदाता', 'हुस्न और हैवान', 'अजन्ता से आगे', 'दो फ़र्लांग लम्बी सड़क' और 'आधे घण्टे का खुदा' जैसी कहानियाँ कृष्ण चन्दर की कला-कौशल और उनके चिन्तन के बेमिसाल नमूने हैं। इनकी गणना कृष्ण चन्दर ही की नहीं वरन उर्दू की बेहतरीन कहानियों में की जाती है।

अहमद नदीम क़ासमी की कहानियों में वर्तमान व्यवस्था से ऊब और असन्तोष के साथ एक बड़े परिवर्तन की आकांक्षा हुमकती नज़र आती है। ख़्वाजा अहमद अब्बास मूलतः पत्रकार हैं। विशेष शीघ्रगामी मिज़ाज और भावुकता के कारण उनकी अकसर कहानियाँ एक ख़ास सतह से ऊँची नहीं उठ पाती हैं। उर्दू कहानी विधा में उन्होंने कई तरह के प्रयोग कर उसकी सीमाओं को विस्तार दिया है। ए. हमीद रूमानी ज़ेहन रखते हैं। वे कृष्ण चन्दर से बहुत प्रभावित हैं लेकिन कृष्ण चन्दर की कहानियों में जो गहराई और प्रभाव होता है वह ए. हमीद की कहानियों में देखने को नहीं मिलता। देवेन्द्र सत्यार्थी रूमानियत और हक़ीक़त की वादियों के मुसाफ़िर हैं जिन्होंने लोकगीतों और कहानियों को मिलाकर अभिव्यक्ति की एक नयी शैली को जन्म दिया है। 'अगला पड़ाव', 'लाल धरती', 'कब्रों के बीचोंबीच' और 'नये धान से पहले' उनकी प्रतिनिधि कहानियाँ हैं। महेन्द्रनाथ की कहानियों में महानगर की ज़िन्दगी की विविध सच्चाइयाँ मुखरित हुई हैं।

तीसरे रुझान के प्रतिनिधि कथाकारों में सआदत हसन मण्टो, इस्मत चुग़ताई, अज़ीज़ अहमद, गुलाम अब्बास और ख़दीजा मस्तूर आदि के नाम विशेष महत्त्व रखते हैं।

मण्टो ज़िन्दगी को न तो रूमानी दृष्टिकोण से देखते हैं और न उसकी पेशकश के मामले में भावुकता से काम लेते हैं। यथार्थ को देखने, छूने और महसूस करने

के बाद उसकी बेबाक़ अभिव्यक्ति की प्रक्रिया में वे बड़े संयम और विवेक से काम लेते हैं। मण्टो के बारे में यह बिलकुल सच कहा जाता है कि वे अपनी कहानियों का विषय ऐसी वस्तुओं को कभी नहीं बनाते जिससे वे स्वयं भलीभाँति परिचित न हों। मनोविश्लेषण की एक विशेष तर्ज़ के साथ यौन-सम्बन्धी हक़ीक़तों को अपनी कहानियों में निस्संकोच अभिव्यक्त करने के मामले में मण्टो अपना जवाब नहीं रखते। 'धुआँ', 'हतक', 'नया क़ानून', 'ठण्डा गोश्त', 'काली शलवार', 'बाबू गोपीनाथ', 'टोबा टेक सिंह' और 'खोल दो' जैसी कहानियाँ उनकी कला कौशल के ऐसे उदाहरण हैं जो उन्हें उर्दू का महान कथाकार बना देते हैं। मण्टो की कहानियाँ बे-खौफ़ यथार्थ चित्रण और कला सन्तुलन की बेहतरीन मिसाल हैं। इस्मत चुग़ताई की कहानियों में भी कुछ ऐसी ही ख़ूबियों के अतिरिक्त घरेलू समस्याएँ विशेषतः नारी-स्वतन्त्रता की बातें मिलती हैं। उनकी कहानियों में स्वातन्त्र्योत्तर भारतीय नारी अपने परिवर्तनों के साथ नज़र आती है।

अज़ीज़ अहमद की कहानियाँ अपनी तक़नीक, अपनी शैली और विषयवस्तु के आधार पर अलग पहचान बनाती हैं। कहानीकारों की नयी पीढ़ी ने मण्टो अज़ीज़ अहमद और मोहम्मद हसन अस्करी से बहुत कुछ सीखा है। गुलाम अब्बास ने कम ही कहानियाँ लिखी हैं। किन्तु कला का एक नया प्रतिमान कायम किया है। 'आनन्दी' उनकी बहुचर्चित कहानी है।

क़ुर्रतुलऐन हैदर की कहानियों और उर्दू साहित्य में उनके योगदान पर अगले पृष्ठों में विशेष रूप से चर्चा की जाएगी इसलिए यहाँ इतना उल्लेख ही पर्याप्त होगा कि उनका पहला कहानी संग्रह 1947 में प्रकाशित हुआ था। इसमें शामिल कहानियाँ अपने विशेष माहौल, परिवेश, भाषा, शैली और पात्रों को लेकर आयी थीं और उर्दू कहानी साहित्य में एक नयी चीज़ थी अतः उन्हें बहुत बाद में समझा गया। परिणामस्वरूप उनकी सही पहचान बनने में भी काफ़ी समय लगा।

1950 के बाद उभरनेवाली पीढ़ी में रामलाल, जोगेन्द्र पाल, जीलानी बानो, अनवर अज़ीम, देवेन्द्र इस्सर, शकीला अख़्तर, वाज़िदा तबस्सुम, ग़यास अहमद गद्दी, अनवर अज़ीम, क़ाज़ी अब्दुल सत्तार और इक़बाल मतीन इत्यादि की गणना महत्त्वपूर्ण कहानीकारों में होती है। अभिव्यक्ति के बने-बनाये रास्तों को छोड़कर नये मार्ग अन्वेषण की चेष्टा प्रायः इन सभी के यहाँ विद्यमान है।

जोगेन्द्र पाल ने 'धरती का काल' शीर्षक कहानी संग्रह के साथ साहित्य में प्रवेश किया था। इन कहानियों में अफ़्रीका की तात्कालिक उपनिवेशवादी व्यवस्था के बीच अफ़्रीकी जीवन की विवशता, उसके अपमान, उसकी यातना और सन्त्रास का सशक्त वर्णन मिलता है। 1960 के बाद जोगेन्द्र पाल की कला और चिन्तन में परिवर्तन आता गया। 'जंगल', 'रसाई', 'कछुए', 'बाज़याफ़्त', 'हराम्बे' और

'बे-मुहावरा' उनकी प्रतिनिधि कहानियाँ हैं। रामलाल जब परम्परा से प्रयोग की ओर आये तो 'चाप' और 'अँधेरे से अँधेरे तक' जैसी कहानियाँ लिखकर नये प्रतिमान क़ायम किये। 'एक शहरी पाकिस्तान का हैरतज़दा लड़का', 'हैडलेस-बुद्धा' और 'उखड़े हुए लोग' उनकी बेहतरीन कहानियाँ हैं। जीलानी बानो ने 'मोम की मरियम' के बाद 'नरसैया की बावड़ी', 'स्कूटर वाला' और 'इम्मेच्योर' जैसी मनोरम कहानियाँ लिखीं। वाज़िदा तबस्सुम ने आरम्भ में चौंका देनेवाली कहानियाँ लिखकर आकर्षित किया किन्तु फिर हैदराबादी भाषा और माहौल की एक ख़ास ढंग की यौन-सम्बन्धी चटख़ारेदार कहानियों में गुम होकर रह गयीं। देवेन्द्र इस्सर, ग़यास अहमद गद्दी और अनवर अज़ीम ने जीवन अनुभवों से पुर, साफ़-सुथरी कहानियों द्वारा साहित्य में स्थान प्राप्त किया। क़ाज़ी अब्दुल सत्तार ने आज़ादी के बाद के परिवेश में उत्तर-प्रदेश के जमींदार वर्ग की व्यथा को रोचक और सहानुभूतिपूर्ण ढंग से पेश किया। प्रेमचन्द और उनके अनुयायियों की कहानियों में जो ज़मींदार और जागीरदार वर्ग ज़ालिम और अत्याचारी के रूप में उभरा था। बदली हुई परिस्थितियों में क़ाज़ी अब्दुल सत्तार की कहानियों में दिखाई देता है। 'पीतल का घण्टा' और 'रज्ज़ो बाज़ी', उनकी प्रतिनिधि कहानियाँ हैं।

साठोत्तरी पीढ़ी के कहानीकारों में सुरेन्द्र प्रकाश, बलराज मेनरा, एवज़ सईद और कलाम हैदरी आदि की कहानियाँ एब्सर्डिटी, अमूर्तता और प्रतीकात्मक रुझानों से प्रभावित नज़र आती हैं। परिभाषा परिधि से बाहर निकली हुई इन कहानियों में अस्तित्व बोध, अर्थहीनता, मनुष्य का एकान्त उसकी विवशता तथा वर्तमान व्यवस्था के ख़िलाफ़ रोष दिखाई देता है। बलराज कोमल और इक़बाल मजीद, परिस्थितियों को नाटकीय ढंग से गिरफ़्त में लेकर अपनी बात कह जाते हैं। इक़बाल मतीन आबिद सुहेल, श्रवण कुमार वर्मा और सतीश बत्तरा सामाजिक यथार्थ में ज़िन्दगी का अर्थ खोजते हैं। इलियास अहमद गद्दी, रतनसिंह और अहमद यूसुफ़ कभी स्पष्ट और कभी प्रतीकात्मक अन्दाज़ में अपने युग की जीवन समस्याओं ही को प्रतिबिम्बित करते हैं। सुरेन्द्र प्रकाश कथानक की शक्ति को स्वीकार कर और बलराज मेनरा उसे नकारकर रचना-प्रक्रिया से गुज़रते हैं। 'विदूषक की मौत', 'रोने की आवाज़', 'दूसरे आदमी का ड्राइंग रूम' और 'बिजूका' सुरेन्द्र प्रकाश की तथा 'वह पोर्ट्रेट ब्लैक ऐण्ड ब्लड' और 'कम्पोज़ीशनपाँच' बलराज मेनरा की चर्चित कहानियाँ हैं।

बिलकुल नयी पीढ़ी के युवक कहानीकारों में सलाम बिन रज़ाक़, रफ़त नवाज़, कुँवर सेन, रिज़वान अहमद, तारिक़ छतारी, नय्यर, मसऊद, सैयद मुहम्मद अशरफ़, अनवर ख़ाँ, हमीद सुहरवर्दी, शौकत हयात, मेंहदी टौकी, अनीस रफ़ीअ, शफ़क़, क़मर अहसन, अब्दुल समद और मुशताक़मोमिन सिद्दीक़ी इत्यादि के नाम उल्लेखनीय हैं।

मौजूदा दौर में क़ुर्रतुलऐन हैदर उर्दू भाषा की सबसे सशक्त और चर्चित कथाकार हैं। वे एक लम्बे समय से भाषा, धर्म, इज़्म, ग्रुप इत्यादि हर प्रकार की राजनीति से बिलकुल अलग-थलग रहकर बड़ी गम्भीरता से साहित्य साधना में व्यस्त हैं और आज के उर्दू साहित्य में एक मिथक बन चुकी हैं। उन्होंने उपन्यास, लघु उपन्यास, कहानियाँ, यात्रा-वृत्तान्त और रिपोर्ताज़—इन सभी गद्यविधाओं में अनथक और अनवरत लिखा है। आज भी उनकी कृतियों की गहराई, ताज़गी और दिलकशी में कोई कमी नहीं आयी है। 'आग का दरिया', 'कारे जहाँ दराज़ है', 'आख़िरे शब के हम सफ़र', 'मेरे भी सनमख़ाने', 'गर्दिशे-रंगेचमन' और 'चाँदनी बेगम' जैसे उत्कृष्ट उपन्यास, 'सीता हरण', 'चाय के बाग़', 'दिलरुबा', 'अगले जनम मोहे बिटिया न कीजो' जैसे लघु उपन्यासों के अतिरिक्त उन्होंने कुछेक मनोरम यात्रा-वृत्तान्त और रिपोर्ताज़ भी लिखे हैं और इस नवीन गद्य रूप में अपनी बेहतरीन रचनात्मक प्रतिभा का उदाहरण प्रस्तुत कर अन्य लेखकों के लिए एक परिमाण क़ायम किया है। इसके अतिरिक्त कतिपय विश्वप्रसिद्ध उपन्यासों के उर्दू में अनुवाद भी किये हैं।

उर्दू कहानी के क्षेत्र में भी क़ुर्रतुलऐन हैदर एक विशेष स्थान रखती हैं। सआदत हसन मण्टो, कृष्ण चन्दर, राजेन्द्र सिंह बेदी और इस्मत चुग़ताई के बाद उभरनेवाली नस्ल में उनका महत्त्वपूर्ण स्थान है। अब तक उनके चार कहानी-संग्रह प्रकाशित हो चुके हैं। वैसे उनकी प्रकाशित कहानियों की संख्या इनसे कहीं अधिक है।

क़ुर्रतुलऐन हैदर का पहला कहानी संकलन 'सितारों से आगे' 1947 में प्रकाशित हुआ। यह वह समय है जब प्रगतिशील आन्दोलन के प्रभाव से उर्दू कहानी में मज़दूरों, किसानों, क्लर्कों, तवाइफ़ों और बेरोज़गार नौजवानों के चरित्र पेश करने का रुझान आम हो गया था। समाज की कुरीतियाँ और रिवाज़, शोषण, जहालत, गरीबी, भुखमरी, बेरोजगारी, अस्पृश्यता इत्यादि विषयों पर लगातार कहानियाँ लिखी जा रही थीं जिनमें यथार्थ चित्रण के नाम पर आम तौर से जीवन के बाह्य पहलुओं को ही दर्शाया जाता था और घटनाओं और चरित्रों की प्रस्तुति पर विशेष बल होता था। कहानी के आरम्भ और अन्त में नाटकीय प्रभाव पैदा करने का प्रयत्न किया जाता था। इन्क़िलाब लाने या नयी सुबह के आने की बात की जाती थी और फिर सारे विषयों और समस्याओं को एक विशेष ऐनक़ से देखने और एक ख़ास दृष्टिकोण से प्रस्तुत करने का प्रचलन था।

'सितारों से आगे' में जो कहानियाँ संकलित थीं वे उस दौर की प्रचलित कहानियों से बिलकुल अलग थीं। इनमें समाज का मेहनतकश निम्न वर्ग नज़र तो आता था लेकिन उसकी कोई हैसियत या पहचान नहीं थी। (समाज के उच्च वर्ग के जीवन में कोठियों, क्लबों और पार्टियों में इस वर्ग की जो आवश्यकता और महत्त्व

हुआ करता है, स्पष्ट है कि वही इन कहानियों में पेश किया गया था) प्लाट संयोजन के नियमों का पालन भी नहीं किया गया था क्योंकि लेखिका के अनुसार स्वयं ज़िन्दगी में कोई तरतीब नहीं है। इन कहानियों में घटनाओं को प्रस्तुत करने की अपेक्षा मानसिक और भावात्मक प्रक्रिया को विशेष महत्त्व दिया गया था। 'मोनालिज़ा', 'ये बातें', 'परवाज़ के बाद', 'आह ए दोस्त', 'टूटे तार', 'जहाँ कारवाँ ठहरा था', 'अवध की शाम' और 'सितारों से आगे' जैसी कहानियाँ प्रचलित प्रगतिशील कहानियों के मुक़ाबले में एक नयी शैली और तकनीक, माहौल-परिवेश और एक नयी दुनिया को सामने लायी थीं। इन कहानियों में जीवन के अर्थहीन होने का एहसास था। हर तरफ़ छायी हुई धुन्ध थी। एक दिलकश शायराना उदासी थी। इन कहानियों की भाषा और शैली भी प्रगतिशील कहानियों के मुक़ाबले में नयी चीज़ थी।

सितारों से आगे की कहानियों में क़ुर्रतुलऐन हैदर एक बिलकुल नयी शैली, नयी तकनीक, नयी भाषा और नया माहौल लेकर आयीं। जो उस समय न केवल कहानी के पाठकों, लेखकों बल्कि आलोचकों के लिए भी अपरिचित था। अतः अधिकतर आलोचकों ने उनकी कटु आलोचना की। जबकि आज आधुनिक कहानी की शैली के उद्‌भव और विकास के क्रम में क़ुर्रतुलऐन हैदर के इस कहानी संकलन को बड़ा महत्त्व दिया जाता है और उन्हें आधुनिक उर्दू कहानी की अग्रसर माना जाता है।

क़ुर्रतुलऐन हैदर का पहला कहानी संग्रह 1947 में प्रकाशित हुआ था और दूसरा (शीशे के घर) 1954 में। यों तो सात-आठ साल की छोटी-सी अवधि में किसी कलाकार से बड़े परिवर्तन की आशा करना युक्ति-संगत बात नहीं लगती लेकिन इस छोटे से समय में उपमहाद्वीप को महत्त्वपूर्ण परिवर्तनों से गुज़रना पड़ा। स्वतन्त्रता-प्राप्ति भारतीयों का सबसे बड़ा लक्ष्य और सबसे सुन्दर स्वप्न थी। जिसे साकार करने के लिए देशवासियों ने जान की बाज़ी तक लगा दी किन्तु 1947 में जब यह स्वप्न साकार हुआ तो उसके साथ ही राष्ट्र को विभाजन का असहनीय ज़ख़्म बर्दाश्त करना पड़ा।

सात-आठ वर्षों पर आच्छादित यह छोटी-सी अवधि हमारे राष्ट्रीय जीवन में बड़े और महत्त्वपूर्ण परिवर्तनों के आविर्भाव का ज़माना है। क्योंकि इस दौर में घटने वाली घटनाओं का गहरा प्रभाव उपमहाद्वीप के इतिहास और भूगोल पर ही नहीं अपितु इसके रहनेवालों के सामाजिक, आर्थिक, सांस्कृतिक और व्यक्तिगत जीवन पर भी पड़ा।

'शीशे के घर' की कहानियों को क़ुर्रतुलऐन हैदर की कला, अनुभवों और चिन्तन प्रक्रिया की अगली मंज़िल कहना चाहिए। 'सितारों से आगे' की कहानियों में जो एक विशेष प्रकार की एकरूपता दिखाई देती थी, वह 'शीशे के घर' की

कहानियों में दिखाई नहीं देती क्योंकि यहाँ विषयों का दायरा भी पहले की अपेक्षा अधिक विस्तृत है। उदाहरणार्थ 'सरे राहे' और 'आसमाँ भी है सितम ईजाद क्या?' जैसी कहानियों में वही उच्च वर्ग, ग्लेमर भरा जीवन, अतीत की स्वप्नीली ख़ूबसूरत यादें और परिचित-सी काव्यात्मक उदासी है, तो 'जब तूफ़ान गुज़र चुका' में लेखिका ने कल्पनाओं को पंख प्रदान किये हैं। यहाँ मसीही धर्मस्थलों का अजनबी-सा वातावरण है। आध्यात्मिक पवित्रता और बीते युगों के ईसाई चरित्र हैं जिनकी मानसिक कशमकश को ख़ूबसूरती से उजागर किया गया है। 'दजला-ब-दजला यम-ब-यम', 'जिला वतन' और 'मैंने लाखों के बोल सहे' लम्बी कहानियाँ हैं। इस संकलन की वे महत्त्वपूर्ण कहानियाँ जिनका उल्लेख विशेष रूप से किया जाना चाहिए 'जिला वतन' और 'यह दाग़-दाग़ उजाला' हैं जो क़ुर्रतुलऐन हैदर की कलात्मक अभिव्यक्ति की प्रतिमान होने के साथ-साथ उनके गहन, ऐतिहासिक, राजनीतिक और सामाजिक बोध का प्रमाण हैं।

'जिला वतन' समन्वित-संस्कृति की त्रासदी है। उस समन्वित-संस्कृति की जिसे इस महाद्वीप के रहने-बसनेवालों के सदियों के मेलजोल और एकता का प्रासाद माना जाता है। वैसे तो देश-विभाजन और उससे जन्म लेनेवाली समस्याएँ कुछ और कहानियों में भी मुखरित हुई हैं किन्तु 'जिला वतन' एक बहुत बड़े कैनवस पर प्राकृतिक रंगों से यथार्थवादी शैली में चित्रित एक स्पष्ट कलाकृति के समान है। इस कहानी में रिश्तों के टूटने, ख़ानदानों के बिखरने और अतीत के उत्कृष्ट मानवीय मूल्यों के चूर-चूर हो जाने की त्रासदी प्रस्तुत की गयी है। इसमें आफ़ताब रॉय (जिसका नाम ही समन्वित-संस्कृति का प्रतीक है) के मोह भंग से ज़्यादा अफ़सोस खेमवती और किश्वरी के रवैयों को देखकर होता है, जिनकी रचना एक ही मिट्टी से हुई थी और जिनके घरवालों को अपने सदियों के सम्बन्धों पर, एकता और मुहब्बत पर, और मिले-जुले कल्चर पर बड़ा गर्व था।

'यह दाग़-दाग़ उजाला, यह शब गज़ीदा सहर' उर्दू के प्रतिष्ठित शायर फ़ैज़ अहमद 'फ़ैज़' की एक मशहूर नज़्म की पहली पंक्ति है (जिसका अर्थ है कि आज़ादी की सुबह के उजाले पर भी धब्बे पड़े हैं और इस सवेरे को रात ने डस लिया है।) यह नज़्म फ़ैज़ ने आज़ादी के फ़ौरन बाद इस महाद्वीप के भयंकर हालात से प्रभावित होकर लिखी थी। स्वतन्त्रता प्राप्ति के दो वर्ष बाद क़ुर्रतुलऐन हैदर ने ये कहानी लिखी तो शीर्षक के लिए फ़ैज़ की यही पंक्ति ले ली। इस कहानी में, आज़ादी के बाद देश-विभाजन के कारण उत्पन्न होनेवाली मानव स्थितियों का मार्मिक चित्रण मिलता है। निरन्तर बिगड़ते हुए सियासी हालात और नयी व्यवस्था पर ज़ोरदार चोट की गयी है। इस कहानी में लेखिका ने 'ओब्जेक्टिव कोरिलेटिव' का भी सफलतापूर्वक प्रयोग किया है। 'यह दाग़-दाग़ उजाला...' एक प्रतीकात्मक कहानी है जिसका रचनाकाल सआदत हसन मण्टो की बहुचर्चित कहानी 'फुँदने' से पहले

का है। मण्टो ने यह कहानी 1958 के बाद लिखी थी। स्पष्ट है, ऐसी स्थिति में 'फुँदने' को उर्दू की पहली प्रतीकात्मक कहानी का दर्जा देना अनुचित होगा।

'शीशे के घर' की कहानियों में सामाजिक और राजनीतिक चेतना का बुनियादी अण्डर करण्ट मौजूद है। आश्चर्य है कि प्रगतिशील आलोचकों ने इस बात को बिलकुल नज़रअन्दाज़ करके क़ुर्रतुलऐन हैदर को प्रतिक्रियावादी लेखिका घोषित किया बल्कि एक प्रसिद्ध प्रगतिशील पत्रिका ने सआदत हसन मण्टो, अज़ीज़ अहमद, मोहम्मद हसन असकरी और मुमताज़ शीरीं के साथ क़ुर्रतुलऐन हैदर की रचनाओं का बहिष्कार कर दिया था।

'पतझड़ की आवाज़' (प्रकाशन 1957) की कहानियों में पहले की अपेक्षा यथार्थ चित्रण अधिक है। इसी लिहाज़ से उनमें कहानीपन भी ज़्यादा है। इनमें कथावस्तु-नियोजन और चरित्रों की पेशकश भी प्रभावशाली है। इस क्रम का पहला उदाहरण 'डालन वाला' है। इस कहानी में बचपन की स्मृतियों के सहारे अपने घर और घर के वसीले से एक पूरे इलाक़े की, और उस इलाक़े द्वारा विभिन्न व्यक्तियों के जीवन की चलती-फिरती तसवीरें पेश की गयी हैं। समाज के अलग-अलग वर्गों से सम्बन्ध रखनेवाले, पृथक आस्थाएँ और विश्वास रखनेवाले, विभिन्न लोग हैं जो अपनी-अपनी समस्याओं और मर्यादाओं में बँधे हैं। 'ज़ेहरा डर्बी', 'जार्ज बैकेट', 'ज़ुबैदा सिद्दीक़ी', 'डाईना बैकेट', 'साइमन साहब', 'जल धरा' और 'फ़क़ीरा' सभी समस्याओं के जाल में फँसे नज़र आते हैं। ये सब लोग मानव-जीवन के विविध पहलुओं को प्रतिबिम्बित करते हैं। हर शख़्स की कहानी दूसरों से भिन्न है किन्तु सारी कहानियाँ मिलकर जीवन की एक बहुरंगी तसवीर प्रस्तुत करती हैं। जिसमें प्रेम भी है और घृणा भी, खुशियाँ भी हैं और ग़म भी, सुन्दरता भी है और कुरूपता भी और इन सबको समेटे हुए 'डालनवाला' स्वयं एक आकर्षक पात्र बनकर उभरता है।

'याद की एक धनुक जले' भी बचपन की यादों के सहारे लिखी गयी मनोरम कहानी है। लेखिका ने इसमें एक गोवानी आया 'ग्रेसी' के चरित्र द्वारा औरत की वफ़ादारी, उसका प्रेम, उसका समर्पण और उसकी मजबूरियों को प्रभावशाली अन्दाज़ में उभारकर चन्द मासूम सवाल उठाये हैं।

आख़िर औरतें खुदा की इतनी ज़रूरतमन्द क्यों हैं? उत्तर साथ ही जुड़ा हुआ है। औरतें कमज़ोर हैं।

क़ुर्रतुलऐन हैदर समाज में औरत की कमज़ोरी और बेबसी को उसकी पूरी सच्चाई के साथ स्वीकारने का हौसला रखती हैं। उन्होंने इसी सच्चाई को अपने कथा-साहित्य में ईमानदारी से प्रस्तुत करने के भरसक प्रयत्न किये हैं।

'कार्मेन' धनाढ्य वर्ग के नौजवान द्वारा एक ग़रीब लड़की के शोषण की पारम्परिक कहानी है, जो लड़की के निःस्वार्थ प्रेम की त्रासदी है। लेकिन इस कहानी में बेहद ताज़गी, दिलकशी और आकर्षण है। आख़िर में कहानी का पाठक तो उसके

अंजाम से परिचित हो जाता है लेकिन कार्मेन नहीं हो पाती और इसी में उसकी भलाई भी है।

'पतझड़ की आवाज़' एक चरित्र प्रधान कहानी है। यह तनवीर फ़ातिमा के जीवन के अनुभवों और उसकी विशेष मानसिकता पर आधारित है। वह अच्छे परिवार की एक सुशिक्षित लड़की है किन्तु जीवन जीने की कला उसे नहीं आती। अतः समय और परिस्थितियों को दृष्टि में रखकर अपनी स्वतन्त्र राय क़ायम करने और फिर उसके अनुसार चलने की अपेक्षा वह ख़ुद को समय और परिस्थितियों के सुपुर्द कर देने ही में अपनी भलाई समझती है। अपने लिए कुछ सोचने, कुछ करने, कुछ पाने या कुछ बनने की कोई इच्छा ही उसके दिल में पैदा नहीं होती। कुल मिलाकर वह एक मासूम और नेकदिल लड़की है। उसकी ज़िन्दगी में एक के बाद एक तीन मर्द आते हैं। पहला मर्द ख़ुशवक़्त सिंह है जो स्वयं तनवीर फ़ातिमा के जीवन में प्रवेश करता है। दूसरा मर्द फ़ारूक़, पहले ख़ुशवक़्त सिंह के दोस्त की हैसियत से उससे परिचित होता है और फिर वही सब कुछ बन जाता है। इसी तरह तीसरा मर्द वक़ार हुसैन है जो फ़ारूक़ का दोस्त बनकर आता है और तनवीर फ़ातिमा को दाम्पत्य जीवन की ज़ंज़ीरों में जकड़ लेता है। तनवीर फ़ातिमा पूरी कहानी में मात्र एक बार ही अपने भविष्य के बारे में कोई निर्णय लेती है (ख़ुशवक़्त सिंह से शादी न करने का) और यही निर्णय उसके जीवन की सबसे बड़ी और भयंकर ग़लती सिद्ध होती है क्योंकि वह अपनी ज़िन्दगी के पहले मर्द ख़ुशवक़्त सिंह को कभी नहीं भूलती।

'हाउसिंग सोसायटी' क़ुर्रतुलऐन हैदर की एक लम्बी कहानी है। इसमें विभाजन के बाद उत्पन्न होनेवाले नये और पुराने मूल्यों के संघर्ष के साथ नवधनाढ्यों की स्वार्थपरता, लिप्सा और बेहिसी पर तीखा व्यंग्य है।

जमशेद सैयद, नये देश और बदले हुए हालात में अवैध ढंग से धन अर्जित करने और उसके द्वारा झूठा सामाजिक सम्मान प्राप्त करनेवाले शोषक वर्ग का प्रतिनिधि है जो सारे रिश्तों और मूल्यों को दौलत की तुला में तौलता है। उसके शब्दों में—"आज की दुनिया एक बेहद शानदार ब्लैक मार्केट है जिसमें दिलो-दिमाग़ों और रूहों की आला पैमाने पर ख़रीद-व-फ़रोख़्त होती है। बड़े-बड़े फ़नकार, दानिशवर, आदर्शवादी और ख़ुदापरस्त मैंने इस चोर बाज़ार में बिकते देखे हैं। मैं ख़ुद अकसर इनकी ख़रीद-व-फ़रोख़्त करता हूँ।" जमशेद सैयद के विपरीत सलमान मिर्ज़ा एक दर्दमन्द, साहसी और आदर्शवादी नौजवान है जो लगातार संघर्ष करके समाज में परिवर्तन लाना चाहता है।

हाउसिंग सोसायटी के नारी-पात्रों में औरत के तीन रूप, तीन सतहें और जीवन पद्धतियाँ दिखाई देती हैं, इन्हें मंज़ूरून्निसा, सुरैया हुसैन और सलमा के चरित्रों द्वारा कलात्मक ढंग से पेश किया गया है।

कहानी 'क़लन्दर' का प्रमुख पात्र इक़बाल बख़्त सक्सेना, सच्ची इन्सानियत और इन्सान-दोस्ती का प्रतीक है। उसके व्यक्तित्व में सादगी और आत्मविश्वास के साथ-साथ दूसरों के लिए जीने और कुछ करने की प्रबल इच्छा और मानवता का दर्द मौजूद है। उसकी वैचारिक प्रौढ़ता, व्यवहार-कुशलता और परिस्थितियों के अनुकूल उचित निर्णय लेकर लोगों की समस्याओं का समाधान करने की क्षमता सराहनीय है।

उसमें असीम सहनशीलता है। लेकिन यह सहनशीलता उसका लिजलिजापन या ऐसी कमज़ोरी नहीं जो दूसरों को खुश करनेवालों में आ जाती है। यह लेखिका द्वारा रचित एक ऐसा दिलचस्प और आकर्षक पात्र है जो अपनी विभिन्न विशेषताओं के कारण सदा याद रखा जाएगा।

कुल मिलाकर 'पतझड़ की आवाज़' में शामिल जीवन की रंगीनियों से भरपूर कहानियाँ क़ुर्रतुलऐन हैदर की कला-कौशल के बेहतरीन नमूने हैं।

'रोशनी की रफ़्तार' (प्रकाशन 1982) में संकलित कहानियों में 'कोहरे के पीछे', 'जिन बोलो तारा-तारा', 'हसब-नसब' (इस पुस्तक में 'कुलीन' शीर्षक है) 'आवारा गर्द' और 'दरीं गर्द सवारे बाशद' जैसी यथार्थवादी कहानियों के समानान्तर 'मलफ़ूज़ाते हाजी गुलबाबा बेकताशी', 'आईना फ़रोशे शहरे कूराँ' (अर्थात् अन्धों के शहर के आईनाफ़रोश) 'रोशनी की रफ़्तार' और 'सेण्ट फ़्लोरा ऑफ़ जार्जिया के एतिराफ़ात' शीर्षक कहानियाँ भी शामिल हैं जो उनकी असीम सृजनशक्ति के नये आयामों को प्रदर्शित करती हैं।

कतिपय आलोचक क़ुर्रतुलऐन हैदर की इन कहानियों की बाह्य दास्तानवी समानता को आधार बनाकर इन्तिज़ार हुसैन की कहानियों से उनकी तुलना करने लगते हैं। यह बात याद रखनी चाहिए कि इन्तिज़ार हुसैन की कहानियों की बुनियाद और बुन्नत में उर्दू की पुरानी दास्तानों, भारतीय पौराणिक कथाओं और जातक कथाओं का समावेश महत्त्वपूर्ण हैसियत रखता है और उनकी कहानियों में संचार करता तर्क भी उसी परम्परा से जुड़ा होता है जबकि क़ुर्रतुलऐन हैदर की कहानियों में ऐसा नहीं होता। उनकी यह प्रयोगात्मक कहानियाँ इन्तिज़ार हुसैन की कहानियों से बिलकुल अलग ऐसी कहानियाँ हैं जिनके पीछे मौजूद तर्क में हमारे अपने युग की चेतना स्पष्ट दिखाई देती है। उनके यहाँ वर्तमान को अतीत में और अतीत को वर्तमान के साथ देखने की प्रक्रिया मिलती है। उदाहरणार्थ 'रोशनी की रफ़्तार' में वर्तमान से अतीत की यात्रा की गयी है तो 'सेण्ट फ़्लोरा ऑफ़ जार्जिया के एतिराफ़ात' में इस सफ़र का रुख़ अतीत से वर्तमान की ओर है और इस प्रकार सैकड़ों वर्षों के फ़ासलों को लाँघ कर कभी अतीत को वर्तमान काल में लाकर और कभी वर्तमान को अतीत के अन्दर, बहुत अन्दर ले जाकर मानव-जीवन के रहस्यों को देखने, समझने और उसकी सीमाओं तथा सम्भावनाओं का जायज़ा लेने का

प्रयत्न किया गया है। इन्तिज़ार हुसैन को जो मन्त्र आता है, उसके द्वारा वे वर्तमान को मात्र अतीत बनाना जानते हैं। जबकि क़ुर्रतुलऐन हैदर वर्तमान को अतीत के साथ जोड़कर या अतीत को वर्तमान में जीवित कर उसे अत्यन्त तीव्र और सार्थक बना देती हैं।

'दरीं गर्द सवारे बाशद' में गत वैभव की धुँधली पृष्ठभूमि के साथ कल्लू खाँ का व्यक्तिचित्र एक व्यक्तिमात्र की ही नहीं वरन एक पूरे वर्ग के वर्तमान और उसके अतीत की कहानी सुनाता है कि किस प्रकार एक कुलीन व्यक्ति तीव्र आर्थिक दबाव के कारण मजबूर होकर मेहतर का पेशा स्वीकार कर लेता है। इसी तरह 'हसब-नसब' में छम्मी बेगम के पतन की कहानी बेहद रोचक और कलात्मक ढंग से बयान की गयी है। शाहजहाँपुर के ख़ालिस असल-नसल रोहेला पठान जुम्मा ख़ाँ की बेटी और शब्बू खाँ की भतीजी, जो चकले से आया हुआ एक पैसा भी अपने लिए हराम समझती हैं, जब ज़मींदार की बेटी से मुग़लानी बी और फिर मुग़लानी बी से घरेलू नौकरानी बनकर (यह जाने बग़ैर कि वे बम्बई का एक फ़ैशनेबल देह-व्यापार का अड्डा चलानेवाली मैडम की नौकर हो गयी हैं) इस बात पर शुक्र अदा करती हैं कि खुदा ने उनके बाप-दादा की लाज, उनके हसब-नसब की इज़्ज़त रख ली और एक बार फिर एक शरीफ़ घराने की हक़-हलाल की कमाई में उनका हिस्सा भी लगा दिया।

कितनी अजीब बात है कि हमारा समाज छम्मी बेगम के घरेलू नौकरानी बन जाने पर या कल्लू ख़ाँ के भंगी बन जाने पर उनकी इस नयी हैसियत को तो सरलता से स्वीकार कर लेता है किन्तु 'जिन बोलो तारा-तारा' के दुलारे चचा को उनकी नयी हैसियत से मरते दम तक बल्कि मरने के बाद भी स्वीकार नहीं करता। उनकी क़ब्र तक अलग बनाई जाती है। ख़ानदानी क़ब्रिस्तान में नहीं बनाई जाती। जबकि वे एक सीधे-सच्चे नेकदिल और बड़े प्यारे-से इन्सान थे। कुछ ऐसा ही मामला 'कोहरे के पीछे' की कैथ्रीन बोल्टन का है जो काफ़ी परेशानियाँ और दुःख उठाने के बाद राज्य लक्ष्मी शैलजा देवी बन जाती है। किन्तु उसकी यह हैसियत रेत की दीवार सिद्ध होती है।

कुल मिलाकर क़ुर्रतुलऐन हैदर की कहानियाँ अपनी विषय-वस्तु, चरित्र-चित्रण, तकनीक, भाषा और शैली हर तरह से उर्दू कहानी साहित्य में उल्लेखनीय 'इज़ाफ़ा' मानी जा सकती हैं। इन्सान और इन्सानियत पर गहरा विश्वास उनकी कहानी-कला और चिन्तन में केन्द्र-बिन्दु की हैसियत रखता है। मेरे ख़याल में उनकी किसी भी कहानी को भारत की विशेष गौरवशाली संस्कृति, उसकी चिन्तन-परम्परा, उसके इतिहास, उसके भूगोल या एक शब्द में कहना चाहिए कि उसके जीवन से पृथक करके सही तौर पर नहीं समझा जा सकता। यद्यपि उनकी रुचि उपन्यास लेखन में अधिक है (और इस क्षेत्र में भी उन्होंने अविस्मरणीय कारनामे अंजाम दिये हैं जो

निस्सन्देह विश्व-साहित्य में ऊँचा स्थान प्राप्त करेंगे) फिर भी पिछले दशकों में उन्होंने कहानी-कला को जो नयी दिशाएँ, नये आयाम और गति प्रदान की है वह उर्दू कहानी के माध्यम से भारतीय कहानी लेखन परम्परा में उनका अमूल्य योगदान और शानदार कारनामा है।

—डॉ. सादिक़

दिल्ली
10 सितम्बर, 1990

आह! ए दोस्त

ज़माने के दुःख को भुला देने के लिए आओ ऑरेंज़ स्कॉश पिएँ। कुछ तिलस्मी ख़्वाबों की बातें करें। इन हरे परदों के दूसरी तरफ़ अंगूर की बेलों से ढँके हुए बरामदे में महादेव जी अपनी क्लास ले रहे हैं। एक-दो-तीन-चार छनन-छनन-छनन...ब्रजवासियों में 'श्याम बाँसुरी बजाये जा बजाये जा...' सायों का नाच देखो—वह सामने दीवार की रुपहली सतह पर नारंगी और करौंदिया धब्बे अँधेरे में फैलते जा रहे हैं। यह नदी में अस्त होते सूर्य की किरणों का अन्तिम नृत्य है। काश! तुम सुधीर या ओयामा होते। हाय सौन्दर्य सम्बन्धी संवेदना का अभाव और कला की इतनी अरसिकता—क्या करूँ, कहाँ जाऊँ, बेचारी मैं?

एक-दो एक-दो ताल कहरवा—जमुना किनारे रामा, जमुना किनारे रामा नाचे सुर-रंग बाला—टुट-टुट-चुप। देवताओं की लड़कियाँ जमुना किनारे नाच रही हैं। तुम महादेव जी से मिले। मणिपुर की हरी-हरी घाटियों का बेटा कहते हैं अपने को और कहते हैं जीवन एक निरन्तर नृत्य है। चिन्ता किस बात की? छनन छनन—तेज़ करो लय। महादेव बर्मन महाराज वास्तविक कलाकार हैं। भारतीय कलाकार। टुट-टुट। शान्तिनिकेतन में कार्यरत थे। गुरुदेव के निधन के बाद दादा ने अलमोड़े बुला लिया—और अब तो कल्चर सेण्टर भी ख़त्म हो गया है। काश! कि अपने देश वापस जा सकते—पर कोई फ़िक्र नहीं। नाचे जाओ सुर-रंग बाला। दादा और अमला दीदी अगर हिन्दुस्तान के बजाय रूस या अमरीका में पैदा होते तो क्या होता? फिजूल की बातें—हाय, अलमोड़ा के फूलों से भरी घाटियाँ। काठगोदाम से जब मोटर बलखाती हुई ऊपर चढ़ती है और यूकेलिप्टस के झुण्डों से छनती हुई हवाएँ सामने आकर टकरा जाती हैं तो बस देखा ही करें उसको। हर्ष दादा कहा करते थे कि हर्ष-विभोर होकर उसे देखते ही रहे। हमारे देश में जो ललित कलाओं की मिट्टी ...महादेव जी आप नाचे जाइये। बड़ी नालायक लड़कियाँ हैं। एक सप्ताह से इसी एक धुन से आगे नहीं बढ़तीं। जी हाँ, यह सीज़नल डान्स है। फिर इसके बाद हार्वेस्ट-डान्स आपको दिखाया जाएगा। फिर लोक डान्स या हिन्दुस्तान की प्यारी-प्यारी मासूम बेटियाँ, धान के खेतों और पहाड़ियों की वादियों और नदी के

किनारे और आम के बागों की रंगीन परछाइयाँ। 'अटरिया पे चोर भाभी दिया तो जलाओ।' पार्वती के स्टेज पर आने से पहले एकदम मद्धिम-सा ज़र्द अँधेरा कर दो, इफेक्ट ज़्यादा ख़ूबसूरत रहेगा। मिस्टर रोलैण्ड खुद डैडी से कह रहे थे कि आपकी बच्चियों की मदद के बग़ैर हमारा जंगी सप्ताह इतना कामयाब न हो पाता। हम सब इत्तिहादियों की विजय के लिए प्रयत्नवान हैं। डू योर बिट प्लीज़। छनानन-नन-छन-छन-छन।

आली री साईं के मन्दिर में दिया बार आऊँ, कर आऊँ सोलह सिंगार—महादेव जी आप नाचे जाइये—और इस ज़िन्दगी में क्या रखा है? सब ही नाचते हैं अपनी-अपनी जगह। मकी दीदी कल्चर सेण्टर के क्लास रूम में और हुज़ूर वायसरॉय बहादुर वाइसरीगल लॉज के बालरूम की फ्लोर पर और रंग-बिरंगे फूलोंवाले कपड़े पहने हुए शरणार्थी पोलिश बच्चे, काठियावाड़ की समुन्दरी रेतों पर...और-और... अच्छा।

लैम्प की रोशनी ज़रा कम कर दो। मालकोस की लहरें ज़रूरत से ज़्यादा नर्म हो रही हैं। साँझ भई घर आ। यह रोशनियाँ कभी तेज़ हो जाती हैं, कभी मद्धम, यही तो सारा फ़लसफ़ा है, भई!

अलमोड़ा, नैनीताल-मसूरी—हाय मसूरी, हाय देहरादून—मेरा प्यारा, बचपन का साथी देहरादून, गुड्डू! इनके बग़ैर हिन्दुस्तान, तुम्हारे गर्म और फीके मुल्क में रहना एक चिरस्थायी मुसीबत हो जाती। अल्लाह बड़ा मेहरबान है। बड़ा ऊँचा और उम्दा कैंमिल्स बैक रोड पर एक हिजहाईनेस की चमकदार मखमली रिक्शा कितनी ख़ूबसूरती से बहती चली आ रही है। अब तुम मार्क्स और लेनिन का जप शुरू कर दो। यह तुम्हारा हिन्दुस्तानी-निराशावादी चिन्तन ही तो तुम्हें ले डूबा। कभी यह ध्यान नहीं करते कि हमारी एरिस्टोक्रेसी कितनी शानदार और ख़ूबसूरत है। प्रिंस करमजीत और शहज़ादी नीलोफ़र और महाराजा राज पिपला और बेगम गौहर ताज और महारानी कूच बिहार—एक ख़ास रूमान है इन नामों में। फिश बेवर्ली निकल्स इनके विदेशी सिक्रेट्रियों से मिलो, इनको रिंक में स्केटिंग करते देखो। इनके बाल-रूम, स्वॉय के कमरे, रेसकोर्स, वह डाइनिंग हॉल जहाँ मेज़ों पर छोटी-छोटी इलैक्ट्रिक-ट्रेनों द्वारा खाना 'सर्व' किया जाता है। आस्ट्रेलियन घोड़े स्कॉच कुत्ते।

कम-से-कम तुमने, मेरे कुत्ते की तो आज तक दिखावे के लिए भी ज़रा-सी तारीफ़ नहीं की। कैसी एक शायराना अन्दाज़ से चाकलेट मिलने पर दुम हिलाता है। दिनभर पिछले बरामदे के कोने में अपनी टोकरी के गद्दों में सिमटा-सिमटाया सोच-विचार में तल्लीन रहता है, या कभी-कभी महज़ शिष्टाचार दिखाने के लिए एक आँख खोलकर नर्मी से भौंक देता है। ज़िन्दगी के बारे में उसका नज़रिया तुमसे ज़्यादा स्वस्थ है।

हाय देहरादून! गर्मियाँ आ रही हैं...यानी केले और फाल्से के झुण्डों में भँवरे

गूँजना शुरू कर देंगे। हाय, यू.पी.! मेरा अपना प्यारा यू.पी.। तुमने कभी यू.पी. की गर्मियाँ नहीं देखीं। आम के बाग़ों में दोपहर के सन्नाटे के ख़ामोश संगीत का बोझ महसूस नहीं किया। अमरूदों के झुरमुट में से उठती हुई विरह और आल्हा-ऊदल की तानें नहीं सुनीं। शायद कभी मलीहाबाद जाकर आम भी नहीं खाये, और गोमती के खरबूजे। आह, मेरा अवध! कैसर बाग़ की बारादरी में इन्द्र-सभा हो रही है। मैं सब्ज़ परी--नहीं, खोल लो आँखें। पीछे देखने के बजाय आगे देखना सेहत के लिए मुफ़ीद है।

तुम्हारा सन्ताप (यही शब्द है न शायद) यानी भई, कभी तो ज़िन्दगी को ख़ूबसूरत रंगों में देखने की कोशिश किया करो। मिसाल के तौर पर मरीन ड्राइव, जुहू, मलाबार हिल, वर्सवा, गहरे नीले समन्दर में डूबती हुई लालिमा और ऊदे आसमानों में तैरता हुआ नारंगी चाँद। बड़े-से, रसीले सन्तरे-जैसा। ताज का पुर्तगाली आर्केस्ट्रा या फिर दमिश्क़ के तेज़ सुर्ख़ गुलाब, बग़दाद के रंगीन शगूफ़ों से भरी हुई छोटी-छोटी अँगनाइयाँ। तुम्हें मालूम नहीं, मुझे ज़िन्दगी से कितना बेइन्तिहा इश्क़ है। तुमने तेहरान के अमीरों की ऊँची-ऊँची दीवारोंवाली महल सराएँ और उनके अन्दर के वह बाग़ नहीं देखे जिनमें छोटी-छोटी नहरें, बेहद अलिफलैलवी अन्दाज़ से बहती रहती हैं और जहाँ स्याह फ़राकें पहने, लम्बी-लम्बी पलकोंवाली ख़ानमें एक-दूसरे से इस तरह नर्म-नर्म बातें करती हैं जैसे क़हवे की प्यालियों में रजत चमचों से शक्कर घोली जा रही हो। ओफ़्फ़ोह! मुझे बग़दाद, तेहरान और क़ाहिरा की याद मत दिलाओ, वरना इस रूखे-फीके मुल्क और इस तंग और बदमज़ा माहौल से उड़ जाने को जी चाहेगा। बीते सपनों को याद करके एक कोने में जगह देने का एक बड़ा फ़ायदा यह है कि बड़ी हद तक क्षतिपूर्ति का काम देते हैं। अरे तो मानो निराशावाद भी अल्ट्राफ़ैशनेबल बनता जा रहा है?

अच्छे गीत भी तो इस वक़्त नहीं बज रहे। साहब को ख़त लिखना पड़ेगा। ग्रेसीफील्ड का कोई नया रिकार्ड लगाऊँ? अच्छा, तो तुम्हें पाश्चात्य संगीत से दिलचस्पी नहीं। अरसिक...तो अब क्या बातें करें? अलीगढ़ मोरिस रोड, स्याह बुर्क़े, नक़वी पार्क, गर्ल्स कॉलेज की लारी, नहीं, कुछ और सोचो। बहुत ज़्यादा बोरिंग होती जा रही है दुनिया। चलो, अमरीका उड़ चलें। मैलविन डगलस ने रोशन आरा में मैलीनी के साथ डान्स भी किया था, वह कह रहा था--"हालीवुड! आओ, हम हिन्दुस्तान और अमरीका का कल्चरल और दोस्ताना रिश्ता ज़्यादा मज़बूत करना चाहते हैं।" मैलविन डगलस ने कहे ये शब्द।

ख़ैर, तुम कम-से-कम चेम्सफोर्ड या रोशन आरा के मेम्बर बन जाओ, तुम्हारी तन्दुरुस्ती बहुत अच्छी हो जाएगी। या फिर गाजर खाओ। टमाटर भी फ़ायदेमन्द होंगे। विटामिन की कमी से इन्सान कम्युनिस्ट बन जाता है और ज़िन्दगी के रहस्य पर बातचीत करने लगता है। मैं इतनी देर से कितनी चातुर्यवर्धक बातें कर रही

हूँ। बड़ी-बड़ी गहराइयाँ हैं इस अस्थायी ज़िन्दगी में आली जनाब! वह तो यह समझो कि क्या-क्या फ़लसफ़े हैं। ओफ़्फ़ोह। क्या ठिकाना है मेरी क़ाबिलियत का। बहुत क़ाबिल हूँ। चीन और रूस और फ्रायॅड पर सारी किताबें पढ़ चुकी हूँ।

अगरचेः यह मालूम नहीं कि उन किताबों में क्या लिखा है। असल बात यह है कि हिन्दुस्तान में रहकर तुम कुछ नहीं कर सकते। बहुत ही कम नज़री और प्रतिक्रियावादी प्रवृत्ति इस मुल्क में आम है और स्वेज़ को पार कर लेने के बाद एक बहुत ही विस्तृत क़िस्म की उच्च दृष्टि इन्सान में पैदा हो जाती है। दिमाग़ के अन्दर बेहद ऊँचे विचार आते हैं।

लेकिन यह नाचरंग और रोशन आरा क्लब और मैडम जैन का ब्यूटी पार्लर ...यह इस्लामी तालीम के ख़िलाफ़ हैं और इस बात का तक़ाज़ा करनेवाले हैं कि ...भई, ख़ूब याद दिलाया। मैं बहुत सख़्त मुसलमान हूँ और प्रकाशमान धर्म पर जान भी निसार हो जाए तो कोई हरज नहीं। लखनऊ में मुस्लिम लीग के सारे एटहोम हमारे लॉन पर होते थे। चाहे जिससे पूछ लो। 'असरारेखुदी'[1] पढ़ो, 'रमूज़े बेख़ुदी'[2] पढ़ो। अगर क़ुरान पढ़ने का उत्साह न हो तो इक़बाल का अध्ययन करो। तुम्हारा आत्मज्ञान इस क़दर उमदा हो जाएगा, और तुममें ऐसे बालोपर निकल आयेंगे कि तुम इण्टरव्यू में आ जाओगे, और फ़ौरन फ़्लाइट लेफ़्टीनेण्ट बन जाओगे...

हाँ, तो महादेव जी, आप नाचे जाइये। मणिपुर के सुनहरे मन्दिरों का नाच। तनख़्वाह कम है तो क्या हरज है। रामगोपाल नीचे दक्षिण में एक और सेण्टर क़ायम कर रहा है, भरतनाट्यम के लिए। वहाँ चले जाइएगा। फ़िलहाल तो हमें जंगी-सप्ताह के कौन्सर्ट के लिए फ़ोक-डान्स का अभ्यास कराइये। बड़ा स्कोप पड़ा है। हिन्दुस्तानी नृत्य की कला उच्च शिखर पर पहुँचनेवाली है। युद्ध के बाद निर्माण में ललित कलाओं का रूस की तरह विशेष दर्जा होगा। जनता के थियेटर और कल्चर कैम्प खोले जाएँगे। दादा पूजा में एक अंग्रेज़ी रंगीन फ़िल्म तैयार कर रहे हैं। रामगोपाल को एक फ़िल्म में तीन मिनट के नृत्य के लिए दस हज़ार रुपये मिले हैं। तो महादेव जी, यही तो दुनिया है। आपके कमल के फूलों और सुनहरी घुँघरुओं की झनकार से अलग और हम बहुत प्रेक्टिकल लोग हैं। चलिये, रिहर्सल करवाइये। एक, दो, तीन। छनन-छनन।

> "पग घुँघरू बाँध मीरा नाची रे।
> मीरा नाची रे!"

□

---

1. इक़बाल की प्रसिद्ध कविताएँ।
2. वही।

क़लन्दर

ग़ाज़ीपुर के गवर्नमेण्ट हाई स्कूल की फ़ुटबाल टीम एक-दूसरे स्कूल से मैच खेलने गयी थी। वहाँ खेल से पहले लड़कों में किसी छोटी-सी बात पर झगड़ा हुआ और मार-पीट शुरू हो गयी। झगड़ा क्योंकि खेल के किसी प्वाइण्ट पर शुरू हुआ था इसलिए दर्शकों और स्टॉफ ने भी दिलचस्पी ली। जिन लड़कों ने बीच-बचाव की कोशिश की, उन्हें भी चोटें आयीं और उनमें मेरे भाई भी शामिल थे जो गवर्नमेण्ट हाई स्कूल की नवीं कक्षा में पढ़ते थे। उनके माथे में चोट लगी और नाक से ख़ून बहने लगा। अब हंगामा सारे मैदान में फैल गया। भगदड़ मच गयी। जो लड़के ज़ख़्मी हुए थे, इस हड़बोंग में उनकी ख़बर किसी ने न ली।

इस पिछड़े हुए ज़िले में टेलीफ़ोन पर्याप्त नहीं थे। सारे शहर में सिर्फ़ छः मोटरें थीं और हॉस्पिटल एम्बुलेन्स का तो सवाल ही पैदा नहीं होता था। वह रविवार का वीरान-सा दिन था। हवा में ज़र्द पत्ते उड़ते फिर रहे थे। मैं वीरान, सुनसान पिछले बरामदे में फ़र्श पर चुपचाप बैठी गुड़ियाँ खेल रही थी। इतने में एक इक्का टक-टक करता आकर बरामदे की ऊँची सतह से लगकर खड़ा हो गया और सत्तरह-अठारह साल के एक अजनबी लड़के ने भाई को सहारा देकर नीचे उतारा। भाई के माथे से ख़ून बहता देखकर मैं दहशत के मारे फ़ौरन एक खम्भ के पीछे छिप गयी। सारे घर में हंगामा मच गया। अम्माँ व्याकुल होकर बाहर निकलीं। अजनबी लड़के ने बड़ी नम्रता से उन्हें सम्बोधित किया—"अरे! अरे! देखिये, घबराइये नहीं...घबराइये नहीं...मैं कहता हूँ...।" फिर वह मेरी तरफ़ मुड़ा और कहने लगा—"मुन्नी! ज़रा दौड़कर एक गिलास पानी तो ले आ भैया के लिए।" इस पर कई नौकर पानी के जग और गिलास लेकर भाई के चारों तरफ़ आ खड़े हुए और लड़के ने उनसे सवाल किया—

"साहब किधर हैं...?"

"साहब बाहर गये हुए हैं।" किसी ने जवाब दिया।

"नहीं-नहीं...दफ़्तर में बैठे हैं।" दूसरे ने कहा।

लड़का कुछ और सुने बग़ैर आगे बढ़ा और गैलरी में से गुज़रता इधर-उधर

देखता अब्बाजान के दफ़्तर तक जा पहुँचा। अब्बाजान दरवाज़े बन्द किये किसी विशेष मुक़दमे का फ़ैसला लिखने में व्यस्त थे। लड़के ने दस्तक दी। दफ़्तर के अन्दर प्रवेश किया और मेज़ के सामने जाकर पूर्ण विश्वास के साथ गम्भीरता से बोला—"साहब, आपके साहबज़ादे हमारे स्कूल में मैच खेलने आये थे। उनको थोड़ी-सी चोट आ गयी है क्योंकि खेल-खेल में दंगा हो गया था। मेरा नाम इक़बाल बख़्त है। मैं मुंशी ख़ुशबख़्त रॉय सक्सेना का लड़का हूँ जो सिटी कोर्ट में मुख़्तार हैं। आपसे मेरी दरख़्वास्त है कि हमारा स्कूल बन्द करने का हुक्म न दें और लड़कों पर जुर्माना भी न करें क्योंकि एक तो हमारे इम्तिहान होनेवाले हैं और दूसरे हमारे लड़के बहुत ग़रीब हैं...।"

अब्बाजान ने सिर उठाकर उसे देखा और उसका तर्क-संगत विश्वासपूर्ण भाषण सुनकर बहुत प्रभावित हुए। उन्होंने उसे बड़े स्नेह से अपने पास बिठाया।

इस तरह से इक़बाल मियाँ का हमारे यहाँ आना-जाना शुरू हुआ। भाई से उनकी काफ़ी दोस्ती हो गयी। मगर वह अधिकतर घर की महिलाओं के पास बैठते थे। घरेलू कामों के बारे में सलाह-मशवरे देते थे। बाज़ार भाव और दुनिया के हालात पर रोशनी डालते या लतीफ़े सुनाते। जब वह दूसरी बार हमारे यहाँ आये थे तब मैंने भाई को आवाज़ दी थी—"इक़बाल मियाँ आये हैं।" वे फ़ौरन बड़ी शान से चलते हुए मेरे पास आये और डपटकर बोले—"देखो मुन्नी, मैं तुमसे बहुत बड़ा हूँ। मुझे इक़बाल भाई कहो—क्या कहोगी?"

"इक़बाल भाई"—मैंने ज़रा सहमकर जवाब दिया।

इक़बाल भाई मुझे हमेशा 'मुन्नी' ही पुकारते रहे। मुझे उनके दिये हुए इस नाम से सख़्त चिढ़ थी मगर हिम्मत न पड़ती कि उनसे कहूँ कि मेरा असली नाम लिया करें। अब वे सारे घर के लिए 'इक़बाल मियाँ', 'इक़बाल भाई' और 'इक़बाल भैया' बन चुके थे। पहलू के लॉन पर अमलतास का बड़ा दरख़्त हमारे लिए बड़ा महत्त्व रखता था। इसके साये में खाट बिछाकर फ़ुर्सत के समय महफ़िल जमती थी। इसकी अध्यक्षता ड्राइवर साहब करते थे। उपाध्यक्ष इक़बाल भाई अपने आप बन गये। इस महफ़िल के दूसरे सदस्य उस्ताद यूसुफ़ खाँ, जमना पाण्डे, महाराज चपरासी, अब्दुल, हीरा और भाई थे। मैं बिन-बुलाये मेहमान की हैसियत से हलगी रहती थी। उस्ताद यूसुफ़ खाँ के कमरे का सम्बन्ध अन्दर के कमरों से नहीं था और उसका दरवाज़ा इसी लॉन पर खुलता था।

उस्ताद पुराने स्कूल के अच्छे और सभ्य संगीतकार थे। रामपुर दरबार से उनका सम्बन्ध रह चुका था। शायरी भी करते थे और दिन भर नवल किशोर प्रेस के छपे हुए कीट खाये उपन्यास पढ़ा करते थे। बूढ़े आदमी थे। आँखों में सुर्मा लगाते थे और नुकीली मूँछें रखते थे। दोनों वक़्त का खाना, नाश्ता और चाय ख़ास तौर से एक ट्रे में सजाकर उनके कमरे में पहुँचा दी जाती थी। तीसरे पहर वह अन्दर

आकर बड़े तकल्लुफ़ से अम्माँ को भैरवी और भीमपलासी आदि राग सिखलाते थे और अम्माँ बैठी सितार पर टिन-टिन किया करती थीं। इक़बाल भाई उस्ताद के ख़ास दोस्त बन गये थे और 'आराइशे महफ़िल', 'तिलिस्मे होशरुबा', 'असरारे लन्दन' और शरर के उपन्यासों का लेन-देन दोनों के बीच चलता रहता था। इक़बाल भाई इस साल इण्ट्रेन्स की परीक्षा देनेवाले थे।

एक रोज़ मुझे एक दरख़्त की शाख से लटकता देखकर उन्होंने अम्माँ से कहा, "मुन्नी पढ़ती-लिखती बिलकुल नहीं। हर वक़्त डण्डे बजाया करती है।"

"यहाँ कोई स्कूल तो है नहीं, पढ़े कहाँ?" अम्माँ ने जवाब दिया। पिछले दिनों मेरी एक बुआ जी के बेटे ने मुझे गणित सिखाने की हर सम्भव कोशिश कर देखी थी और नाकाम हो चुके थे। अब इक़बाल भाई फ़ौरन वालण्टियर बन गये।

"इम्तिहान के बाद मैं इसे पढ़ा दिया करूँगा।"

अगले रविवार को इक़बाल भाई ने मेरा इण्टरव्यू लिया—"अंग्रेज़ी तो इसे थोड़ी-सी आ गयी है। उर्दू-फ़ारसी में बिलकुल कोरी है।" उन्होंने अम्माँ को रिपोर्ट दी। इसके बाद उन्होंने रोज़ाना मुझे पढ़ाना शुरू कर दिया। उनकी तनख़्वाह दस रुपये महीना मुक़र्रर की गयी। रोज़ शाम के चार बजे उनका इक्का दूर फाटक में प्रवेश करते देखकर मेरी जान निकल जाती। गर्मियाँ शुरू हो चुकी थीं। इक़बाल भाई ने हुक़्म दिया—"हम बाग़ में बैठकर तुझे पढ़ाएँगे। तेरा दिमाग़, जिसमें भूसा भरा हुआ है, ठण्डी हवा से ज़रा ताज़ा होगा।" अतः पिछले बाग़ में फ़ालसे के दरख़्त के नीचे मेरी छोटी-सी बेंत की कुर्सी और इक़बाल भाई की कुर्सी-मेज़ रखी जाती थीं। जिस रोज़ मैं नेकी की जून में होती तो माली से बाग़ की बड़ी झाड़ू माँग लाती और फ़ालसे के नीचे इक़बाल भाई की कुर्सी की जगह ख़ूब झाड़ू देती और यूँ भी पढ़ाई के मुक़ाबले में मुझे बाग़ में झाड़ू देना कहीं ज़्यादा अच्छा लगता था।

इक़बाल भाई जमा-घटा पर सर खपाने के बाद हुक़्म देते—"तख़्ती लाओ।" तख़्ती पर वे बेहद सुन्दर अक्षरों में लिखते—

क़लम गोयद कि मन शाहे जहानम
क़लमकश रा बदौलत मी रसानम

अर्थात् क़लम ने कहा कि मैं दुनिया का बादशाह हूँ और क़लम पकड़नेवाले को दौलत तक पहुँचाता हूँ।

अपने टेढ़े-मेढ़े अक्षरों में मैं इस शेर को कई बार लिखती, यहाँ तक कि मेरी उँगलियाँ दुखने लगतीं और मैं दुआ माँगती—"अल्लाह करे इक़बाल भाई मर जाएँ अल्लाह करे...।"

एक बार मैं सबक़ सुनाने की बजाय कुर्सी पर खड़ी होकर एक टाँग से नाच रही थी कि इक़बाल भाई को यकायक बेतहाशा गुस्सा आ गया। उन्होंने मेरे कान

इस ज़ोर से ऐंठे कि मेरा चेहरा लाल हो गया और मैं चिल्ला-चिल्लाकर रोने लगी। लेकिन इसके बाद से मैंने शरारत कम कर दी।

इक़बाल भाई अभी मुझे पाँच-छः महीने ही पढ़ा पाये होंगे कि अब्बाजान का तबादला गाज़ीपुर से इटावा हो गया।

अगले दो-तीन साल तक अम्माँ के पास कभी-कभार इक़बाल भाई के ख़त आते रहे—"अब हमने एम.ए. करने का इरादा भी छोड़ दिया है। इण्ट्रेन्स में थर्ड-डिवीज़न मिला। इस वजह से हमारा दिल टूट गया है। बस, अब हम भी मुंसरिम, पेशकार, क़ानूनगो या कुर्क़ अमीन की हैसियत से ज़िन्दगी गुज़ार देंगे या हद-से-हद पिताजी की तरह मुख़्तार बन जाएँगे। इसलिए कभी सोचते हैं क़ानून का इम्तिहान दे डालें और यहाँ रहकर कर भी क्या सकते हैं...।"

फिर उनके ख़त आने बन्द हो गये।

मैं आई.टी. कॉलेज लखनऊ के फ़र्स्ट इयर में पढ़ रही थी। उस दिन हमारे यहाँ कुछ मेहमान चाय पर आये हुए थे। सब लोग ड्राइंगरूम में बैठे थे कि बरामदे में आकर किसी ने आवाज़ दी—

"अरे भाई, कोई है?"

"कौन है?" अम्माँ ने कमरे में से पूछा।

"हम आये हैं...इक़बाल बख़्त...।"

अम्माँ ने बहुत खुश होकर उन्हें अन्दर बुलाया। कमरे में बहुत जगमगाते क़िस्म के लोगों का मजमा था। इक़बाल भाई चारों तरफ़ नज़र डालकर ज़रा झिझके लेकिन दूसरे ही लम्हे बड़ी शान के साथ अम्माँ के क़रीब जाकर बैठ गये। फिर उनकी नज़र मुझ पर पड़ी और उन्होंने बेहद खुशी से चिल्लाकर कहा—"अरी मुन्नी! तू इतनी बड़ी हो गयी?"

मैं नयी-नयी कॉलेज में दाख़िल हुई थी और अपने 'कॉलेज स्टूडेण्ट' होने का बड़ा अहसास था। इक़बाल भाई ने जब सब लोगों के सामने इस तरह—"अरी मुन्नी"—कहकर सम्बोधित किया तो बेहद कोफ़्त हुई।

इक़बाल भाई मैला-सा पाजामा और घिसी हुई शेरवानी पहने थे। ज़ाहिर था कि उनकी आर्थिक स्थिति ख़राब थी। मगर उन्होंने संक्षेप में इतना ही बताया कि कानपुर में मुलाज़िम हो गये हैं और प्राइवेट तौर पर एफ.ए.सी.टी. कर चुके हैं। फिर वे अब्बाजान के कमरे में गये और उनके पास बहुत देर तक बैठे रहे।

इसके बाद इक़बाल भाई फिर ग़ायब हो गये।

दस साल बाद...मुझे लन्दन में पहुँचे छः-सात रोज़ ही हुए थे। मैं बी.बी.सी. के उर्दू सेक्शन में बैठी हुई थी कि किसी ने आवाज़ दी—"अरे भाई, सक्सेना साहब आ गये कि नहीं?"

"आ गये"—ये कहते हुए इक़बाल बख़्त सक्सेना पर्दा उठाकर कमरे में दाख़िल हुए। घिसी हुई बरसाती ओढ़े अख़बारों का पुलिन्दा और एक मोटा-सा पोर्टफ़ोलियो सम्भाले मेरे सामने से गुज़रते एक मेज़ की तरफ़ चले गये। फिर उन्होंने पलटकर मुझे देखा। पहले तो उन्होंने मुझे नहीं पहचाना। टकटकी बाँधे कुछ क्षणों तक देखते रहे। "अरी मुन्नी...।" उनके मुँह से निकला। फिर आवाज़ भर्रा गयी।

वह मेरे पास आकर बैठे और अब्बाजान की ख़ैरियत पूछी—"अब्बाजान का तो कई साल हुए इन्तिक़ाल हो गया, इक़बाल भाई...।" मैंने कहा। यह सुनकर वे फूट-फूटकर रोने लगे।

उर्दू सेक्शन के सदस्यों ने उनको रोता देखकर ख़ामोशी से अपने-अपने काग़ज़ात पर सिर झुका लिया।

उन्होंने मुझे बताया कि कानुपर की नौकरी उसी साल छूट गयी थी। फिर वे देश भर में जूतियाँ चटखाते फिरे। उसी बीच उनके माता-पिता की मृत्यु हो गयी। छोटी बहन की किसी गाँव में शादी हो चुकी थी। आज़ादी के बाद जब क़िस्मत आज़माने के लिए इंग्लिस्तान, कनाडा और अमरीका जाने की हवा चली तो वे भी एक दिन गाज़ीपुर गये। अपना पुश्तैनी मकान बेच दिया और उसके रुपये से जहाज़ का टिकट ख़रीदकर लन्दन आ पहुँचे। पिछले चार साल से वह लन्दन में थे और वहाँ भी अनेक प्रकार के पापड़ बेल रहे थे।

किसी को उनके बारे में ठीक से जानकारी न थी कि वह क्या करते हैं। मुझसे भी उन्होंने एक बार गोल-मोल शब्दों में सिर्फ़ इतना ही कहा—"रीजेण्ट स्ट्रीट पॉलीटेकनिक में इकनॉमिक्स पढ़ रहा हूँ"—जिस संस्था का उन्होंने नाम लिया, मैं उसकी असलियत अच्छी तरह जानती थी। जब लोग इसी अस्पष्टता से यह कहते कि वे रीजेण्ट स्ट्रीट पॉलीटेकनिक में जर्नलिज़्म पढ़ रहे हैं या इकनॉमिक्स पढ़ रहे हैं या मूर्तिकला या फोटोग्राफ़ी सीख रहे हैं तो और अधिक किसी शंका की गुंजाइश न हो सकती थी।

लेकिन बहुत जल्दी ही मुझे यह मालूम हो गया कि इक़बाल भाई लन्दन के हिन्दुस्तानी और पाकिस्तानी छात्रों की कम्यूनिटी के प्रमुख स्तम्भ की हैसियत रखते हैं। कोई हंगामा, जलसा-जुलूस, झगड़ा-फ़साद, इलेक्शन, तीज-त्योहार उनके बिना पूरा नहीं हो सकता था। चित्र प्रदर्शनी है तो हॉल वे सजा रहे हैं। नाच-गाने का प्रोग्राम है तो माइक्रोफ़ोन वे लगा रहे हैं। ड्रामा है तो रिहर्सल के लिए लोगों को पकड़ते फिर रहे हैं। दावत है तो डाइनिंग हॉल में मुस्तैद खड़े हैं। कभी-कभी वे दृश्य से ग़ायब हो जाते और सूचना मिलती कि रविवार के दिन पेटीकोट लेन की मण्डी में लोगों को क़िस्मत का हाल बताते पाये गये या ग्लास्गो के किसी बाज़ार में हिन्दुस्तानी जड़ी-बूटियाँ बेचते नज़र आये। एक बार मालूम हुआ कि शहर के एक फ़ैशनेबल मुहल्ले के एक आलीशन फ़्लैट में विराजमान हैं। कभी वे बढ़िया

रेस्तराँओं में नज़र आते, कभी मज़दूरों के चाय ख़ानों में दिखलाई पड़ते। इक़बाल भाई शायरी भी करते थे। आस्ट्रेलिया और एम.सी.सी. के ऐतिहासिक मैच के दिनों में उन्होंने एक शोकगीत लिखा—

"हर ताज़ा विकिट पर हमः तन काँप रहा है
बोलर है बड़ा सख़्त हिटन काँप रहा है।
किस शेर की आमद है कि रन काँप रहा है।"

इक़बाल भाई को संगीत कला, ज्योतिष विज्ञान, हस्तरेखा ज्ञान, होम्योपैथी, तिब्बे-यूनानी और आयुर्वेदिक से लेकर पोल्ट्रीफ़ार्मिंग, काश्तकारी और बाग़बानी तक हर चीज़ में दख़ल था। और हल्का-ए-आर्बाबेज़ौक़ की महफ़िलों में नियमित रूप से शामिल होते थे। हम दो-तीन लोगों ने मिलकर एक फ़िल्म सोयायटी बनाई जिसमें हम बम्बई से फ़िल्में मँगवाकर हिन्दुस्तानी और पाकिस्तानी पब्लिक को दिखाते थे। उस दिन इक़बाल भाई बरात के दूल्हा बने होते—टिकट बेच रहे हैं। मेहमानों को ला-लाकर बिठाल रहे हैं। फ़िल्म शुरू होने से पहले स्टेज पर जाकर मिस महताब या मिस नसीम या मिस निम्मी को गुलदस्ता भेंट कर रहे हैं। उस ज़माने में उन्होंने यह भी तय कर लिया कि बम्बई जाकर एक यादगार फ़िल्म बनाएँगे जिसकी कहानी, संवाद और गीत ख़ुद लिखेंगे। डायरेक्ट भी ख़ुद करेंगे और हीरो के बड़े भाई, हीरोइन के बाप की भूमिका भी ख़ुद निभायेंगे और कुल मिलाकर सारी फ़िल्म इण्डस्ट्री पर रोलर फेर देंगे।

इक़बाल भाई शराब को हाथ नहीं लगाते थे और मंगल के मंगल मांस नहीं खाते थे। एक दिन वह मुझे एक सड़क पर नज़र आये—इस हालत में कि हाथ में बहुत क़ीमती फूलों का एक गुच्छा है और लपके हुए चले जाते हैं। मुझे देखकर बोले—"आओ...आओ...मैं ज़रा एक दोस्त को देखने हस्पताल जा रहा हूँ।" मैं साथ हो ली।

हस्पताल में एक इस्लामी देश के राजदूत की बेग़म साहिबा दाख़िल थीं। इक़बाल भाई ने उनके कमरे में प्रवेश कर गुलदस्ता मेज़ पर रखा और बड़े धैर्य से उनकी तबीयत का हाल पूछने में व्यस्त हो गये। इतने में राजूदत की बेटी अन्दर आयी और बेहद गर्मजोशी से उनसे मिली। मैं आश्चर्य से यह सब देखती रही।

बाहर आकर कहने लगे—"भई, ये लोग हमारे दोस्त हैं। बहुत अच्छे लोग हैं बेचारे।"

"साहबज़ादी से आपकी मुलाक़ात किस तरह हुई?"

"लम्बा क़िस्सा है, फिर कभी बताएँगे।" वह लड़की बेहद बददिमाग़ थी। यूनिवर्सिटी में पढ़ती थी और हद से ज़्यादा 'ऐण्टी इण्डियन' मशहूर थी। उस वक़्त भी उसने हस्पताल के कमरे में कोई नागवार-सी राजनीतिक बात छेड़ दी थी—"भई, अगर हिन्दुस्तान को गालियाँ देकर उसका दिल ठण्डा होता है"—इक़बाल भाई ने

सीढ़ियाँ उतरते हुए मुझसे कहा—"तो इसमें मेरा क्या हर्ज़ है। उसको इसी तरह शान्ति मिलती है...।"

इसके कुछ समय बाद ही एक शाम वे अण्डरग्राउण्ड में मिल गये। साथ ही वह लड़की और उसकी एक कज़िन भी थी। लड़की ने मुझसे कहा—"हम लोग एक मज़लिस में जा रहे हैं। आप भी चलिये।"

"मैं तो न जा सकूँगी। मैंने थियेटर के टिकट ख़रीद लिये हैं।" मैंने क्षमा चाही।

इक़बाल भाई ने बड़े सदमे से मुझे देखा—"मोहर्रम की सातवीं तारीख़ को थियेटर जा रही हो?"

मैं बेहद शर्मिन्दा हुई—"मुझे याद न रहा था"—मैंने जवाब दिया।

"आप शिआ हैं या सुन्नी?" दूसरी लड़की ने सवाल किया।

"मैं क़ादयानी हूँ?"—मैंने जवाब दिया।

"क़ादयानी?" वह ख़ामोश हो गयी। कुछ मिनट बाद राजदूत की लड़की ने विचार व्यक्त किया—"इक़बाल साहब तो बड़े मोमिन आदमी हैं। आजकल के शिआओं में अपने मज़हब का इतना दर्द कहाँ...?" इतने में स्टेशन आ गया और वे तीनों ट्रेन से उतर गये।

अगले दिन बी.बी.सी. में इक़बाल भाई से मुलाक़ात हुई तो मैंने कहा—"इक़बाल भाई, अब आप यह फ्रॉड भी करने लगे। उन लड़कियों के सामने आपने ख़ुद को मुसलमान ज़ाहिर किया है? न सिर्फ़ मुसलमान बल्कि शिआ भी...।"

जवाब मिला—"देख मुन्नी—दुनिया में इतना ज़्यादा द्वेष और फूट है कि सब लोग एक-दूसरे की जान को आये हुए हैं। जब इस लड़की से मेरी मुलाक़ात हुई तो वह मेरे नाम की वजह से मुझे मुसलमान समझी और मेरे सामने हिन्दुओं की और हिन्दुस्तान की ख़ूब-ख़ूब बुराइयाँ कीं। इसके बाद अगर मैं उसे बता देता कि मैं हिन्दू हूँ तो वह कितनी लज्जित होती? और फिर इसमें मेरा क्या हर्ज़ है। मेरे ख़ानदान में सैकड़ों बरस से फ़ारसी नाम रखे जाते हैं। इससे हिन्दू धर्म पर कोई आँच नहीं आती—अब अगर मैंने ख़ुद को मुसलमान ज़ाहिर कर दिया तो दुनिया पर कौन-सी क़यामत आ जाएगी? बताओ? अरे वाह री मुन्नी...इतनी बड़ी अफ़लातून बनती हो मगर अक़्ल में वही भूसा भरा है।"

एक शाम को मैं अपनी एक दोस्त ज़ाहिदा के यहाँ गयी। वह बेहद तन्मयता से पैकिंग में जुटी हुई थी और अपने सारे ख़ानदान सहित अगले दिन सुबह-सवेरे छुट्टी पर कराची वापस जा रही थी। ज़ाहिदा के घर पर मुझे याद आया कि इक़बाल भाई ने ऑस्ट्रेलियन छात्रों के एक प्रोग्राम में आमन्त्रित किया है—"ज़रूर आना—ऑस्ट्रेलियन बेचारे यह महसूस करते हैं कि उन्हें बहुत ही ग़ैरदिलचस्प और अरसिक क़ौम समझा जाता है। उनका दिल नहीं तोड़ना चाहिए।"

कुछ दिन पूर्व मैं एक नया हैण्ड बैग ख़रीदकर ज़ाहिदा के यहाँ छोड़ गयी थी। चलते वक़्त ख़याल आया कि उसे लेती चलूँ। बैग ज़ाहिदा की सिंगार मेज़ पर रखा था। वह दूसरे कमरे में सामान बाँध रही थी। मैंने जाते हुए उसे आवाज़ दी कि मैं बैग लिये जा रही हूँ—"अच्छा"—उसने जवाब दिया—मैं नीचे आ गयी।

ऑस्ट्रेलियन छात्र के यहाँ इक़बाल भाई हॉल के बीच खड़े ऑस्ट्रेलियन और हिन्दुस्तान के दोस्ताना सम्बन्धों पर धुआँधार भाषण दे रहे थे।

मैं बराबर के कमरे में गयी जहाँ बहुत-से लड़कों-लड़कियों का जमघट था और चार-पाँच वेटर चाय बना-बनाकर सबको दे रहे थे। मैंने नया हैण्ड बैग वहीं एक खिड़की में रख दिया और चाय पीने के बाद हॉल में लौट आयी। चलते वक़्त मुझे हैण्ड बैग का ख़याल आया। मैं उसे अन्दर से उठा लायी और इक़बाल भाई के हाथ में दे दिया—शायद उसका खटका खुल गया था। ज़ीने से उतरते हुए उन्होंने खटका बन्द किया और बोले—"इतने ढेर सारे नोट?"

मैंने बे-ध्यानी में उनकी बात पूरी तरह नहीं सुनी और इधर-उधर की बातों में लगी रही। स्टेशन पर इक़बाल भाई ने बैग मुझे थमा दिया। घर पहुँचकर मैंने देखा कि ज़ाहिदा की कार बाहर खड़ी है और दोनों मियाँ-बीवी बड़ी व्याकुलता के साथ लैण्डलेडी मिसेज विंगफ़ील्ड से कुछ पूछ रहे हैं। ज़ाहिदा मुझे देखकर हकलाने लगी—"वह...वह बैग...वह बैग...।"

"...हाँ...हाँ...मेरे पास है तो...क्यों?"

उसमें मैंने पूरे पाँच सौ पॉउण्ड के नोट ठूँस दिये थे, तुम्हारे जाने के बाद याद आया...और तुम्हारी भुलक्कड़ आदत का ख़याल करके जान निकल गयी कि अगर तुमने बटुवा रास्ते में कहीं इधर-उधर छोड़ दिया तो क्या होगा—या अल्लाह तेरा शुक्र...या अल्लाह तेरा शुक्र...या अल्लाह...।"

दूसरे रोज़ बी.बी.सी. में मैंने इक़बाल भाई को यह सनसनी फैला देनेवाली घटना सुनाई। वे इत्मीनान से बोले—"वह तो मैंने बैग में पहले ही देख लिया था कि नोट ठूँसे हुए हैं।"

"आपने मुझे उसी वक़्त क्यों नहीं बताया?"

"मैंने कहा तो था, तुमने सुना ही नहीं।"

"आपको यह ख़याल भी न आया कि मेरे पास इतना रुपया कहाँ से आ गया, जिसे मैं इत्मीनान से अधखुले बैग में लिये घूम रही हूँ।"

"मैंने सोचा, कहीं से आ ही गया होगा। पूछने की क्या ज़रूरत थी।"

"और दो घण्टे वह बैग उसी तरह खिड़की में रखा रहा। अगर उस वक़्त चोरी हो जाता तो मैं ज़ाहिदा को क्या मुँह दिखाती...या अल्लाह...या अल्लाह...।"

"देख, मुन्नी! होनी को कोई अनहोनी नहीं कर सकता, तेरी सहेली की क़िस्मत में था कि उसका रुपया उसे सही-सलामत वापस मिल जाए, अब तू क्यों

फ़िक्र कर रही है। यह बता, तूने अछिम्मा के लिए बात की?"

अछिम्मा कोसोकिटी एक परेशान हाल, दिल-गिरफ़्तासी लड़की थी जो बहुत दिनों से नौकरी और एक सस्ते-से कमरे की तलाश में थी। हाल ही में मिसेज़ विंगफ़ील्ड के तहख़ाने में एक कमरा ख़ाली हुआ था, जिसका किराया सिर्फ़ ढाई पौण्ड प्रति हफ़्ता था। मिसेज़ विंगफ़ील्ड का आग्रह था कि वह अपने मकान में हर चलते-फिरते ऐरे-गैरे को किरायेदार नहीं रखतीं और सिर्फ़ 'बेहतरीन ख़ानदानों और उच्च वर्ग के लोगों' को अपने यहाँ रहने का सम्मान प्रदान करती हैं। उनके स्वर्गीय पति कॉलोनियल सर्विस में थे, और मिसेज़ विंगफ़ील्ड वर्षों कोलम्बो में बड़ी मेम साहब की हैसियत से ज़िन्दगी गुज़ार चुकी थीं। उनके ससुर नाइट थे, वग़ैरह-वग़ैरह लेकिन पति की मृत्यु और बर्तानवी साम्राज्य के पतन के बाद वतन वापस आकर उन्हें लैण्डलेडी बनना पड़ा था—अकसर ज़ीने पर चढ़ते या उतरते हुए वह मेरा रास्ता रोककर अपने गत वैभव के क़िस्से सुनाने लगतीं।

एक दिन उन्होंने बड़ी राज़दारी के अन्दाज़ में बेहद उदासी से मुझसे कहा था—"एक बात सुनो, इतने अच्छे-अच्छे जेण्टिलमैन तुम्हारे दोस्त हैं। इनमें से किसी एक से मेरी शादी करवा दो।"

रात को जब मैंने तहख़ाने के कमरे के सम्बन्ध में उनसे कहा तो न जाने वह किस अच्छी मूड में थीं कि उन्होंने अछिम्मा कोसोकिटी के सम्बन्ध में यह तक नहीं पूछा कि वह क्या करती है, और हर हफ़्ते किराया अदा कर सकेगी या नहीं। अतः दो-तीन दिन में अछिम्मा कोसोकिटी वहाँ रहने के लिए आ गयी।

मेरा फ़्लैट चौथी मंज़िल पर था—दूसरी मंज़िल पर और लोगों के अलावा एक टेलीविज़न एक्ट्रेस—एडबीना कारलॉयल रहती थी, जिसके सम्बन्ध में मिसेज़ विंगफ़ील्ड मुझसे कह चुकी थीं कि मैं तो उसे कभी अपने यहाँ जगह न देती माई डियर, मगर वह बड़ी ख़ानदानी लड़की है। बस, ज़रा उसकी ज़िन्दगी पटरी से उतर गयी है।

मेरा उससे परिचय सिर्फ़ इस हद तक था कि ज़ीने पर मुठभेड़ हो जाती तो वह मुसकराकर हैलो कह दिया करती थी—मिसेज़ विंगफ़ील्ड ने सूचना दी थी कि अकसर वह दिन-दिन भर कमरे में अकेली बैठी शराब पिया करती है—वह अपने पति पर बुरी तरह आशिक़ थी मगर उस बेचारी को तलाक़ दे दी थी। जभी से उसका यह हाल हो गया था।

एक रात दो बजे के लगभग हल्के-से शोर से मेरी आँख खुल गयी। इतने में दरवाज़े पर दस्तक हुई। मैंने दरवाज़ा खोला तो सामने पुलिस कान्स्टेबल खड़ा था और उसके पीछे मिसेज़ विंगफ़ील्ड बदहवासी में जाने क्या-क्या कह रही थीं—"ग़ज़ब हो गया...ग़ज़ब हो गया..." उन्होंने कहा—"एडवीना ने तुम्हारे स्नानगृह की खिड़की से कूदकर आत्महत्या कर ली..."

"मेरे स्नानगृह की खिड़की से?"

"हाँ, सबसे ऊँची खिड़की...बेचारी ऐडवीना को यही नज़र आयी।"

कान्स्टेबल स्नानगृह के अन्दर गया। खिड़की के दोनों पट खुले हुए थे। खिड़की के नीचे टब में ऐडवीना का एक स्लीपर पड़ा था। स्नानगृह का दरवाज़ा लैण्डिंग पर खुलता था और मिस ऐडवीना कारलॉयल बड़े धैर्य से उसमें प्रवेश करके नीचे कूद गयी थीं। मेरे दिमाग़ में सुबह के अख़बारों की सुर्खियाँ कौंध गयीं—अब रिपोर्टर मेरा इण्टरव्यू लेंगे। इस खिड़की और टब की तसवीरें खिंचेंगी—अल्लाह! जाने क्या-क्या होगा?—नीचे से आवाज़ों की भिनभिनाहट बुलन्द हुई—"ज़िन्दा है...ज़िन्दा है...।"

मैंने झाँककर नीचे देखा। ऐडवीना को एम्बुलेन्स में लिटाया जा चुका था।

"ज़िन्दा है...?" मिसेज़ विंगफ़ील्ड ने कुछ निराशा से पूछा और कान्स्टेबल के साथ तेज़ी से नीचे उतर गयीं।

सुबह को यह दुर्घटना मैंने बी.बी.सी. कैण्टीन में तमाम लोगों को सुनाई। इतने में इक़बाल भाई आ गये, पूरा क़िस्सा सुनकर बोले—"किस हस्पताल में है?" मैंने बताया। इसके बाद दूसरी बातें शुरू हो गयीं।

इस बात को कुछ हफ़्ते ही बीते थे कि रात के बारह-साढ़े बारह बजे शोर से फिर मेरी आँख खुल गयी। खिड़की में से मैंने झाँककर देखा कि ग्राउण्ड फ़्लोर की सीढ़ियों पर इक़बाल भाई चुपचाप खड़े हैं और मिसेज़ विंगफील्ड अभी उन पर बुरी तरह बरस रही हैं। मैं घबराकर नीचे उतरी। मिसेज़ विंगफील्ड क़रीब-क़रीब हिस्टेरियायी अन्दाज़ में चीख़ रही थीं।

"मिसेज़ विंगफ़ील्ड! क्या बात है?" मैंने ज़रा नागवारी से पूछा।

वह कमर पर हाथ रखकर मेरी तरफ़ मुड़ीं—"तुम ख़ुद फ़ैसला कर लो...जो गुण्डा होगा, उसे गुण्डा ही कहा जाएगा।"

जब उन्होंने इक़बाल भाई को गुण्डा कहा तो मुझे ऐसा लगा जैसे किसी ने मेरे मुँह पर थप्पड़ लगा दिया हो—इक़बाल भाई सिर झुकाये खड़े थे।

मिसेज़ विंगफ़ील्ड गरजती रहीं—"तुमको अच्छी तरह मालूम है कि मेरे यहाँ लड़कियों के कमरे में रात को जेण्टिलमैन नहीं ठहर सकते—यह मेरा क़ानून है—अभी मेरे यहाँ आत्महत्या की एक दुर्घटना घट चुकी है। मुझे अपने मकान की नेकनामी का ख़याल भी करना है। मैं सिर्फ़ आला ख़ानदान..."

"मिसेज़ विंगफ़ील्ड! असल बात बताइये, क्या है? आप मिस्टर सक्सेना से क्या कह रही हैं?" मैंने आग-बबूला होकर पूछा।

"मैं इनसे पूछ रही हूँ कि यह रात के साढ़े बारह बजे मिस कोसोकिटी के कमरे में क्या कर रहे थे?"

इक़बाल भाई जैसे सभ्य पुरुष को मेरी मौजूदगी में ऐसी निकृष्ट बातें सुननी

पड़ रही थीं। उनका चेहरा ग़म और गुस्से से सुर्ख़ हो गया था, मगर वह ख़ामोश रहे।

मिसेज़ विंगफ़ील्ड गुस्से से बे-काबू होकर चन्द मिनट तक उसी तरह चिल्लाती रहीं। गैलरी के दरवाज़े खुले और बन्द हुए। ऊपरी मंज़िलों की खिड़कियों में से सिर बाहर निकाल-निकालकर लोगों ने झाँका। इक़बाल भाई चुप खड़े रहे फिर वह यकायक ख़ामोश हो गयीं और अपने कमरे में जाकर दरवाज़ा ज़ोर से बन्द कर लिया।

नीचे तहख़ाने में अछिम्मा कोसोकिटी तेज़ बुख़ार में बेहोश-सी पड़ी थी। इक़बाल भाई रात के ग्यारह बजे दवा लेकर उसके पास पहुँचे और घण्टे भर से उसके पास बैठे हुए थे। उसी वक़्त मिसेज़ विंगफ़ील्ड ने ज़ीने के दरवाज़े में जाकर चिल्लाना शुरू कर दिया था।

"मुझे मालूम न था कि अछिम्मा बीमार है।" मैंने लज्जित होकर कहा—"मैं भी दस बजे के बाद वापस आयी हूँ।"

"मुझे खुद मालूम न था।" इक़बाल भाई ने कहा—"दस बजे उसका फ़ोन आया कि उसकी तबीयत ख़राब है।" फिर उन्होंने धीरे से अपनी बरसाती की जेब में हाथ डाला और एक लिफ़ाफ़ा निकालकर मुझे दिया—"उसे रुपये की ज़रूरत होगी—सुबह उसे दे देना।" इतना कहकर वह सिर झुकाये हुए सीढ़ियाँ उतरकर फाटक से बाहर चले गये। मैंने लिफ़ाफ़ा खोला—उसमें दस पाउण्ड के नोट थे। यह दस पाउण्ड इक़बाल भाई ने जाने कौन-कौन-से जतन करके कमाये होंगे। मैं उन्हें सिर झुकाये घिसी हुई बरसाती ओढ़े तेज़-तेज़ क़दम रखते सुनसान सड़क पर एक तरफ़ को जाता देखती रही।

दूसरे दिन मैं कुछ हफ़्तों के लिए शहर से बाहर जा रही थी। वापस आकर मैंने अपने रहने की जगह बदल दी। मुझे मिसेज़ विंगफ़ील्ड से बड़ी कोफ़्त होने लगी थी। लैण्डलेडियाँ ज़्यादातर अच्छी नहीं होती हैं। मगर मिसेज़ विंगफील्ड जिस तरह निहायत घटिया अन्दाज़ में इक़बाल भाई पर चीख़ी थीं, उसकी याद मेरे लिए बहुत दुःखदायी थी।

अछिम्मा कोसोकिटी स्वस्थ हो चुकी थी। उसे कहीं नौकरी भी मिल गयी थी। मगर अपने लिए सारी दौड़-धूप करवाने और अपने काम निकलवा लेने के बाद वह इक़बाल भाई की तरफ़ से यकायक उदासीन हो गयी लेकिन वे सदैव की तरह उससे सम्बन्ध निभाते रहे।

एक दिन फ़ोन की घण्टी बजी और एक महिला की आवाज़ आयी—"हलो, हलो...मैं मिसेज़ आलूविहारे बोल रही हूँ...।"

"मिसेज़ आलूविहारे...।" मैंने दोहराया।

"हाँ! तुम मुझे पहचानती नहीं? मैं तुम्हारी पुरानी लैण्डलेडी हूँ...एक्स मिसेज़

विंगफ़ील्ड...मेरी शादी हो गयी है। आज शाम को मेरे साथ आकर चाय पियो।"

शाम को मिसेज़ आलूविहारे अपने ड्राइंगरूम के दरवाज़े पर प्रसन्न मुद्रा में मुझसे मिलीं।

कमरे के आतिशदान पर एक तसवीर रखी थी जिसमें मिसेज़ आलूविहारे अपनी उम्र से कोई दस साल छोटे एक सिंघाली आदमी के साथ फूलों का गुच्छा हाथ में लिये खड़ी मुसकरा रही थीं। दूल्हा के बराबर में इक़बाल बख़्त सक्सेना कोट के कालर में फूल सजाये मुसकरा रहे थे।

"मिस्टर सक्सेना मेरे पति के बैस्ट मैन थे।" मिसेज़ आलूविहारे ने सूचना दी।

"इक़बाल भाई..." दूसरे दिन मैंने उनसे प्रश्न किया।

"देख मुन्नी, बात यह हुई। उस रात जो वह बीबी पंजे झाड़कर उस बुरी तरह मेरे पीछे पड़ गयीं, तो मैं तुरन्त समझ गया कि वह हद से ज़्यादा फ्रस्ट्रेशन और एकान्त की शिकार हैं। उनकी मदद करनी चाहिए। तूने बताया था कि वह काले आदमी तक से शादी करने को तैयार हैं। मैं कोलम्बो के उस आलूविहारे को जानता था जो किसी दौलतमन्द बेवा की तलाश में था। बड़ा शरीफ़ और ग़रीब लड़का है। मैंने मिसेज़ विंगफ़ील्ड का पता उसे बता दिया। दोनों की ज़िन्दगी बन गयी—इसमें कोई हर्ज़ हुआ मेरा?"

इक़बाल भाई सहित छात्रों का एक बड़ा जत्था वार्षिक यूथ फ़ेस्टिवल के लिए पराग जा रहा था। उस साल पाकिस्तानी छात्रों पर कम्युनिस्ट देशों में जाने के लिए प्रतिबन्ध लगा दिया गया था। उनमें से चन्द लोग इस वजह से बहुत दुःखी थे। जत्थे के पराग रवाना होने से एक दिन पहले एक कार्यक्रम में पूर्वी पाकिस्तान के एक छात्र ने अफ़सोस से कहा था—"हम लोग इस साल नहीं जा सकते। उधर वर्ल्ड का सारा कण्ट्री होगा—ख़ाली पाकिस्तान नहीं होगा।" इक़बाल भाई तुरन्त उसके पास गये और धैर्य से बोले—"नो...अल-फ़ुरकान भाई, दिल छोटा मत करो—पाकिस्तान का प्रतिनिधित्व मैं कर दूँगा।"

पराग में दुनिया भर से आये हुए नौजवान एक बहुत शानदार कान्सर्ट में अपने-अपने देशों के लोकगीत सुना रहे थे। इतने में स्टेज पर ख़ामोशी छायी—एक लड़की ने अनाउन्स किया—"अब हमारे प्रिय देश पाकिस्तान के प्रतिनिधि अपने देश के मज़दूरों का गीत सुनायेंगे..."

पाकिस्तान के नाम पर बहुत देर तक तालियाँ बजती रहीं और सफ़ेद खड़खड़ाती हुई शलवार, स्याह शेरवानी और भूरे रंग की क़ुराक़ली से सुसज्जित बेहद रौबदाब और शान से चलते हुए कॉमरेड इक़बाल बख़्त माइक्रोफ़ोन के सामने आये। पाकिस्तान में लोक आन्दोलन और प्रगतिवादी आन्दोलन की असफलता के कारणों पर रोशनी डाली और कहा—"साथियो! अब मैं आपको अपने वतन-ए-अज़ीज के

मेहनतकश वर्ग का एक महबूब और दिलपसन्द गीत सुनाता हूँ"—और बेहद पाटदार आवाज़ में उन्होंने शुरू किया—

बोझ उठा लो हय्या हय्या—बोझ उठाया हय्या हय्या
महल बनेगा राजा जी का—पेट पलेगा म्हारा थारा
ऊँचा कर लो हय्या हय्या—बोझ उठा लो—शेर बहादुर—हय्या हय्या।

इस गीत ने श्रोताओं को बहुत प्रभावित किया और सबने साथ-साथ आवाज़ मिलानी शुरू कर दी। मगर आगे चलकर सैयद मुतल्लिबी फ़रीदाबादी के इस मशहूर गीत के बाक़ी बोल इक़बाल भाई के ज़हन से बिलकुल उतर गये। दरअसल उनको याद ही सिर्फ़ तीन बोल थे। लेकिन उन्होंने बड़े इत्मीनान से गाना जारी रखा—

प्याली उठाओ कैसे भाई—ऐसे भाई हय्या हय्या
चमचा उठाओ, चमचा उठाया—हाँ-हाँ भाई हय्या हय्या

हज़ारों के जनसमूह ने एक साथ दोहरा दिया—

चमचा उठाओ, चमचा उठाया—हाँ-हाँ भाई हय्या हय्या

इस तरह जो-जो शब्द, इक़बाल भाई के दिमाग़ में आते गये वह 'हय्या-हय्या' के साथ जोड़ते गये—और तालियों के तूफ़ान में उनका गीत अत्यन्त कामयाबी के साथ ख़त्म हुआ।

चेकोस्लोवाकिया से वापसी के कुछ दिन बाद इक़बाल भाई ने सूचना दी, "मैंने साँपों का कारोबार शुरू कर दिया है।"

"साँपों का कारोबार...?" मैंने दोहराया मगर मुझे कोई आश्चर्य न हुआ, क्योंकि इक़बाल भाई कुछ भी कर सकते थे।

"कई सौ बन्दर भी हैं..." उन्होंने ज़रा विनीत भाव से इज़ाफ़ा किया—"दरअसल"—उन्होंने खँकारकर कहना शुरू किया—

"बात यह है मुन्नी कि यह अपने ख़ालिद साहब जो हैं ना, उनके ससुर मिस्टर चिराग़दीन अमरीका के चिड़ियाघरों और प्रयोगशालाओं को साँप और बन्दर सप्लाई करते हैं। मुझे उन्होंने अपनी फ़र्म में नौकर रख लिया है। अब मैं वहाँ का काम सम्भालने अमरीका जा रहा हूँ।"

लिहाज़ा इक़बाल भाई साँपों का कारोबार करने अमरीका चले गये।

एक रोज़ डाक द्वारा मुझे ऐडवीना कारलॉयल का संक्षिप्त-सा ख़त मिला जो आयरलैण्ड से आया था। ऐडवीना कारलॉयल ने लिखा था—

"...सारी दुनिया ने मुझे छोड़ दिया था—मुझे अपने अस्तित्व से घृणा हो चुकी थी। मैंने मौत का सहारा ढूँढ़ा मगर मरने में भी अपनी ज़िन्दगी ही की तरह नाकाम रही। साल भर तक मैं प्लास्टर ऑफ पेरिस में जकड़ी हस्पताल में पड़ी रही और मिस्टर सक्सेना हर हफ़्ते, हर मौसम में, हर हालत में घण्टाभर के लिए मेरे पास

आकर बैठते थे और समझाते थे कि ज़िन्दा रहने के लिए हिम्मत न हारना कितना ज़रूरी है।

"मुझे मालूम नहीं आजकल वह कहाँ हैं। यह ख़त मैं आपको इसलिए लिख रही हूँ कि उनको मेरा सलाम पहुँचा दीजिए...।"

मगर मुझे भी मालूम नहीं था कि मिस्टर सक्सेना आजकल कहाँ हैं, उन्होंने अमरीका पहुँचकर किसी को एक कार्ड तक न भेजा था।

मैं वतन वापस आ गयी। इक़बाल भाई के लिए किसी को मालूम न हुआ कि वे कौन से रास्ते और कौन-सी मंज़िल में हैं लेकिन कोई चार साल हुए मेरी एक चचेरी बहन अपनी तालीम ख़त्म करके सानफ्रांसिस्को से लौटी तो उसने सूचना दी–

"मैंने इक़बाल भाई को अपनी आँखों से देखा।"

"कहाँ?"

"हालीवुड में–ख़ास-उल-ख़ास बेवर्ली-हिल्ज़ पर।"

"बेवर्ली हिल्ज़ पर क्या करते हैं?"

"रहते हैं...एक बहुत आलीशान महल में, जिसमें दो स्विमिंग पूल हैं–केडलेक कारों की एक फ़्लैट है–वग़ैरह–मुझे उन्होंने खाने पर भी बुलाया अपने यहाँ...नीगरो बटलर...और...और..."

उसने आगे यह भी बताया कि "साँपों के कारोबार के लिए अमरीका पहुँचने के तीसरे दिन ही मिस्टर चिराग़दीन और मिस्टर इक़बाल बख़्त सक्सेना के बीच कुछ विवाद हो गया जिसके परिणामस्वरूप मिस्टर सक्सेना को अपनी नौकरी से इस्तीफ़ा देना पड़ा। इसके बाद सुनहरी अवसरों के इस देश में वे विभिन्न प्रकार की नौकरियाँ और मज़दूरियाँ करते कैलिफ़ोर्निया पहुँचे। वहाँ सिख और पंजाबी मुसलमान जमींदारों के खेतों पर काम करते रहे। वहाँ से हॉलीवुड तशरीफ़ ले गये...और पूरब से सम्बन्धित बनाई जानेवाली फ़िल्मों में चीनी-रिक्शावाले, हिन्दुस्तानी फ़क़ीर, क़ुली और सपेरे और अरब बद्दू के एक-एक, दो-दो मिनटवाले रोल कामयाबी से अदा करते रहे और एक रेस्तराँ में वेटर बन गये। एक प्रसिद्ध फ़िल्म निर्माता की करोड़पति बेवा उस जगह कभी-कभी खाना खाने आया करती थी। वह निस्सन्तान और बेहद बूढ़ी औरत थी जिसे आँखों से भी कम सुझाई देता था और वह बेवर्ली हिल्ज़ पर अपने शानदार महल के अन्दर नितान्त एकाकी जीवन व्यतीत कर रही थी। हॉलीवुड हुस्न और जवानी का पुजारी है। एक पिचहत्तर वर्ष की बूढ़ी और अन्धी औरत से दो मिनट बात करने का भी वहाँ किसी के पास वक़्त न था। जब वह रेस्तराँ में आकर कोने में अपनी ख़ास मेज़ पर बैठ जाती तो इक़बाल भाई बड़ी मुहब्बत से उसकी मिज़ाजपुर्सी करते। उनको यह भी मालूम न था कि वह कौन

है। बूढ़ी उनके प्रति बेहद कृतज्ञ हो गयी और उसने उनको अपने घर आमन्त्रित किया। फिर वे अकसर उसके यहाँ जाते और उसे अख़बार और पत्रिकाएँ पढ़कर सुनाते। उस बूढ़ी की कम्पेनियन अपनी दूसराथ के पारिश्रमिक के तौर पर तनख़्वाह लेती थी। इक़बाल भाई केवल इन्सानियत के नाते उसके पास बैठे रहते। आख़िर उसने ज़ोर दिया कि वे उसके यहाँ शिफ़्ट हो जाएँ। अतः इक़बाल भाई बेवर्ली हिल्ज़ के उस महल में रहते हैं—और बुढ़िया शायद क़ानूनी तौर पर उनको अपना बेटा बनानेवाली है।"

"इक़बाल बख़्त सक्सेना की दास्तान..." यह सारी कथा सुनकर किसी ने कहा—"कामयाबी की क्लासिक दास्तान है।"

लेकिन छः महीने के बाद एक और साहब अमरीका से वापस आये। उन्होंने इक़बाल भाई को उसी रेस्तराँ में वेटर के यूनिफ़ार्म में देखा। तब यह मालूम हुआ कि उस करोड़पति बुढ़िया की मृत्यु हो गयी—वह काफ़ी ख़ब्ती और सनकी वृद्धा थी। और अपनी सारी दौलत उसने पेरिस के किसी सब्ज़ीफ़रोश के नाम छोड़ी है। इक़बाल भाई अपने काम पर वापस आ चुके हैं।

आज तीसरे पहर को मैं शारदा मेहता के घर के सामने से गुज़र रही थी कि उसने मुझे आवाज़ दी। वह उसी वक़्त कार में सवार हो रही थी—"कहाँ जा रही हो?" उसने पूछा।

मैंने बताया, "मैं उसी तरफ़ जा रही हूँ। आओ, तुमको रास्ते में उतार दूँगी। सत्संग का समय तीन बजे का था। मुझे देर हो गयी।"

शारदा मेहता एक सीधी-सादी, नार्मल धार्मिक क़िस्म की हाउस-वाइफ़ हैं और जब से उसकी इकलौती लड़की पोलियो से ग्रस्त हुई है, पूजा-पाठ, मन्दिरों, यात्राओं, साधु-सन्तों, पीरों-फ़क़ीरों, दरगाहों और मन्नतों-मुरादों का सिलसिला उनके यहाँ बहुत ज़्यादा हो गया है। यों भी वह उन लोगों में से हैं जिनकी शुभ आस्था, भरोसे, यक़ीन और उम्मीद पर दुनिया क़ायम है।

मुफ़स्सिल एरिये में पहुँचकर एक जगह गुजराती सेठ की शानदार विला में शारदा की कार दाख़िल हुई। सत्संग ख़त्म हो चुका था और मोटरें वापस जा रही थीं।

"अरे तुम्हारा सत्संग तो ख़त्म हो गया।" मैंने कहा।

"कोई बात नहीं। मैं गुरु जी के दर्शन तो कर लूँगी। वे कल सबेरे अमरनाथ जा रहे हैं। मुझे पाँच मिनट लगेंगे। तुम भी उतर आओ"—उसने जवाब दिया।

सामने बरामदे में एक विदेशी महिला सफ़ेद साड़ी पहने चन्दन का बड़ा-सा टीका माथे पर लगाये कुछ स्त्रियों के बीच फ़र्श पर आलती-पालती मारे बैठी गीता पाठ कर रही थीं। उनकी उम्र चालीस-पैंतालीस वर्ष की रही होगी—और अपने लहजे से अमरीकन मालूम होती थीं। शारदा ने क़रीब जाकर उनको प्रणाम किया। "यह

माता जी हैं"—उसने चुपके-से मुझसे कहा और मुझे अपने पीछे आने का इशारा करती हुई कमरे में दाख़िल हुई।

दहलीज़ पर चप्पल उतारकर और आँचल से सिर ढाँपकर मैं भी अन्दर गयी। कमरे में सफ़ेद चाँदनी बिछी थी जिस पर इधर-उधर गेंदे के फूल और गुलाब की पंखड़ियाँ बिखरी हुई थीं। आस्थावान अभी-अभी उठकर गये थे। इसलिए चाँदनी पर सिलवटें पड़ी थीं। एक तरफ़ हारमोनियम, खड़तालें और तानपूरे रखे थे। दरीचों में ताज़ा गुलदस्ते सजे थे और लोबान जल रहा था। बीचोंबीच सन्दल की चौकी पर सफ़ेद कपड़े पहने, खिचड़ी बालों की लटें कन्धे पर छिटकाये गुरु जी पद्मासन में बैठे थे। गीता का पाठ उन्होंने अभी ख़त्म किया था। किताब चौकी पर रखी थी और वह ख़ामोशी से दरीचे के बाहर देख रहे थे। मुझे यह देखकर क़तई आश्चर्य न हुआ कि वह इक़बाल बख़्त सक्सेना थे।

उन्होंने शायद एक बार फिर मुझे नहीं पहचाना या अगर पहचाना तो ज़ाहिर नहीं किया। कुछ क्षण टकटकी बाँधे वे मुझे देखते रहे—फिर उसी तरह उन्होंने शून्य में नज़रें जमा दीं।

शारदा ने झुककर बड़ी श्रद्धा से उनके पाँव छुए और पीछे हटी और उसने आँखों से मुझे इशारा किया कि मैं उसके साथ बाहर चलूँ क्योंकि वह दर्शन कर चुकी थी, लेकिन शारदा को यह देखकर आश्चर्य हुआ कि मैं धीरे-से आगे बढ़ी और मैंने झुककर गुरु जी के पाँव छुए।

बचपन में इक़बाल भाई ने मेरे कान ऐंठे थे। डाँट-डाँटकर बड़ी सख़्ती और मेहनत से पढ़ना-लिखना सिखाया था और उस्ताद का दर्ज़ा माँ-बाप के बराबर होता है। वह दुनिया के लिए जाने किस चक्कर में और किस प्रकार 'गुरु जी' बन गये थे लेकिन उनको गुरु जी समझने का अधिकार केवल मेरा था।

उन्होंने हाथ उठाकर ख़ामोशी से मुझे आशीर्वाद दिया और उसी तरह सामने की तरफ़ देखते रहे। मैंने दबे-पाँव दहलीज़ तक पहुँचकर चप्पल पहनी और शारदा के साथ बाहर आ गयी।

अब मर्दों-औरतों की एक क़तार 'दर्शन' के लिए अन्दर जा रही थी।

और बरामदे से उतरते हुए मैंने सोचा कि अगर मैं उनसे सवाल करती—"इक़बाल भाई, आपने अबकी बार इतना लम्बा-चौड़ा फ्रॉड क्यों किया?" तो वह जवाब देते—"देख मुन्नी, दुनिया शान्ति की तलाश में दीवानी हो गयी है—अब अगर मैं इस वेश में कुछ दुःखी आत्माओं को थोड़ी-सी शान्ति दे सकता हूँ तो उसमें मेरा क्या हर्ज़ है?"

और क्या मालूम इक़बाल भाई खुद भी मुक्ति के मार्ग पर पहुँच गये हों—अपने दिल का भेद वह खुद जानें, दूसरे जाननेवाले कौन?

□

कार्मेन

रात के ग्यारह बजे टैक्सी शहर की सुनसान सड़कों पर से गुज़रती एक पुराने ढंग के फाटक के सामने जाकर रुकी। ड्राइवर ने दरवाज़ा खोलकर बड़े विश्वास के साथ मेरा सूटकेस उतारकर फ़ुटपाथ पर रख दिया और पैसों के लिए हाथ फैलाये तो मुझे कुछ अजीब-सा लगा।

"यही जगह है?" मैंने सन्देह से पूछा।

"जी हाँ", उसने इत्मीनान से जवाब दिया। मैं नीचे उतरी। टैक्सी गली के अन्धकार में लुप्त हो गयी। मैंने फाटक खोलने की कोशिश की किन्तु वह अन्दर से बन्द था। तब मैंने बड़े फाटक में, जो खिड़की लगी थी, उसे खटखटाया। कुछ देर बाद खिड़की खुली। मैंने चोरों की भाँति अन्दर झाँका। अन्दर धुँधली रोशनी वाला आँगन था, जिसके एक कोने में दो लड़कियाँ नाइट गाउन पहने धीरे-धीरे बातें कर रही थीं। आँगन के सिरे पर एक छोटी-सी टूटी-फूटी इमारत खड़ी थी। मुझे क्षण भर के लिए घसियारी मण्डी लखनऊ का स्कूल याद आ गया जहाँ से मैंने बनारस यूनिवर्सिटी की मैट्रिक की परीक्षा पास की थी। मैंने पलटकर गली की ओर देखा जहाँ पूर्णतः ख़ामोशी थी। "मान लीजिए" मैंने अपने-आप से कहा—"कि यह स्थान अफ़ीमचियों, चोरी-छुपे लड़कियाँ बेचनेवालों और तस्करों का अड्डा निकला तो...?" मैं एक अज़नबी देश के अनजान शहर में रात के ग्यारह बजे एक गुमनाम इमारत का दरवाज़ा खटखटा रही थी जो घसियारी मण्डी के स्कूल से मिलता-जुलता था।

एक लड़की खिड़की की तरफ़ आयी।

"गुड ईवनिंग। यह वाई. डब्ल्यू. सी. ए. है न?" मैंने थोड़ी नम्रता के साथ मुसकराकर पूछा। "मैंने तार दिलवा दिया था कि मेरे लिए एक कमरा रिज़र्व कर दिया जाए।" लेकिन कितनी ख़राब हालत में है यह वाई. डब्ल्यू. सी. ए. मैंने दिल में सोचा।

"हमें आपका कोई तार नहीं मिला और अफ़सोस है कि सारे कमरे घिरे हुए हैं।"

अब दूसरी लड़की आगे बढ़ी। "यह वर्किंग गर्ल्स होस्टल है। यहाँ आमतौर से यात्रियों को नहीं ठहराया जाता।" उसने कहा।

सहसा मैं बहुत घबरा गयी। अब क्या होगा? मैं इस समय यहाँ से कहाँ जाऊँगी?

दूसरी लड़की मेरी परेशानी देखकर शालीनता से मुसकरायी।

"कोई बात नहीं, घबराओ मत। अन्दर आ जाओ। लो, इधर से कूद आओ।"

"किन्तु कमरा तो कोई ख़ाली नहीं है।" मैंने हिचकिचाते हुए कहा, "मेरे लिए जगह कहाँ होगी?"

"हाँ-हाँ, कोई बात नहीं। जगह हम बना देंगे। अब इस समय आधी रात को तुम कहाँ जा सकती हो?" उसी लड़की ने उत्तर दिया।

मैं सूटकेस उठाकर खिड़की से अन्दर आँगन में कूद गयी। लड़की ने सूटकेस मुझसे लिया। इमारत की ओर जाते हुए मैंने जल्दी-जल्दी कहा, "बस, आज की रात मुझे ठहर जाने दो। मैं कल सुबह अपने दोस्तों को फ़ोन कर दूँगी। मैं यहाँ तीन-चार लोगों को जानती हूँ। तुमको बिलकुल कष्ट न होगा।"

"चिन्ता न करो", उसने कहा। पहली लड़की गुडनाइट कहकर ग़ायब हो गयी।

हम सीढ़ियाँ चढ़कर बरामदे में पहुँचे। बरामदे के एक कोने में लकड़ी की दीवारें लगाकर एक कमरा-सा बना दिया गया था। लड़की ने सुर्ख़ फूलोंवाला मोटा पर्दा उठाकर उसमें प्रवेश किया। मैं उसके पीछे-पीछे गयी।

"यहाँ मैं रहती हूँ। तुम भी यहीं सो जाओ।" उसने सूटकेस एक कुर्सी पर रख दिया और अलमारी में से साफ़ तौलिया और नया साबुन निकाला। एक कोने में छोटे-से पलंग पर मच्छरदानी लगी थी। बराबर में ड्रेसिंग-टेबल लगी थी और किताबों की अलमारी—जिस प्रकार सारी दुनिया में लड़कियों के होस्टलों के कमरे होते हैं। लड़की ने फ़ौरन दूसरी अलमारी में से चादर और कम्बल निकालकर फ़र्श के घिसे हुए बदरंग क़ालीन पर बिस्तर बिछाया और पलंग पर नयी चादर लगाकर मच्छरदानी के पर्दे गिरा दिये।

"लो, तुम्हारा बिस्तर तैयार है।"

मुझे बहुत झेंपी आयी। "सुनो, मैं फ़र्श पर सो जाऊँगी।"

"हरग़िज नहीं, इतने मच्छर काटेंगे कि हालत ख़राब हो जाएगी। हम लोग इन मच्छरों के आदी हैं। कपड़े बदल लो।" इतना कहकर वह इत्मीनान से फ़र्श पर बैठ गयी।

"मेरा नाम कार्मेन है। मैं एक दफ़्तर में मुलाज़िम हूँ और शाम को यूनिवर्सिटी में रिसर्च करती हूँ। केमिस्ट्री मेरा विषय है। मैं वाई. डब्ल्यू. की सोशल सेक्रेट्री भी हूँ। अब तुम अपने बारे में बताओ।"

मैंने बताया।

"अब सो जाओ", मुझे ऊँघते देखकर उसने कहा। फिर उसने घुटनों के बल झुककर दुआ माँगी और फ़र्श पर लेटकर फ़ौरन सो गयी।

सुबह को इमारत जागी। लड़कियाँ सिरों पर तौलिये लपेटे और हाउस कोट पहने स्नानगृहों से निकल रही थीं। बरामदे में से गर्म कहवे की ख़ुशबू आ रही थी। दो-तीन लड़कियाँ आँगन में टहल-टहलकर दाँतों पर ब्रुश कर रही थीं।

"चलो, तुम्हें बाथरूम दिखा दूँ" कार्मेन ने मुझसे कहा और हॉल में से गुज़रकर एक गलियारे में ले गयी जिसके सिरे पर एक टूटी-फूटी कोठरी-सी थी जिसमें सिर्फ़ एक नल लगा था और दीवार पर एक खूँटी गड़ी थी। फ़र्श उखड़ा हुआ था और दीवारों पर सीलन थी। रोशनदान के उधर से किसी लड़की के गाने की आवाज़ आ रही थी। उस स्नानगृह के अन्दर खड़े होकर मैंने सोचा--कैसी अजीब बात है! वर्षों से यह स्नानगृह इस देश में, इस शहर में, इस इमारत में अपनी जगह मौजूद है--और मेरे अस्तित्व से बिलकुल बेख़बर--और आज मैं इसमें मौजूद हूँ। कैसा बेवकूफ़ी का ख़याल था।

जब मैं नहाकर बाहर निकली तो धुँधली रोशनीवाले हॉल में एक छोटी-सी मेज़ पर मेरे लिए नाश्ता चुना जा चुका था। कई लड़कियाँ जमा हो गयी थीं। कार्मेन ने उन सबसे मेरा परिचय कराया। बहुत जल्द ही हम सब पुराने दोस्तों की तरह क़हक़हे लगा रहे थे।

"अब मैं ज़रा अपने जाननेवालों को फ़ोन कर दूँ"--चाय पी लेने के बाद मैंने कहा।

कार्मेन शरारत से मुसकरायी। "हाँ, अब तुम अपने बड़े-बड़े मशहूर और महत्त्वपूर्ण दोस्तों को फ़ोन करो और उनके यहाँ चली जाओ। तुम्हारी परवाह कौन करता है। क्यों, रोज़ा! हम इसकी परवाह करते हैं?"

"बिलकुल नहीं", कोरस में जवाब मिला।

लड़कियाँ मेज़ पर से उठीं। "हम लोग अपने-अपने काम पर जा रहे हैं। शाम को तुमसे मुलाक़ात होगी"...मेगदिलीना ने कहा।

"शाम को", एमीलिया ने कहा, "शाम को तो यह किसी कण्ट्री क्लब में बैठी होंगी।"

कार्मेन के दफ़्तर जाने के बाद मैंने बरामदे में जाकर फ़ोन करने शुरू किये... फ़ौज के मेडिकल चीफ़ मेजर जनरल कैमियो गिल्डास को, जो लड़ाई के ज़माने में मेरे मामा के साथी रह चुके थे...मिसेज़ अन्तोनिया कॉस्टेलो...एक करोड़पति व्यापारी की बीवी को, जो यहाँ की प्रसिद्ध सोशल लीडर थीं और जिनसे

मैं किसी अन्तर्राष्ट्रीय सम्मेलन में मिली थी...अलफ़ॉसो वलेरा...इस देश का सुप्रसिद्ध उपन्यासकार और पत्रकार जो एक बार कराची आया था। "हैलो-हैलो, अरे तुम कब आयीं? हमें सूचना क्यों नहीं दीं?...और कहाँ ठहरी हो? वहाँ...गुड गॉड। वह कोई ठहरने की जगह है, हम फ़ौरन तुम्हें लेने आ रहे हैं" उन सबने बारी-बारी मुझसे यही शब्द दोहराये। सबसे आख़िर में मैंने डॉन गॉर्सिया डेलप्रेडोस को फ़ोन किया। यह पश्चिम योरप के एक देश में राजदूत रह चुके थे और वहीं उनकी पत्नी तथा उनसे मेरी अच्छी-ख़ासी दोस्ती हो गयी थी। उनके सेक्रेटरी ने बताया कि वे आजकल पहाड़ पर गये हुए हैं। उसने मेरी कॉल उनके पहाड़ी महल से मिला दी।

थोड़ी देर बाद मिसेज़ कॉस्टेलो अपनी मर्सीडीज़ में मुझे लेने के लिए आ गयीं। कार्मेन के कमरे में आकर उन्होंने चारों ओर देखा और मेरा सूटकेस उठा लिया। मुझे धक्का-सा लगा। मैं इन लोगों को छोड़कर नहीं जाऊँगी। मैं कार्मेन, एमीलिया, बरनार्डा और रोज़ा तथा मेगदिलीना के साथ रहना चाहती हूँ।

"सामान अभी रहने दीजिए। शाम को देखा जाएगा।" मैंने ज़रा झेंपकर मिसेज़ कॉस्टेलो से कहा।

"किन्तु यह जगह उचित नहीं है। यहाँ पर तुम्हें बेहद तकलीफ़ होगी।" वे बराबर दोहराती रहीं।

रात को जब मैं वापस आयी तो कार्मेन और एमीलिया फाटक की खिड़की में ठुँसी मेरा इन्तज़ार कर रही थीं।

"आज हमने तुम्हारे लिए कमरे का इन्तज़ाम कर दिया है", कार्मेन ने कहा। मैं ख़ुश हुई कि अब उसे फ़र्श पर नहीं सोना पड़ेगा।

हॉल की दूसरी तरफ़ एक और सीले हुए कमरे में दो पलंग बिछे हुए थे। एक पर मेरे लिए बिस्तर लगा था, दूसरे पर मिसेज़ सोरेल बैठी सिगरेट पी रही थीं। वे अड़तीस-उनतालीस वर्ष की रही होंगी। उनकी आँखों में अजीब तरह की उदासी थी। पोलीनीज़ियल नस्ल की किस शाखा से उनका सम्बन्ध था, यह उनकी शक्ल से मालूम न हो सकता था। पलंग पर तकिये के सहारे बैठकर उन्होंने फ़ौरन अपनी ज़िन्दगी की कहानी सुनाना शुरू कर दी। "मैं गाम से आयी हूँ।" उन्होंने कहा।

"गाम कहाँ है?" मैंने पूछा।

"शान्त महासागर में एक द्वीप है। उस पर अमेरिकन हुक़ूमत है। वह इतना छोटा द्वीप है कि दुनिया के नक्शे पर उसके नाम के नीचे सिर्फ़ एक बिन्दु लगा हुआ है। मैं अमेरिकन नागरिक हूँ" उन्होंने थोड़े गर्व के साथ बात बढ़ाई।

"गाम?"...मैंने दिल में दुहराया। "कमाल है! दुनिया में कितनी जगहें हैं और उनमें बिलकुल हमारे जैसे लोग बसते हैं।"

"मेरी लड़की एक वायलिन-वादक के साथ भाग आयी है। मैं उसे पकड़ने

आयी हूँ। वह केवल सत्रह वर्ष की है किन्तु बेहद उद्दण्ड है...यह आजकल की लड़कियाँ..." फिर सहसा वह उठकर बैठ गयीं। "मुझे कैन्सर हो गया था।"

"ओह!..." मेरे मुँह से निकला।

"मुझे छाती का कैन्सर हो गया था।" उन्होंने बड़े दुःख से कहा, "वरना तीन साल पहले...मैं भी...मैं भी और सबकी तरह नॉर्मल थी।" उनके स्वर में अत्यधिक पीड़ा थी–"देखो..." उन्होंने अपने नाइट गाउन का कालर सामने से हटा दिया।

मैंने काँपकर अपनी आँखें बन्द कर लीं। एक औरत से उसके शरीर की सुन्दरता हमेशा के लिए छिन जाए, कितनी दुःखद बात थी।

थोड़ी देर बाद मिसेज़ सोरेल सिगरेट बुझाकर सो गयीं। खिड़की की सलाख़ों में से चाँद अन्दर झाँक रहा था। पास के कमरे से मेगदिलीना के गाने की धीमी आवाज़ आनी भी बन्द हो गयी।

अचानक मेरा जी चाहा कि फूट-फूटकर रोऊँ।

अगला सप्ताह फ़ैशनेबल पत्रिकाओं की भाषा में 'सामाजिक और सांस्कृतिक गतिविधियों की आँधी' की तरह 'आर्ट और कल्चर' के कार्यक्रमों में गुज़रा। दिन मिसेज़ कॉस्टेलो और उनके दोस्तों के सुन्दर, आकर्षक मकानों में और शाम शहर की जगमगाती तफ़रीहगाहों में गुज़रती। विभिन्न प्रकार के लोग–बुद्धिजीवी, पत्रकार, लेखक, राजनीतिज्ञ मिसेज़ कॉस्टेलो के घर आते। मैं अंग्रेज़ी मुहावरे के शब्दों में अपने आपको मानो बेहद 'इंज्वाय' कर रही थी। मैं रात को वाई. डब्ल्यू. वापस आती और हॉल की चौकोर मेज़ के पास बैठकर पाँचों लड़कियाँ बड़ी दिलचस्पी से मुझसे दिन भर की बातें सुनतीं।

"कमाल है" रोज़ा कहती, "हम इस शहर के रहनेवाले हैं लेकिन हमें मालूम नहीं कि यहाँ ऐसा आलिफ़-लैला समान वातावरण भी है।"

"यह बेहद अमीर लोग जो होते हैं न, यह इतनी दौलत का क्या करते हैं?" एमीलिया पूछती। एमीलिया एक स्कूल में पढ़ाती थी। रोज़ा एक सरकारी दफ़्तर में स्टेनोग्राफ़र थी। मेगदिलीना और बरनार्डा एक म्यूजिक कॉलेज में प्यानो और वायलिन की उच्च-शिक्षा प्राप्त कर रही थीं। ये सब मध्यम और निम्न-मध्य वर्ग की लड़कियाँ थीं।

रविवार की प्रातः कार्मेन 'चर्च' में जाने की तैयारी में व्यस्त थी। मैंने कोई चीज़ निकालने के लिए अलमारी की दराज़ खोली तो उसके झटके से ऊपर से एक ऊनी खरगोश नीचे गिर पड़ा। मैं उसे ऊपर रखने के लिए उचकी तो अलमारी की छत पर बहुत-सारे खिलौने रखे नज़र आये।

"ये मेरे बच्चे के खिलौने हैं", कार्मेन ने शृंगार-मेज़ के सामने बाल सँवारते हुए बड़े इत्मीनान से कहा।

"तुम्हारे बच्चे के?" मैं हक्का-बक्का रह गयी और मैंने बड़े दुःख से उसे देखा। कार्मेन बिन-ब्याही माँ थी?

आईने में मेरी प्रतिक्रिया देखकर वह मेरी ओर मुड़ी। उसका चेहरा सुर्ख़ हो गया और उसने कहा—"तुम ग़लत समझीं।" फिर वह खिलखिलाकर हँसी और उसने अलमारी की निचली दराज़ में से एक हल्की नीले रंग की चमकीली 'बेबी बुक' निकाली, "देखो यह मेरे बच्चे की वर्षगाँठ की किताब है। जब वह एक वर्ष का होगा तो यह करेगा। जब दो वर्ष का हो जाएगा तो यह कहेगा। यहाँ उसकी तसवीरें चिपकाऊँगी।" वह आराम से आलती-पालती मारकर पलंग पर बैठ गयी और उसी किताब में ख़ूबसूरत अमरीकी बच्चों की रंगीन तसवीरों के तराशे निकालकर बिस्तर पर फैला दिये।

"देखो, मेरी नाक कितनी चपटी है और निक तो मुझसे भी गया-गुज़रा है, तो हम दोनों के बच्चे की नाक का सोचो क्या हाल होगा? मैं उसके जन्म से महीनों पहले यह तसवीरें देखा करूँगी ताकि उस बेचारे की नाक पर अच्छा प्रभाव पड़े।"

"तुम पगली हो, अच्छी-खासी", मैंने कहा, "और यह निक कौन महानुभाव हैं?"

उसका रंग एकदम सफ़ेद पड़ गया। "अभी उसका ज़िक्र न करो, उसके नाम पर मुझे लगता है कि मेरा दिल टुकड़े-टुकड़े हो जाएगा।"

किन्तु इसके बाद भी वह बराबर निक का ज़िक्र करती रही।

"मैं इतनी बदसूरत हूँ मगर निक कहता है कार्मेन...कार्मेन...मुझे तुम्हारे दिल से, तुम्हारे दिमाग़ से, तुम्हारी आत्मा से प्यार है। निक ने इतनी दुनिया देखी है, इतनी हसीन लड़कियों से उनकी दोस्ती रही है, लेकिन उसे मेरी बदसूरती का ज़रा भी अहसास नहीं।"

गिरजाघर से वापसी पर, झाड़ी के किनारे-किनारे सड़क पर चलते हुए वाई. डब्ल्यू. के सीलनवाले हॉल में कपड़ों पर इस्तरी करते हुए कार्मेन ने मुझे अपनी और निक की कहानी सुनाई। निक डॉक्टर था, उसे पागलों की तरह चाहता था।

मैं रात को मिसेज़ सोरेल के कमरे से कार्मेन के कमरे में वापस आ चुकी थी। क्योंकि मिसेज़ सोरेल अपनी लड़की को पकड़ लाने में सफल हो गयी थीं और लड़की अब उनके साथ ही ठहरी थी। सोने से पहले मैं मच्छरदानी ठीक कर रही थी। कार्मेन फिर फ़र्श पर आसन जमाये बैठी थी।

"निक..." उसने कहना शुरू किया।

"आजकल कहाँ है? तुम उसे ख़त नहीं लिखतीं?"

"नहीं।"

"क्यों?" मैंने आश्चर्य से सवाल किया।

"तुम ख़ुदा पर विश्वास रखती हो?" उसने पूछा।

"यह तो बहुत लम्बी-चौड़ी दार्शनिक समस्या है" मैंने जमुहाई लेकर उत्तर दिया। "मगर यह बताओ कि तुम उसे ख़त क्यों नहीं लिखतीं?"

"पहले मेरे सवाल का जवाब दो। तुम ख़ुदा पर विश्वास रखती हो?"

"हाँ," मैंने बहस को संक्षिप्त करने के लिए कहा।

"अच्छा, तो तुम ख़ुदा को ख़त लिखती हो?"

इमारत की रोशनियाँ बुझ गयीं। रात की हवा में आँगन के पेड़ सरसरा रहे थे। कमरे के दरवाज़े पर पड़ा हुआ, सुर्ख़ फूलोंवाला पर्दा हवा के झोंकों से फड़फड़ाये जा रहा था। मैंने उठकर उसे एक तरफ़ सरका दिया।

"बहुत सुन्दर पर्दा है," मैंने पलंग की तरफ़ लौटते हुए कहा। कार्मेन फ़र्श पर करवट बदलकर आँखें बन्द किये लेटी थी। मेरी बात पर वह फिर उठकर बैठ गयी और उसने धीरे-धीरे कहना शुरू किया। "मैं और निक एक बार पहाड़ी इलाक़े में कई सौ मील की ड्राइव के लिए गये थे..."

"सुन रही हो?"

"हाँ-हाँ, बताओ।"

"रास्ते में निक ने कहा कि चलो डॉन रेमों से मिलते चलें। डॉन रेमों निक के फ़ादर के दोस्त और कैबिनेट मन्त्री थे और उन्होंने हाल ही में अपने ज़िले के पहाड़ी क्षेत्र में नयी कोठी बनवायी थी। जब हम लोग उनकी कोठी के निकट पहुँचे तो सामने सफ़ेद फ़्राक पहने बहुत-सी छोटी-छोटी लड़कियाँ एक स्कूल से निकलकर आती दिखाई दीं। मुझे वह दृश्य एक सपने की तरह याद है, फिर हम लोग अन्दर गये और मिसेज़ रेमों के इन्तज़ार में उनके शानदार ड्राइंगरूम में बैठे। मन्त्री जी घर पर मौजूद नहीं थे। ड्राइंगरूम और स्टडी के बीच जो दीवार थी, उसमें शीशे के एक चौकोर डिब्बे जैसी खिड़की में प्लास्टिक की एक बहुत बड़ी गुड़िया सजी थी जो कमरे की सुन्दर सजावट के मुक़ाबले में बहुत भद्दी मालूम हो रही थी। हम दोनों इस बात पर चुपके से मुसकराये। फिर मिसेज़ रेमों आ गयीं। उन्होंने हमें ठण्डी चाय पिलाई और सारा घर दिखलाया। उनके स्नानगृह काली टाइल के थे और अतिथिगृह के सुन्दर 'दीवान बेड' सुर्ख़ फूलदार टेपेस्ट्री के झालरवाले ग़िलाफ़ों से ढँके हुए थे। उन पलंगों को देखकर निक ने चुपके से मुझसे कहा था, 'बेहद ख़राब टेस्ट है इनका।' और मैंने अपने दिल में कहा था, 'कोई ख़राब टेस्ट नहीं। मैं तो अपने घर के लिए ऐसे ही पलंग खरीदूँगी और इसी रंग के ग़िलाफ़ बनवाऊँगी। इसके बाद–मैं जब भी घरेलू साज़ो-सामान की दुकानों से गुज़रती तो इस कपड़े को देखकर मेरे क़दम ठिठक जाते। फिर मैंने अपनी तनख़्वाह में से पैसे बचा-बचाकर उसी क़ीमती कपड़े का यह पर्दा ख़रीद लिया।' "

"जब मैं एक विशेष चीनी रेस्तराँ के आगे से गुज़रती हूँ" वह उसी आवाज़ में कहती रही–"और शीशे के दरीचे के क़रीब रखी हुई मेज़ और उस पर जलता

हुआ हरा-लैम्प नज़र आता है तो मेरा दिल डूब-सा जाता है। वहाँ मैंने एक शाम निक के साथ खाना खाया था।"

मुझे नींद आ रही थी और मैं निक के इस जाप से ऊब चुकी थी। मैंने मच्छरदानी के पर्दे गिराते हुए कहा, "एक बात बताओ, तुमको अपने इस निक से इतना गहरा प्यार है तो तुमने उससे विवाह क्यों नहीं कर लिया?"

"मुझे दस वर्षों तक एक सुदूर द्वीप में अपने बाबा के साथ रहना पड़ा"–उसने उदासी से जवाब दिया–"पहले हम लोग इसी शहर में रहते थे। युद्ध के ज़माने में बमबारी से हमारा छोटा-सा मकान जलकर राख हो गया और मेरी माँ तथा दोनों भाई मारे गये। सिर्फ़ मैं और मेरे बाबा जीवित बचे। बाबा एक स्कूल में साइंस-टीचर थे। उनको क्षयरोग हो गया और मैंने उन्हें सैनीटोरियम में दाख़िल करा दिया जो बहुत दूर के द्वीप में था।

"सैनीटोरियम बहुत महँगा था इसलिए कॉलेज छोड़ते ही मैंने उसी स्वास्थ्य केन्द्र के दफ़्तर में नौकरी कर ली और आसपास के धनवान ज़मींदारों के घरों में ट्यूशन भी करती रही किन्तु बाबा का इलाज और ज़्यादा महँगा होता गया। तब मैंने अपने गाँव जाकर अनन्नास का पैतृक बगीचा गिरवी रख दिया। तव भी बाबा अच्छे न हुए। निक से मेरी मुलाक़ात आज से दस वर्ष पूर्व एक फिएस्टा (Fiesta) में हुई थी। इस बीच मैं जब राजधानी आती, वह मुझसे मिलता रहता। तीन साल हुए उसने शादी के लिए अनुरोध किया किन्तु बाबा की हालत इतनी ख़राब थी कि मैं उनको मरता छोड़कर यहाँ न आ सकती थी। उसी ज़माने में निक को बाहर जाना पड़ गया। जब बाबा मर गये तो मैं यहाँ आ गयी। अब मैं यहाँ नौकरी कर रही हूँ और अगले वर्ष यूनिवर्सिटी में अपना थीसिस भी दाख़िल कर दूँगी। मैं चाहती हूँ कि बाबा के खेत भी रेहन से छुड़ा लूँ। निक मेरी सहायता करना चाहता था किन्तु मैं शादी से पूर्व उससे एक पैसा न लूँगी। उसके ख़ानदानवाले बड़े घमण्डी और अकड़फूवाले लोग हैं और एक लड़की के लिए उसका आत्मसम्मान बहुत बड़ी चीज़ है। आत्मसम्मान, स्वाभिमान और आत्मविश्वास यदि मुझे कभी यह अहसास हो जाए कि निक भी मुझे कमतर समझता है...या मुझे...। सो गयी? अच्छा...गुडनाइट..."

दूसरी सुबह तैयार होकर रोज़ की तरह सबसे पहले नाश्ते की मेज़ पर इन्तज़ाम के लिए पहुँच चुकी थी। मिसेज़ सोरेल गाम वापस जा रही थीं। अपने होनेवाले दामाद से उनकी सन्धि हो गयी थी। वह सवेरे ही से आ पहुँचा था। वह एक दुबला-पतला नौजवान था और बरामदे के एक कोने में भीगी बिल्ली बना बैठा था। वातावरण में अजीब-सी ख़ुशी छायी थी। लड़कियाँ बात-बात पर क़हक़हे लगा रही थीं। मैं भी बहुत प्रसन्न थी और ख़ुद को बेहद हल्का-फुल्का महसूस कर रही थी। यह हल्के-फुल्केपन और पूर्ण शान्ति और सन्तोष का सुखद अहसास ज़िन्दगी में बहुत कम आता है और केवल कुछ क्षण रहता है किन्तु वे क्षण ग़नीमत हैं।

कार्मेन जल्दी-जल्दी नाश्ता करके दफ़्तर चली गयी।

"आज भी तुम अपने शानदार दोस्तों से मिलने न जा रही होतीं तो तुमको जीपनी में बिठाकर शहर के गली-कूचों की सैर कराते।" मेगदिलीना ने मुझसे कहा।

"तुम्हारे लिए एक कैडलॉक आयी है, भई...!" रोज़ा ने अन्दर आकर सूचना दी।

"कैडलॉक! ओफ़्फ़ोह!"...कोरस हुआ।

"तुम्हारे लिए इतनी सुन्दर और आलीशान मोटरें आती हैं कि रौब के मारे हम लोगों की बिलकुल घिग्घी बँध जाती है।" बरनार्डा ने खुशदिली से कहा।

मैंने लड़कियों को 'गुडबाई' कहा और अपना सफ़री बैग कन्धे से लटकाकर बाहर आ गयी। मैं भूतपूर्व राजदूत डॉन गार्सिया डेलप्रेडोस के यहाँ दो दिन के लिए हिल स्टेशन जा रही थी। उनके बावर्दी शोफ़र ने काली कैडलॉक का दरवाज़ा बड़े अदब के साथ बन्द किया और कार शहर से निकलकर हरे-भरे पहाड़ों की ओर रवाना हो गयी।

पहाड़ की एक चोटी पर डॉन गार्सिया का स्पेनी तर्ज़ का एक शानदार घर वृक्षों में छिपा दूर से नज़र आ रहा था। घाटियों में कुहरा छा रहा था और सफ़ेद कासनी, लाल और पीले रंग के पहाड़ी फूल खिले हुए थे। कार ने फाटक में प्रवेश किया और पोर्च में आकर रुक गयी। क़बाइली नस्ल की सुशील नौकरानियाँ बाहर निकलीं। बटलर ने नीचे आकर कार का दरवाज़ा खोला। हॉल के दरवाज़े में डॉन गार्सिया और उनकी पत्नी डोना मारिया मेरी प्रतीक्षा कर रहे थे। उनका घर सफ़ेद क़ालीनों और सुनहरे फ़र्नीचर और बहुमूल्य सजावट के सामान से सजा हुआ था। कमरे इस प्रकार के थे जिनकी तसवीरें 'लाइफ़' नामक पत्रिका के रंगीन पृष्ठों पर 'पीरियड-फ़र्नीचर, इण्टीरियर डेकोरेशन' के सिलसिले में प्रायः प्रकाशित की जाती हैं।

कुछ देर बाद मैं डोना मारिया के साथ ऊपर की मंज़िल पर गयी। वहाँ शीशों वाले बरामदे के एक कोने में एक नाजुक-सी बेंत की टोकरी में एक छः महीने की बेहद गुलाबी बच्ची पड़ी 'ग़ाऊँ-ग़ाऊँ' कर रही थी। वह बच्ची इतनी अधिक प्यारी लग रही थी कि मैं डोना मारिया की बात अधूरी छोड़कर सीधी टोकरी के पास चली गयी। एक बेहद हसीन, स्वस्थ, तरोताज़ा और कमसिन अमरीकन लड़की नज़दीक के सोफ़े से उठकर मेरी ओर आयी और मुसकराकर हाथ आगे बढ़ाया।

"यह मेरी बहू है।" डोना मारिया ने कहा।

हम तीनों टोकरी के गिर्द खड़े होकर बच्ची से लाड़-प्यार करने लगे।

दोपहर को लंच की मेज़ पर अमरीकन लड़की का पति भी आ गया।

"यह हमारा बेटा होज़े है।" डॉन गार्सिया ने कहा।

होज़े की आयु लगभग पैंतीस वर्ष की रही होगी। अपनी राष्ट्रीय कढ़त की

हल्के नीले रंग की कमीज़ और सफ़ेद पतलून में वह ख़ासा दिलकश मालूम हो रहा था। वह अपनी नवयुवा पत्नी को बहुत ज़्यादा चाहता था और अपनी बच्ची पर मोहित था। अधिकतर वह उसी की बातें करता रहा।

रात को मैं अपने शानदार और ख़ुशनुमा शयनकक्ष में गयी जिसके साज़ो-सामान को हाथ लगाते फ़िक्र होती थी कि कहीं मैला न हो जाए। उस समय मुझे वाई. डब्ल्यू. के सीलन भरे कमरे और तंग मच्छरदानी, मिसेज़ सोरेल और हॉल की बदरंग मेज़-कुर्सियाँ बहुत याद आयीं।

दो दिन बाद प्रेडोस परिवार मेरे साथ ही राजधानी वापस लौटा।

अपने माता-पिता को उनके टाउन हाउस में उतारने के बाद होज़े ने मुझे मेरे निवास स्थान पर पहुँचाने के लिए कैडलॉक दोबारा स्टार्ट की। होज़े और उसकी पत्नी डोरथी केवल दो सप्ताह पूर्व अमरीका से लौटे थे। उनका बहुत-सा सामान कस्टम हाउस में पड़ा था जिसे छुड़ाने के लिए उन्हें जाना था।

शहर के सबसे बढ़िया होटल के सामने होज़े ने कार रोक ली।

"यहाँ क्या करना है?" मैंने उससे पूछा।

"तुम यहीं ठहरी हो न?"

"नहीं डियर होज़े, मैं वाई. डब्ल्यू. सी. ए. में ठहरी हूँ।"

"वाई. डब्ल्यू.! गुड गॉड! कमाल है...अच्छा, वहीं चलते हैं। मगर क्या तुमको यहाँ जगह न मिल सकी? तुम्हें चाहिए था कि आते ही डैडी को सूचित करतीं।"

उस समय, अकस्मात् मुझे ख़याल आया कि मैं हर वर्ग और हर प्रकार के लोगों को अपने स्वाभाविक ढंग से कम-से-कम अपनी हद तक मानसिक तौर पर सन्तुष्ट करती चली जाती हूँ। मगर होज़े और उसके माता-पिता इस देश के दस बेहद धनाढ्य परिवारों में शामिल थे और यहाँ के शासक वर्ग के विशेष स्तम्भ थे और इन लोगों को यह समझाना बिलकुल व्यर्थ था कि मुझे वाई. डब्ल्यू. क्यों इतना अच्छा लगा है और मैं वहीं ठहरने का क्यों अनुरोध कर रही हूँ।

होज़े ने गली के नुक्कड़ पर कार रोक ली, क्योंकि जीपनियों की एक पंक्ति ने सारा रास्ता घेर रखा था। मैं जब वाई. डब्ल्यू. के अन्दर पहुँची तो सब लोग सो चुके थे। मैं चुपके से जाकर अपनी मच्छरदानी में घुस गयी। कार्मेन रोज़ की तरह फ़र्श पर आराम से सो रही थी। उसके सिरहाने सान्तो तौमास की तसवीर पर गली के लैम्प की मन्दी-सी छाया झिलमिला रही थी।

सुबह चार बजे उठकर मैं दबे-पाँव चलती उसी जर्जर स्नानगृह में गयी और धीरे-से पानी का नल खोला मगर पानी की धार इतनी ज़ोर से निकली कि मैं चौंक उठी। इसी तरह चुपके-चुपके कमरे में आकर मैंने सामान बाँधा ताकि आहट से कार्मेन की आँख न खुल जाए। इतने में मैंने देखा कि वह फ़र्श पर से ग़ायब है।

कुछ देर बाद उसने आकर कहा, "नाश्ता तैयार है"...वह टैक्सी के लिए फ़ोन भी कर चुकी है।

"सफ़र कैसा रहा?" उसने चाय उँड़ेलते हुए पूछा।

"बहुत दिलचस्प।"

"यह तुम्हारे दोस्त लोग कौन थे, जहाँ तुम गयी थीं? तुमने बताया ही नहीं।"

मैं बात शुरू करने ही वाली थी कि अचानक मुझे एक ख़याल आया। मैंने जल्दी से कमरे में जाकर सूटकेस खोला। एक नयी बनारसी साड़ी निकालकर एक पर्चे पर लिखा—'तुम्हारी शादी के लिए मेरा पेशगी तोहफा' और साड़ी तथा परचा कार्मेन के तकिये के नीचे रख दिया।

"टैक्सी आ गयी।" कार्मेन ने बरामदे में से आवाज़ दी।

हम दोनों सामान उठाकर बाहर आये। मैं टैक्सी में बैठ गयी। इतने में कार्मेन फाटक की खिड़की से सिर बाहर निकलकर चिल्लायी—"अरे तुमने अपना पता तो दिया ही नहीं।"

मैंने काग़ज़ के टुकड़े पर अपना पता घसीटकर उसे थमा दिया। फिर मुझे भी एक बेहद ज़रूरी बात याद आयी—"हद हो गयी कार्मेन, तुम्हारी वाई. डब्ल्यू. ने मुझे अपना बिल नहीं दिया।"

"बको मत?"

"अरे यह तुम्हारा निजी घर तो नहीं था।"

"तुम मेरी मेहमान थीं।"

"बको मत।"

"तुम ख़ुद मत बको। अब भागो वरना हवाई जहाज़ छूट जाएगा...और देखो जब मैं शादी का कार्ड भेजूँ तो तुमको आना पड़ेगा। मैं कोई बहाना नहीं सुनूँगी। ज़रा सोचो, निक तुमसे मिलकर कितना ख़ुश होगा।"

मगर हम दोनों को मालूम था कि मेरा दोबारा इतनी दूर आना बहुत मुश्किल है।

"गुडबाई, कार्मेन!" मैंने कहा।

"गुडबाई," वह खिड़की में से सिर निकालकर बहुत देर तक हाथ हिलाती रही। टैक्सी सुबह के धुँधलके में एयर-पोर्ट रवाना हो गयी।

हवाई जहाज़ तैयार खड़ा था। मैं कस्टम काउण्टर पर से लौटी तो पीछे से डॉन गार्सिया की आवाज़ आयी, "निक, मैं ज़रा सिगार ख़रीद लूँ।"

"बहुत अच्छा, डैडी"—यह होज़े की आवाज थी।

मैं चौंककर पीछे मुड़ी। होज़े मुसकराता हुआ मेरी ओर बढ़ा—"देखा, हम लोग ठीक़ वक़्त पर आ गये न।"

"होज़े"—मैंने डूबते हुए दिल से पूछा—"तुम्हारा दूसरा नाम क्या है?"

"निक...डैडी जब बहुत लाड़ में आते हैं तो मुझे निक पुकारते हैं। वरना आमतौर पर मैं होज़े ही कहलाता हूँ...क्यों?"

"कुछ नहीं"—मैं उसके साथ-साथ लाउंज की तरफ़ चलने लगी—"तुम अमरीका क्या करने गये थे?" मैंने आहिस्ता से पूछा।

"हार्ट सर्जरी में स्पेशलाइज़ करने...तुम्हें बताया तो था, क्यों..."

"तुम...कभी तुमने...तुमने..."

"क्यों, क्या हुआ?...क्या बात है?"

"कुछ नहीं।" मेरी आवाज़ डूब गयी। लाउडस्पीकर ने एकरंगी से दुहराना शुरू किया—"पैन अमरीकन के यात्री...पैन अमरीकन के यात्री।"

"अरे, रवानगी का वक़्त इतनी जल्दी आ गया" निक ने आश्चर्य से घड़ी देखी। डॉन गार्सिया सिगार ख़रीदकर आत्मीयता से मुसकराते मेरी तरफ़ आये। मैंने दोनों बाप-बेटों का शुक्रिया अदा दिया। उन्हें ख़ुदा हाफिज़ कहा और तेज़ी से मुसाफ़िरों की पंक्ति में जा मिली।

दौड़ते हुए हवाई जहाज़ की खिड़की में से मैंने देखा, डॉन गार्सिया और निक नीचे रेलिंग पर झुके रूमाल हिला रहे थे। हवाई जहाज़ ने ज़मीन से ऊपर उठना शुरू कर दिया।

यहाँ से बहुत दूर, ख़तरनाक तूफ़ानों से घिरे हुए पूर्वी समुद्र में हरे-भरे द्वीपों का एक समूह है जो फ़िलीपीन कहलाता है। उसकी जागती जगमगाती राजधानी मनीला के एक बेरंग-से मुहल्ले की एक जर्जर इमारत के अन्दर एक बेहद चपटी नाक और फ़रिश्ते की तरह मासूम दिलवाली फ़िलिपीनी लड़की रहती है, जो अपने बच्चे के लिए खिलौने जमा कर रही है और अपने ख़ुदा की वापसी की प्रतीक्षा कर रही है जिस पर उसे पूरा विश्वास है।

□

फ़ोटोग्राफ़र

मौसमे-बहार के फूलों से घिरा हुआ बेहद ख़ूबसूरत गेस्ट-हाउस हरे-भरे टीले की चोटी पर दूर से नज़र आ जाता है। टीले के ठीक नीचे पहाड़ी झील है। एक बलखाती सड़क झील के किनारे-किनारे गेस्ट-हाउस के फाटक तक पहुँचती है। फाटक के समीप वॉलरस जैसी मूँछोंवाला एक फ़ोटोग्राफ़र अपना सामान फैलाये एक टीन की कुर्सी पर चुपचाप बैठा रहता है। यह गुमनाम पहाड़ी क़स्बा टूरिस्ट क्षेत्र में नहीं है इसलिए बहुत कम पर्यटक इस तरफ़ आते हैं अतः जब हनीमून मनानेवाला कोई जोड़ा या कोई मुसाफ़िर गेस्ट-हाउस में आ पहुँचता है तो फ़ोटोग्राफ़र बड़ी आशा और धैर्य के साथ अपना कैमरा सम्भाले बाग़ की सड़क पर टहलने लगता है। बाग़ के माली के साथ उसका समझौता है। गेस्ट-हाउस में ठहरी किसी नौजवान लड़की के लिए सुबह-सवेरे गुलदस्ते ले जाते समय माली फ़ोटोग्राफ़र को इशारा कर देता है और जब हनीमून मनानेवाला जोड़ा नाश्ते के बाद नीचे बाग़ में आता है, तो माली और फ़ोटोग्राफ़र दोनों उनके इन्तज़ार में चौकस मिलते हैं।

फ़ोटोग्राफ़र ज़म्बे समय से यहाँ मौजूद है, न जाने कहीं और जाकर अपनी दुकान क्यों नहीं सजाता, लेकिन वह इसी क़स्बे का रहनेवाला है। अपनी झील और अपनी पहाड़ी छोड़कर कहाँ जाए? इस फाटक की पुलिया पर बैठे-बैठे उसने बदलती दुनिया के रंगारंग तमाशे देखे हैं। पहले यहाँ 'साहब लोग' आते थे। बर्तानवी प्लाटर्स, सफ़ेद सोला-हैट पहने कॉलोनियल, सर्विस के जुगादरी अफ़सर, उनकी मेम लोग और बाबा लोग। रात-रात भर शराबें उड़ाई जाती थीं और ग्रामोफ़ोन रेकॉर्ड्स चीख़ते थे और गेस्ट-हाउस के निचले ड्राइंग रूम में डान्स होता था और दूसरे महायुद्ध के ज़माने में अमरीकन आने लगे थे। फिर देश को स्वतन्त्रता मिली और इक्का-दुक्का पर्यटक आने शुरू हुए या सरकारी अधिकारी या नये-बियाहे जोड़े या चित्रकार या कलाकार जो एकान्त चाहते हैं। ऐसे लोग जो बरसात की शामों और झील पर झुके इन्द्रधनुष का मनोरम दृश्य देखना चाहते हैं, ऐसे लोग जो शान्ति और प्रेम की खोज में हैं, जिसका जीवन में अस्तित्व नहीं क्योंकि हम जहाँ जाते हैं, मृत्यु हमारे साथ है। हम जहाँ ठहरते हैं, मृत्यु हमारे साथ है। मृत्यु अनवरत हमारी सहयात्री है।

गेस्ट-हाउस में मुसाफ़िरों का आना-जाना जारी है। फ़ोटोग्राफ़र के कैमरे की आँख यह सब देखती है और ख़ामोश रहती है।

एक दिन शाम पड़े एक नौजवान और एक लड़की गेस्ट-हाउस में आकर उतरे। अनुमानतः यह दोनों हनीमून मनानेवाले मालूम नहीं होते थे, किन्तु बेहद प्रसन्न और गम्भीर-से वे अपना सामान उठाये ऊपर चले गये। ऊपर की मंज़िल बिल्कुल ख़ाली पड़ी थी। ज़ीने के बराबर में डाइनिंग-हॉल था और उसके बाद तीन बेडरूम।

"उठाओ अपना बोरिया-बिस्तर", नौजवान ने उससे कहा।

"अच्छा"...लड़की दोनों चीज़ें उठाकर बराबर के सिटिंग-रूम से गुज़रती दूसरे बेडरूम में चली गयी, जिसके पीछे एक पक्का गलियारा-सा था। कमरे के बड़े-बड़े दरीचों में से वे मजदूर नज़र आ रहे थे जो एक सीढ़ी उठाये पिछली दीवार की मरम्मत के काम में व्यस्त थे।

सिंहली बैरा लड़की का सामान लेकर अन्दर आया और दरीचों के पर्दे बराबर करके चला गया। लड़की सफ़र के कपड़े बदलकर सिटिंग-रूम में आ गयी। नौजवान आतिशदान के पास एक आराम-कुर्सी पर बैठा कुछ लिख रहा था। उसने नज़रें उठाकर लड़की को देखा। बाहर झील पर यकायक अन्धकार छा गया था। वह दरीचे में खड़ी होकर बाग़ के धुँधलके को देखने लगी। फिर वह भी एक कुर्सी पर बैठ गयी। न जाने वे दोनों क्या बातें करते रहे। फ़ोटोग्राफ़र, जो अब भी नीचे फाटक पर बैठा था, उसका कैमरा आँख रखता था किन्तु श्रवणशक्ति से वंचित था।

कुछ देर बाद वे दोनों खाना-खाने के कमरे में गये और खिड़की से लगी हुई मेज़ पर बैठ गये। झील के दूसरे किनारे पर क़स्बे की रोशनियाँ झिलमिला उठी थीं।

उस वक़्त तक एक यूरोपियन पर्यटक भी गेस्ट-हाउस में आ चुका था। वह ख़ामोश डॉइनिंग हॉल के दूसरे कोने में चुपचाप बैठा ख़त लिख रहा था। कुछेक पिक्चर पोस्टकार्ड उसके सामने मेज़ पर रखे थे।

यह अपने घर ख़त लिख रहा है कि मैं इस समय रहस्यमय पूरब के एक रहस्यमय डाक-बँगले में मौजूद हूँ। सुर्ख़ साड़ी में लिपटी हुई एक रहस्यमय हिन्दुस्तानी लड़की मेरे सामने बैठी है। बड़ा ही रोमैण्टिक वातावरण है। लड़की ने चुपके-से कुछ कहा उसका साथी हँस पड़ा।

खाने के पश्चात् वे दोनों फिर सिटिंग-रूम में आ गये। नौजवान अब उसे कुछ पढ़कर सुना रहा था। रात गहरी होती गयी। सहसा लड़की को ज़ोर की छींक आयी और उसने सूँ-सूँ करते हुए कहा, "अब सोना चाहिए।"

"तुम अपनी जुकाम की दवाई पीना न भूलना।" नौजवान ने चिन्ता से कहा।

"हाँ, गुडनाइट..." लड़की ने उत्तर दिया और अपने कमरे में चली गयी। पिछला गलियारा घुप्प अँधेरा पड़ा था। कमरा बेहद शान्त, ठण्डा और सुखदायी था।

ज़िन्दगी बेहद शान्त और सुखद थी। लड़की ने कपड़े बदलकर शृंगार-मेज़ की दराज़ खोल, दवाई की शीशी निकाली, कि दरवाज़े पर दस्तक हुई। उसने अपना स्याह किमोनो पहनकर दरवाज़ा खोला। नौजवान ज़रा घबराया हुआ-सा सामने खड़ा था–"मुझे बड़ी सख़्त खाँसी उठ रही है" उसने कहा।

"अच्छा"...लड़की ने दवाई की शीशी और चमचा उसे दिया। चमचा नौजवान के हाथ से छूटकर फ़र्श पर गिर गया। उसने झुककर चमचा उठाया और अपने कमरे की तरफ़ चला गया। लड़की रोशनी बुझाकर सो गयी।

सुबह को वह नाश्ते के लिए डाइनिंग रूम में गयी। ज़ीने के बराबरवाले हॉल में फूल महक रहे थे। ताँबे के बड़े-बड़े गुलदान ब्रासो से चमकाये जाने के बाद हॉल के झिलमिलाते फ़र्श पर एक क़तार में रख दिये गये थे और ताज़ा फूलों के ढेर उनके क़रीब रखे हुए थे। बाहर सूरज ने झील को रोशन कर दिया था और पीली तथा सफ़ेद तितलियाँ हरियाली पर उड़ती फिर रही थीं। कुछ देर बाद नौजवान हँसता हुआ ज़ीने पर आता दिखाई दिया। उसके हाथ में गुलाब के फूलों का एक गुच्छा था।

"माली नीचे खड़ा है, उसने यह गुलदस्ता तुम्हारे लिए भिजवाया है।" उसने कमरे में प्रवेश कर मुसकराते हुए कहा और गुलदस्ता मेज़ पर रख दिया।

लड़की ने एक अध-खिला फूल उठाकर बेख़याली से उसे अपने बालों में लगा लिया और अख़बार पढ़ने में व्यस्त हो गयी।

"एक फ़ोटोग्राफ़र भी नीचे मँडरा रहा है, उसने मुझसे बड़ी गम्भीरतापूर्वक तुम्हारे बारे में पूछा है कि तुम अमुक फ़िल्म-स्टार तो नहीं?"...नौजवान ने कुर्सी पर बैठकर चाय बनाते हुए कहा।

लड़की हँस पड़ी। वह एक प्रसिद्ध नर्तकी थी, लेकिन इस जगह पर किसी ने उसका नाम भी न सुना था। नौजवान लड़की से भी अधिक मशहूर संगीतकार था, मगर उसे भी यहाँ कोई न पहचान सका था। दोनों को अपनी इस क्षणिक गुमनामी और भरपूर शान्ति के यह पल बहुत भले लगे।

कमरे के दूसरे कोने में नाश्ता करते हुए, अकेले यूरोपियन ने आँखें उठाकर उन दोनों को देखा और ज़रा-सा मुसकराया। वह भी इन दोनों की ख़ामोश खुशियों में शरीक हो चुका था।

नाश्ते के बाद वे दोनों नीचे गये और बाग़ के किनारे गुलमोहर के नीचे खड़े होकर झील को देखने लगे। फ़ोटोग्राफ़र ने अचानक छलावे की तरह सामने आकर बड़े नाटकीय अन्दाज़ में टोपी उतारी और ज़रा झुककर कहा–

"फ़ोटोग्राफ़ लेडी...।"

लड़की ने घड़ी देखी। "हम लोगों को अभी बाहर जाना है। देर हो जाएगी।"

"लेडी..." फ़ोटोग्राफ़र ने पाँव मुँडेर पर रखा और एक हाथ फैलाकर बाहर की दुनिया की तरफ़ इशारा करते हुए जवाब दिया—"बाहर जीवन की रणभूमि में घमासान युद्ध छिड़ा है। मुझे मालूम है, इस घमासान से निकलकर आप दोनों ख़ुशी के थोड़े-से पल चुराने की कोशिश में व्यस्त हैं। देखिये, इस झील के ऊपर इन्द्रधनुष पल-की-पल में ग़ायब हो जाता है, लेकिन मैं आपका ज़्यादा वक़्त न लूँगा...इधर आइये।"

"बड़ा वाचाल फ़ोटोग्राफ़र है।" लड़की ने चुपके से अपने साथी से कहा।

माली, जो मानो अब तक अपनी बारी की प्रतीक्षा कर रहा था, दूसरे वृक्ष के पीछे से निकला और लपककर एक और गुलदस्ता लड़की को पेश किया। लड़की खिलखिलाकर हँस पड़ी। वह और उसका साथी अमर सुन्दरी पार्वती की मूर्ति के पास जा खड़े हुए। लड़की की आँखों में धूप आ रही थी, इसलिए उसने ज़रा मुसकराते हुए आँखें थोड़ी-सी चुँधियायी थीं।

क्लिक...क्लिक...तसवीर उतर गयी।

"तसवीर आपको शाम को मिल जाएगी...थैंक यू लेडी...थैंक्यू सर..." फ़ोटोग्राफ़र ने ज़रा-सा झुककर दुबारा टोपी छुई।

लड़की और उसका साथी कार की तरफ़ चले गये।

सैर करके वे दोनों शाम-पड़े लौटे और संध्या की नारंगी रोशनी में देर तक, बाहर घास पर पड़ी कुर्सियों पर बैठे रहे। जब कोहरा गिरने लगा तो अन्दर निचली मंज़िल के विस्तृत और ख़ामोश ड्राइंग-रूम में नारंगी क़ुमक़ुमों की रोशनी में आ बैठे। न जाने क्या-क्या बातें कर रहे थे जो किसी तरह ख़त्म होने ही में न आती थीं। खाने के समय वे ऊपर चले गये। सुबह-सवेरे वे वापस जा रहे थे और अपनी बातों की धुन में उनको फ़ोटोग्राफ़र और उसकी खींची हुई तसवीर याद भी न रही थी।

सुबह को लड़की अपने कमरे ही में थी जब बैरे ने अन्दर जाकर एक लिफ़ाफ़ा पेश किया।

"फ़ोटोग्राफ़र साहब ये रात को दे गये थे।" उसने कहा।

"अच्छा, उस सामनेवाली दराज़ में रख दो।" लड़की ने बेख़याली से कहा और बाल सँवारने में जुटी रही।

नाश्ते के बाद सामान बाँधते हुए उसे वह दराज़ खोलना याद नहीं रही और जाते समय ख़ाली कमरे पर एक सरसरी नज़र डालकर तेज़-तेज़ चलती हुई, वह कार में बैठ गयी।

नौजवान ने कार स्टार्ट कर दी। फाटक से बाहर निकली। फ़ोटोग्राफ़र ने पुलिया पर से उठकर टोपी उतारी, मुसाफ़िरों ने मुसकराकर हाथ हिलाये। कार ढलान से नीचे रवाना हो गयी।

वह वॉलरस जैसी मूँछोंवाला फ़ोटोग्राफ़र अब बहुत बूढ़ा हो चुका है और उसी तरह इस गेस्ट-हाउस के फाटक पर टीन की कुर्सी बिछाये बैठा है और पर्यटकों की तसवीरें उतारता रहता है, जो अब नयी एयर-सर्विस शुरू होने के कारण बड़ी संख्या में इस तरफ़ आने लगे हैं।

...लेकिन इस समय एयर-पोर्ट से जो टूरिस्ट कोच आकर फाटक में दाख़िल हुई उसमें से केवल एक प्रतिष्ठित महिला अपना अटैचीकेस उठाये बाहर आयी और ठिठककर उन्होंने फ़ोटोग्राफ़र को देखा जो कोच को देखते ही फ़ौरन उठ खड़ा हुआ था लेकिन किसी हसीन और जवान लड़की के बजाय एक अधेड़ उम्र की महिला को देखकर मायूसी से दुबारा जाकर अपनी टीन की कुर्सी पर बैठ चुका था।

महिला ने कार्यालय में जाकर रजिस्टर में अपना नाम दर्ज किया और ऊपर चली गयीं। गेस्ट-हाउस सुनसान पड़ा था। पर्यटकों की एक टोली अभी-अभी आगे रवाना हुई थी और बैरे कमरे की झाड़-पोंछ कर चुके थे। ताँबे के गुलदान ताज़ा फूलों की प्रतीक्षा में हॉल के फ़र्श पर रखे झलझल कर रहे थे। नवागत महिला मध्यवर्ती बेडरूम में से गुजरकर पिछले कमरे में चली गयीं और अपना सामान रखने के बाद फिर बाहर आकर झील को देखने लगीं। चाय के बाद वह खाली सिटिंग-रूम में जा बैठीं और रात हुई तो जाकर अपने कमरे में सो गयीं। गलियारे में से कुछ परछाइयों ने अन्दर झाँका तो वह उठकर दरीचे में गयीं, जहाँ मज़दूर दिन भर काम करने के बाद सीढ़ी दीवार से लगी छोड़ गये थे। गलियारा भी सुनसान पड़ा था। वह फिर पलंग पर आकर लेटीं तो कुछ देर बाद दरवाज़े पर दस्तक हुई। उन्होंने दरवाज़ा खोला। बाहर कोई न था। सिटिंग-रूम भाँय-भाँय कर रहा था। वह फिर आकर लेट गयीं। कमरा बहुत सर्द था।

सुबह को उठकर उन्होंने अपना सामान बाँधते हुए शृंगार-मेज़ की दराज़ खोली तो उसके अन्दर बिछे हुए पीले कागज़ों के नीचे से एक लिफ़ाफ़े का कोना नज़र आया जिस पर उनका नाम लिखा था।

महिला ने थोड़े आश्चर्य के साथ लिफ़ाफ़ा बाहर निकाला। एक काक्रोच कागज़ की तह में से निकलकर महिला की उँगली पर आ गया। उन्होंने डरकर उँगली झटकी और लिफ़ाफ़े में से एक तसवीर सरककर नीचे गिर गयी जिसमें एक नौजवान और एक लड़की अमर सुन्दरी पार्वती की मूर्ति के पास खड़े मुसकरा रहे थे। तसवीर का कागज़ पीला पड़ चुका था। महिला कुछ क्षणों तक गुमसुम उस तसवीर को देखती रही फिर उसे अपने बैग में रख लिया।

बैरे ने बाहर से आवाज़ दी कि एयर-पोर्ट जानेवाली कोच तैयार है। वे नीचे गयीं। फ़ोटोग्राफ़र नये मुसाफ़िरों की ताक में बाग़ की सड़क पर टहल रहा था। महिला ने उसके क़रीब जाकर बेतकल्लुफ़ी से कहा—

"कमाल है, पन्द्रह वर्षों में कितनी बार शृंगार-मेज़ की सफ़ाई की गयी होगी

मगर यह तसवीर काग़ज़ के नीचे इसी तरह पड़ी रही...” फिर उनके स्वर में झल्लाहट आ गयी...“और यहाँ की व्यवस्था कितनी ख़राब हो गयी है। कमरे में काक्रोच-ही-काक्रोच।”

फ़ोटोग्राफ़र ने चौंककर उनको देखा और पहचानने की कोशिश की और फिर महिला के झुर्रियोंवाले चेहरे पर नज़र डालकर दूसरी ओर देखने लगा। वे कहती रहीं, उनकी आवाज़ भी बदल चुकी थी। चेहरे पर नागवारी और सख़्ती थी और अन्दाज़ में चिड़चिड़ापन और बेज़ारी...और वे सपाट आवाज़ में कहे जा रही थीं।

“मैं स्टेज से रिटायर हो चुकी हूँ। अब मेरी तसवीरें कौन खींचेगा भला? मैं अपने देश जाते हुए रात-की-रात यहाँ ठहर गयी थी। नयी एयर-सर्विस शुरू हो गयी है। यह जगह रास्ते में पड़ती है।”

“...और...और...आपके साथी?” फ़ोटोग्राफ़र ने आहिस्ता-से पूछा।

कोच ने हॉर्न बजाया।

“आपने कहा था न कि जीवन की रणभूमि में घमासान का युद्ध छिड़ा है. इसी घमासान में वे कहीं खो गये।”

कोच ने दोबारा हॉर्न बजाया।

“और उनको खोये हुए भी ज़माना गुज़र गया। अच्छा, गुडबॉय।” महिला ने बात ख़त्म की और तेज़-तेज़ क़दम रखती कोच की तरफ़ चली गयीं। वॉलरस जैसी मूँछोंवाला फ़ोटोग्राफ़र फाटक के क़रीब जाकर अपनी कुर्सी पर बैठ गया।

ज़िन्दगी इन्सानों को खा गयी, सिर्फ़ काक्रोच बाक़ी रहेंगे।

□

छुटे असीर[1] तो बदला हुआ ज़माना था

सन् 1939 में दूसरे महायुद्ध में कांग्रेस के असहयोग की ऐतिहासिक घोषणा के मौक़े पर यू.पी. असेम्बली में इक़बाल सुहेल आज़मगढ़ी ने गरजकर कहा था :

सितम जो होगा तो देख लेंगे, करम का भाण्डा तो फूट जाए,
बला से कज्ज़ाक आके लूटे यह पासबानों की लूट जाए,
उचक ले शाहीं तो ग़म नहीं है क़फ़स तो कमबख़्त टूट जाए!

उस वक़्त सारा हिन्दुस्तान एक बहुत बड़ा क़फ़स या पिंजड़ा था। लेकिन उससे कुछ वर्ष पूर्व जब हमारे जहाज़ एस.एस. महाराजा ने कलकत्ता से लंगर उठाया, तो मुझे मालूम न था कि देश में कैसे और किन तरीक़ों से आज़ादी की लड़ाई लड़ी जा रही है। हिंसा और अहिंसा के क्या मानी हैं! सज़ा देनेवाले कौन हैं और सज़ा पानेवाले कौन?

रोशनियों से जगमगाता जहाज़ (जिसके डेक पर गोवानी बैण्ड रूल ब्रिटेनिया वजा रहा था, और विश्वव्यापी आर्थिक मन्दी का ग़म ग़लत करने के लिए साहब-मेम लोग बार पर बेतहाशा शराब पी रहे थे या बाल रूम नाच रहे थे, क्योंकि बहरहाल, सरसराते पाम और पगोडा ट्री के झुरमुटों में छिपी रूमानी औपनिवेशिक बस्तियाँ बरतानवी अमीरों के छोटे बेटों के 'एडवेंचर्ज' के लिए अभी सही-सलामत थीं। यह सॉमरसेट मॉम, ग्राहमग्रीन और ईबलीन वाह के नाविलों की दुनिया थी। लन्दन के अख़बारों में बकरी साथ लिये 'नंगे फ़क़ीर' गाँधीजी की तसवीरें प्रकाशित होती थीं, और कैथरिन मेयो का 'मदर इण्डिया' कब का छप चुका था।) जब सब्ज रंग के पानियों में दाख़िल हुआ तो अचम्भा मुझे महज़ इस बात पर था कि समन्दर इतना विशाल है—"जाने कितने हज़ार मज़दूर लगे होंगे, तब जाकर इसे खोदा गया होगा।" मैंने ख़याल ज़ाहिर किया और रेलिंग से लगी मौजों को देखने लगी।

कुछ रोज़ बाद क्षितिज पर द्वीप प्रकट हुए। मूँगे की चट्टानें, नारियल के झुण्ड और हरे-भरे ट्रॉपिकल पहाड़। बन्दरगाह क़रीब आया और बहुत-सी डोंगियाँ और मोटरलांचें जहाज़ की तरफ़ बढ़ीं। बन्दरगाह की इमारत पर यूनियन जैक लहरा रहा

---

1. क़ैदी

था और पुलिस के एंग्लो-इण्डियन और काले सिपाही बन्दूकें ताने पहरे पर मुस्तैद थे। सफ़ेद सोला हैट पहने अंग्रेज़ साहब लोग रिपरिप करता जेटी पर फिर रहा था।

सफ़ेद सोला हैट पहने एक 'ब्राउन साहब' ने गेंगवे पर आकर वालिद साहब से कहा—"वेलकम टु पोर्टब्लेयर, सर...?"

इसी जहाज़ से बेड़ियाँ पहने चन्द जवानों को उतारा गया। ये लोग उमर क़ैद काटने के लिए एशिया के सबसे बड़े क़ैदखाने सेलुलर जेल ले जाए जा रहे थे।

अण्डमान के द्वीप में हमारा मकान एक सरसब्ज़ पहाड़ी के ऊपर झिलमिला रहा है। बलखाती सड़क से उसके फाटक तक पहुँचने के लिए जापानी ढंग के काठ के पुल पर से गुज़रना पड़ता है। यह मकान, जो ऊँचे-ऊँचे लकड़ी के खम्भों पर खड़ा है, 'बारह बंगला' कहलाता है, जो 'बड़ा बंगला' का शायद बिगड़ा हुआ अंग्रेजी रूप है। अहाते में सामने की जानिब रबड़ के दरख़्तों का झुरमुट है। बड़े-बड़े फ़्रान्सीसी दरीचोंवाले बरामदे में से समन्दर नज़र आता है जिसकी लहरें बाँग की ढलान से टकराया करती हैं और छोटी-सी प्राइवेट जेटी से बँधी हुई नीले पर्दोंवाली सफ़ेद लांच लहरों पर डोलती रहती हैं। 'बारह बंगला' काठ की इमारत है इसलिए निचली मंज़िल में, जिसमें काठ के खम्भे मात्र हैं, हथियारबन्द गारद के अलावा छोटा-सा फ़ायर इंजन और आग बुझानेवाले भी मुस्तैद रहते हैं। मकान के एक पहलू में और ठीक पिछवाड़े ऊँचा पहाड़ है जो काजू के दरख़्तों से ढका हुआ है। इसी पहाड़ पर और ऊपर जाकर डिस्ट्रिक्ट मजिस्ट्रेट रहता है और कचहरी की इमारतें हैं। चीफ़ कमिश्नर रौस आईलैण्ड पर रहता है।

ये द्वीप और पहाड़ दरअसल बर्मा के अराकान यमा पहाड़ों के सिलसिले की समन्दर के नीचे सात सौ मील लम्बी ज्वालामुखी चोटियाँ हैं जो समुद्र तल से उभर आयी हैं। दो सौ टापुओं के इस झुरमुट में अकसर भूचाल आते रहते हैं।

कमाल है! हम ऐसे पहाड़ों की चोटियों पर रह रहे हैं जो सारे-के-सारे नीले समन्दर में डूबे हुए हैं

अण्डमान मलय भाषा के हन्दुमान का अंग्रेजी रूप है। हन्दुमान मलाया की भाषा में हनुमान जी को कहते हैं।

रामायण का दक्षिण-पूर्वी एशिया ख़ासकर स्याम, कम्बोडिया, चम्पा और अनाम वग़ैरह सभ्यता पर गहरा असर रहा है।

"हनुमान जी अपने बन्दरों समेत यहाँ भी आ पहुँचे थे?" भाई ने बड़ी-बड़ी नुकीली मूँछोंवाले, गारद के हवलदार रामचन्दर से पूछा, जो शायद फ़ैजाबाद निवासी था।

"जी हाँ, बाबा, कौन जाने श्रीलंका तक पुल बनाते-बनाते कूदते-फाँदते यहाँ भी आ बिराजे हों! बजरंगबली ही जो ठहरे, उनकी भली चलाई! हमें तो लगता है,

इस ज्वालामुखी पहाड़ों को भी उन्होंने गुस्से में आकर समन्दर में डुबो दिया..." रामचन्दर ने मूँछों पर हाथ फेरकर स्नेह से जवाब दिया।

मगर भूगोल की किताब में भाई ने उसी रोज़ पढ़ा था कि गौरवर्ण इण्डोयोरोपियन आर्यों ने दक्षिण की काली जातियों को हिक़ारत से बन्दर कहा था क्योंकि वे प्राचीनतम नीग्रेटो नस्लें थीं जो सिन्धु घाटी, दक्षिणी भारत और श्रीलंका से लेकर मलाया और आस्ट्रेलिया तक बसी थीं और अण्डमान निकोबार द्वीप समूह के वाशिन्दे उसी प्रागैतिहासिक नस्ल की औलाद थे। मगर हवलदार रामचन्दर की वह हनुमान जी वाली बात ज़्यादा मेरे जी को लगी।

गो यह भी एक और हक़ीकत थी कि हम सब ज़्वालामुखी की चोटी पर ज़िन्दा थे।

अंग्रेज की शान भी क्या चीज़ है! जहाँ जाता है, गुलज़ार खिलाता है!

जब यूरोपियन शक्तियों का उत्थान हुआ, उससे पहले या उसके बाद भी दिल्ली के मुग़लों या बंगाल के नवाबों या माँडले के बादशाहों को कभी यह ख़याल न आया कि समुद्री सैनिक शक्ति भी कोई चीज़ है। मान लीजिए अगर मिसाल के तौर पर, मुग़ल हुकूमत ने हन्दुमान द्वीप में ही एक समुद्री चौकी क़ायम कर दी होती और जो बरतानवी या डच या फ़्रान्सीसी जहाज़ इधर से गुज़रता, उसमें भूसा भर देते...।

मगर हुआ यह कि ईस्ट इण्डिया कम्पनी के एक नक्शानवीस मि. ब्लेयर ने एक-एक द्वीप की पैमाइश करके सन् 1798 में यहाँ उपनिवेश स्थापित कर दिया और जब इतना बड़ा मुल्क़ ही ख़ैबर से लेकर कन्याकुमारी तक फ़िरंगी के हाथ में चला गया तो इन सुदूरस्थित द्वीपों का क्या ग़म, जिनका किसी ने नाम भी नहीं सुना था। लेकिन इन उपजाऊ द्वीपों पर क़ब्जा करने के लिए अंग्रेज़ ने अपनी जान लड़ा दी। अण्डमान और निकोबार के आदिवासियं ने अपने ज़हर में बुझे तीरों और प्राणघातक भालों के द्वारा साहब लोगों का ऐसा स्वागत किया कि अमरीका के रेड इण्डियन और अफ्रीक़ा के हब्शी और आस्ट्रेलिया के बुशमैन ने भी अपने वतन पर हमला करनेवालों का ऐसा भुरकुस न निकाला होगा।

और अब इन द्वीपों की रौनक़ का क्या कहना है, पोर्ट कोर्नवालिस, एलफ़िन्सटन हॉर्बर, पोर्ट कैम्पबेल, इनमें से कुछेक जगहों के ख़ूबसूरत दृश्यों को देखकर साहब लोगों को आयरलैण्ड और लेक डिस्ट्रिक्ट की याद आती है।

पोर्ट ब्लेयर समेत सारे टापुओं में एक भी स्कूल नहीं था। लिहाजा एक बर्मी नौजवान मेरे बड़े भाई को पढ़ाने के लिए आया करता और स्वप्निल आँखों से समन्दर को देखते हुए कभी-कभी बर्मा के गत वैभव के क़िस्से सुनाता, "जानते हो, बंगाल और पूर्वी भारत के उपनिवेश-संस्थापक ज़्यादातर स्कॉटिश लोग क्यों हैं? इसलिए कि स्कॉटलैण्ड की उजाड़ पहाड़ियों पर भूखे मरते थे!" वह बड़ा जोशीला

बर्मी था। "हर चीज़ का आर्थिक कारण है—कॉज़ एण्ड इफ़ेक्ट..." वह हवा में उँगलियाँ घुमाकर बताता। भाई की समझ में इतने बड़े-बड़े शब्द न आते तो वह उकताकर चुप हो जाता और समन्दर को ताकने लगता या फिर अराकानी लुटेरों के क़िस्से सुनाता जिन्होंने दो सौ वर्ष पूर्व यहाँ अपने अड्डे बना लिये थे।

"यह पोर्ट कैम्पबेल..." वह जोश में आकर फिर कोई ऐतिहासिक घटना बयान करना शुरू कर देता..."जानते हो क्या हुआ? सौ बरस उधर बर्मा के बहादुर सिपहसालारों ने चटगाँव के बरतानवी क्षेत्रों पर हमला कर दिया और ईस्ट इण्डिया कम्पनी के शेष बंगाली प्रदेशों पर हमला करने की तैयारी करने लगे। चुनांचे अंग्रेजों ने बर्मा के ख़िलाफ़ युद्ध की घोषणा कर दी और जनरल सर आर्चीबोल्ड कैम्पबेल भारी फ़ौज लेकर चले। उनके समुद्री बेड़े की कमान विक्टोरियन नॉविलिस्ट कप्तान फ़ैड्रिक मेरियेट के हाथ में थी। हमें शिकस्त हुई और उन्नीसवीं सदी के आख़ीर में हम भी ग़ुलामों की बिरादरी में शामिल हो गये..."

जब हिन्दुस्तान में ग़दर पड़ा तो अंग्रेज़ों ने बहुत से बाग़ियों को काले पानी की सज़ा देकर अण्डमान भेज दिया और इस द्वीप समूह को चीफ़ कमिश्नर का सूबा बना दिया गया। सन् 1874 में लार्ड मेयोवायसराये-हिन्द सेलुलर जेल का, जो आम तौर से सिलवर जेल कहलाता है, मुआयना करते हुए एक क़ैदी शेर अली के हाथों मारे गये।

1906 के बाद क्रान्तिकारी आन्दोलन सारे देश में फैल चुका था और ग़दर के बाग़ियों की तरह ईस्ट बंगाल के अराजकतावादियों को बग़ैर ट्रायल के अण्डमान भेजा जाने लगा। यहाँ से भाग निकलना नामुमक़िन है। अकसर जरायम पेशा क़ैदी अपने हलक़ में अशर्फ़ियाँ छिपाकर रखते हैं ताकि भाग निकलने पर काम आये, मगर क़ामयाब नहीं हो पाते।

ये मरजानी टापू सोना उगलते हैं। घने जंगलों की लकड़ी यूरोप और अमरीका को निर्यात की जाती है। कॉफ़ी और चाय और मनीला के सन की काश्त के लिए एशिया के सबसे बड़े जेल के हज़ारों क़ैदियों की बेग़ार मौजूद है। रिआया सन्तुष्ट है। ज्वालामुखी पहाड़ फ़िलहाल ख़ामोश हैं।

सामने के शीशोंवाले बरामदे के कोने में पुरानी तर्ज़ के टेलीफ़ोन की घण्टी बजती है तो मैं स्टूल पर चढ़कर उस तक पहुँचती हूँ—"हैलो...हैलो...जी, हम बारह बँगला से बोल रहे हैं..."

रात भर बाग़ की तारकोल की सड़क पर गारद के क़दमों की खट-खट गूँजती रहती है—लेफ़्ट-राइट...हाल्ट हुकुम सदर[1]...खट-खट-खट एक पहरेदार चिल्लाता है।

सुबह सवेरे सिर पर सफ़ेद रूमाल बाँधे बर्मी मेहतर पहलू के ज़ीने पर नमूदार

---

1. हाल्ट हुकुम सदर जो 'हाल्ट हू कम्स देयर' का हिन्दुस्तानी रूप है।

होता है। पेण्ट्री में से नूर मुहम्मद की छींक की आवाज़ आती है। नूर मुहम्मद बेरा ज़िला झंग का रहनेवाला है और अपनी बीवी और उसके आशिक़ को कुल्हाड़े से क़त्ल करके यहाँ आया है। नूर मुहम्मद बेहद दीनदार और नर्मदिल इन्सान है। हर बात के जवाब में 'बऊँ जनाब' कहता है जो 'बहुत अच्छा जनाब' का संक्षिप्त रूप है। बाक़ी मुलाज़िमों ने भी ज़्यादातर पंजाब में ज़न, ज़र और ज़मीन के सिलसिलों में क़त्ल किये थे। ये सब बहुत नर्म मिज़ाज, सीधे-सादे जवान, अधेड़, बूढ़े, हिन्दू, मुसलमान, सिख 'हिन्दुस्तानी', पंजाबी और दूसरे सूबों के लोग हैं—तेरी सरकार में पहुँचे तो सभी एक हुए!

कुत्ते का नाम एक समस्या है। यह बेहद प्यारा अलसेशियन हमें पिछले अंग्रेज़ अफ़सर से विरासत में मिला है, जिसने उसका नाम टीपू रखा हुआ था। "हम इसे वेलज़ली पुकारेंगे।"...भाई ने ख़तरनाक फ़ैसला किया। मगर वह आर्थर या वेलज़ली के नाम पर बेवकूफ़ों की तरह चुपचाप बैठा दुम हिलाता रहता कि टीपू कहलाने की उसकी आदत पक्की हो चुकी थी। चूँकि सबको मना कर दिया गया था कि उसे टीपू न पुकारा जाय इसलिए अब वह गुमनाम ही इधर-उधर पड़ा फिरता और अचरज और उम्मीद भरी नज़रों से सबकी शक्लों को तकता।

वालिद साहब का सम्बन्ध रेवेन्यू के महकमे से था। उनके और कृषि विभाग के मिस्टर केतूर के अलावा अण्डमान और निकोबार में और कोई हिन्दुस्तानी अफ़सर नहीं था।

अकसर शाम पड़े हम लोग हवाख़ोरी के लिए दूर जंगलों की तरफ़ निकल जाते। पोर्टब्लेयर और उसके क़रीबी शहर एबरडीन की रोशनियाँ अँधेरे में ग़ायब हो जातीं। किसी घाटी में से गुज़रते हुए मैं अचानक नारियल की फ़रमाइश करती, सड़क पर जाता हुआ आदिवासी बच्चा नारियल के दरख़्त पर चढ़ जाता और नारियल तोड़कर बन्दर की-सी फ़ुर्ती से नीचे आ जाता।

आदिवासियों की आबादी अब सिर्फ़ चन्द हज़ार रह गयी थी। वे अपने तीरकमान लिये जंगलों में शिकार खेलते फिरते। अकसर क़बीले ऐसे भी थे जिनके यहाँ बोलचाल और भाषा का विकास ही नहीं हुआ था और वे महज़ इशारों से काम चलाते थे और आग जलाना भी नहीं जानते थे।

कॉफ़ी के बाग़ों से निकलकर हम जंगलों की तरफ़ बढ़ते रहते। समुद्री हवा तटवर्ती चट्टानों में साँय-साँय करती रहती।

रास्ते में चाँद मिलता।

"चाँद हमारे साथ-साथ क्यों चल रहा है?" मैं ताज्जुब से पूछती।

"आपको सलाम करता हुआ जा रहा है!"...वालिद साहब जवाब देते। सारे टापू पर, ताड़ के स्याह दरख़्तों पर, पहाड़ों की चोटियों पर, तेज़ चाँदनी फैल जाती। बाँस के झुरमुट हवा में सरसराते। हवाएँ भी मेरी दोस्त हैं।

एक रोज़ रौस आईलैण्ड पर हवलदार रामचन्दर के साथ चीफ़ कमिश्नर के बाग़ में से गुजरते हुए मुझे एक दरीचे के अन्दर रखे दो फुल बूट नज़र आये जो मुगदर जैसे काठ के फ़र्मों पर चढ़े हुए थे। ये मिस्टर एण्डरसन की टाँगें हैं जो वह अपने घर पर रखकर खुद बाहर चले जाते हैं—मैंने सोचा और बेहद डरी।

फिर अचानक बड़ी गहमागहमी-सी शुरू हो गयी। सिलवर जेल के राजनीतिक क़ैदियों ने जेल के हाकिमों की बदसुलूकियों के ख़िलाफ़ विरोधस्वरूप भूख-हड़ताल कर दी और उनमें से कुछ नौजवानों ने दम तोड़ दिया। बारह बंगला की हथियारबन्द गारद दूनी कर दी गयीं। शाम को मैंने देखा कि मिस्टर एण्डरसन फुल बूट पहने कार में बैठ रहे हैं जो जापानी पुल के नीचे खड़ी थी। मिस्टर एण्डरसन चीफ़ कमिश्नर पीनल सेटिलमेण्ट के सुपरिण्टेण्डेण्ट भी थे।

दूसरे रोज़ एक राजनीतिक क़ैदी स्ट्रेचर पर पड़ा नीचे घाटी की सड़क पर से ले जाया गया।

"सुधीर कुमार बोस..." प्रकाशचन्द क्लीनर ने आहिस्ता से बर्मी टीचर को बताया। सब पहलू के बरामदे के जंगले पर झुके हुए थे। मैं जंगले की जाली में से झाँक रही थी।

"बड़ा बहादुर है बोस बाबू...कल बड़ा साहब उसकी कोठरी में गया था जूता-लात से बात करने। इतना तो यह कमज़ोर है सींकिया पहलवान एकदम मगर खड़ा होकर उनको मारने को दौड़ा। बड़ा साहब भागा सरपट।"

"मिस्टर एण्डरसन अपनी टाँग साथ ले गये थे, तभी तो भागे सरपट!" मैंने इत्मीनान से जवाब दिया।

"मगर मर जाएगा।" नूर मुहम्मद ने आहिस्ता से कहा, आँखों से आँसू पोंछे, सफ़ेद दाढ़ी पर हाथ फेरा और पलटकर आवाज़ दी—"आ जाओ...टीपू...नहीं, नहीं, तौबा, आर्थर...आर्थर चलो, रातब का टेम हो गया...।" और अन्दर चला गया।

एक रोज़ जहालत के अफ़सोसनाक दिनों का ख़ात्मा हो गया।

वालिद साहब बरामदे में बैठे कुछ पढ़ रहे थे। मैं फ़र्श पर एक तरफ़ बैठी चन्द नये उर्दू रिसालों के पृष्ठ उलट-पलट रही थी कि समरक़न्द या शायद मिस्र के अलिफ़ लैलवी से बाज़ार की एक रंगीन तसवीर पर नज़र पड़ी। तसवीर के नीचे मोटे अक्षरों में कुछ लिखा था। मैं रिसाला लेकर वालिद के पास गयी और पूछा कि यह क्या लिखा है?

उन्होंने चौंककर मुझे देखा और कहा—"अफ़सोस कि यहाँ आप बिलकुल जाहिल रह जाएँगी। अब आपको पढ़ना शुरू कर देना चाहिए।"

दूसरे दिन फ्रेंच-कट सुर्ख दाढ़ीवाले मौलाना रबनवाज़ को बुलाया गया। मौलाना ज़िला कचहरी में मुलाज़िम थे और शायद मस्जिद के पेश इमाम भी थे। उन्होंने सुनहरे कुलाह, ऊँचे तुर्रे और लम्बे शमलेवाली रेशमी पगड़ी, शलवार और

फ्राक कोट के साथ टाई भी लगा रखी थी। जब वह बरामदे में आकर बैठे तो नूर मुहम्मद ने बड़ी श्रद्धा से उनके हाथ चूमे और आँखों से लगाये और जल्दी से चाय लाकर उनके सामने रखी—"कुड़ी चार साल चार महीने चार दिन दी हो गयी ए।" उन्होंने पूछा और सूचना दी कि जुमे के रोज़ क़ायदा लेकर आएँगे?

अब मैं जो थी यह समझी कि क़ायदा गुड़िया का घर होगा। यह बेवक़ूफ़ी की हद थी। मालूम था कि मौलाना पढ़ाने के लिए आये हैं मगर क़ायदा गुड़िया का घर होगा। क़ायदे का गुड़िया के घर से क्या सम्बन्ध हो सकता है।

दूसरे दिन भाई ने आवाज़ दी—"चलिये, आपका क़ायदा आ गया।"

मैं तीर की तरह भागती हुई बरामदे में आयी।

चुनांचे यह एक पतली-सी बेरंग किताब थी जिसके पहले पन्ने पर आम, बकरी, पतंग वग़ैरह की तसवीरें बनी थीं।

बाक़ायदा बिस्मिल्लाह का जश्न हरगिज़ नहीं हुआ क्योंकि बिस्मिल्लाह रोज़ाकुशाई, सालगिरह वग़ैरह जैसे जश्न हमारी अम्माँ ने समाज-सुधार आन्दोलन चलाकर मुद्दत हुई, छोड़ दिये थे।

लिहाज़ा उस जहाज़ी फ्रान्सीसी दरीचे में, जिसके बाहर सफ़ेद परिन्दे चक्कर काट रहे थे, ड्यूक ऑफ़ वैलंगटन, लार्ड आर्थर वेलज़ली बाग़ की गिलहरियों का पीछा करने में मसरूफ़ था, मैंने विद्या के समन्दर में गोता लगाया।

"बिस्मिल्लाहर्हिरहमानुर्रहीम...शुरू करता हूँ..." मौलाना रबनवाज़ ने पहले पन्ने पर उँगली रखते हुए ज़रा हिल-हिल कर कहा।

"जी नहीं, शुरू करती हूँ..." मैंने ऐतराज़ किया।

"अच्छा-अच्छा, पढ़ो..."

"शुरू करती हूँ साथ नाम अल्लाह के..."

सारे देश ख़ासकर बंगाल, यू.पी. और सीमा प्रान्त में घटनाओं की रफ़्तार तेज़ हो गयी। हज़ारों सत्याग्रही जेलों में बन्द थे।

आतंकवादियों की वजह से बंगाल की हालत कांग्रेस के लिए विशेष रूप से अधिक नाज़ुक थी। आतंकवाद ने ऐसी स्थिति पैदा कर दी थी जिसमें शान्तिपूर्ण सीधी कार्रवाई ज़्यादा कठिन हो गयी थी और हकूमत के कड़े दमन का असर हिंसावादी और शान्तिपूर्ण आन्दोलन पर एक-सा पड़ता था। पुलिस और स्थानीय शासक, वे क़ानून और अध्यादेश, जो आतंकवादियों के लिए बनाये गये थे, कांग्रेस, मज़दूर और किसान कार्यकर्ताओं पर भी लागू कर देते थे।

चटागांग की घटना ज़्यादा ख़तरनाक थी। यहाँ एक आतंकवादी ने एक मुसलमान पुलिस इन्सपेक्टर को गोली मार दी, जिसका नतीजा हिन्दू-मुस्लिम दंगे के रूप में प्रकट हुआ था, कम-अज़-कम जाहिर यही किया गया। ज़ाहिर है कि आतंकवादी के इस कृत्य का साम्प्रदायिकता से कोई सम्बन्ध न था। उसने यह सोचे

बग़ैर कि वह शख़्श हिन्दू है या मुसलमान, एक पुलिस इन्सपेक्टर को क़त्ल किया था लेकिन इसने हिन्दू-मुस्लिम दंगों के लिए रास्ता साफ़ कर दिया और बड़ी अजीब बात यह है कि इस फ़साद में एंग्लो-इण्डियन फ़िरक़े ने भी हिस्सा लिया।

"आतंकवाद की विभिन्न दृष्टियों से भर्त्सना की जा चुकी है लेकिन उसके एक मुमकिन नतीजे से मुझे ख़ासतौर पर डर लगता है। और वह यह कि उसके ज़रिये सारे मुल्क में अचानक साम्प्रदायिक हिंसा फैल जाने का ख़तरा है। जिस क़ौम में मज़हब से इतना गहरा लगाव हो, उसके लिए आतंकवाद की कल्पना का आदी होना बेहद ख़तरनाक है। राजनीतिक क़त्ल बेहद बुरी चीज़ है लेकिन एक राजनीतिक आतंकवादी को समझा-बुझाकर दूसरे राजनीतिक रास्ते सुझाये जा सकते हैं। मगर मज़हब के नाम पर क़त्ल धार्मिक और परलोक-सम्बन्धी है और इन मामलों में समझाने-बुझाने या अल्पमतवालों को प्रेम का रास्ता दिखाने की कोशिश करना बहुत दुश्वार है और प्रायः राजनीतिक क़त्ल एक भौतिक साधन के द्वारा अर्धधार्मिक रूप धारण कर लेता है। चटागांग के क़त्ल के बाद यूरोपियन और एंग्लो-इण्डियन लोगों में भी हिंसा फैली और ख़ुद आतंकवादियों ने फ़ासिज़्म धारण कर लिया। आज आतंकवादियों का राष्ट्रीय फ़ासिज़्म यूरोपियन, एंग्लो-इण्डियन और चन्द उच्च श्रेणी के हिन्दुस्तानियों के इम्पीरियलिज़्म का सामना कर रहा है।

"मैंने अपने भाषणों में आतंकवादियों की सख़्त भर्त्सना की है लेकिन दूसरे नेताओं की तरह इन लोगों को 'बुज़दिल' नहीं कहा क्योंकि ऐसे मर्दों और औरतों को, जो अपनी जान की बाज़ी लगा रहे हों, बुज़दिल कहना ख़ासी हिमाक़त है।

"जब मैं कलकत्ता से रवाना हो रहा था तो दो नौजवान लड़के मुझसे मिलने आये। वे मुझसे बेहद ख़फ़ा थे कि मैं उनके आतंकवाद के विरुद्ध प्रचार कर रहा हूँ। वे दोनों पीले, नीरस और ज़हीन चेहरोंवाले नौजवान थे। मेरी ट्रेन का वक़्त नज़दीक था। उन्होंने कहा कि वे अपने काम में मेरा हस्तक्षेप सहन नहीं करेंगे और अगर मैं बाज़ न आया तो जो हश्र उन्होंने दूसरों का किया है, उसी तरह वे मेरा भी फ़ैसला कर देंगे।

"उस रात कलकत्ता से रवाना होते हुए और गाड़ी में अपनी बर्थ पर लेटने के बाद मुझे उन नौजवानों के चेहरे देर तक बेचैन करते रहे। जोश और भावुकता से भरपूर लड़के कैसे ग़लत रास्ते पर पड़ गये थे। मुझे अफ़सोस था कि वक़्त इतना कम था वरना शायद उनसे खुली बातचीत करके उनको देश-सेवा और स्वतन्त्रता-प्राप्ति के दूसरे मार्गों पर चलने के लिए प्रेरणा देता। इन रास्तों पर भी बहादुरी और क़ुर्बानी के अवसरों की कुछ कमी नहीं। पिछले बरसों में मुझे अकसर उनका ख़याल आया है। मुझे उनके नाम कभी न मालूम हो सके। मैं अकसर सोचती हूँ कि शायद वे मर चुके हों या अण्डमान की किसी कोठरी में पड़े हों?"[1]

---

1. जवाहरलाल नेहरू की 'आत्म-कथा' से...।

हिन्दुस्तान में सत्याग्रह जारी है। अण्डमान में आतंकवादी क़ैदियों की भूखहड़ताल और मौत के ख़िलाफ़ विरोध करनेवालों को हिन्दुस्तान में भी क़ैद कर लिया गया। सितम्बर सन् 33 में जवाहरलाल नेहरू ने जेल से निकलकर दोबारा क़ैद होने के बीच में एक अपील प्रकाशित की जिस पर रवीन्द्रनाथ टैगोर, सी.एफ. एण्डरियुज़ वग़ैरह के दस्तख़त थे और कहा गया था कि अण्डमान के राजनीतिक क़ैदियों के साथ बेहतर सलूक किया जाए और उनको हिन्दुस्तान की जेल में भेज दिया जाए। बरतानवी होम मेम्बर ने इस अपील पर सख़्त नाराज़गी जाहिर की और अण्डमान के राजनीतिक क़ैदियों से हमदर्दी करना बंगाल में एक जुर्म क़रार पाया।

अण्डमान से वापस आने के चन्द रोज़ बाद देहरादून में एक रोज़ हम लोग किसी मेहमान को रुख़सत करने रेलवे स्टेशन जाते हुए एक इमारत के सामने से गुज़रे तो अम्माँ ने कहा--"वह देखो, सामने जवाहरलाल बैठे हैं।"

जवाहरलाल नेहरू एक छोटे से बरामदे में आरामकुर्सी पर बैठे थे और दोनों हाथ सिर के पीछे रखे दूर पहाड़ों को देख रहे थे। कार रुकती देखकर वह कुर्सी से खड़े हो गये। मैं और भाई नीचे उतरकर उस बेरंग से अहाते की तरफ़ दौड़े। लेकिन हमारे और उनके दरम्यान नज़रबन्दी की दीवार बाधक थी। जवाहरलाल चन्द लम्हों तक हमारी तरफ़ देखते रहे और फिर कुर्सी पर बैठ गये।

हम लोग आगे रवाना हो गये।

"मैं साढ़े चौदह महीने तक देहरादून जेल में रहा। मुझे दूसरी जेल में बेहतर कोठरियाँ दी गयी थीं। मगर देहरादून जेल की एक रिआयत मेरे लिए बेहद क़ीमती थी। यह जेल बहुत छोटी थी और हम लोगों को क़ैदखाने की दीवार के बाहर लेकिन जेल के अहाते के अन्दर ही एक छोटी-सी हवालात में रखा गया था। यह जगह इतनी छोटी थी कि उसमें टहलने या चलने-फिरने तक की गुंजाइश न थी। चुनांचे हमें इजाज़त थी कि सुबहो-शाम फाटक के क़रीब टहल लिया करें। यहाँ से हमें पहाड़ और खेत और पब्लिक सड़क, जो कुछ फ़ासले पर थी, नज़र आ सकती थी। यह रिआयत सिर्फ़ ख़ासतौर से मेरे लिए नहीं बल्कि सारे 'ए' और 'बी' क्लास क़ैदियों के लिए थी। सिर्फ़ वह इन्सान, जो लम्बी मुद्दतों के लिए ऊँची दीवारों के पीछे बन्द कर दिया गया हो, इस चहलक़दमी और खुली फ़िज़ाओं के नज़ारे की, वातावरण के दृश्यों की क़द्रो-क़ीमत का अन्दाज़ा कर सकता है। महीनों मैंने इन पहाड़ों को, जिनसे मुझे इश्क़ है, देखा किया। कोठरी में मुझे पहाड़ नज़र न आते लेकिन वे मेरी कल्पना में मौजूद थे। मुझे उनकी निकटता का एहसास था।

"देहरादून का वसन्त का मौसम बेहद खुशगवार होता है। जाड़े ने दरख़्तों को पत्तों से हीन कर दिया था। जेल के फाटक के सामने चार पीपल के शानदार दरख़्त भी अपने पत्ते गिरा चुके थे। अचानक दरख़्तों में एक खफ़ीफ़-सी जुम्बिश और सरसराहट पैदा हुई और एक रहस्यमयी-सी फ़िज़ा चारों तरफ़ छा गयी। गोया

पृष्ठभूमि में बेहद खुफ़िया कार्रवाइयाँ की जा रही हों और फिर निहायत तेज़ी के साथ लाखों नयी-नवेली पत्तियों ने धूप और हवा के झोंकों के साथ खेलना शुरू कर दिया। लेकिन बरसात में पानी से बचने के लिए तंगो-तारीक कोठरी के एक कोने में सिकुड़ और सिमटकर बैठना ज़्यादा खुशवार नहीं था, जब पानी छत से टपकता और मेंह की बौछारें खिड़कियों में से अन्दर आतीं। पतझड़ भी मनमोहक था और जाड़े भी लेकिन जब जाड़ों में आँधी-पानी का तूफ़ान आ घेरता और बड़े-बड़े ओले टीन की छत पर गोलियों की बौछार की तरह गिरते तो एक ज़रा माकूल जगह, ज़रा-सी गर्मी और थोड़े आराम की इच्छा होती थी।"[1]

दिसम्बर सन् 1959 दिल्ली के विश्व-कृषि मेले में हिन्दुस्तान के सारे प्रदेशों के पवेलियन निर्माण-शैली और साज-सज्जा के लिहाज से अपनी-अपनी संस्कृति-परम्पराओं के प्रतिनिधि थे। वहीं ट्रॉपिकल पौधों से घिरी एक कृत्रिम झील के किनारे लकड़ी के खम्भों पर खड़े एक बंगले पर मेरी नज़र पड़ी जिसकी पेशानी पर 'अण्डमान व निकोबार द्वीपसमूह' लिखा था। मैं सीढ़ियाँ चढ़कर ऊपर गयी। अन्दर दीवारों पर आज़ादी के बाद से द्वीपसमूह की औद्योगिक, शैक्षणिक और सांस्कृतिक उन्नति के आँकड़ों के चार्ट लगे थे। सफ़ेद साड़ियाँ पहने दो बंगाली लड़कियाँ काउण्टरों के पीछे खड़ी थीं। जिन पर नये उद्योगों और घरेलू दस्तकारियों के नमूने सजे थे।

"ये चीज़ें सिलवर जेल के क़ैदियों ने बनाई हैं?"—मैंने पूछा।

"सिलवर जेल...?" एक लड़की ने दोहराया। दूसरी लड़की उसके क़रीब आयी।

"सिलवर जेल तो मुद्दतें गुज़री, ख़त्म हो चुकी। अण्डमान अब पीनल सेटिलमेण्ट नहीं है, अब वहाँ आज़ाद नये अण्डमानी बसते हैं।"

"नये अण्डमानी...?"

"जी हाँ, विभाजन के बाद से वहाँ पूर्वी बंगाल से आये हुए खेती-पेशा शरणार्थियों को बसाया गया है। हम दोनों भी पूर्वी पाकिस्तान की रहनेवाली हैं।" लड़की की आवाज़ में हल्की-सी उदासी की झलक थी जो मैंने कुछ अरसे बाद लंका में एक सुदूर स्थित पहाड़ी स्थान पर एक सिन्धी जनरल स्टोर की सेल्स गर्ल की आवाज़ में महसूस की। उसने कहा था—"मैं कराची की रहनेवाली हूँ।"

"अण्डमान यात्रियों का स्वर्ग है"—पहली लड़की ने कहा।

"कलकत्ता से पोर्ट ब्लेयर साप्ताहिक हवाई सर्विस भी है, कभी आइये...!"

"जरूर...!" मैंने शिष्टता से जवाब दिया और जंगली आदिवासियों के नृत्य का चित्र देखने लगी। इन आदिवासियों में अण्डमानी क़बीले में अब सिर्फ़ तेईस

1. जवाहरलाल नेहरू की 'आत्म-कथा' से...।

बाक़ी हैं। दूसरे आदिवासियों की संख्या कुछ सौ रह गयी है। हालाँकि प्राचीन प्रस्तर युग अभी सभ्य इन्सान की भावना में ज़िन्दा है मगर जंगलों में उसकी निशानियाँ ख़त्म हुईं।

मैं दूसरी तरफ़ मुड़ी और तब अचानक मुझे 'बारह बँगला' की एक बहुत बड़ी तसवीर दिखलाई पड़ी—'बारह बँगला' मैं ठिठककर रह गयी और गुमसुम तसवीर को देखने लगी। 'बारह बँगला' जिसमें अब टापुओं की हकूमत का कोई अहम दफ़्तर था, अपने लकड़ी के खम्भों पर सही-सलामत उसी तरह अपनी पहाड़ी पर मौजूद था। मैंने तन्मय हो उसे देखा कि उसके फ़्रान्सीसी दरीचों के शीशे इस तरह झिलमिलाये गोया जवाब में वह मुझे घूर रहा हो।

'बारह बँगला' के सामने रबड़ के दरख़्तों का झुरमुट मौजूद था मगर उनके साये में खेलता आर्थर वेलज़ली वहाँ नहीं था। हवलदार रामचन्दर और मौलाना रबनवाज़ और नूरमुहम्मद और प्रकाशचन्द्र और मि. एण्डरसन नहीं थे। उन दरीचों के नीचे बैठकर वालिद सुबह का अख़बार पढ़ते थे। समन्दर की सफ़ेद मौजें इसी तरह बाग़ की ढलवान से टकरा रही थीं। ज़िन्दगी, मुझे मालूम हुआ; इसी तरह जारी रहती है, वक़्त बदल जाता है।

क्योंकि उस क्षण, उन तसवीरों के सामने खड़ी मैं वह हस्ती नहीं थी जो उन कमरों और बरामदों और उस बाग़ में खेलती और कूदती-फाँदती थी, मुँह फाड़कर रोती थी, खाने की मेज़ के नीचे बिल्ली के साथ छिपकर बैठ जाती थी। मैं दूसरी, क़तई दूसरी हस्ती थी।

'बारह बँगला' मुझे घूरता रहा। वह मुझसे पूछ रहा था—इतने लम्बे समय के बाद जो तुम मेरे सामने आयी हो तो मुझे बताओ कि तुम मुझसे क्या कहना चाहती हो। इतने अरसे तुमने ज़िन्दगी में क्या किया? मैं उसकी नज़रों से बचने के लिए काउण्टर की तरफ़ मुड़ी। 'नयी अण्डमानी' सेल्स गर्ल ने अनन्नास के रेशे से बुना एक शॉपिंग बैग पेश किया।

अगर मैं इस लड़की को बताती कि किसी ज़माने में मैं इस दीवार पर लगी हुई तसवीरों के अन्दर रहती थी तो उसे कितना अजीब लगता।

यह लड़की एक दूसरी नस्ल से सम्बन्ध रखती थी और उस नस्ल की क़िस्मत में जितने दुख लिखे थे, यह सह चुकी थी। वह भारत व पाकिस्तान के स्वाधीन उप महाद्वीप की नवयुवा पीढ़ी की एक सदस्या थी। वे लोग, जिन्होंने पिछले पचास बरस तक आज़ादी की लड़ाई लड़ी, उनके क़दमों के नीचे उनकी अपनी धरती थी जिसकी आज़ादी और खुशहाली के लिए वे लड़े थे। मगर इस नयी नस्ल के क़दमों के नीचे से ज़मीन निकल चुकी थी।

बारह बँगला मुझे घूरता रहा। मैंने फिर खुद को यक़ीन दिलाना चाहा कि मैं इस भव्य कलात्मक पवेलियन में मौजूद एक बेगानी हस्ती हूँ।

बारह बँगला मुझे घूरता रहा।

शायद मैं वही बेवकूफ़, ज़िन्दगी से हैरान दुनिया पर भरोसा करनेवाली हस्ती थी और यह पुराना काठ का मकान इस हक़ीकत से वाक़िफ़ था।

मैं तेज़-तेज़ क़दम रखती पवेलियन से नीचे उतर आयी।

नवम्बर सन् 1961। कलकत्ता के महाजाति सदन में ललित कला-केन्द्र का वार्षिक संगीत-सम्मेलन शुरू होने में कुछ देरी थी। मंच पर एक कलाकार जलतरंग के प्याले टेस्ट कर रहा था और ग्रीन रूम में कोई लड़की क़ाजी नज़रुल इस्लाम की एक तूफ़ानी धुन गुनगुनाये जा रही थी। हॉल अभी ख़ाली पड़ा था और श्रोतागण गैलरियों में टहल रहे थे। मेरे साथी एक गिरोह बनाये ज़ीने के नीचे बातों में मसरूफ़ थे। मैं टहलती हुई हॉल के अन्दर चली गयी और प्रोग्राम की किताब अपनी कुर्सी पर रखकर चारों तरफ़ देखा। अचानक मेरी नज़र हॉल की दीवारों पर लगे चित्रों की क़तार पर पड़ी। सारे हॉल में कई सौ तसवीरें रही होंगी। यह किस क़िस्म की पोर्ट्रेट गैलरी है? मैंने ज़रा ताज्जुब से सोचा और नौजवान लड़कों और लड़कियों की उन तसवीरों के क़रीब गयी।

कुछ खोजती-सी, बेचैन आँखें, पुरसुकून आँखें, उदास मुसकान, सन्तुष्ट-सी शान्त मुसकान, हर्षभरे चेहरे, संजीदा चेहरे, उद्विग्न और विचारमग्न चेहरे। ये कौन लोग हैं? मैंने हैरत के साथ तसवीरों के नीचे पीतल की छोटी-छोटी तख़्तियों पर खुदे नाम पढ़ने शुरू किये :

सत्येन्द्र नाथ बोस	फाँसी, सन् 1908
खुदीराम बोस	फाँसी, सन् 1908
प्रफुल्ल चाकी	जेल में आत्महत्या, सन् 1908
अश्फ़ाकुल्लाह	फाँसी, सन् 1908
भगत सिंह	
प्रीतिलता वदेदा	खुदकुशी, सन् 1932
राजिन्दर लहरी	फाँसी, सन् 1927
गोपीनाथ साहा	फाँसी, सन् 1924
यतीश गुहा	पुलिस के जुल्मों से मरे, सन् 1930
देव प्रसाद गुप्ता	गोली मार दी गयी।
फिर एक बूढ़ी औरत की तसवीर	
फ़ातमनी हाज़ारा बीबी	पुलिस की गोली से मरी, सन् 1942
सुधीर कुमार बोस	अण्डमान में भूखहड़ताल से मरे।

अचानक मैंने महसूस किया कि मेरे पीछे कोई खड़ा है।

पलटकर देखा एक ख़स्ताहाल, खिचड़ी बालोंवाला दुबला-पतला आदमी मेरे

पीछे खड़ा मुझसे कह रहा था—"आप इन तसवीरों को बड़े ध्यान से देख रही थीं।" उसने मेरे बराबर आकर कहना शुरू किया—"आप तो इनके नाम भी नोट करती जा रही हैं। क्या आप पत्रकार हैं?"

"...आ...कम आन हनी..." एक गोरा-चिट्टा अच्छा ख़ूबसूरत टेडी ब्वॉय नुकीले जूतों पर तैरता हुआ आकर मेरे और तसवीर के दरम्यान बाधक बन गया, जहाँ से वह अपनी गर्ल-फ्रेण्ड को आवाज़ दे रहा था, जो हॉल के दूसरे सिरे पर शायद अपनी कुर्सी तलाश कर रही थी।

"हाई डोप...कम आन हियर!" लड़की ने, जो बेहद तंग शलवार और उससे ज़्यादा तंग क़मीज़ पहने थी, टेडी ब्वॉय को पुकारा। टेडी ब्वॉय उसी तरह नुकीले जूतों पर तैरता आगे निकल गया। उसकी चुस्त स्याह पतलून और नाज़ुक कमर पर बँधी चाँदी की पेटी रोशनी में जगमगा रही थी।

क्षयग्रस्त बंगाली ने फिर मुझसे बात शुरू की। "मैं और मेरे बड़े भाई दोनों आतंकवादी थे। आधी ज़िन्दगी जेल में काटी..." उसने उदासी से कहा। "आप आर्टिकल लिखेंगी...?"

"शायद...पता नहीं..."

"मेरा नाम प्रबोध कुमार बोस है। मैं जिला मेमन सिंह का रहनेवाला हूँ जो अब पूर्वी बंगाल में है... दादा के अण्डमान जाने के वक़्त मैं स्कूल में था। दादा के ग़म में रोते-रोते मेरी माँ भी मर गयी। मगर मैं स्कूल छोड़ते ही आन्दोलन में शामिल हो गया। मुझे जयसौर में पकड़ लिया गया। इन बरसों मैं अलीपुर जेल में बन्द रहा। आज़ादी के बाद आज़ादी मिली—तब मेरा गाँव दूसरी तरफ़ जा चुका था—मेरा कुनबा बलवे में मारा गया था। अब मैं..."

टेडी ब्वॉय बड़ी तेज़ी से फिर वापस आया। अब उसके साथ तीन अमरीकन बीटनिक थे जिनमें से एक ने स्याह शेरवानी, चूड़ीदार पाजामा और एक कलाई में चाँदी का चूड़ा पहन रखा था। दूसरे अमरीकन बीटनिक ने ख़ाकी निकर पर बंगाली कुरता पहना हुआ था और कन्धे पर जोगियों की तरह बाल छिटका रखे थे। तीसरे अमरीकन बीटनिक ने पश्चिमी पोशाक पर सन्तोष किये हुए था मगर रंग-ढंग और अन्दाज़ से लड़की मालूम हो रहा था। अमरीकन बीटनिक लड़की हुलिये से लड़का दिखाई दे रही थी। दीवार और कुर्सियों के उस दरम्यानी ग़लियारे में गुज़रने के लिए भारतीय टेडी ब्वॉय ने क्षयग्रस्त इन्क़लाबी को बाज़ू की एक जुम्बिश के साथ अपने रास्ते से हटाया और अपने अमरीकन मेहमानों को लेकर आगे बढ़ गया।

ऐन उसी वक़्त मोटे सेठों, सोसाइटी लेडीज़, आलाहाकिम, प्रोफ़ेशनल बुद्धिजीवी और कल्चर-वल्चर्स का एक ज़बर्दस्त रेला बराबर के दरवाज़े से हॉल में दाख़िल हुआ। मैंने क्षयग्रस्त क्रान्तिकारी की तलाश में नज़रें दौड़ाईं। मैं उससे कहना चाहती थी कि मैं उसके दादा की और उसकी कहानी ज़रूर लिखूँगी। मैं उससे कहना

चाहती थी कि मैं तो सारे हिन्दुस्तान की कहानी लिखना चाहती हूँ। मगर यह कहानी सुनाने के लिए उधार ली हुई सिर्फ़ एक ज़िन्दगी बेहद नाकाफ़ी है और यह कहानी सुनेगा भी कौन? मैं उससे पूछना चाहती थी कि क्या उसके दादा ही वह जोशीले नौजवान नहीं थे जो गुस्से में भरे, पण्डित जी के पास पहुँचे थे...मगर वह गुमनाम क्षयग्रस्त क्रान्तिकारी इस जगमगाते बेपरवाह, खुशबाश, खुशहाल मजमे में कहीं खो चुका था।

मंच पर जलतरंग बजनी शुरू हो गयी।

□

पतझड़ की आवाज़

सुबह मैं गली के दरवाज़े में खड़ी सब्जीवाले से गोभी की क़ीमत पर झगड़ रही थी। ऊपर बावर्चीख़ाने में दाल-चावल उबालने के लिए चढ़ा दिये थे। मुलाज़िम सौदा लेने के लिए बाज़ार जा चुका था। स्नानगृह में वक़ार साहब चीनी की चिलमची के ऊपर लगे हुए मद्धिम आईने में अपनी सूरत देखते हुए गुनगुना रहे थे और शेव करते जाते थे। मैं सब्ज़ीवाले से बहस करने के साथ-साथ सोचने में व्यस्त थी कि रात के खाने के लिए क्या-क्या तैयार किया जाए। इतने में सामने एक कार आकर रुकी। एक लड़की ने खिड़की में से झाँका और फिर दरवाज़ा खोलकर बाहर उतर आयी। मैं पैसे गिन रही थी इसलिए मैंने उसे नहीं देखा। वह एक क़दम आगे बढ़ी। अब मैंने सिर उठाकर उस पर नज़र डाली।

"अरे...तुम!"—उसने हक्का-बक्का होकर कहा और वहीं ठिठककर रह गयी। ऐसा लगा जैसे वह मुद्दतों से मुझे मृत समझ रही है और अब मेरा प्रेत उसके सामने खड़ा है।

उसकी आँखों में एक क्षण के लिए जो भय मैंने देखा, उसकी याद ने मुझे बावला कर दिया है। मैं तो सोच-सोच के दीवानी हो जाऊँगी।

यह लड़की (इसका नाम तक याद नहीं रहा और फिर झेंप के मारे मैंने पूछा भी नहीं। इस बात का वह कितना बुरा मानती।) मेरे साथ दिल्ली के कुईन मेरी स्कूल में पढ़ती थी। यह बीस साल पहले की बात है। उस समय मैं कोई सत्रह वर्ष की रही हूँगी मगर मेरी सेहत इतनी अच्छी थी कि अपनी उम्र से कहीं बड़ी मालूम होती थी। मेरी ख़ूबसूरती की धूम मचनी शुरू हो चुकी थी। दिल्ली में क़ायदा था कि लड़के-वालियाँ स्कूल-स्कूल घूमकर लड़कियाँ पसन्द करती फिरती थीं और जो लड़की पसन्द आती थी, उसके घर 'रुक़्क़ा' भिजवा दिया जाता था। उसी ज़माने में मुझे मालूम हुआ कि इस लड़की की माँ, खाला वग़ैरह ने मुझे पसन्द कर लिया है (स्कूल-डे के जलसे के रोज़ देखकर) और अब वह मुझे बहू बनाने पर तुली बैठी हैं। यह लोग नूरजहाँ रोड पर रहते थे। लड़का कुछ ही समय पहले रिज़र्व बैंक ऑफ इण्डिया में दो-डेढ़ सौ रुपये महीने पर नौकर हुआ था। 'रुक़्क़ा' मेरे घर भिजवाया

गया मगर मेरी अम्माजान मेरे लिए बड़े ऊँचे ख़्वाब देख रही थीं। मेरे माँ-बाप दिल्ली से बाहर मेरठ में रहते थे और अभी मेरे ब्याह का कोई सवाल ही पैदा न होता था इसलिए वह पैग़ाम फ़ौरन ना-मंजूर कर दिया गया।

इसके बाद इस लड़की ने कुछ समय तक मेरे साथ कॉलेज में भी पढ़ा। फिर इसकी शादी हो गयी और वह कॉलेज छोड़कर चली गयी। आज इतने समय बाद लाहौर की माल रोड के पिछवाड़े, इस गली में मेरी उससे मुठभेड़ हुई। मैंने उससे कहा—"ऊपर आओ...चाय-वाय पियो, फिर इत्मीनान से बैठकर बातें करेंगे"—लेकिन उसने कहा—"मैं जल्दी में किसी ससुराली रिश्तेदार का मकान तलाश करती हुई इस गली में आ निकली थी। इंशा-अल्लाह, फिर कभी ज़रूर आऊँगी।" इसके बाद वहीं खड़े-खड़े उसने जल्दी-जल्दी नाम-ब-नाम सारी पुरानी दोस्तों के क़िस्से सुनाये। कौन कहाँ है और क्या कर रही हैं। सलीमा ब्रेगेडियर, फ़लाने की बीवी है। चार बच्चे हैं। फ़रखन्दा का मियाँ फ़ौरेन-सर्विस में है। उसकी बड़ी लड़की लन्दन में पढ़ रही है। रेहाना अमुक कॉलेज में प्रिन्सिपल है। सादिया अमरीका से ढेरों डिग्रियाँ ले आयी है और कराची में किसी ऊँची मुलाज़मत पर विराजमान है। कॉलेज की हिन्दू साथियों के हालात की भी उसे ख़बर थी। प्रभा का मियाँ इण्डियन नेवी में कमोडोर है। वह बम्बई में रहती है। सरला ऑल इण्डिया रेडियो में स्टेशन-डायरेक्टर है और दक्षिण भारत में कहीं नियुक्त है। तोनिका बड़ी मशहूर आर्टिस्ट बन चुकी है और नयी दिल्ली में उसका स्टूडियो है, वग़ैरह-वग़ैरह। वह यह सब बातें कर रही थी मगर उसकी आँखों की उस दहशत को मैं न भूल सकी।

उसने कहा—"मैं, सादिया, रेहाना वग़ैरह जब भी कराची में इकट्ठे होते हैं, तुम्हें बराबर याद करते हैं।"

"वाकई!" मैंने खोखली हँसी हँसकर पूछा। मुझे मालूम था। मुझे किन अल्फ़ाज में याद किया जाता होगा! पिछलवाइयाँ, अरे क्या ये लोग मेरी सहेलियाँ थीं? औरतें दरअसल एक-दूसरे के हक़ में चुड़ैलें होती हैं। कुट्टनियाँ, हर्राफ़ाएँ। उसने मुझसे यह भी नहीं पूछा कि मैं यहाँ मद्धिम रोशनीवाली सुनसान गली में, इस खण्डहर जैसे मकान के टूटे-फूटे ज़ीने पर क्या कर रही हूँ। उसे मालूम था।

औरतों की गुप्तचर सर्विस इतनी ज़बरदस्त होती है कि 'इण्टरपोल' भी उसके आगे पानी भरे और, फिर मेरा क़िस्सा तो सभी जानते हैं। मेरी हैसियत कोई क़ाबिले-ज़िक्र नहीं। गुमनाम हस्ती हूँ। इसलिए किसी को मेरी परवाह नहीं। खुद मुझे भी अपनी परवाह नहीं।

मैं तनवीर फ़ातिमा हूँ। मेरे अब्बा मेरठ के रहनेवाले थे। मामूली हैसियत के ज़मींदार थे। हमारे वहाँ बड़ा सख़्त पर्दा किया जाता था। खुद मेरा, मेरे चचाज़ाद फूफीज़ाद भाइयों से पर्दा था। मैं बेहद लाडों की पली, चहेती लड़की थी। जब मैंने स्कूल में बहुत-से वज़ीफ़े हासिल कर लिये तो मैट्रिक करने के लिए ख़ास तौर पर

मेरा दाख़िला 'कुईन मेरी स्कूल' में कराया गया। 'इण्टर' के लिए मैं अलीगढ़ भेज दी गयी। अलीगढ़ गर्ल्ज़ कॉलेज का ज़माना, मेरी ज़िन्दगी का बेहतरीन दौर था। कैसा स्वप्न भरा दौर था। मैं भाव-प्रवण नहीं, लेकिन अब भी जब कॉलेज का प्रांगण, रविशें, घास के ऊँचे पौधे, दरख़्तों पर झुकी बारिश, नुमाइश के मैदान में घूमते हुए काले बुर्क़ों के परे, हॉस्टल के पतले-पतले बरामदों, छोटे-छोटे कमरों की वह घरेलू फ़ज़ाएँ याद आती हैं तो जी डूब-सा जाता है। एम.एस-सी. के लिए मैं फिर दिल्ली आ गयी। यहाँ कॉलेज में मेरे साथ यही सब लड़कियाँ पढ़ती थीं—रेहाना, सादिया, प्रभा, फ़लानी-ढिमाकी। मुझे लड़कियाँ कभी पसन्द नहीं आयीं। अधिकतर लोग समय-बर्बाद करनेवाले मात्र हैं। मैं बहुत घमण्डी थी। हुस्न ऐसी चीज़ है कि इन्सान का दिमाग़ ख़राब होते देर नहीं लगती। फिर मैं तो, वो जो कहते हैं 'लाखों में एक' थी। शीशे जैसा झलकता हुआ रंग, सुर्ख़ी लिये सुनहरे बाल, बेहद शानदार डील-डौल। बनारसी साड़ी पहन लूँ तो बिलकुल कहीं की महारानी मालूम होती थी।

यह जंग का ज़माना था।...या शायद जंग इसी साल ख़त्म हुई थी। बहरहाल, दिल्ली पर बहार आयी हुई थी। करोड़पति कारोबारियों और हकूमते-हिन्द के आला-अफ़सरों की लड़कियाँ—हिन्दू-सिख, मुसलमान—लम्बी मोटरों में उड़ी-उड़ी फिरतीं, नयी-नयी पार्टियाँ, जलसे, हंगामे। आज इन्द्रप्रस्थ कॉलेज में ड्रॉमा है, कल मिराण्डा हाउस में, परसों लेडी इर्विन कॉलेज में कॉनसर्ट है। लेडी हार्डिंग और सेण्ट स्टीवन्ज़ कॉलेज—चैम्सफ़ोर्ड क्लब, रोशन आरा, इम्पीरियल, जिमख़ाना, गरज़ की हर तरफ़ 'अलिफ़ लेला' के अध्याय बिखरे पड़े थे। हर जगह नौजवान फ़ौजी अफ़सरों और सिविल सर्विस के बिन-ब्याहे ओहदेदारों के परे डोलते नज़र आते। एक हंगामा था।

प्रभा और सरला के साथ, एक रोज़ मैं दिलजीत कौर के यहाँ, जो एक करोड़पति सिख कॉण्ट्रेक्टर की लड़की थी, किंग एडवर्ड रोड की एक शानदार कोठी में मॉडर्न-पार्टी के लिए आमन्त्रित थी।

यहाँ मेरी मुलाक़ात मेजर ख़ुशवक़्त सिंह से हुई। यह झाँसी की तरफ़ का चौहान राजपूत था। लम्बा-तड़ंगा, काला भुजंग। लाँबी-लाँबी ऊपर को मुड़ी हुई नुकीली मूँछें। बेहद चमकीले और ख़ूबसूरत दाँत। हँसता तो बहुत अच्छा लगता। ग़ालिब का परस्तार था। बात-बात पर शेर पढ़ता था। क़हक़हे लगाता और झुक-झुककर बेहद अख़लाक़ से सबसे बातें करता। उसने हमको दूसरे रोज़ सिनेमा चलने के लिए आमन्त्रित किया। सरला, प्रभा वग़ैरह बद-दिमाग़ लड़कियाँ थीं और कुछ पुराने-ख़याल की भी। वह लड़कों के साथ बाहर घूमने बिलकुल नहीं जाती थीं। ख़ुशवक़्त सिंह दिलजीत के भाई का दोस्त था। मेरी समझ में न आया कि उसे क्या जवाब दूँ। इतने में सरला ने चुपके से कहा। "ख़ुशवक़्त के साथ हर्गिज़ सिनेमा मत जाना। सख़्त लोफ़र लड़का है।" मैं चुप हो गयी।

उस ज़माने में नयी दिल्ली की दो-एक आवारा लड़कियों के क़िस्से बहुत मशहूर हो रहे थे और मैं सोच-सोचकर डरा करती थी। शरीफ़ घरानों की लड़कियाँ अपने माँ-बाप की आँखों में धूल झोंककर किस तरह लोगों के साथ रंगरेलियाँ मनाती हैं। हॉस्टल में हम अकसर इस क़िस्म की लड़कियों के लिए अटकलें लगाया करते। ये बड़ी अजीब और रहस्यमयी हस्तियाँ मालूम होतीं हालाँकि देखने में वे भी हमारी तरह ही की लड़कियाँ थीं। साड़ियाँ और सलवारें पहने हुए, तरहदार ख़ूबसूरत, पढ़ी-लिखीं।

"लोग बदनाम कर देते हैं जी...।" सादिया दिमाग़ पर बहुत ज़ोर डालकर कहती—"अब ऐसा भी क्या है।"

"वास्तव में हमारी सोसायटी इस क़ाबिल ही नहीं हुई कि तालीमयाफ़्ता लड़कियों को हज़म कर सकें।" सरला कहती।

"होता यह है कि लड़कियाँ बैलेन्स खो बैठती हैं।" रेहाना राय देती।

बहरहाल, किसी तरह यक़ीन न आता कि ये हमारी जैसी, हमारे साथ की चन्द लड़कियाँ ऐसी ख़ौफ़नाक हरकतें किस तरह करती हैं।

दूसरी शाम, मैं लेबोरेट्री की तरफ़ जा रही थी कि निकल्सन मेमोरियल के क़रीब एक लम्बी-सी कार आहिस्ता-से रुक गयी। उसमें से खुशवक़्त सिंह ने झाँका और अँधेरे में उसके ख़ूबसूरत दाँत झिलमिलाये।

"अजी हज़रत, यूँ कहिये कि अपना अपॉइण्टमेण्ट भूल गयीं।"

"जी...।" मैंने हड़बड़ाकर कहा।

"हुज़ूरे-आला। चलिये, मेरे साथ फ़ौरन। ये शाम का वक़्त लेबोरेट्री में घुसकर बैठने का नहीं है। इतना पढ़कर क्या कीजिएगा?"

मैंने बिलकुल ग़ैर-इरादी तौर पर चारों तरफ़ देखा और कार में दुबककर बैठ गयी।

हमने कनॉट प्लेस जाकर एक अंग्रेजी फ़िल्म देखी।

उसके अगले रोज़ भी।

उसके बाद एक हफ़्ते तक मैंने ख़ूब-ख़ूब सैरें उसके साथ कीं। वह मेडिंज़ में ठहरा हुआ था।

उस हफ़्ते के आख़ीर तक मैं, मेजर खुशवक़्त सिंह की मिस्ट्रेस बन चुकी थी।

मैं लिट्रेरी नहीं हूँ। मैंने चीनी, जापानी, रूसी, अंग्रेज़ी या उर्दू शायरी का अध्ययन नहीं किया। साहित्य पढ़ना मेरे लिए वक़्त बर्बाद करना है। पन्द्रह बरस की उम्र से साइन्स मेरा ओढ़ना-बिछौना रहा है। मैं नहीं जानती कि आध्यात्मिक नज़रिये क्या होते हैं। मिस्टिक (Mystic) आकर्षण के क्या मानी हैं। शायरी और फ़लसफ़े के लिए न मेरे पास फ़ुर्सत तब थी न अब है। मैं बड़े-बड़े अस्पष्ट और रहस्यमयी शब्दों का प्रयोग भी नहीं कर सकती।

बहरहाल, पन्द्रह रोज़ के अन्दर-अन्दर यह वाक़िया भी थोड़ा-बहुत कॉलेज में सबको मालूम हो चुका था। लेकिन मुझमें अपने अन्दर हमेशा से बड़ा अजीब-सा आत्मविश्वास था। मैंने अब परवाह नहीं की। पहले भी मैं लोगों से बोलचाल बहुत कम रखती थी। सरला वग़ैरह का ग्रुप अब मुझे ऐसी नज़रों से देखता जैसे मैं मंगल-ग्रह से उतरकर आयी हूँ या मेरे सिर पर सींग हैं। डाइनिंग हॉल में, मेरे बाहर जाने के बाद घंटों मेरे क़िस्से दोहराये जाते। अपनी इण्टैलीजेन्स सर्विस द्वारा मेरे और खुशवक़्त के बारे में उनको पल-पल की ख़बर रहती। हम लोग शाम को कहाँ गये। रात नयी दिल्ली के कौन-से बालरूम में नाचे। (खुशवक़्त कमाल का डान्सर था। उसने मुझे नाचना भी सिखा दिया था।) खुशवक़्त ने मुझे क्या-क्या तोहफ़े कौन-कौन-सी दुकानों से खरीदकर दिये।

खुशवक़्त मुझे मारता बहुत था और वह मुझसे इतनी मोहब्बत करता था जो आज तक दुनिया में किसी मर्द ने किसी औरत से न की होगी।

कई महीने गुज़र गये। मेरे एम.एस-सी. प्रीवियस के इम्तिहान सिर पर आ गये और मैं पढ़ने में मसरूफ़ हो गयी।

इम्तिहान के बाद उसने कहा—"जानेमन! दिलरुबा! चलो, किसी ख़ामोश-से पहाड़ पर चलें। सोलन, डलहौजी, लेन्सडाउन।"

मैं चन्द रोज़ के लिए मेरठ गयी और अब्बा से यह कहकर (अम्माजान की, जब मैं थर्ड-इयर में थी तो मौत हो गयी थी) दिल्ली वापस आ गयी कि फाइनल इयर के लिए बेहद पढ़ाई करनी है। उत्तरी भारत के पहाड़ी मुक़ामात पर बहुत से जान-पहचानवालों के मिलने की सम्भावना थी इसलिए हम दूर दक्षिण में ऊटी चले गये। वहाँ महीना-भर रहे। खुशवक़्त की छुट्टी ख़त्म हो गयी तो दिल्ली वापस आकर तीमारपुर के बँगले में टिक गये।

कॉलेज खुलने से एक हफ़्ता पहले खुशवक़्त की और मेरी बड़ी ज़बरदस्त लड़ाई हुई। उसने मुझे ख़ूब मारा। इतना मारा कि मेरा सारा चेहरा लहूलुहान हो गया और मेरी बाँहों और पिण्डलियों पर नील पड़ गये। लड़ाई की वजह उसकी वह मुर्दार मंगेतर थी जो जाने कहाँ से टपक पड़ी थी। वह सारे में मेरे ख़िलाफ़ ज़हर उगलती फिर रही थी। अगर उसका बस चलता तो मुझे कच्चा चबा जाती। यह चार सौ बीस लड़की जंग के ज़माने में फ़ौज में थी और खुशवक़्त ने जाने किस तरह उससे शादी का वादा कर लिया। लेकिन मुझसे मिलने के बाद अब वह उसकी अँगूठी वापस करने पर तुला बैठा था।

उस रात तीमारपुर के उस सुनसान बँगले में उसने मेरे हाथ जोड़े और रो-रोकर मुझसे कहा कि मैं उससे ब्याह कर लूँ वरना वह मर जाएगा। मैंने कहा, हरगिज नहीं। क़यामत तक नहीं। कहाँ मैं और कहाँ यह तम्बाकू का पिण्डा। मैं तो उस हसीनो-जमील, किसी बहुत ऊँचे घराने के चश्मो-चिराग़ के ख़्वाब देख रही थी। जो

एक रोज़ देर या सवेर बारात लेकर मुझे ब्याहने आएगा। हमारा आरसी-मुसहफ़ होगा। मैं सेहरे-जलवे से रुख़्सत होकर उसके घर जाऊँगी। बिजली-बसन्त ननदें दरवाज़े पर दहलीज़ रोककर अपने भाई से नेग के लिए झगड़ेंगी। मीरासनें ढोलक लिये खड़ी होंगी। क्या-क्या कुछ होगा। मैंने क्या अन्तरजाति शादियों का अंजाम देखा नहीं था? मेरे इनकार पर खुशवक़्त ने जूते-लात से मार-मारकर मेरा भुरकुस निकाल दिया और तीसरे दिन उस चुड़ैल कैथ्रीन के साथ आगरे जाकर सिविल मैरिज कर ली।

जब मैं नयी टर्म की शुरुआत में हॉस्टल पहुँची तो इस हुलिये से कि मेरे सिर और चेहरे पर पट्टी बँधी हुई थी। अब्बा को मैंने लिख भेजा कि 'लेबॉरेट्री में एक प्रयोग कर रही थी। एक ख़तरनाक रसायन के भक-से उड़ने के कारण मेरा मुँह थोड़ा-सा जल गया। अब बिलकुल ठीक हूँ। फ़िक्र न कीजिए।'

लड़कियों को तो सारा क़िस्सा पहले ही मालूम हो चुका था। इसलिए उन्होंने रस्मी तौर पर ख़ैरियत भी न पूछी। इतने बड़े स्कैण्डल के बाद मुझे हॉस्टल में रहने की इजाज़त न दी जाती मगर हॉस्टल की वार्डन खुशवक़्त सिंह की बहुत दोस्त थी। इसलिए सब ख़ामोश रहे। इसके अलावा किसी के पास किसी तरह का सुबूत भी न था। कॉलेज की लड़कियों को लोग यूँ भी बिलावजह बदनाम करने पर तुले रहते हैं।

मुझे वह वक़्त अच्छी तरह याद है, जैसे कल की बात हो। सुबह के दस-ग्यारह बजे होंगे। रेलवे स्टेशन से लड़कियों के ताँगे आ-आकर फाटक में दाख़िल हो रहे थे। हॉस्टल के लॉन पर बरगद के दरख़्त के नीचे लड़कियाँ अपना-अपना सामान उतरवाकर रखवा रही थीं। बड़ी सख़्त चिल्ल-पौं मचा रखी थी। जिस वक़्त मैं अपने ताँगे से उतरी, वह मेरा ढाटे से बँधा हुआ सफ़ेद चेहरा देखकर ऐसी हैरत में पड़ गयीं जैसे सबको साँप सूँघ गया हो। मैंने सामान चौकीदार के सिर पर रखवाया और अपने कमरे की तरफ़ चली गयी। दोपहर को जब मैं खाने की मेज़ पर आकर बैठी तो उन कुलटाओं ने मुझसे ऐसे शिष्टाचार से इधर-उधर की बातें शुरू कीं जिनसे अच्छी तरह यह ज़ाहिर हो जाए कि मेरे हादसे की असली वजह वे जानती हैं। मुझे शर्मिन्दा होने से बचाने के लिए उसका ज़िक्र ही नहीं कर रही हैं। उनमें से एक ने, जो उस चाण्डाल चौकड़ी की मुखिया और उन सबकी उस्ताद थी, रात को खाने की मेज़ पर फ़ैसला ज़ारी किया कि मैं मनोविज्ञान की परिभाषा में Nymphomaniac हूँ। (मुझे मेरी जासूसों द्वारा यह सूचना फ़ौरन ऊपर पहुँच गयी जहाँ मैं उस वक़्त अपने कमरे में बैठी पढ़ाई में व्यस्त थी।) और इस तरह की बातें तो अब आम थीं कि एक मछली सारे जल को गन्दा करती है। इसलिए तो लड़कियों की बे-पर्दगी, आज़ादी ख़तरनाक और उच्च-शिक्षा बदनाम है। वग़ैरह-वग़ैरह।

मैं अपनी हद तक सौ-फ़ीसदी उन रायों से सहमत थी। मैं ख़ुद सोचती थी कि कुछ एक अच्छी-ख़ासी भली-चंगी सुशिक्षित लड़कियाँ आवारा क्यों हो जाती हैं।

एक थ्योरी थी कि वही लड़कियाँ आवारा होती हैं जिनका 'आई-क्यू' बहुत कम होता है। ज़हीन इन्सान कभी अपनी तबाही की तरफ़ जान-बूझकर क़दम नहीं उठाएगा मगर मैंने तो अच्छी-ख़ासी समझदार, तेज-तर्रार लड़कियों को लोफ़री करते देखा था। दूसरी थ्योरी थी कि सैरो तफ़ीह, रुपये-पैसे, ऐशो-आराम की ज़िन्दगी, क़ीमती तोहफ़ों का लालच, रूमान की तलाश, एडवेंचर की ख़्वाहिश या महज़ उकताहट या परदे आदि की क़ैद के बाद आज़ादी की फ़िज़ा में प्रवेश कर पुराने मूल्यों से बग़ावत, इसके चन्द कारण हैं। ये सब बातें ज़रूर होंगी वरना और क्या वजह हो सकती है।

मैं फ़र्स्ट टर्मिनल इम्तिहान से फ़ारिग़ हुई थी कि खुशवक़्त फिर आ पहुँचा। उसने मुझे लेबॉरेट्री फ़ोन किया कि मैं नरूला में छः बजे उससे मिलूँ। मैंने ऐसा ही किया। वह कैथ्रीन को अपने माँ-बाप के यहाँ छोड़कर सरकारी काम से दिल्ली आया था। इस बार हम हवाई जहाज़ से एक हफ़्ते के लिए बम्बई चले गये।

इसके बाद उससे हर दूसरे-तीसरे महीने मिलना होता रहा। एक साल निकल गया। अबके-से जब वह दिल्ली आया तो उसने अपने एक जिगरी-दोस्त को मुझे लेने के लिए मोटर लेकर भेजा। वह लखनऊ से लाहौर जाते हुए पालम पर चन्द घण्टे के लिए ठहरा था। यह दोस्त दिल्ली के एक बड़े मुसलमान व्यापारी का लड़का था। लड़का तो ख़ैर नहीं कहना चाहिए, उस वक़्त भी वह चालीस के पेटे में रहा होगा—बीवी-बच्चोंवाला। ताड़ का-सा क़द। बेहद ग़लत अंग्रेज़ी बोलता था। काला। बेढब, बिलकुल चिड़ीमार की शक्ल। हूश समान।

खुशवक़्त अबकी बार दिल्ली से गया तो फिर कभी वापस नहीं आया क्योंकि अब मैं फ़ारूक़ की मिस्ट्रेस बन चुकी थी। फ़ारूक़ के साथ अब मैं उसकी 'मंगेतर' की हैसियत से बाक़ायदा दिल्ली की ऊँची सोसायटी में शामिल हो गयी। शायद फ़ारूक़ अपनी अनपढ़ अधेड़ उम्र की परदे की 'बूबू' की मौजूदगी में एक सुशिक्षित लड़की से शादी करना चाहता था जो चार आदमियों में ढंग से उठ-बैठ सके और फिर दौलतमन्द लोगों में तो सब कुछ जाइज़ है। यह तो हमारी मिडिल-क्लास के क़ानून हैं कि यह न करो, वह न करो। लम्बी छुट्टियों के ज़माने में फ़ारूक़ ने भी मुझे ख़ूब सैर कराई। कलकत्ता, लखनऊ, अजमेर कौन जगह थी जो मैंने उसके साथ न देखी। उसने मुझे हीरे-जवाहरातों से लाद दिया। अब्बा को लिख भेजती थी कि यूनिवर्सिटी स्टूडेण्ट्स के साथ टूर पर जा रही हूँ। या अमुक जगह एक साइन्स कान्फेरेन्स में शरीक होने के लिए मुझे बुलाया गया है। इसके साथ-ही-साथ मुझे अपना तालीमी रिकार्ड भी ऊँचा रखने की धुन थी। फ़ाइनल इम्तिहान में मैंने बहुत ही ख़राब पर्चे किये और इम्तिहान ख़त्म होते ही घर चली गयी।

इसी ज़माने में दिल्ली में गड़बड़ शुरू हुई और साम्प्रदायिक दंगों का भूचाल आ गया। फ़ारूक़ ने मुझे मेरठ ख़त लिखा कि तुम फ़ौरन पाकिस्तान चली जाओ, मैं तुमसे वहीं मिलूँगा। मेरा पहले ही से यह इरादा था। मेरे भाई दोनों बहुत छोटे-छोटे

थे और अम्माजान के मरने के बाद अब्बा ने उनको मेरी ख़ाला के पास हैदराबाद भेज दिया था। मेरा रिज़ल्ट निकल चुका था और मैं थर्ड-डिविज़न में पास हुई थी। मेरा दिल टूट गया। जब बलवों का ज़ोर ज़रा कम हुआ तो मैं हवाई जहाज़ से लाहौर आ गयी। अब्बा से यह कहती आयी कि मुझे लाहौर में नौकरी मिल गयी है। फ़ारूक़ मेरे साथ आया। उसने यह प्रोग्राम बनाया था कि अपने कारोबार की एक शाखा पाकिस्तान में क़ायम करके लाहौर उसका हैड ऑफ़िस रखेगा। मुझे उसका मालिक बनाएगा और वहीं मुझसे शादी कर लेगा। वह दिल्ली छोड़कर नहीं जा रहा था क्योंकि उसके बाप बड़े काँग्रेसी ख़याल के आदमी थे। प्लॉन यह था कि वह हर दूसरे-तीसरे महीने दिल्ली से लाहौर आता रहेगा। लाहौर में भी बड़ी गड़बड़ी थी हालाँकि एक से एक शानदार कोठी अलॉट हो सकती थीं मगर फ़ारूक़ यहाँ किसी को जानता न था। बहरहाल, सन्त नगर में एक छोटा-सा मकान मेरे नाम अलॉट कराके उसने मुझे वहाँ छोड़ दिया। और मेरी दूसराथ के लिए अपने एक दूर के रिश्तेदार परिवार को मेरे पास ठहरा दिया जो महाजिर हो के लाहौर आये थे और मारे-मारे फिर रहे थे।

मैं ज़िन्दगी की इस यकबयक तबदीली से इतनी हक्का-बक्का थी कि मेरी समझ में नहीं आता था कि क्या से क्या हो गया। कहाँ अविभाजित हिन्दुस्तान की वह भरपूर दिलचस्प रंगा-रंग दुनिया, कहाँ 1948 के लाहौर का वह तंग अँधियारा मकान—या ख़ुदा मैंने कैसे-कैसे दिल हिला देनेवाले ज़माने देखे हैं।

मैं दिमाग़ी तौर पर इतनी ख़ाली हो चुकी थी कि मैंने नौकरी तलाश करने की भी कोई कोशिश नहीं की। रुपये की तरफ़ से फ़िक्र न थी क्योंकि फ़ारूक़ मेरे नाम दस हज़ार रुपये जमा करा गया था (सिर्फ़ दस हज़ार! वह ख़ुद करोड़ों का आदमी था मगर उस वक़्त मेरी समझ में कुछ न आता था।! अब भी नहीं आता।)

दिन गुज़रते गये। मैं सुबह से शाम तक पलंग पर पड़ी फ़ारूक़ की रिश्ते की ख़ाला या नानी, जो कुछ भी थीं, वह बड़ी बी थीं, उनसे उनके वतन छोड़ने की दुःख भरी कहानी और उनके गत वैभव के क़िस्से सुना करती, और पान-पर-पान खाती या उनकी मैट्रिक में पढ़नेवाली बेटी को अंक-गणित और रेखा-गणित सिखलाया करती। उनका बेटा फ़ारूक़ के नाम-मात्र के बिज़नेस की देखभाल कर रहा था। साल में पाँच-छः चक्कर फ़ारूक़ लगा लेता। अब लाहौर की ज़िन्दगी धीरे-धीरे नार्मल होती जा रही थी। उसके आने से मेरे दिन कुछ रौनक़ के कटते। उसकी ख़ाला विशेष तौर से दिल्ली के खाने उसके लिए तैयार करतीं। मैं माल के हेयर ड्रेसर के यहाँ जाकर अपने बाल सेट करवाती। शाम को हम दोनों जिमख़ाना क्लब चले जाते और वहाँ एक कोने की मेज़ पर बियर का गिलास सामने रखे फ़ारूक़ मुझे दिल्ली के हालात सुनाता। वह बिना रुके बोलता चला जाता या फिर अचानक चुप होकर कमरे में आनेवाली अजनबी सूरतों को देखता रहता। उसने शादी का कभी कोई ज़िक्र नहीं

किया। मैंने भी उससे नहीं कहा। मैं अब ऊब चुकी थी। किसी चीज़ से कोई फ़र्क़ नहीं पड़ता। जब वह दिल्ली वापस चला जाता तो मैं हर पन्द्रहवें दिन अपनी ख़ैरियत का ख़त और उसके कारोबार का हाल लिख भेजती। और लिख देती कि अबकी बार आये तो कनॉट प्लेस या चाँदनी चौक की फ़लानी दुकान से इस-इस क़िस्म की साड़ियाँ लेता आये क्योंकि पाकिस्तान में अच्छी साड़ियाँ नहीं मिलतीं।

एक रोज़ मेरठ से चचा मियाँ का ख़त आया कि अब्बा अब इस दुनिया में नहीं रहे।

मैं जज़बात से परिचित नहीं हूँ मगर बाप मुझ पर जान छिड़कते थे। उनकी मौत का मुझे बेहद दुःख हुआ। फ़ारूक़ ने मुझे बड़े प्यार के दिलासे भरे ख़त लिखे तो ज़रा ढाढस बँधी। उसने लिखा : 'नमाज पढ़ा करो। बहुत बुरा वक़्त है। दुनिया पर काली आँधी चल रही है, सूरज डेढ़ बल्लम पर आना चाहता है। पल का भरोसा नहीं।' सारे कारोबारियों की तरह वह भी बड़ा मज़हबी और अन्धविश्वासी था! नियमित रूप से अजमेर शरीफ़ जाता, ज्योतिषियों, रम्मालों, सियानों, पीरों, फ़क़ीरों अच्छे और बुरे शगुनों, ख़्वाबों की ताबीर अर्थात् हर चीज़ को मानता था। एक महीना मैंने नमाज़ भी पढ़ी मगर जब मैं सजदे में जाती तो दिल चाहता कि ख़ूब ज़ोर-ज़ोर से हँसूँ।

देश में साइन्स की महिला लेक्चररों की बड़ी माँग थी! जब मुझे एक स्थानीय कॉलेजवालों ने बेहद मजबूर किया तो मैंने पढ़ाना शुरू कर दिया हालाँकि टीचरी करने से मुझे बड़ी नफ़रत है। कुछ समय बाद मुझे पंजाब के एक सुदूर ज़िले के गर्ल्ज़ कॉलेज में बुला लिया गया। कई साल तक मैंने वहाँ काम किया। मुझसे मेरी शागिर्द लड़कियाँ अकसर पूछतीं लेकिन शादी के बारे में किये गये किसी भी सवाल का खुद मेरे पास कोई जवाब न था।

यह नया देश था। नये लोग। नया समाज। यहाँ किसी को मेरे अतीत के बारे में मालूम न था। कोई भी भलामानस मुझसे शादी करने के लिए तैयार हो सकता था। (लेकिन भलेमानस ख़ूबसूरत सीधे-सादे शरीफ़ज़ादे मुझे पसन्द ही नहीं आते थे। मैं क्या करती।) दिल्ली के क़िस्से दिल्ली में रह गये और फिर मैंने तो यह देखा है कि एक से एक बदनाम लड़कियाँ अब ऐसी पवित्र बनी हुई हैं कि देखा ही कीजिए। खुद ऐडिथ हरीराम और रानी ख़ान के उदाहरण मेरे सामने मौजूद हैं।

अब फ़ारूक़ भी कभी-कभी आता हम लोग उसी तरह मिलते जैसे बीसियों बरस के पुराने शादी-शुदा मियाँ-बीवी हों जिनके पास सारे नये विषय ख़त्म हो चुके हों। अब शान्ति और आराम और ठहराव का वक़्त है। फ़ारूक़ की बेटी की हाल ही में दिल्ली में शादी हुई है। उसका लड़का ऑक्सफोर्ड जा चुका है। बीवी को स्थायी दमा रहता है। फ़ारूक़ ने अपने कारोबार की शाखाएँ बाहर के कई देशों में फैला दी हैं। नैनीताल में नया बँगला बनवा रहा है। फ़ारूक़ अपने ख़ानदान के क़िस्से कारोबार

के मामलात मुझे विस्तार से सुनाया करता और मैं उसके लिए पान लगाती रहती।

एक बार मैं छुट्टियों में कॉलेज से लाहौर आयी तो फ़ारूक़ के पुराने दोस्त सैयद वक़ार हुसैन खाँ से मेरी मुलाक़ात हुई। यह भी अपने वक़्त के अकेले थे और कुछ कम बदशक्ल न थे। लम्बा क़द, मोटे-ताज़े, काले तवे जैसा रंग, उम्र में पैंतालीस के लगभग। अच्छे-ख़ासे राक्षस के बच्चे मालूम होते। इनको मैंने पहली बार नयी दिल्ली में देखा था, जहाँ उनका डान्सिंग स्कूल था। यह रामपुर के एक शरीफ़ घराने के इकलौते बेटे थे। बचपन में घर से भाग गये। सर्कस कार्नवल और थियेटर कम्पनियों के साथ देश-देश में घूमे। सिंगापुर, हाँगकाँग, सिंघाई, लन्दन, जाने कहाँ-कहाँ, हर क़ौम और रंग की औरतों से समय-समय पर शादियाँ रचाईं। उनकी मौजूदा बीवी एक महाजन की लड़की थी जिसको यह कलकत्ता से उड़ा लाये थे। बारह-पन्द्रह साल पहले मैंने उसे दिल्ली में देखा था। साँवली सलोनी-सी छोटे क़द की लड़की थी। उसकी शक्ल पर अजीब तरह का दुःख बरसता था मगर सुना था कि बड़ी पतिव्रता औरत थी। मियाँ के दुर्व्यवहार से तंग आकर इधर-उधर भाग जाती लेकिन कुछ दिनों के बाद फिर वापस मौजूद। ख़ान साहब ने कनॉट सर्कस की एक बिल्डिंग की ऊपरी मंज़िल पर अंग्रेज़ी नाच सिखाने का स्कूल खोल रखा था जिसमें वह और उनकी बीवी और दो एंग्लो-इण्डियन लड़कियाँ मानो स्टाफ में शामिल थीं। जंग के ज़माने में इस स्कूल पर हुनर बरसा! इतवार के रोज़ उनके यहाँ सुबह को जैन-सेशन हुआ करते थे। एक बार मैं भी खुशवक़्त के साथ वहाँ गयी थी। सुना था कि वक़ार साहब की बीवी ऐसी नेक और वफ़ादार हैं कि उनके मियाँ हुक्म देते हैं कि अमुक-अमुक लड़कियों से बहनापा गाँठो और फिर उन्हें मुझसे मिलाने के लिए लेकर आओ और वह नेकबख़्त ऐसा ही करतीं।

विभाजन के बाद वक़ार साहब लुट-लुटाकर लाहौर आ पहुँचे थे। उन्होंने मालरोड के पिछवाड़े एक फ़्लैट अलाट करवाके उसमें अपना स्कूल खोल लिया था। शुरू-शुरू में कारोबार मन्दा रहा। दिलों पर मुर्दनी छायी हुई थी। नाचने-गाने का किसे होश था। इस फ़्लैट में विभाजन पूर्व आर्य समाज का म्यूज़िक-स्कूल था। लकड़ी के फ़र्श का हॉल, पहलू में दो छोटे कमरे, स्नानगृह और रसोईघर, सामने लकड़ी की बालकनी और टूटी-सी हिलती हुई सीढ़ियाँ। 'हिन्दमाता संगीत विद्यालय' का बोर्ड बालकनी के जंगले पर अब तक टेढ़ा लगा हुआ था। उसे उतार कर 'वक़ार्ज़ स्कूल ऑफ़ बालरूम एण्ड टेपडान्सिंग' का बोर्ड लगा दिया गया। अमरीकी पत्रिकाओं से काटकर जेनकैली, फ्रेडेस्टर, फ्रैंकसेनाट्रा डौर्सडे आदि की रंगीन तसवीरें, हॉल की पुरानी दीवारों पर सजा दी गयीं और स्कूल चालू हो गया। रिकार्डों का थोड़ा-सा संग्रह ख़ान साहब दिल्ली से साथ लेते आये थे। ग्रामोफ़ोन और सेकेण्ड-हैण्ड फ़र्नीचर फ़ारूक़ से रुपया क़र्ज़ लेकर उन्होंने यहाँ ख़रीद लिया। कॉलेज के मनचले लौण्डों और नयी-दौलतमन्द सोसायटी की ताज़ा-ताज़ा फ़ैशनेबल बेगमों को खुदा सलामत रखे। दो-तीन साल में उनका काम ख़ूब चमक गया।

फ़ारूक़ की दोस्ती की वजह से मेरा और उनका कुछ भावज और जेठ का सा रिश्ता हो गया था। वे अकसर मेरी ख़ैर-ख़बर लेने आ जाते। उनकी बीवी घण्टों मेरे साथ पकाने-रींधने, सीने-पिरोने की बातें किया करतीं। बेचारी मुझसे बिलकुल जिठानीवाला बरताव करतीं। ये मियाँ-बीवी निस्सन्तान थे। बड़ा उदास, बेरंग, बे-तुका-सा ग़ैर-दिलचस्प जोड़ था। ऐसे लोग भी दुनिया में मौजूद हैं।

कॉलेज में नयी अमरीका-पलट, नकचढ़ी प्रिन्सिपल से मेरा झगड़ा हो गया। अगर वह सेर तो मैं सवा-सेर। मैं ख़ुद तानाशाह से कम न थी। मैंने त्यागपत्र कॉलेज कमेटी के सिर पर दे मारा और फिर सन्त नगर लाहौर वापस आ गयी। मैं पढ़ाते-पढ़ाते उकता चुकी थी। मैं कोई वज़ीफ़ा लेकर पी-एच.डी.के लिए विदेश जा सकती थी, मगर इस इरादे को भी कल पर टालती रही। कल अमरीकनों के दफ़्तर जाऊँगी जहाँ वे लोग वजीफ़े बाँटते हैं। कल ब्रिटिश कौन्सिल जाऊँगी। कल एज्युकेशन-मिनिस्ट्री में स्कॉलरशिप के लिए दर्ख़्वास्त भेजूँगी।

और वक़्त गुज़र गया। क्या करूँगी कहीं बाहर जाकर। कौन-से गढ़ जीत लूँगी। कौन-से तीर मार लूँगी। मुझे जाने किस चीज़ का इन्तज़ार था। मुझे मालूम नहीं।

इस बीच एक रोज़ वक़ार भाई मेरे पास बौखलाये हुए आये और कहने लगे—"तुम्हारी भाभी के दिमाग़ में फिर उन्माद उठा। वह वीज़ा बनवाकर इण्डिया वापस चली गयीं और अब कभी न आएँगी।"

"यह कैसे?" मैंने ज़रा बेपरवाही से पूछा और उनके लिए चाय का पानी स्टोव पर रख दिया।

"बात यह हुई कि मैंने उन्हें तलाक़ दे दी। उनकी ज़बान बहुत बढ़ गयी थी। हर वक़्त टर-टर..." फिर उन्होंने सामने के खुर्रे पलंग पर बैठकर ख़ालिस पतियों वाले अन्दाज़ में बीवी के ख़िलाफ़ शिकायतों का एक दफ़्तर खोल दिया और ख़ुद को बेक़सूर और सही साबित करने की कोशिश करते रहे।

मैंने बेपरवाही से यह सारी कथा सुनी। ज़िन्दगी की हर बात इतनी बेरंग, महत्त्वहीन, अनावश्यक और बेमानी थी।

कुछ समय बाद वे मेरे यहाँ आकर बुड़बुड़ाये—"नौकरों ने नाक में दम कर रखा है। कभी इतना भी तुमसे नहीं होता कि आकर ज़रा भाई के घर की हालत ही दुरुस्त कर जाओ। नौकरों के कान ऐंठो। मैं स्कूल भी चलाऊँ और घर भी।" उन्होंने इस अन्दाज़ से शिकायत के तौर पर कहा मानो उनके घर का इन्तज़ाम करना मेरा फ़र्ज़ था।

चन्द रोज़ बाद मैं अपना सामान बाँधकर वक़ार साहब के कमरों में शिफ़्ट हो गयी और नाच सिखाने के लिए उनकी असिस्टेण्ट भी बन गयी।

इसके महीने-भर बाद पिछले इतवार को वक़ार साहब ने एक मौलवी बुलवाकर अपने दो चुरकटों की गवाही में, मुझसे निकाह पढ़वा लिया।

अब मैं दिन भर घर के काम में व्यस्त रहती हूँ। मेरा हुस्नो-जमाल अतीत की दास्तानों में शामिल हो चुका है। मुझे शोरोगुल, पार्टियाँ, हंगामे बिलकुल पसन्द नहीं लेकिन घर में हर वक़्त 'चाचाचा' और 'रॉक एण्ड रोल' का शोर मचता रहता है। बहरहाल, यही मेरा घर है।

मेरे पास इस वक़्त कई कॉलेजों में कैमिस्ट्री पढ़ाने के ऑफ़र हैं मगर भला घर-धन्धों से कहीं फुर्सत मिलती है। नौकरों का यह हाल है कि आज रखो, कल ग़ायब। मैंने ज़्यादा की तमन्ना कभी नहीं की। सिर्फ़ इतना ही चाहा कि एक औसत दर्जे की कोठी हो। सवारी के लिए मोटर ताकि आराम से हर जगह आ-जा सकें। बराबरीवालों में बेइज़्ज़ती न हो। चार मिलनेवाले आयें तो बिठाने के लिए एक ढंग का ठिकाना हो, और बस।

इस वक़्त हमारी डेढ़-दो हज़ार माहवार आमदनी है जो मियाँ-बीवी के लिए ज़रूरत से कहीं ज़्यादा है। इन्सान अपनी क़िस्मत पर सन्तुष्ट हो जाए तो सारे दुःख आप-से-आप मिट जाते हैं।

शादी कर लेने के बाद लड़की के सिर के ऊपर छत-सी पड़ जाती है। आज कल की लड़कियाँ जाने किस रौ में बह रही हैं। किस तरह यह लोग हाथों से निकल जाती हैं। जितना सोचूँ, अजीब-सा लगता है और हैरत होती है।

मैंने तो कभी किसी से फ़्लिर्ट तक न किया। खुशवक़्त, फ़ारूक़ और इस काले दैत्य पुत्र के अतिरिक्त जो मेरा पति है, मैं किसी चौथे आदमी से वाक़िफ़ नहीं। मैं शायद बदमाश तो नहीं थी। न जाने मैं क्या थी और कहाँ हूँ। रेहाना, सादिया, प्रभा और यह लड़की जिसकी आँखों में मुझे देखकर दहशत पैदा हुई। वह शायद मुझसे ज़्यादा अच्छी तरह मुझसे वाक़िफ़ हों।

अब खुशवक़्त को याद करने का फ़ायदा? वक़्त गुज़र चुका। जाने अब तक वह ब्रिगेडियर मेजर जनरल बन चुका हो। आसाम की सरहद पर चीनियों के ख़िलाफ़ मोरचा लगाये बैठा हो या हिन्दुस्तान की किसी हरी-भरी छावनी के मेस में बैठा मूँछों पर ताव दे रहा हो और मुसकराता हो। शायद वह कब का कश्मीर के मोरचे पर मारा जा चुका हो। क्या मालूम!

अँधेरी रातों में, मैं आँखें खोले चुपचाप पड़ी रहती हूँ। साइन्स ने मुझे इस सारी सृष्टि के बहुत-से रहस्यों से परिचित करा दिया है। मैंने कैमिस्ट्री पर अनगिनत किताबें पढ़ी हैं। पहरों सोचा है पर मुझे बड़ा डर लगता है।

खुशवक़्त सिंह। खुशवक़्त सिंह तुम्हें अब मुझसे मतलब...?

□

जुगनुओं की दुनिया

बैकेट हाउस के एक बरामदे पर चुराकर खाने के लिए बेहद खट्टे अंगूरों की बेल फैली हुई थी। बरामदे के नीचे लॉन था जिसके सिरे पर इलायची का पेड़ था। लॉन की हरी-भरी ढलान नीचे माल रोड पर ख़त्म होती थी। दूर सड़क पर मोटरें और लारियाँ ख़िलौनों की तरह दिखाई देती थीं। चारों ओर बर्फ़ से ढँके पहाड़ थे।

बैकेट हाउस की बरसाती की तरफ़ गड्ढे में बहुत से ड्रेन पाइप पड़े थे जिसमें बड़े-बड़े पत्थर फेंकना एक ज़रूरी फ़र्ज़ समझा जाता था क्योंकि जब पत्थर लोहे से टकराते तो उससे बहुत ज़ोर से चिनगारियाँ निकलती थीं। दुनिया की हर चीज़ बहुत आश्चर्यजनक और मनोरंजक थी। मसलन जब अज़रा आपा अपने लम्बे-लम्बे बालों में कंघी करतीं तो कंघी में भी छोटी-छोटी चिनगारियाँ निकलतीं फिर उस चुम्बकी कंघी से काग़ज़ के टुकड़े उठाये जाते।

जिस रोज़ हम लोग बैकेट हाउस पहुँचे, बच्चों के कमरे में अच्छो सफ़ेद पलंग पर बहुत ठाट से बैठी थीं और लम्बा-सा सफ़ेद फ्राक पहने फ़हमीदा पलंगड़ी के सफ़ेदी जंगले से झूल रही थी। अच्छो ने बड़े रौब से मुझसे कहा—"जनाब, हम इतनी ऊँची पहाड़ी से गिरे थे। पहले हम जंगल के तारों में फँसे तो इतना बड़ा घाव बना। जैसे 'बो' (Bow) होती है" उसने अपनी रान की ओर इशारा किया जिस पर पट्टी बँधी हुई थी। "फिर हम गिरते-गिरते एक चट्टान पर पहुँचे...।" अगले कुछ मिनटों में अच्छो ने जो क़िस्सा सुनाया, उससे ऐसा जान पड़ा कि वह ऐवरेस्ट की चोटी से गिरी थी और रास्ते में बहुत-सी जगह पर सुस्ताने के लिए रुकती हुई, चीड़ के पेड़ों और झरनों पर से गुज़रती माल रोड पर आ रही थी और यह सब पलक झपकते में हुआ था। अब वह महीने से पलंग पर चढ़ी सब पर हुकुम चला रही थी और इस दुर्घटना के कारण वह बड़ा महत्त्व प्राप्त कर चुकी थी, वह अपने घुँघराले बाल झटककर खूब हँसती।

चाचीजान उन दिनों नीचे गयी हुई थीं इसलिए घर पर लड़कियों का राज़ था। सबसे बड़ी अज़रा आपा मैट्रिक की तैयारी कर रही थीं। हुम्मन आपा और ज़ोहरा आपा को भी मास्टर साहब पढ़ाने आते थे। अच्छे भाई बस्ता सँभाल सुबह-ही-सुबह

स्कूल चले जाते। अच्छो और पारे एक-दूसरे मास्टर साहब से पढ़ रहे थे। हमारे फूफीज़ाद भाई[1] इमतियाज़ हैदर कलकत्ता से आये हुए थे। फूफी अप्पी घर का इन्तज़ाम कर रही थीं। वह चाबियों का गुच्छा सँभाले छुन-छुन करती मुसकराती इधर-से-उधर चली जातीं और कभी-कभी गुनगुनातीं—"अटरिया पे चोर भौजी दिया तो जलइयो।" बैकेट हाउस किसी अँग्रेज़[2] की बनवाई हुई कोठी थी जिसकी लम्बी गैलरी की ओर बड़े-बड़े रौशन कमरे थे, जिनके सफ़ेद चौखटोंवाले दरीचों पर गुलाब की बेलें चढ़ी थीं। गैलरी के पिछले सिरे पर बच्चों का कमरा था जिसके दरीचे के नीचे रंग-बिरंगे फूल खिले थे।

मैंने अच्छो और पारे के खिलौनों का मुआयना किया और अच्छो पर अपने ताज़ा और बड़े-बड़े कारनामों का रौब डाला लेकिन मुझे मालूम था कि पहाड़ी पर से गिरना इतनी महत्त्वपूर्ण घटना थी जिसका मुक़ाबला मैं किसी तरह भी नहीं कर सकती थी।

शाम को अज़रा आपा ने कहा—"अगर तुम दिन भर ज़्यादा शरारतें नहीं करोगी और अच्छो और पारे के साथ बैठकर दिनभर पढ़ा करोगी तो हर रात को परी आकर चाकलेट तुम्हारे तकिये के नीचे रख जाया करेगी। अच्छो, पारे जब अच्छे-अच्छे काम करते हैं, तो वह उन्हें भी इनाम देती है।"

दूसरे दिन सवेरे चाकलेट मेरे तकिये के नीचे रखी थी क्योंकि परियाँ वग़ैरह हमारी ज़िन्दगी का महत्त्वपूर्ण हिस्सा थीं इसलिए मुझे कोई ताज्जुब नहीं हुआ।

दोपहर को भाँति-भाँति के मास्टर लोग बरामदे में शिक्षा का कारोबार फैलाते। उनके जाने के बाद उनके आज्ञाकारी शिष्य इलायची के पेड़ पर चढ़कर पढ़ाई करते। अकसर घास पर बैठे बाक़ी शागिर्दों के सिरों पर ऊपर से फुट्टा आकर गिर पड़ता या ज्यामेट्री-बॉक्स या हिसाब की मोटी 'चक्रवर्ती' जिसे उठाकर दूसरी बार ऊपर की डालियों पर पहुँचा दिया जाता।

अकसर दोपहर को इमतियाज़ भाई दूसरे बरामदे में ग्रामोफ़ोन बजाते, "बुल-बुले नाशाद ने कुछ इस तरह फ़रयाद की, रोते-रोते हिचकियाँ-सी बँध गयीं सैय्याद की"। कुछ इस तरह के शेर थे एक ग़ज़ल के। इमतियाज़ भाई एक हाथ ग्रामोफ़ोन की मेज़ पर रखकर खड़े-खड़े बड़े ध्यान से यह रिकार्ड सुनते। एक रिकार्ड "धुएँ की गाड़ी उड़ाये लिये जाय" का था जिसके अन्त में गायक सूचना देता "मेरा नाम मोहम्मद हुसैन ऑफ़ नगीना।"

इसी बरामदे में एक अलमारी रखी थी। हम लोग यह तय करते थे कि हम ख़ुद रिकार्ड हैं और यह अलमारी ग्रामोफ़ोन। इसके बाद मैं या अच्छो अलमारी के अन्दर बैठकर दरवाज़ा बन्द कर लेते और पारे मियाँ बाहर खड़े-खड़े हवा में हाथ

---

1. बुआजी के बेटे।
2. जिसने कुमाऊँ में सबसे पहले चिपको आन्दोलन शुरू किया था।

घुमाकर इस तरह कूक भरते जैसे उस ज़माने में मोटर स्टार्ट की जाती थी। इसके फ़ौरन बाद अन्दर रिकार्ड बजना शुरू हो जाता या पारे मियाँ खुद चाबी भर कर तेज़ी से अन्दर जा बैठते और गाना शुरू कर देते।

दोपहर को खाने के कमरे में पीतल का घण्टा बजता तो हम सब चट्टानों, पहाड़ियों और पेड़ों तथा दूसरे गुप्त ठिकानों से कूद-कूदकर बैकेट हाउस के अन्दर आते। खाने के बाद फूफी अप्पी चीनी मिली सौंफ की पुड़िया बनाकर हम सब को देती। हुकुम था कि दोपहर को आराम करो। हम सब अपने सफ़ेद और ठण्डे बिस्तरों में दुबककर दुलाइयाँ ओढ़ लेते और मौक़े की ताक में कनखियों से एक-दूसरे को देखते, फिर चुपके से एक बहादुर अपने पलंग से उठकर बाहर भाग जाता। कुछ लम्हों बाद खिड़की में से एक सिर दिखाई पड़ता। "शिस...बेहतरीन खूबानियाँ...यह रहीं देखो...।" या किसी गुप्त स्थान पर जाने के लिए सिग्नल के तौर पर चीड़ का पत्ता दिखाया जाता, बाक़ी 'सूरमा' बिस्तरों से चुपके-चुपके उठकर फिर बाहर भाग जाते। शाम को चाय के लिए फिर सबकी ढुँढ़िया मचती।

'नीचे' से मेहमान आते तो बैकेट हाउस की रौनक बढ़ जाती। उनके जाने के बाद इम्तियाज़ भाई, अच्छे भाई और भाई बहाउद्दीन एक लाल पलंगपोश बाँस से बाँधकर ब्रामदे की सीढ़ियों पर खड़े हो जाते। जब मेहमानों की लारी या मोटर दूर घाटी की सड़क पर से गुज़रती हुई दिखाई पड़ती तो विदाई झण्डा देर तक लहराया जाता।

एक दिन मैंने देखा कि पारे मियाँ घास पर बड़े ग़ौर से कुछ तलाश कर रहे हैं।

"कौन चीज़ है?" मैंने बड़े चाव से पूछा।

"परीकुण्डल ढूँढ़ रहे हैं।"

"परीकुण्डल...?"

"ज़नाब। रात को परी आती है न। उसके क़दमों के निशान जिस जगह पर होते हैं, वहाँ ओस नहीं गिरती।"

"तुम्हें कैसे मालूम?" मैंने प्रश्न किया।

"आपा ने बतलाया है।"

मैं भी उसी तरह परीकुण्डल ढूँढ़ने लगी। फ़हमीदा की छोटी बहन जुलेख़ा इतनी छोटी थी कि उसे केवल छोटी ही कहा जाता था। यह दोनों फूफी अप्पी की लड़कियाँ थीं। उस समय हुम्मन आपा और भाई बहाउद्दीन छोटी को एक टोकरी में डाले बरामदे में घसीटते फिर रहे थे और ख़ूब हँस रहे थे। इतने में इलायची के पेड़ पर से एक जॉमेट्री बॉक्स नीचे गिरा। ज़ोहरा आपा ऊदा फ्राक पहने डाली पर से छलाँग लगाकर बरामदे में पहुँची। हुम्मन आपा और भाई बहाउद्दीन ने उनसे कुछ खुसर-पुसर की और भाई बहाउद्दीन फ़ौरन ग़ायब हो गये।

सारी दोपहर भाई बहाउद्दीन ने अपना कमरा बन्द करके बड़े ख़ुफ़िया तौर से गुजारी। शाम को बरामदे में अंगूर की बेल के नीचे कार्डबोर्ड की एक नन्ही-सी बड़ी ख़ूबसूरत गाड़ी खड़ी थी जो सिंडरैला की बिल्लौरी कोच जैसी बनाई गयी थी। गाड़ी में दो मेंढक जुते थे जो उसे घसीटते हुए इधर-उधर फुदक रहे थे।

"जल्दी से अन्दर आ जाओ।" अज़रा आपा ने मुझे आवाज़ दी।

"क्यों? यह गाड़ी किसकी है, आपा?"

"परी आयी थी", जवाब मिला, "मगर क़ानून यह है कि किसी आदमज़ाद को परी की गाड़ी दिखाई दे जाय तो उसमें जुते हुए लाल परिन्दे फ़ौरन मेंढक बन जाते हैं।"

"बड़ा अफ़सोस है।" भाई बहाउद्दीन ने गम्भीरता से सिर हिलाया, "बेचारी अब अपने घर नहीं जा सकती।" फिर उन्होंने मुझसे पूछा, "आपको मालूम है परी रहती कहाँ है?"

"अँग्रेज़ी परियाँ मशरूम में रहती हैं और हमारी परियाँ कोह-ए-क़ाफ़ में।" मैंने पूर्ण विश्वास के साथ उत्तर दिया।

"परी को हम छोटी की टोकरी में सुला सकते हैं।" पारे ने प्रस्ताव रखा।

"मगर ग़रीब खाएगी क्या?" छब्बू भाई बोले।

"सौंफ। हल्की-फुल्की चीज़।" हुम्मन आपा ने कहा।

"क्या इस वक़्त भी वह गाड़ी में बैठी है?" मैंने पूछा।

"हाँ, बिलकुल। क़रीब हरग़िज न जाइएगा।" अच्छे भाई ने उत्तर दिया।

"परी...।" पारे मियाँ ने डपटकर आवाज़ दी।

"क्या हो रहा है?" अच्छो ने अन्दर से पुकारा।

"आपा अच्छो।" मैंने कमरे में जाकर कहा। मैं उसे बहुत आदर से आपा अच्छो कहती थी, "आपा अच्छो, परी बरामदे में बैठी है, उसकी कोच के घोड़े... नहीं लाल...मेंढक बन गये।"

"कहाँ...?" अच्छो पलंगड़ी से उतरकर दरीचे में आ गयी।

फ़हमीदा अपना लम्बा फ्राक पहने छोटे-छोटे क़दम रखती उसके पीछे-पीछे चली। हम तीनों ने बाहर झाँका, मगर गाड़ी ग़ायब हो चुकी थी। बड़े बहन-भाई भी ग़ायब थे।

"गप...।" अच्छो ने गुस्से से कहा और जाकर अपनी खटोली पर बैठ गयी। दो रोज़ के बाद उसे चलने-फिरने की इजाज़त मिलनेवाली थी।

"टिकट टेलर सोल्जर सेलर..." अच्छो ताश के पत्ते बाँटना शुरू करती। हर पत्ते पर बड़े मसख़रेपन के चित्र बने हुए थे। यह शायद हैप्पी फ़ैमिली (Happy Family) कार्ड कहलाते थे।

अचानक अच्छो "अव्वल भला भई अव्वल भला, सब में कद्दू गोल भला।"

का नारा लगाती और ताश का खेल अधूरा छोड़कर बाहर भाग जाती। हम सब उसके पीछे-पीछे दौड़ते। सारे बच्चों की भाँति हमारे अपने कुछ ख़ास शब्द थे जो हमारे लिए कोड (Code) का काम देते थे दुनिया की हर चीज़ बड़ी मनोरंजक और मज़ेदार थी।

बातचीत की शुरुआत आमतौर पर इस तरह होती थी।

"ओफ़्फ़ोह, कितना मज़ा आया... मालूम है क्या हुआ?"

"ओफ़्फ़ोह, कितनी मज़ेदार बात!"

"ओफ़्फ़ोह!"

कोई बड़ा पूछता—"क्या हो रहा है?"

"मज़े।" बेहद मसरूफ़ लहज़े में जवाब दिया जाता। बड़े भाई-बहन भी बहुत मज़ेदार लोग थे। मगर यह लोग अकसर बड़ा कठोर अन्याय करते थे। कभी-कभी रात को हुम्मन आपा मुझे गैलरी के दरवाज़े में लगे टेलीफ़ोन के तख़्ते पर चढ़ाकर खुद जुगनू इकट्ठे करने बाग़ में चली जातीं। मैं सुनसान गैलरी में, जिसके कोने पर गिरजे जैसी ऊँची खिड़कियाँ थीं, डरी हुई तख़्ते पर बैठी रहती। भाई बहाउद्दीन ने कह रखा था कि कर्नल बैकेट की मेम रात के समय सफ़ेद साया पहने सरसराती हुई आकर मक्खन-चीनी माँगती है। "अंग्रेजों की रूहें मक्खन चीनी ही की फरमाइश क्यों करती थीं" कुछ देर बाद हुम्मन आपा खिलखिला कर हँसती हुई अन्दर आ जातीं। उनके मलमल के चुने हुए दुपट्टे में बहुत सारे जुगनू टिमटिमाते।

वह जुगनुओं की दुनिया थी।

एक शाम मास्टर साहब का दिया हुआ सबक़ याद न करने के कारण ख़बर मिली कि परी नाराज़ हो गयी है। अच्छो और पारे अपने-अपने सबक़ परस्पर याद कर चुकने के बाद मुझे जलाने के लिए नवाबों की तरह शान से आँखें बन्द किये अपने बिस्तरों पर लेटे टाँगें हिला रहे थे।

अचानक अच्छो ने करवट बदलकर एक आँख खोली और ज़ोर से कहा—"सलामआलेकुम परी"। पारे ने भी वैसे ही कहा, "सलामआलेकुम परी"। फिर अच्छो उछलकर पलंग पर बैठ गयी और तकिया उठाया जिसके नीचे टॉफ़ी का डिब्बा मौजूद था।

मैंने फ़ौरन अपने तकिये के नीचे देखा लेकिन वहाँ कुछ भी न था। मैंने बड़े दुःख से रोना शुरू कर दिया, फिर जल्दी से आँसू पोंछकर अच्छो से पूछा, "कैसी थी परी?"

"बहुत ख़ूबसूरत।"

"क्या पहने थी?"

"साड़ी।"

"साड़ी में उड़ती कैसे होगी?"

"पर जो हैं।"

"टॉफ़ी हमें भी दीजिए, अच्छो आपा!"

"अज़रा आपा ने मना किया है। तुमने पहाड़ा जो नहीं याद किया। पारे मियाँ तो पूरा 'शिकवा'[1] याद कर रहे हैं और तुम तीन का पहाड़ा तक नहीं रट सकतीं।"

नाले बुलबुल के सुनूँ और हमातन गोश रहूँ।
हमनवा मैं भी कोई गुल हूँ कि ख़ामोश रहूँ ॥

पारे मियाँ अपने पलंग पर कूदकर गरजे। दरवाज़े में से फूफी अप्पी ने झाँका—"शू...शू...रात हो गयी...सो जाओ।"

हम तीनों फिर अपने-अपने लिहाफ़ों में घुस गये। आतिशदान के शोलों में विभिन्न प्रकार के चित्र बना लिये। कुछ मिनट बाद अच्छो ने आवाज़ दी, "हम बेहतरीन ख़रगोश बना रहे हैं।" उसने हाथों की छाया से दीवार पर ख़रगोश बनाया।

"अब बत्तख़...अब कुत्ता।" पारे मियाँ ने सूचना दी। मैं भी बहुत तेज़ी से उठी और इस महत्त्वपूर्ण काम में जुट गयी।

थोड़ी देर बाद अच्छो ने नमक-मिर्च लगाकर लकड़बग्घों के क़िस्से सुनाना शुरू कर दिये। फिर उसने कहा, "जब हम बहराइच में थे तो एक रात को बहुत बड़ी बहिया आयी और उसमें क्या देखते हैं कि एक सरकटे की लालटन पानी पर बहती चली आ रही है।"

"ओफ़्फ़ोह!" मैंने रौब में आकर कहा।

छोटी-सी अच्छो बड़ी ज़बरदस्त कथा-वाचक थी। पोर्चवाले बरामदे में चचाजान आरामकुर्सी के हत्थे पर मुझे बिठाकर मुसकरा-मुसकराकर कहते—

(वह कोई पुरानी कविता-सी थी जो ग़लत-सलत मुझे अब तक याद है)

बीवी जान सुनिये ज़री गुन की भरी हाँ
दो बरस ईरान में रह आयी हूँ दिलशाद
हैं बुआ मुग़लानी की सब बातें मुझे याद
दालन ख़ुरम, भातन ख़ुरम, हलवा ख़ुरमतर
पिस्ता व बादाम ख़ुरम नाज़ कुनम बर।

जब चचाजान यह कहते तो मुझे धुँधली-सी तेहरान के एक घर की बालकोनी याद आ जाती जिसके नीचे आँगन में एक फ़व्वारा था और एक गोरी-सी औरत सर पर रूमाल बाँधे खड़ी कहती, "आबे ताहिर-आबे ताहिर।"[2]

"आज सिनेमा दिखाया जाएगा।" एक दिन पारे मियाँ ने सूचना दी।

"वह कैसा होता है?" मैंने जानना चाहा।

"जैसे चन्दू लाल शाह का सिनेमा है नीचे माल पर वहाँ टॉकी दिखलायी जाती है।"

---

1. इक़बाल की एक सुप्रसिद्ध कविता।
2. स्वच्छ जल, स्वच्छ जल।

"आपने देखी है टॉकी, आपा अच्छो?" मैंने सवाल किया।

जनाब अच्छो ने जवाब दिया।

ग़ाज़ीपुर जैसे बैकवार्ड्स में रहने के कारण सिनेमा का नाम ही मेरे लिए अनोखी चीज़ थी लेकिन यहाँ भी चन्दू लाल शाह के सिनेमा जाने का मौक़ा नहीं मिला, क्योंकि बच्चों को सिनेमा जाने की इजाज़त नहीं थी। अच्छो ने यूँही रौब डाला था।

इमतियाज़ भाई के पाँव के अँगूठे में तकलीफ़ थी। रात को वह टहल-टहलकर चप्पल में से अँगूठा हिलाते। और खाने के कमरे में फूफी अप्पी 'शुक्रिया' और 'तशक्कुर' के फ़र्क़ पर वाद-विवाद कर रहे थे। फूफी एक साइडबोर्ड से दूसरे साइड बोर्ड तक जाती हुई काम में व्यस्त थी। खाना ख़त्म करते ही पारे मियाँ अचानक अपनी कुर्सी से कूदकर सरपट ड्राइंगरूम की ओर भागे, जहाँ चचाजान के एक दोस्त सक्सेना साहब एक प्रोजेक्टर लेकर आये जिसको दरीचे में रखा गया। सब लोग कमरे में पहुँचे, परदे गिराकर रोशनियाँ बुझा दी गयीं और अंग्रेजों की तसवीरें दीवार पर उछलने-कूदने लगीं। सारे अंग्रेजों ने हैट पहन रखे थे और मेमों की बहुत महीन भवें थीं और वह सब इधर-उधर फुदकते फिर रहे थे। सारा परिवार बड़े ध्यान से यह पिक्चर देखता रहा। वह चार्ली चैपलिन की कोई फ़िल्म थी।

रात को चाँद बहुत बड़ा, बहुत पीला तथा शीतल जान पड़ता था। रात हिमालय की चोटी पर बैठी बूढ़ी जोगिन धुँधलके में लिपटी तारों की माला जपती रहती। पहाड़ियाँ मानो जादू की जड़ी-बूटियों की रोशनी से जगमगा जातीं। इस ख़ूबसूरत और शान्त वातावरण में केवल फूलों और फलों के पेड़ों की ख़ुशबू और सरकटे इन्सानों की तरह बातें करनेवाले जानवरों और परिन्दों का राज था। रात को किसी ख़तरनाक और गुप्त स्थान पर जाने के समय अच्छो घास का लम्बा डण्ठल थमाकर मुझे किसी दरीचे में खड़ा कर देती और यह घास का डण्ठल तलवार का काम देता था क्योंकि बाहर अँधेरे में चोर लाल ज़बानें निकाले खड़े हुए थे। लाल पंखड़ियोंवाले फूल चोरों की लम्बी जीभें थीं। बच्चों की कल्पना बहुत निराली, सुन्दर और अनोखी होती हैं। लेकिन हमारे लिए यह सब हक़ीक़त थी।

जिस रोज़ हम लोग ग़ाज़ीपुर जानेवाले थे, उससे एक दिन पहले ख़ानदानी दस्तूर के अनुसार ख़ानदान का एक ग्रुप-फोटो खींचने की तैयारियाँ की गयीं। मालूम नहीं उस ज़माने में काले या गहरे रंगों के कपड़े पहनकर तसवीर खिंचवाना ज़रूरी बात क्यों समझा जाता था। अज़रा आपा और हुम्मन आपा अधिकतर ग़रारे पहनती थीं। उन्होंने ख़ासतौर से साड़ियाँ बाँधीं। अज़रा आपा की काली साड़ी पर सफ़ेद कशीदाकारी थी। और उस पर 'सूरत की बेल' लगी हुई थी। हुम्मन आपा काली और सफ़ेद जयपुरी चुनरी ओढ़े हुई थीं। ज़ेहरा आपा का फ़्राक काले रेशम का था

तथा मुझे काले मख़मल का फ्राक पहनाया गया जिस पर रेशमी धागे से फूल कढ़े हुए थे और अच्छो बेगम ने काला और लाल बुन्दकियोंवाला फ्राक पहना था। अम्मी और फूफी अप्पी ने काली साड़ियाँ पहनी थीं। लॉन पर कुर्सियाँ बिछायी गयीं, उनके आगे क़ालीन बिछाया गया। लेडीज़ कुर्सियों पर विराजमान हुईं। चचाजान और उनके दोनों ओर उनके सुपुत्र और भांजे-भतीजे कुर्सियों के पीछे खड़े हो गये। चचाजान बशाश्त से मुसकरा रहे थे। झालरदार सफ़ेद फ्राक पहने छोटी और फ़हमीदा फूल के गुलदस्तों की तरह गम्भीरता से क़ालीन के मध्य में बिठा दी गयी थीं। अच्छो, पारे और मैं बड़ी नज़ाकत से कोहनियों के बल आड़े-तिरछे लेट गये। (हम उस वक़्त अपने कपड़ों की परवाह किये बिना कच्ची खुबानियाँ मुँह में ठूँसे भागते हुए आये थे) फ़ोटोग्राफ़ार तीन टाँगों के स्टैण्ड पर कैमरा रखकर बहुत देर तक काला कपड़ा अपने ऊपर डाले पता नहीं क्या करता रहा। बार-बार वह काले कपड़े में से निकलकर कुछ आदेश देता और फिर झट से अपने बुर्के में ग़ायब हो जाता। पारे, अच्छो और मेरे मुँह में खुबानियाँ थीं मगर फ़ोटोग्राफ़र 'रेडी' कह चुका था।

जब हमारी लारी बल खाते रास्तों पर से उतरती हुई अल्मोड़े से दूर होती जा रही थी उस समय एक दूसरी पहाड़ी पर लाल रंग के पलंगपोश का झण्डा लहराया जा रहा था। फिर वह झण्डा धीरे-धीरे एक बिन्दी की तरह नज़र आया और फिर ग़ायब हो गया।

बैकेट हाउस आज भी मौजूद है। अब उसमें एन.सी.सी. का दफ़्तर है। उसकी हालत बहुत ख़स्ता हो चुकी है। बाग़ उजड़ गया है, ऊपर की पहाड़ी पर फ़ौजी जवान नलकों के सामने नहाते-धोते नज़र आते हैं। अब इस कोठी में देखनेवालों को कोई महत्त्वपूर्ण बात नज़र नहीं आएगी। उनके लिए वह एक ऐसी ही कोठी है जैसी पहाड़ी कोठियाँ होती हैं लेकिन आप यक़ीन कीजिए कि इसी बेरंग संसार में एक ज़माना ऐसा भी गुज़रा है जब जुगनुओं की रोशनी में इस कोठी में परी आया करती थीं जिसकी गाड़ी में मेंढक जुते होते थे। और रात को चोर ज़बानें निकालकर बाग़ में फूलों की झाड़ियों की तरह खड़े रहते थे।

और जानना चाहिए कि जुगनुओं की रोशनी के समान बचपन की मासूमियत वक़्त के तूफ़ानी अँधेरे में टिमटिमाकर इस तरह ग़ायब हो जाती है, जैसे वह ज़माना कभी था ही नहीं।

लेकिन वह बच्चे अंगूरों की बेल में छिपी इस कोठी में शायद उसी तरह मौजूद क़हक़हे लगा रहे हैं क्योंकि वक़्त एक ऐसी लौहमेहफूज़[1] है जिस पर वक़्त का कोई असर नहीं।

□

1. इस्लामी मेटाफ़िज़िक्स के अनुसार, आकाश पर एक स्थान, जहाँ दुनिया में होनेवाली सारी घटनाओं का उल्लेख है और जिसे कोई पढ़ नहीं सकता।

हाजी गुलबाबा बेकताशी के मल्फ़ूज़ात[1]

रात भर मेरे दरीचे के नीचे आज़रबाइजानी तुर्की में क़व्वाली होती रही। सुबह मुँह अँधेरे आवाज़ें धीमी पड़ गयीं और कोहेक़ाफ़ के धुँधलके में डूब गयीं।

जब सूर्योदय हुआ, मैंने सराय के बाहर आकर रूख़ को तलाश किया लेकिन रूख़ की बजाय एक फ़ाख़्ता अरारात की ओर से उड़ती हुई आयी। फ़ाख़्ता की चोंच में एक ख़त था। वह अँगनाई में आकर उस समावार पर बैठ गयी जो अंगूरों की बेल के नीचे एक कोने में तिपाई पर रखा था।

फ़ाख़्ता ने पुतलियाँ घुमाकर चारों तरफ़ देखा और मुझ पर उसकी नज़र पड़ी। वह फुदककर समावार से उतरी। लिफ़ाफ़ा मेरे पास गिराया और अरारात पर्वत की ओर फुर-से उड़ गयी।

सराय के मालिक ने बिना दूध की चाय फ़िंजान में उँडेलकर मुझे दी और बोला–

"ख़ानम, शायद रूख़ ने आपको ख़बर भेजी है कि उसने अपनी फ़्लाइट पोस्ट पोन कर दी है।"

"हो सकता है"–मैंने जवाब दिया।

"लेकिन मेरा ख़याल है कि यह इन दुखियारों में से किसी एक का ख़त है जो अपने खोये हुए अज़ीज़ों की तलाश में भटक रहे हैं। कुछ दिनों से मुझे इस क़िस्म के पैग़ाम पूर्व एवं पश्चिम दोनों तरफ़ से अकसर मिला करते हैं।"

"कोई ताज्जुब नहीं क्योंकि जंगें हर तरफ़ जारी हैं"–सराय के सफ़ेद दाढ़ीवाले मालिक ने, जो बिलकुल टॉल्स्टॉय के हाजी मुराद जैसा लगता था और रूसी ब्लाउज की चमड़ेवाली पेटी में एक सजावटी नक़ली पिस्तौल रखता था, इत्मीनान से हुक़्क़ा गुड़गुड़ाते हुए पूछा–

"ख़ानम, यहवाली जंग कौन-सी थी?"

मैंने फ़िंजान तख़्त के पास रख दिया और ख़त पढ़ा।

तब मैंने निश्चय किया कि समय आ गया है तलाश की शुरुआत करने के लिए बिलकुल आरम्भ की तरफ़ वापस चला जाए। अतः मैंने अपना प्रतिदिनवाला

1. महात्माओं आदि के प्रवचन

मुखौटा चेहरे से उतारकर हाजी मुराद को ख़ुदा हाफ़िज़ कहा और अरारात की ओर चल पड़ी जो सामने जगमगा रहा था किन्तु बहुत दूर था।

मैं दिन भर चलती रही। बहुत-सी घाटियाँ और पड़ाव तय किये। ठीक सूर्यास्त के समय सनोबर के वृक्षों से घिरा हुआ लालिमा की रंगत का एक स्रोत दिखाई दिया। उसके किनारे नीली आँखों और लाल दाढ़ीवाला एक फ़क़ीर समाधिस्थ अवस्था में बैठा था। मैंने ध्यान से देखा। वह ख़्वाजा सब्ज़पोश[1] नहीं था, बल्कि जैसा कि इन इलाक़ों का दस्तूर है, उस बुज़ुर्ग ने फ़ुलबूट पहन रखे थे। उसकी श्वेत नमदे की कुलाह और धारीदार चोंगे से स्पष्ट होता था कि वह पुराने समय का बेकताशी दरवेश है।

अब मैंने देखा कि सूर्य और पूर्णिमा का चन्द्रमा दोनों क्षितिज पर मौजूद हैं। सनोबर के वृक्षों पर रात के परिन्दे गीत गाने लगे। फिर सूरज और चाँद दोनों झील के पानी में गिर गये। झील का रंग स्याह हो गया।

उस बुज़ुर्ग ने आँखें खोलकर मुझे देखा और 'याहू।' का नारा लगाया जो मुझे मालूम था कि बेकताशी फ़क़ीरों के सलाम का तरीक़ा है।

यकायक उस बूढ़े व्यक्ति ने बोलना शुरू किया। जैसे किसी ने एक अदृश्य टेप-रिकार्ड चला दिया हो। उसने कहा—

"मैं उस विचित्र प्रकाश में यात्रा करता हूँ जो न पृथ्वी का उजाला है न आकाश का जो ईश्वरीय प्रकाश पुंज की सप्त ज्योतियों से मिलकर बना है। सुनो कि जीवित अभी से मर चुके हैं और मृत जीवित हैं। खोपड़ियाँ चमकीली गुहाओं में गा रही हैं। जब इनकी आवाज़ें समन्दरों का शोर बन जाती हैं, मैं अपने तकिये[2] पर प्रतीक्षारत रहता हूँ।"

"मैं रात-दिन ख़ुदा के ख़ौफ़ की चक्की पीसता हूँ और मालिक की मरज़ी की चक्की में से दाना निकालता हूँ। ए ख़ानम, आप क्या चाहती हैं?"

"आफ़न्दम,"—मैंने याचना की, एक अजनबी औरत ने मुझे आपके पास भेजा है। वह यहाँ से हज़ारों मील दूर एक तूफ़ानी दरिया के किनारे रहती है। उसने लिखा है :

दरियाओं की मौजें लौट-लौट आती हैं लेकिन वक़्त नहीं लौटता। पतझड़ की हवाएँ चलीं और जंगलों में ऊँचे वृक्षों के पत्ते सुर्ख़ हो गये। डालियाँ खड़खड़ायीं और दलदलों में जंगली बतख़ें चिल्ला रही हैं। दिमाग़ बाक़ी हैं और जिस्म ख़त्म हो गये।

दो बरस पहले मेरा पति ग़ायब हो गया। मैं बावरी सबसे पूछती फिरती हूँ। कोई मुझे कुछ नहीं बताता। ख़ातून आपको तुर्की की भूमि पर शायद ऐसा कोई व्यक्ति मिल जाए जो सारे भेद जानता हो।

1. एक पैग़म्बर जो अमर हैं और भूले-भटके मुसाफ़िरों को रास्ता बताते हैं।
2. फ़क़ीरों-दरवेशों के रहने का स्थान।

जिस समय मैं यह पत्र पढ़कर सुना रही थी। शमशाद के पेड़ों के पास खड़े उस वयोवृद्ध ने हाथ बाँधकर सिर झुका रखा था।

तब उस फ़कीर ने हाथ आस्तीनों से निकाले और नज़रें उठाईं और कहा, "हंग्री देश में मेरे एक मशहूर पुर्खे हाजी गुलबाबा बेकताशी की दरगाह है। एक वक़्त था जब बुख़ारा और इस्ताम्बोल और रूमानियाँ तथा अल्बानियाँ से यात्री उनके मज़ार पर दर्शन के लिए नंगे-पाँव हंग्री जाया करते थे। ए ख़ानम, अब मैं वहाँ जाता हूँ और वापस लौटकर तुम्हें सूचना देता हूँ।"

दरवेश ने एक सनोबर की छाँव में खड़े होकर आँखें बन्द कर लीं, कुछ क्षणों के बाद आँखें खोलीं और यूँ कहने लगा—"मैंने डैन्यूब के किनारे उस खण्डित दरगाह पर अतीत और भविष्य को देखा।" सुनो, जब मेरा परदादा हाजी अदनान आफ़न्दी एक कारवाँ के साथ ख़ता देश की ओर जा रहा था तो यारक़न्द के क़रीब उसे बेकताश क़ुली यानी बन्दाए-ख़ुदा के सिलसिले का एक नौजवान फ़क़ीर मिला। उसने हाजी अदनान को पलटकर देखा और बोला, "आक़ा, विचार करो, विचार करो। सावधान हो।" इसके बाद वह शाहराह के किनारे बसी हुई एक नक़्शबन्दी ख़ानक़ाह[1] के दरवाज़े में ग़ायब हुआ और उसी क्षण दूसरी तरफ़ निकल गया और समरक़न्द म्यूज़ियम में प्रवेश कर गया। अब वह समरक़न्द-उज़बेक समाजवादी सोवियत गणराज्य के संग्रहालय के एक गिलास-केस में खड़ा है और उसकी आँखें काँच की हैं। "ख़ानम, मेरे साथी, आइये।"

दरवेश ने अपनी लाठी सँभाली और झुका-झुका मेरी छाया के समान आगे-आगे चलने लगा।

हम डॉन झील के किनारे एक तकिये पर पहुँचे। यह तकिया लकड़ी का एक बँगला था, जिसकी छत लाल रंग की थी और चारों तरफ़ सेब के दरख़्त थे। उस क़लन्दर ने (कि इस शब्द का अर्थ स्वर्णात्मा है) मुझे सीढ़ियों पर खड़ा छोड़ दिया और हवा के झोंके समान अन्दर चला गया।

जब वह देर तक बाहर न आया तो मुझे बहुत डर लगा। मैं दबे पाँव दरीचे के क़रीब पहुँची और अन्दर झाँका।

तो क्या देखती हूँ कि एक चौकोर कमरा है जिसका फ़र्श लकड़ी का है और छत नीची जिसके स्तम्भ स्याह रंग के हैं। फ़र्श पर एक आज़रबाईजानी ग़लीचे पर एक जैसी शक्लवाले दो दरवेश आमने-सामने ख़ामोश बैठे हैं। एक कोने में चीनी का एक फ्रैंच स्टोव रखा है जिस पर गुलाब के फूल बने हैं। एक स्तम्भ से एक तम्बूरा लटका है और फ़र्श पर एक बाँसुरी रखी है जो मौलाना जलालुद्दीन रूमी की आत्मिक बाँसुरी की प्रतिनिधि है।

---

1. नक़्शबन्दी सिलसिले के दरवेशों के रहने का स्थान।

दोनों दरवेश चुपचाप बैठे रहे। फिर उनमें से एक उठा और दक्षिण की ओर रुख़ किया जो मुझे मालूम था कि मदीना मुनव्वरा की सिम्त थी। दरवेश ने अपने पटके[1] से, जो कि आज़रबाईजानी भेड़ों की ऊन से बुना गया था, एक छोटा-सा पत्थर निकाला कि अलमुस्तफ़ा[2] अकसर भूखे रहने के कारण अपने पेट से पत्थर बाँधे रहते थे और बेक़ताशी फ़क़ीर रसूल की इस परम्परा का अनुकरण करते हैं। दरवेश ने बेक़ताशी सूफ़ी परम्परा की एक रस्म शुरू की। उसने पटके की जिरह बाँधी और खोली और फिर बाँधी और खोली और दोहराया—"मैं बदी को बाँधता और नेकी को खोलता हूँ। मैं जहालत को बाँधता और ज्ञान को खोलता हूँ। मैं विनम्रता और असमर्थता की दराँती से इन्द्रिय-निग्रह की खेती काटता हूँ। मैं आत्मज्ञान में बूढ़ा होता हूँ और सन्तोष के तन्दूर में अपनी रोटी पकाता हूँ।"

तब मैं दरीचे से कुछ पीछे हटी और आकाश की ओर मुँह किया और एक बेकताशी प्रार्थना पढ़ी। "ए वह जिसकी कोई वंशावली नहीं! ओ बेकताश जो ज़माने के साथ गर्दिश करता है, जो अँधेरी रात में काले पत्थर पर रेंगते च्यौंटे की आवाज़ सुन लेता है" लेकिन अब मैंने बड़ी चालाकी से अपना पैग़ाम भी उसमें शामिल कर दिया। "ओ बेकताश! बस तू दुखियों की फ़रियाद ही नहीं सुनता।"

लेकिन मेरी आवाज़ दरवेशों के क़ुरान-पाठ के स्वरों में डूब गयी। वे अब चिल्ला रहे थे—"ओए नबी, जिस पर बादल हमेशा अपना साया किये रहते थे, अलमुस्तफ़ा—दुनिया पर रहम फ़रमा। रहम...रहम...करीम अल्लाह...याहू..." के बेकताशी नारों से कमरा गूँज उठा।

दूसरे ही क्षण, वह दरवेश जिनका नाम हाजी सलीम आफ़न्दी था, एक सुराही और मिट्टी का सकोरा हाथ में लिये बाहर आये—"ख़ानम, उस बदक़िस्मत औरत के लिए जो कुछ मैं कर सकता हूँ, करूँगा, लेकिन सूफ़ीवाद के प्रवर्तक अली मुर्तज़ा ने कहा है : जो कुछ लिखा गया है वह मिट नहीं सकता।"

तब मैंने एक बहुत असंगत बात हाजी सलीम से कही। मैंने कहा—"आफ़न्दम मेरे वतन में जो यहाँ से हज़ारों मील दूर है। हमारी ख़ानदानी हवेली में, जो अब खण्डहर हो चुकी है, एक तहख़ाना है। उस तहख़ाने में पुरानी किताबों के ढेर हैं और एक पुराना टूटा-फूटा चीनी का फ्रैंच स्टोव जिस पर गुलाब के फूल बने हैं। और बुद्धिजीवी चूहे उन किताबों को कुतरने में व्यस्त हैं जो दौलते-उस्मानिया और बर्तानिया और फ्रांस और मिस्र और ईरान में किसी ज़माने में बड़े शौक़ से लिखी और छापी गयीं—कुसतुन्तुनियाँ 1872, लन्दन ई.सी. फ़ोर 1884, तेहरान 1892, क़ाहिरा 1902 और एक किसी हद तक आंधुनिक पुस्तक भी वहाँ पड़ी है। लन्दन

---

1. कमर में बाँधने का एक कपड़ा।
2. पैग़म्बर साहिब का ख़िताब।

रसेल स्कुवायेर 1952 और एक समय की बात है। एक कोहरा-भरी शाम फिरंगियों के इस बुज़ुर्ग सूफ़ी से उनके फ़ैबर एण्ड फ़ैबर के दफ़्तर में मैंने भेंट की थी, और उन्होंने मुझसे तुर्की के नृतक दरवेशों के बारे में बातें की थीं। क्योंकि आप स्वयं उस पन्थ से सम्बन्ध रखते हैं। मुझे क़ौनिया के इस मृत सिलसिले के बारे में कुछ बताइये। क्योंकि क़ौनिया भी अब एक टूरिस्ट अटरैक्शन मात्र रह गया है।

दरवेश ने सिर झुकाया और रोने लगे। फिर अपनी आस्तीन से आँसू पोंछे और खुद भी एक असंगत बात कही—"ख़ानम।" हाजी सलीम ने फ़रमाया—"मैं इसलिए रोता हूँ कि क़ानूने-खुदाबन्दी के अनुसार मेरा हमज़ाद[1], जो अन्दर बैठा है, मेरे मरने के ठीक चालीस दिन पूर्व मर जाएगा। इन चालीस दिनों, मैं क्या करूँगा? क्योंकि वह मुझे ख़बरदार करता रहता है।"

सहसा हाजी सलीम फिर चिल्लाये—"मौलाए कायनात अर्थात् सृष्टि के स्वामी हज़रत अली ने फ़रमाया है : जो कुछ लिखा गया है, वह अटल है।"

"आफ़न्दम," मैंने कहा—"ऊपरवालों की बातें तो मैं नहीं जानती, किन्तु जो कुछ यहाँ लिखा जाता है, अकसर बहुत ख़तरनाक साबित होता है, क्योंकि जैसाकि आपको मालूम है, हर अक्षर का एक मुवक्किल[2] मौजूद है।"

दरवेश ने 'हाँ' में सर हिलाया।

मैंने कहा, "जब उस साहिबे-ज़माँ ने हुक्मनाम पर दस्तख़त किये तो उसके अक्षरों के शक्तिशाली मुवक्किल उड़कर पूरब की ओर गये और उन्होंने तबाही फैला दी। दिमाग़ टुकड़े-टुकड़े हुए और जिस्मों के चीथड़े उड़ गये—आफ़न्दम, मैं उस अज़नबी औरत को क्या उत्तर दूँ?"

"विचार करो। ग़ौर करो। सतर्क रहो। ख़बरदार रहो।"

"उस अजनबी ख़ातून ने लिखा है कि उसके पति का नाम अबुल मन्सूर था और वह तसवीरें बनाता था।"

"क्या, वह अपनी खोपड़ी बचाने के लिए जंगल में नहीं भागा?" हाजी सलीम ने पूछा।

"जी नहीं, अजनबी औरत ने लिखा है कि वह एक तालाब के किनारे बैठा जंगली बतख़ों की तसवीरों बनाता रहा।"

"बड़ा ही मूर्ख था।" हाजी सलीम ने संक्षेप में कहा।

"और हज़ारों-लाखों इन्सान जंगलों और दलदलों और सरहदों की तरफ़ भागे। ज़मीन उनके पैरों तले से निकल चुकी थी और सिरों पर तलवारों की छाँव थी।"

"कोई तलवार नहीं सिवाय जुल्फ़िक़ारे-अली के"—हाजी सलीम ने बात काटी।

---

1. साथ पैदा होनेवाला, एक योनि-विशेष।
2. वह आत्मा जिसें आमिल वश में करता है।

मैं ख़ामोश हो गयी।

"क्या जब क़यामत आयी, वह शख़्स अकेला था?" हाजी सलीम ने पूछा।

"उस क्रूर नर-संहार में वह भी मारा गया।"

"यह कहाँ की बात है?"

"हर जगह की—पूरब, पश्चिम, उत्तर, दक्षिण, बेकताश का चेहरा हर दिशा में है।"

हाजी सलीम ने ग़ौर से मुझे देखा—"ख़ानम क्या तुम उनमें से नहीं जो ईमान लाये?"

मैंने बात जारी रखी—"...और लाखों सरहदों की तरफ़ भागे वह मौन धारण किये पूरब से पश्चिम की ओर आये और उसी तरह सिर झुकाये फिर वापस लौट गये। तब मैंने बहुत सोचा कि यह सब क्यों हुआ?...और मुझे याद आया। लिखा है : जो अपनी आत्मा का हज करे उस पर सारे भेद खुल जाते हैं। मैंने अपनी आत्मा का हज किया लेकिन कुछ पता न चला।"

"ख़ानम, शायद तुम्हारे दिल पर नास्तिकता की छाप गहरी लगी है"—हाजी सलीम ने कहा और सुराही से थोड़ा-सा पानी मिट्टी के सकोरे में उँड़ेलते हुए एक बेकताशी दुआ पढ़ी।

"अल्लाह के सिवाय कोई इबादत के क़ाबिल नहीं और मोहम्मद उसका रसूल और अली उसका दोस्त, और इमाम मेहदी आख़िरुज़्ज़माँ, और मूसा कलीमुल्लाह और ईसा रूह उल्लाह—ख़ानम इस पानी में देखो।"

"क्यों क्या आपको जामे-जमशेद मिल गया है?" मैंने ज़रा झुँझलाकर पूछा।

"ख़ानम, ज़रा पानी में देखो।"

मैंने देखा और कहा, "आफ़न्दम, इसमें तो मुझे एक घोड़ागाड़ी नज़र आती है, यानी स्टेज कोच, जो एक जापानी ढंग के पुल पर से गुज़र रही है"—फिर सहसा मैंने रेडियो या टेलीविज़न के कॉमेण्ट्रेटर की तरह जोश से कहना शुरू किया—"और उस गाड़ी में एक कठपुतली नोह मास्क पहने बैठी है...और कोचवान का चेहरा नहीं है... कोचवान का चेहरा नहीं है—और अब एक नाव जो फैले दरिया के धुँधलके में चल रही है और किनारे पर नाज़ुक-से पहाड़ और बाँस के झुण्ड और बेंत के पौधे और पहाड़ी के दामन में बाँस का झोंपड़ा। उसके बरामदे में एक दुबला-पतला आदमी...बकरे की-सी दाढ़ी...बैठा तसवीर बना रहा है—आफ़न्दम...यह सब तो कुछ ज़ैन-सा मालूम होता है।"

"ज़ैन[1] भी ठीक है। ख़ानम, और ध्यान से देखो। नाव या बकतरबन्द गाड़ियाँ?"

---

1. चीनी-जापानी दर्शन

"आफ़न्दम, आफ़न्दम—आपके प्याले का पानी सुर्ख़ हो गया।"

"करीम अल्लाह...याहू..." हाजी सलीम ने ठण्डी साँस लेकर आहिस्ता-से दोहराया। मिट्टी का सकोरा उठाकर सिर झुकाये सीढ़ियाँ उतरे। सेब के झुरमुट से गुज़रते हुए झील के किनारे पहुँचे और यकायक बड़ी फुरती और कुशलता से वह सकोरा दूर पानी में फेंक दिया जैसे क्रिकेट के खिलाड़ी गेंद फेंकते हैं। फिर वह तकिये पर वापस आये और सीढ़ी पर बैठकर कहना शुरू किया—

"मैं खुदा के ख़ौफ़ की चक्की पीसता हूँ और नफ़रत और ज़ुल्म को बाँधता हूँ, और मोहब्बत और दर्दमन्दी को खोलता हूँ और क्रोध तथा क्रूरता को बाँधता हूँ। ऐ ख़ानमे—हिन्दी...क्या यह शख़्स अबुल मन्सूर एक इन्सान था या एक प्रतीक?"

"दोनों..." मैंने जवाब दिया।

हाजी सलीम ने सिर झुकाकर दोबारा रोना शुरू किया।

"क्या मैं उस औरत को लिख दूँ कि वह सब्र के तन्दूर में अपनी रोटी पकाती रहे?"...मैंने पूछा—"आफ़न्दम, अब मैं शाहजहानाबाद वापस जाती हूँ। आप भी इस्तम्बोल लौट जाइये और वहाँ मोहल्ला पेराँया तोप कापू में अपना तकिया मौलवी आबाद कीजिए या ख़ानक़ाहे ओग़ली अलीपाशा।"

"ख़ानम, मेरे वापस जाने के लिए अब कोई ठिकाना नहीं है। इस्तम्बोल के दो सौ छप्पन तकिये आधी सदी होने आयी, एक साहिबुज़्ज़मा के हुक़्म से बन्द कर दिये गये। कुछेक मॉडल अजायबघरों में रखे हैं। यह फ़क़ीर-हक़ीर भी एक गिलास-केस में रखा है"...हाजी सलीम ने कहा और आँसू बहाते रहे। सहसा मैंने नोटिस किया कि हाजी सलीम की नीली आँखें काँच की थीं।

"बहरहाल, आफ़न्दम...आप जहाँ कहीं भी वापस जाएँ उस बेकताश से कह दीजिएगा कि सारी दुनिया में पूरब और पश्चिम, उत्तर और दक्षिण में उसके क़ुलियों पर बड़े अत्याचार हुए और हो रहे हैं। और दुआ करते रहिये।"

"हम बेकताशी दुआ मात्र नहीं करते, ख़ानम। तुम नमाज़ पढ़ती हो, सीधी-सादी नमाज़। हम नमाज़ पढ़ने को मन्सूर की सूली पर चढ़ना कहते हैं। मैं रोज़ मन्सूर की सूली पर चढ़ता हूँ और मर जाता हूँ और ज़िन्दा होता हूँ क्योंकि तुम ऐसा कभी न करोगी। तुम्हें कुछ मालूम न होगा। मैं रोज़ाना इच्छाओं को बाँधता और सन्तोष को खोलता हूँ। खुदा साबिर है क्योंकि वह अनश्वर है। बन्दा अधीर है क्योंकि उसका जीवन कुछ दिनों के लिए है और वक़्त तेज़ी से गुज़रता जाता है।"

मैंने ज़रा बे-अदबी से कहा—"आफ़न्दम, आपको स्पेन के हाजी यूसुफ़ बेकताशी का नाम याद है?"

हाजी सलीम ने मेरी बात का कोई नोटिस नहीं लिया, और कहते रहे..."मैं

ख़ुदा की ज्योति के प्रकाश में सफ़र करता हूँ। मैं ख़ुदा के निन्यानवे नामों की रोशनी में चलता हूँ। 'हू' जो लाल वर्ण का है। 'अहद' जो हरीतिमा और 'अजीज' की कालिमा है और 'वदूद' जो वर्णविहीन है"...हाजी सलीम बेकताशी की बात ख़त्म हुई।

यकायक अदृश्य टेपरिकार्डर में से अजीब-सी आवाज़ें निकलने लगीं। जैसे किसी ने उसे उल्टा चला दिया हो। क्योंकि अस्तित्व अनेक भागों में बँटा है।

हाजी सलीम सामने देखते, अपने वस्त्रों को सरसराते, तकिये के अन्दर जाकर ग़ायब हो गये। दरवाज़ा बाहर से बन्द था। उस पर मोटा-सा जंगआलूद ताला पड़ा हुआ था।

मैंने अंगूर की बेलों से घिरे दरीचे में जाकर अन्दर झाँका, हाजी सलीम और उनका हमज़ाद अपने-अपने हाथ सामने बाँधे गुमसुम आमने-सामने बैठे थे। देखते-देखते वे दोनों पीले पुराने काग़ज़ों से तब्दील हो गये। अरारात पर्वत की ओर से हवा का एक तेज़ सर्द झोंका आया जिससे दरीचे के टूटे पट पड़-से खुल गये और वे दोनों दरवेश पुर्ज़ा-पुर्ज़ा होकर कमरे में बिखर गये। बाहर आकर उनके पुर्ज़े हवा में चक्कर काटने लगे और भुरभुरे फ़ालतू काग़ज़ों की तरह हवा में उड़ गये।

रूख़ तुग़लक़ाबाद की सरज़मीन पर उतरा और अपने पंख फैला दिये। मैंने नीचे आकर शहर की राह ली। रास्ते में सोचने लगी कि यहाँ फिर से तलाश शुरू करने से पहले अपने पुराने-धुराने मॉस्क की मरम्मत करवाना ज़रूरी है। यद्यपि मैं ज़्यादा लम्बे समय के बाद वापस नहीं आयी थी लेकिन शहर बदल गया था। तब इन्द्रप्रस्थ की गली में मैंने रथवाहक से पूछा..."ओ भाई रथवान, आर्यव्रत की वर्तमान राजधानी का रास्ता किधर से है?"

उसने कहा, "मालूम नहीं"—और घोड़ों पर चाबुक लगाकर हवा हो गया।

तब मैं और आगे बढ़ी और एक पुराने घुड़सवार से पूछा—"ओ भाई घुड़सवार, यदि मैं तुग़लक़ाबाद पहुँच गयी हूँ तो किसी ऐसे कारख़ाने का रास्ता बताओ जहाँ मैं अपने मुखौटे की मरम्मत करवा सकूँ।"

घुड़सवार ने जवाब दिया—"बीबी, सामने कुतलुक़ निगार ख़ानम का मक़बरा है। यानी था। उसके ऊपर जो वातानुकूल इमारत खड़ी है, उसके अन्दर वह प्राचीन महिला जो राइडर हैगर्ड के उपन्यासों में 'शी' के नाम से अभिनय किया करती थी, अब ब्यूटी पार्लर चलाती है।"

अतः मैं उस कारख़ाने पर पहुँची। उसके सामने ऐसी भीड़ थी जैसे कोई मर गया हो। मैंने अन्दर झाँका। हीरों के आभूषणों से जगमगाती बहुत-सी महिलाएँ एक पंक्ति में भयानक मशीनों के नीचे सिर दिये चुपचाप बैठी थीं और अन्य महिलाएँ

इस तरह आ रही थीं जैसे पश्चिम में मुर्दे Morticians के यहाँ आते हैं।

भयभीत होकर मैं उल्टे-पाँव बाहर निकली तो शाहजहानाबाद की एक गली में एक चुग्गी-दाढ़ीवाले नौजवान ने मेरा रास्ता रोका और कहने लगा, "ऐ बेहद भ्रमित दिखाई देनेवाली भारतीय महिला, मैं एक परदेशी मुसाफ़िर हूँ और मुझे भूख लगी है। क्या किसी ऐसी जगह का पता बता सकती हो, जहाँ मैं दरियायी मछली और अच्छा भात खा सकूँ?"

मैं उसे जामा मस्जिद के क़रीब एक भटियार-ख़ाने में ले गयी जहाँ किले के चटोरे सलातीनज़ादों और शायरों का आना-जाना लगा रहता था। देखा तो भटियारख़ाना सुनसान पड़ा था। मैं बहुत मायूस नज़र आयी तो उस अजनबी नौजवान ने कहा—"बानोये मोहतरमा! आइये, न्यू डेल्ही चलते हैं।"

न्यू डेल्ही के एक मॉड रेस्तरान में चुग्गी दाढ़ीवाले ने यूँ प्रवेश किया जैसे बतख़ पानी में प्रवेश करती है। मैं फ़ौरन समझ गयी कि वह शख़्स अज्ञात आर्टिस्ट है। इस भोजनालय में मर्द और औरतें बिलकुल एक जैसे नज़र आ रहे थे। बल्कि औरतें मर्द और मर्द लड़कियाँ मालूम होते थे कि वह Unisex Look कहलाता है!

परदेशी नौजवान ने दरीचे के पास मेज़ पर बैठकर दरियायी मछली मँगवायी और कहा यद्यपि वह अब हमारा मित्र और साथी है लेकिन अपना बिल ख़ुद अदा करेगा।

तब मैंने उससे कहा—"ओ भाई परदेसी मेहमान, मैं तुम्हारे इस स्वाभिमान की क़द्र करती हूँ लेकिन तुम यहाँ क्या कर रहे हो?"

वह नौजवान दरीचे से बाहर देखता रहा जहाँ तूरानी बादशाहों के खण्डित मक़बरों में ग़रीब-गुरबा टाट के झोंपड़े डाले शाम का खाना पका रहे थे क्योंकि बहरहाल, सब कुछ ज़ैन है और बेकताश का चेहरा हर तरफ़ है।

अचानक उस नौजवान ने हाजी सलीम आफ़न्दी की आवाज़ में कहना शुरू किया—"कठपुतलियाँ सुतलियों से बाँधकर स्टेज पर उतारी जाती हैं। सूत्रधार एक सुतली ऊपर खींच लेता है। दूसरी कठपुतली नीचे उतार देता है।"

"यह भी ठीक है"—मैंने हाजी सलीम आफ़न्दी के समान जवाब दिया। फिर मैंने मुस्तैदी से अजनबी औरत का ख़त पर्स में से निकाला और बोली—"ओ भाई मुसाफ़िर! ज़िन्दा मुर्दों के सपने देख रहे हैं और मुर्दे ज़िन्दों के। और तसवीरों की तसवीरें बाक़ी हैं क्योंकि तुम तूफ़ानी दरियाओं की ओर से आये हो। मुमकिन है तुमने चित्रकार अबुल मन्सूर का नाम सुना हो।"

मुसाफ़िर खाना खाता रहा क्योंकि खाना पैदाइश और मौत और आदि और अन्त के बीच सबसे बड़ी और अटल हक़ीक़त है। यद्यपि हमसे कहा गया था कि भूख को बाँधो और सन्तोष को खोलो ताकि कुछ लोग बाक़ी लोगों से ज़्यादा खा सकें।

मैंने फिर पूछा, "तुम यहाँ किसी खोज में आये हो?"

"क्या खोज ज़रूरी है?"—उसने कहा—"मैं यहाँ नेशनल स्कूल ऑफ़ ड्रामा में भारत सरकार के स्कॉलर-शिप पर अभिनय कला सीखने आया हूँ, जिस कला के आप लोग माहिर हैं।"

"क्या तुम उन लोगों के क़बीले से हो जो नक़ली चेहरे लगाकर यह ज़ाहिर करते हैं कि वे कोई और हैं? क्या तुम्हारे माँ-बाप अदाकार हैं?"

"मेरा बाप जंगली बतख़ों की तसवीरें बनाता था।"

"क्या अब भी वह ज़िन्दों में शामिल है?" मैंने बेसब्री से पूछा।

तब नौजवान ने उकताकर कहा—"शायद मेरी माँ ने आपको भी ख़त लिखा है। वह तरह-तरह के लोगों को ख़त लिख-लिखकर मेरे बाप की खोज में व्यस्त है और यह यक़ीन करने को कदापि तैयार नहीं कि मेरे बाप को सुबह पाँच बजे सूरज निकलने से पहले, मकान से बाहर ले जाकर ऊपरवाली दुनिया में भेज दिया गया था।"

इसके बाद उस गुमनाम शख़्स ने खाना ख़त्म किया। सुकून से 'ख़ुदा हाफ़िज़' कहा और रेस्तोरान से बाहर चला गया।

मैंने दरीचे में से देखा, नयी देहली की सड़क बारिश में भीग रही थी। इतने में दूर से घोड़ों की टापों की आवाज़ आयी। और एक घोड़ागाड़ी कुतलुक निगार ख़ानम के मक़बरे के पीछे से निकलकर आती दिखाई दी और सुनसान सड़क पर सामने से गुज़र गयी। उस स्टेजकोच के अन्दर एक कठपुतली नोह मास्क लगाये बैठी थी। कोचवान ने शोगन युग का किमोनों पहन रखा था। मैंने जल्दी-से अपने मुखौटे को छुआ और मुझे यह भयावह अहसास हुआ कि मैं यह मात्र ज़ाहिर ही नहीं करती कि मैं कोई और हूँ। मैं वाक़ई कोई और हूँ, और एक ऐसे नोह रूपक में शामिल हूँ जो किसी की समझ में नहीं आता।

अज़ीज़ेमन! आज से छः सौ बरस पहले हाजी गुलबाबा बेकताशी ने यह मुअम्मा अपने शिष्यों के सम्मुख रखा था। जब वे नीले डैन्यूब के किनारे उस्मानी राज्य हंग्री में अपनी खानक़ाह के अन्दर बैठे पुरानी और नयी कथाओं द्वारा अध्यापन किया करते थे।

"...और इस मुक़ाम पर मेरा राग ख़त्म हुआ। ऐ दुनियाओ! अब रुख़सत हो और वापस जाओ।" मौलाना जलालउद्दीन रूमी ने कहा और बाँसुरी हाथ से रख दी।

□

कोहरे के पीछे

खच्चरों, घोड़ों, रिक्शाओं और डाँडियों पर सवार अंग्रेज़ साहब, मेम और बाबा लोग बाज़ार के इस पुल पर से दिन भर गुज़रा करते हैं। शाम को हिन्दुस्तानी उमड़ आते हैं। तेज़-तेज़ चलते, ढलान उतरते या चढ़ते हाँफते-काँपते इन्सानों का रेला ज्वार-भाटा मालूम होता है। सिनेमाघरों में एस्थर विलियम्ज़, जॉन फोण्टेन नूरजहाँ और खुर्शीद की पिक्चरें चल रही हैं, रिंक में स्केटिंग जारी है। अभी सबॉते के बालरूम में एंग्लोइण्डियन क्रूनर और उसके साथी।

Enjoy yourself it's
Later than you think

गाना शुरू करेंगे। ड्रम पर चोट पड़ेगी। महाराजा और महारानी लोग, नवाब लोग, बड़ा साहब और बड़ा मेम लोग डान्स बनाएगा।

उस वक़्त जब सारा मसूरी तफ़रीह में मसरूफ़ होता है। एक ग़रीब आदमी बाज़ार के इस पुल पर चुप्पी साधे खड़ा नज़र आता है—कबिरा खड़ा बाज़ार में माँगे सबकी ख़ैर।

फटा-पुराना ख़ाकी कोट और कन्टोप पहने यह आदमी हुलिये से बेरोज़गार मेहतर मालूम होता है। एक अंग्रेज़ बच्ची को गोद में उठाये बाज़ार में आ निकलता है। झुटपुटे के वक़्त तक चुपचाप उखड़ा रहता है या पुल की मुँडेर पर बैठ जाता है।

यह फ़ज़ल मसीह जमादार किसी 'साहब' की बच्ची खिलाता है तो इतना ग़रीब फटेहाल क्यों? ताज्जुब!

यह फ़ज़ल मसीह कुछ विक्षिप्त भी मालूम होता है। ज़ार शाही रूस में इस प्रकार के लोगों को होली-फूल (Holy Fool) कहते थे। हमारे यहाँ मज़्ज़ूब,[1] पता नहीं यह बेचारा मज़्ज़ूब है या महज़ पैदाइशी बेवक़ूफ़, बहरहाल, ज़्यादातर वह बिलकुल ख़ामोश रहता है। सुनहरे घुँघराले बालोंवाली बच्ची इतनी ख़ूबसूरत है कि अकसर राहगीर ठिठककर उसे देखने लगते हैं। लेकिन स्थानीय अंग्रेज़ उसे नज़रअन्दाज़ करते हुए पास से गुज़र जाते हैं। डेढ़ साल की बच्ची फ़ज़ल मसीह

---

1. वह फक़ीर जो देखने में बावला लगे परन्तु ब्रह्मलीन हो।

की गोद में या कन्धे पर बैठी, हँसती या रोती या अपने टेडी बियर या लॉलीपॉप में व्यस्त रहती है। फ़ज़ल मसीह सामने हिमालय को तका करता है, जिसके उधर 'अनदेखी' 'फूलों की वादी' है।

अँधेरा पड़े वह बच्ची को कन्धे पर बिठालकर सिर झुकाये विसेन्त हिल की तरफ़ चल पड़ता है। महज़ एक बार एक लखनवी राहगीर ने ठिठककर पूछा था, "अमाँ, ये किसकी बच्ची है?" तो उसने झुँझलाकर जवाब दिया था, "मेरी भानजी है साहब।"

दूसरे राहगीर ने यह जवाब सुनकर क़हक़हा लगाया था।

शायद वह क़हक़हा भी फ़ज़ल मसीह के कानों में गूँजा करता है। मगर वह कुछ बोलता नहीं। सिर झुकाये, लड़की को कन्धे पर बिठाये विसेन्त हिल की चढ़ाई चढ़ने लगता है।

विसेन्त हिल के स्थानीय निवासियों को मालूम है कि कट्टो आया उस हसीन श्वेत वर्ण बच्ची की माँ है, और फ़ौजी बैण्ड में ड्रम बजानेवाला एक गोरा उसका बाप था और बच्ची को रिचमण्डज़ गेस्ट-हाउस की अंग्रेज़ मालकिन मिस सीलिया रिचमण्ड पाल रही है। कट्टो मिस साहब की आया है, जिला गोरखपुर की रहनेवाली साँवली-सलौनी तरहदार मेहतरानी, उसके माँ-बाप को मिस सीलिया के मिशनरी बाप ने ईसाई बना लिया था। उसका असली नाम मार्था है मगर वह गिलहरी की-सी फुर्ती के साथ पहाड़ियाँ चढ़ती-उतरती है, इसलिए कट्टो कहलाती है।

मिस रिचमण्ड ने यह गेस्ट-हाउस अपने चाचा से विरासत में पाया है। सारा रिचमण्ड ख़ानदान यहाँ मसूरी के अंग्रेज़ी कब्रिस्तान में दफ़न है। मिस रिचमण्ड की ज़िन्दगी इस मेहमान सराय को चलाते-चलाते गुज़र गयी। हालात ने उनको गुस्सैल बना दिया है। वह टिटहरी की तरह चिल्लाती है इसलिए विसेन्त हिल के नौकर-चाकर और कुली उनको चुनचुनैया मेम कहते हैं। रिचमण्डज़ दूसरे दर्जे का 'यूरोपियन्ज़ ओनली' गेस्ट-हाउस है, जिसमें मामूली हैसियत के अंग्रेज़, ग़रीब सफ़ेद वर्ण मिशनरी या गोरी रंगत के युरोशियन आकर ठहरते हैं। मिस रिचमण्ड अपनी चील की-सी नज़र से भाँप लेती हैं कि किसमें कितने प्रतिशत विलायती ख़ून है। ज़रा भी साँवले एंग्लो-इण्डियन को कट्टो आया के जरिये कहलवा देती है कि जगह ख़ाली नहीं।

यह दूसरे महायुद्ध के अन्तिम दिनों की बात है। रिचमण्डज़ गेस्ट-हाउस में एक नौजवान गोरा टॉमी आकर टिका। वह बीमार रह चुका था और दो महीने की छुट्टी पर आराम के लिए मसूरी आया था (युद्ध के ज़माने में देशभक्त मिस सीलिया रिचमण्ड ने अपनी मेहमान-सराय अंग्रेज़ सिपाहियों के लिए हुकूमत को पेश कर रखी थी) गोरा टॉमी कार्पोरल आर्थर बोल्टन युद्ध से पूर्व लन्दन के एक मामूली रेस्तराँ

के आर्केस्ट्रा में ड्रम बजाता था। चाहता तो वह भी यही था कि दुनिया के मशहूर ड्रम बजानेवालों में उसकी गणना हो लेकिन बहुत-से कलाकारों की तरह बेहतर अवसरों के अभाव ने उसे भी गुमनाम और ग़रीब रखा था। युद्ध छिड़ने पर वह फ़ौज में ड्रमर भरती होकर इण्डिया आ गया था। इण्डियन आर्मी के दूसरे अँग्रेज़ सिपाहियों के समान उसे भी रोमन उर्दू सिखाई गयी थी लेकिन वह हिन्दुस्तानी संगीत भी बड़े शौक़ से सुनता था। सारांश यह कि आर्थर बोल्टन आम गोरों से भिन्न एक असाधारण क़िस्म का गोरा टॉमी था।

लेकिन वह एक महत्त्वपूर्ण साहब बहादुर नहीं था कि स्वॉए होटल में आकर ठहरे। वह महज़ बेचारी चुनचुनैया मेम का मेहमान था। वह दिन भर पहाड़ियों पर घूमता या पोइट्री लिखता। कट्टो आया से उसकी सुरीली आवाज़ में कजरियाँ सुनता और ताल देता जाता। कभी कट्टो आया अपना घेरदार सफ़ेद लहँगा घुमाती, कुंजियों का गुच्छा छनकाकर ठुमकी लगाती 'मिर्ज़ापुर में औरन-ठौरन काशी हमारो घाट' तो आर्थर बच्चों की तरह ख़ुश होकर ताली बजाता और उसके साथ नाचने लगता। उसे कट्टो आया बहुत अच्छी लगती थी, और उसके बावले भाई फ़ज़ल मसीह से भी उसकी गाढ़ी छनती। वे दोनों सुबह-सुबह बाहर निकल जाते और वादियों में फिरते और पहाड़ों पर तैरते कोहरे को घूरा करते। इस धुँधलके के पीछे क्या है?

मेरठ छावनी वापस जाते वक़्त आर्थर बोल्टन ने कहा था, "मैं सच बोलने का आदी हूँ, इस वजह से हमेशा घाटे में रहता हूँ। हमारी रेजीमेण्ट शायद जर्मनी जानेवाली है और वहाँ घमासान का रण हो रहा है। इसलिए मैं शायद तुम लोगों को ख़त न लिख सकूँ या अगर एक बार लिखूँ भी तो उसके बाद न लिखूँ। मैं ख़त लिखने के मामले में बड़ा आलसी हूँ और ख़तों में लिखा ही क्या जा सकता है?" लेकिन नियम के अनुसार मेरठ छावनी वापस जाकर उसने मिस रिचमण्ड को शुक्रिया का नोट भेजा था जिसमें कट्टो और फ़ज़ल मसीह को सलाम लिखा था, और यह भी कि वह कुछ रोज़ बाद योरप के मोरचे पर जा रहा है।

जब बेचारी कट्टो के यहाँ आर्थर बोल्टन की हम-शक्ल सौ-प्रतिशत गोरी बच्ची पैदा हुई तो आशा के विपरीत मिस रिचमण्ड ने कट्टो से कोई पूछ-ताछ नहीं की। उन्हें मालूम था कि कट्टो आवारा नहीं है। यों भी वह उनकी वफ़ादार मुलाज़िमा थी। लड़की के जन्म से मिस रिचमण्ड को अपनी वीरान ज़िन्दगी कुछ भरी-भरी-सी दिखलायी देने लगी। अकसर वे सोचा करती थी कि वह इस गेस्ट-हाउस के लिए क्यों जान खपाती है। किसके लिए पैसा जोड़ती है। अब यह प्यारी बच्ची ख़ुदा ने उनके लिए भेज दी थी।

मिस रिचमण्ड को ख़याली पुलाव पकाने और थियेटर रचाने का शौक़ भी था। यों भी वे मिडिल-क्लास अंग्रेज़ औरतों की तरह बड़ी ही स्नॉब थी। उन्होंने

गेस्ट-हाउस में आनेवाले मेहमानों को सुनाने के लिए उस बच्ची के बारे में एक कहानी गढ़ ली—"इसके बाप कर्नल आर्थर बोल्टन बर्लिन के रणस्थल पर लापता हो गये। बेचारे आर्थर?" वे आह भरकर कहती और मेहमान को ब्रेकफास्ट खिलाती जाती। आर्थर बेचारा मेरा फर्स्ट कज़िन था। इण्डिया आने से पहले उसने एक आइरिश लार्ड की लड़की से शादी कर ली थी। दोनों पिशावर छावनी में थे। उधर आर्थर फ्रण्ट पर गया और बेचारी ब्रजेट बच्ची को जन्म देते हुए मिलिट्री हस्पताल में ख़त्म हो गयी। आर्थर ने अपने Next of kin की हैसियत से मेरा पता दे रखा था। रेडक्रासवालों ने बच्ची को मेरे पास भेज दिया।

मसूरी के एक अंग्रेज़ी गिरजाघर में बपतिस्मा दिलवाते समय मिस रिचमण्ड ने रजिस्टर में भी बच्ची के बाप का नाम कर्नल आर्थर बोल्टन लिखवा दिया था, और दोनों उँगलियों का क्रास बनाकर दिल में कहा था—"So help me God."

हिन्दुस्तान आज़ाद हुआ और मसूरी अंग्रेज़ों से अचानक ख़ाली हो गयी, सिवा मिस रिचमण्ड के जो बुढ़ापे में वतन जाकर बर्तन धोने और झाड़ू लगाने को तैयार न हुई। उम्मीद के ख़िलाफ़ उनका होटल (जिस पर से उन्होंने 'यूरोपियन्ज़ ओनली' का बोर्ड उतार दिया था) अब ज़्यादा चलने लगा क्योंकि आज़ाद हिन्दुस्तानी एक 'इंग्लिश गेस्ट-हाउस' में ठहरना बड़े गर्व की बात समझते थे। पहले यहाँ मामूली हैसियत के अंग्रेज़ टिकते थे। अब ऊँचे वर्ग के दौलतमन्द हिन्दुस्तानी ठहरने लगे।

कैथ्रीन बोल्टन उर्फ केटी जो अपनी चंचलता के कारण 'छोटी कट्टो' कहलाने लगी थी, एक कान्वेण्ट स्कूल जाती थी, जिसके नये ड्रिल टीचर एक चलते-पुर्ज़े क़िस्म के युवक थे। कैथ्रीन की गोरी चमड़ी की वजह से आज़ाद हिन्दुस्तान के आज़ाद बच्चे भी उसके रौब में रहते थे।

मसूरी के वह अंग्रेज़ पादरी साहब, जिन्होंने कैथ्रीन को बपतिस्मा दिया था, आस्ट्रेलिया जा बसे थे लेकिन मिस रिचमण्ड से पत्राचार का सिलसिला ज़ारी था। केटी की पन्द्रहवीं साल-गिरह पर उन्होंने मिस रिचमण्ड को लिखा—'मैं कैथ्रीन के बारे में चिन्तित हूँ। हिन्दुस्तान में उसका फ्यूचर क्या है? क्या तुम चाहोगी कि वह किसी मूर्तिपूजक से शादी कर ले? बेहतर होगा कि तुम उसे यहाँ ले आओ।'

मिस रिचमण्ड ने इस मामले पर ग़ौर किया। हिन्दुस्तान में इस हसीन लड़की का भविष्य क्या है? टेलीफ़ोन ऑपरेटर—ऑफ़िस सिक्रेटरी या ख़ुदा न करे कैब्रे डान्सर...अभी से मसूरी में कैथ्रीन बोल्टन की तेज़ी-तर्रारी के चर्चे होने लगे थे और जिस दिन स्कूल के चलते-पुर्ज़े ड्रिल टीचर ने उसके साथ छेड़खानी की कोशिश की और उसके बचाव करने पर उसे नखरेली दोगली छोकरी पुकारा, वह आग-बबूला होकर घर लौटी और मिस रिचमण्ड को क़िस्सा सुनाया। उस सर्द शाम मिस रिचमण्ड ने अचानक फ़ैसला कर लिया। वह रात उन्होंने जागकर गुज़ारी। वतन छोड़ना आसान न था, और उस अजनबी देश में उनका क्या हश्र होगा, मगर कैथ्रीन का

भविष्य सर्वस्व था। सुबह को उन्होंने कट्टो और फ़ज़ल मसीह को बुलाया। वे दोनों आकर दरवाज़े में खड़े हो गये। मिस सीलिया सोफे पर आतिशदान के पास बैठी निटिंग कर रही थी। केटी रेडियोग्राम के पास मौजूद थी। मिस सीलिया रिचमण्ड ने गम्भीर स्वर में कहा, "कट्टो, हम आस्ट्रेलिया जा रहा है। केटी बाबा हमारे साथ जाएगा। हमारा पैकिंग शुरू कर दो।"

कट्टो और फ़ज़ल मसीह भौंचक्के रह गये। अचानक यह दोनों गोरी औरतें उनको अजनबी राक्षसनियाँ-सी नज़र आयीं। वह फूट-फूटकर रोने लगे। कुछ क्षणों के बाद कट्टो ने नाक सुड़कते हुए कड़ेपन से जवाब दिया—"मेम साहब, केटी हमारा पेट का औलाद है। हम उसे नहीं जाने देगा। हमारा भाई भी उसकी सूरत देखकर जीता है मिस साब। हमने उसके मारे शादी नहीं किया कि सौतेला बाप उसके साथ क्या बर्ताव करेगा।"

"ख़ामोश..." बुढ़िया ने चिल्लाकर कहा, "तुम अपना औकात भूल रहा है, कट्टो! तुम्हारे पास क्या सुबूत है कि केटी तुम्हारा औलाद है। तुम्हारा ये मज़ाल कि तुम इतना बड़ा बात बोलो?"

कट्टो गुम-सुम-सी रह गयी। मिस साहिबा से उसे यह उम्मीद न थी। मिस साहिबा ने उससे ऐसी कड़वी और कठोर बात कभी नहीं की थी। वह धम-से फ़र्श पर बैठ गयी और फूट-फूटकर रोने लगी।

केटी उठकर दूसरे कमरे में चली गयी। वह भी आस्ट्रेलिया जाने के लिए बेक़रार थी। परिणामदर्शी मिस रिचमण्ड उसे कुछ दिनों पहले बतला चुकी थीं कि कर्नल बोल्टन काल्पनिक व्यक्ति है। कार्पोरल बोल्टन उसका बाप और कट्टो उसकी माँ है मगर इस असलियत को छुपाये रखने ही में तुम्हारी खैरियत है। केटी ने, जो अस्तित्व के लिए संघर्षों के सिद्धान्तों को स्वाभाविक तौर पर पहचानती थी, इस नसीहत को गिरह में बाँध लिया था।

अब मिस रिचमण्ड ने ज़रा समझाने के अन्दाज़ में कहा—"कट्टो, तुम एकदम पाग़ल हाय। तुम सोचना माँगता, ठण्डे दिल से इधर हमारा डैथ के बाद केटी का फ्यूचर क्या होगा। मसूरी में थोड़ा-बहुत नेटिव लोग अब भी जानता कि वह तुम्हारा छोकरी है। अगर यह बात सबको मालूम हो गया तो?"

"इण्डिया में कास्ट सिस्टम का इतना ज़ोर है। इससे शादी कौन बनाएगा? क्या तुम मानेगा कि तुम्हारा बेटी होटलों में एक-एक कपड़ा उतारनेवाला नाच करे? सोचना माँगता, बोलो..."

कट्टो लाजवाब रह गयी।

मिस रिचमण्ड ने गेस्ट-हाउस एक सिन्धी के हाथ बेचा जिसने फ़ौरन लाऊंज में से जीज़िस ओ मेरी को उतारकर गुरुनानक, शंकर-पार्वती और 'रिचमण्डव्यू' की जगह बाहर 'द न्यू हिमालया वेजीटेरियन होटल' का बोर्ड लगा दिया, लेकिन पुराना

स्टाफ़ कट्टो आया समेत बरक़रार रखा। कट्टो और फ़ज़ल मसीह रोते-धोते मिस रिचमण्ड और कैथ्रीन को 'गुडबाय' कहने देहरादून रेलवे स्टेशन तक आये। ट्रेन चल दी। फ़ज़ल मसीह कन्टोप और भूरा दगला पहने ख़ाली प्लेटफ़ार्म पर खड़ा अपनी आदत अनुसार शून्य को ताकता रहा।

सिडनी एयरपोर्ट पर उतरकर मिस रिचमण्ड ने चारों तरफ़ देखा और मुसकरायी (यद्यपि वे असल-नक़ल अंग्रेज़नी थीं लेकिन पैदा गोरखपुर में हुई थीं और एक बार केवल कुछ महीनों के लिए इंग्लिस्तान गयी थीं)। अब वे और केटी इन्तज़ार करने लगीं कि कुली आकर उनका सामान उठाएँगे, मगर किसी ने उनका नोटिस न लिया। आख़िर दूसरों की देखादेखी कैथ्रीन ने एक ठेले पर सामान लादा। जब मिस रिचमण्ड ने ठेला धकेलना शुरू किया, अचानक उनका दिल अन्दर से टूट-सा गया।

रेवरेण्ड सिगमोर बाहर बरामदे में इन्तज़ार कर रहे थे। अपने घर ले गये। मिस रिचमण्ड को अपने गिरजा के क़रीब बाज़ार में सब्जी-तरकारी की एक छोटी-सी दुकान और फ्लैट ख़रीदवा दिया। दूसरे सप्ताह से ही मिस रिचमण्ड दुकान पर तराजू के पास बैठने लगीं। वे सिडनी की वर्किंग क्लास में शामिल हो चुकी थीं।

कैथ्रीन स्कूल में दाख़िल कर दी गयी। बहुत जल्दी उसने पर-पुर्ज़े निकाले, 'डेट' करने लगी। रात को देर से घर लौटती। क्रिश्चियन मिशनरी नैतिकता और हिन्दुस्तानी मूल्यों के बीच पली-बढ़ी मिस सीलिया रिचमण्ड उसको डाँटतीं-फटकारतीं, दोनों में ख़ूब झाँये-झाँये होती। दोनों की ज़िन्दगी अजीरन हो गयी। एक पैंसठ वर्षीय अपनी जगह से उखड़ी हुई अविवाहित अंग्रेज़ औरत और एक सोलह वर्ष की दोग़ली नस्ल की लड़की जिसकी कोई भी स्पष्ट भूमि न थी। नक़ली फूफी-भतीजी का यह बड़ा दुःखद जोड़ा था।

मिस रिचमण्ड, सिडनी का निर्वासन और तन्हाई ज़्यादा न झेल पायी। कैथ्रीन अठारहवें वर्ष में थी जब वे चल बसीं। रेवरेण्ड सिगमोर कैथ्रीन के गार्जियन थे। उन्होंने उसे स्कूल के बोर्डिंग हाउस में डाल दिया। कुछ महीनों के बाद वह वहाँ से भाग गयी। वह अपनी माँ और मामा को भूले से भी ख़त नहीं लिखती थी। कुछ समय बाद पादरी साहब भी मर गये। उसके ब्वॉय-फ्रेण्डज़् को मालूम था कि काफ़ी पैसेवाली लड़की है। ज्यों ही वह क़ानूनी तौर पर बालिग़ हुई, उन्होंने इसका रुपया उड़ाना शुरू किया, वह बेहद हसीन थी और एक्ट्रेस बनना चाहती थी मगर आस्ट्रेलिया में न तो कोई स्टेज थी न सिनेमा इण्डस्ट्री। एक लफ़ंगे ने सलाह दी कि हॉलीवुड पहुँचने या लन्दन की शो बिज़नेस में शामिल होने की पहली सीढ़ी नाइट क्लब है। चुनांचे कैथ्रीन ने कैबरे नाचना सीखा। इस बीच वह अपनी दुकान भी बेच चुकी थी, और अपना तरंके का सारा रुपया रेसकोर्स पर ख़त्म कर चुकी थी। पैसा उसके हाथ में टिकता ही न था।

इसी तरह आवारागर्दी करती वह हांगकांग, सिंगापुर, क़ुवालालमपुर नाइट क्लब सर्किट में पहुँच गयी। कहीं वह कैबरे नाची, कहीं वह नाइट क्लब होस्टस बनी लेकिन वहाँ तिरछी आँखोंवाली एंग्लोचाइनीज लड़कियों का कम्पीटीशन बहुत सख़्त था, और वह बहरहाल, पेशेवर नहीं थी। 'कर्नल आर्थर बोल्टन' की बेटी थी—इस काल्पनिक कर्नल ने उसे क़दम-क़दम पर वैभव से चलते रहना सिखाया, कभी-कभार उसे अपनी नक़ली फूफी सीलिया रिचमण्ड याद आ जाती। कभी माँ और मामा सामने आ खड़े होते। वह आँसू पोंछकर दूसरा सिगरेट सुलगा लेती और अपनी ज़िन्दगी के परिवर्तनों पर हैरान रहती। साउथ एशिया के नाइट क्लब सर्किट ने उसे बहुत समझदार और उदासीन बना दिया था। भ्रष्ट राजनीतिज्ञों और उनके ऐयाश बेटों को दी हुई स्टेज-पार्टियों में वह नाच चुकी थी और नैतिक हालात से भली-भाँति परिचित थी। हर देश और हर शहर के होटलों के कमरों में सिरहाने एक ही बाइबल रखी मिलती और इस पवित्र ग्रन्थ का कोई फ़ायदा उसे नज़र न आया था। चीनी रेस्तोरानों के पिछले कमरों में बैठी, अगरबत्तियों के धुएँ में घिरी, छोटे-छोटे पैरोंवाली रहस्यमयी चीनी बुढ़ियाँ, जो क़िस्मत का हाल बताती थी। उसकी कोई गुत्थी उसके लिए न सुलझा पायी।

जकार्ता के एक चीनी रेस्तोरान में उसे एक दिलकश-सा डच आदमी मिला। वह चालीस के लगभग रहा होगा। विग लगाता था और उसने सूट पर एक चोगा-सा पहन रखा था। उसने बताया था कि वह एक डच सूफ़ी है और पेरिसवाले सूफ़ी इनायत खाँ का मुरीद।

"मैं इण्डोनेशियन सूफ़ी-इज्म के रहस्य सीखने के लिए एमस्टर्डम से यहाँ आया हूँ। मैं उन लोगों में से हूँ जिन्हें Duth Sensitives कहा जाता है। हम जैसे लोगों की छटी-हिस[1] बहुत ज़्यादा बेदार[2] होती है।"

चाँपसूई खाते-खाते अचानक उसने कहा था, "तुम्हारा बाप ज़िन्दा है।"

वह चौंक पड़ी।

"वह एक रोज़ ज़रूर तुमको मिलेगा। वह बहुत बड़ा आदमी है।"

"वाक़ई! बड़ा आदमी किस तरह?"

"मैं यह नहीं बता सकता मगर वह बहुत महान् आदमी है।"

इसका मतलब है वह वाकई कर्नल था और अब शायद ब्रिटिश आर्मी में जनरल हो। यह सोचकर वह बेहद प्रसन्न हुई। उसके आधे दुःख दूर हो गये। उसने स्वयं को बहुत सुरक्षित महसूस किया।

उस डच सूफ़ी की मौजूदगी ने भी उसे बहुत शान्ति प्रदान की। इसी

---

1. छठी ज्ञानेन्द्रिय
2. जाग्रत

सूफ़ी-इज़्म और ई.एस.पी. और सुरक्षा अनुभूति के चक्कर में वह उस रहस्यमयी व्यक्ति के साथ जकार्ता की एक मस्ज़िद में पहुँच गयी। एक पतली चुग्गी दाढ़ी और चुन्धी आँखोंवाले इण्डोनेशियन शेख़ ने उसे कलमा पढ़ाया। उसका नाम हलीमावती रखा और उसका निकाह एक डच मुसलमान मुहम्मद मुईन कूट से हो गया। उसने रजिस्टर पर अपना नाम लिखा देखा, और बड़ा इत्मीनान महसूस किया। "कैथ्रीन हलीमावती बिन्त[1] कर्नल आर्थर बोल्टन।"

वह डच नव-मुस्लिम बड़ा पक्का धार्मिक था। उसने हलीमावती को हुक़्म दिया कि नाचना-गाना छोड़ दे, लेकिन जकार्ता के जिस होटल में वह कैबरे करती थी अगर वहाँ आप नाचिये नहीं तो कमरे का किराया और सारे बिल अदा कीजिए। चूँकि मोहम्मद मुईन कूट के मनीआर्डर एमस्टर्डम से आने में ज़रा विलम्ब हो रहा था। अतः कैथ्रीन कूट ने एक बार फिर अपना जमा-जत्था ख़रचना शुरू किया।

जकार्ता के उस होटल में रहते कोई पन्द्रह दिन हुए थे जब सुबह उसकी आँख खुली थी तो वह डच सूफ़ी ग़ायब था। कैथ्रीन की हीरे की अँगूठियाँ और सच्चे मोतियों की माला और बुन्दे, जो सीलिया रिचमण्ड उसके लिए छोड़ गयी थी, वह भी ग़ायब थे, और बाक़ी बची नकदी भी। सिरहाने मेज़ पर मोटी बाइबल अलबत्ता उसी तरह रखी हुई थी। उसके ऊपर प्लास्टिक का एक ख़ाली कप। पिछली रात ही उस साहित्य प्रेमी डच अध्यात्मवादी ने बातों-बातों में एक अमरीकन कहानीकार का एक वाक्य दोहराया था कि तुम सारी दुनिया घूम लो। आख़िर में तुम्हें पता चलेगा कि सारी दुनिया 'Holiday Inns' और प्लास्टिक के प्यालों से भरी हुई है और घर वापस जाना ज़रूरी है।

चुनांचे कैथ्रीन कूट धक्के खाती, जकार्ता से अपने घर सिडनी वापस पहुँची। उसकी उम्र ढल रही थी और उसका सौन्दर्य निराकृत होनेवाला था। यहाँ अब उसे बस-कण्डक्टर की नौकरी ही मिल सकी।

अस्तित्व-संघर्ष की एक ख़ासियत यह भी है कि इन्सान कभी हार नहीं मानता। चुनांचे बस के टिकट काटते-काटते वह अब भी दिन में ख़्वाब देखा करती। अगले स्टाप पर शायद कोई सपनों का शाहज़ादा...क्योंकि क्या पता इस कोहरे के पीछे क्या है।

राजा सर नरेन्द्रनाथ के पूर्वज एक ग़रीब कन्नौजी ब्राह्मण ज्योतिषी थे, जिनकी किसी भविष्यवाणी से ख़ुश होकर शहंशाह जहाँगीर ने काली नदी के किनारे जागीर बख़्श दी थी। मौजूदा राजा साहब रियासत के ख़ातमे के बाद नयी दिल्ली में रहते हैं।

---

1. पुत्री

उन्होंने दिल्ली में एक बड़ा कारोबार शुरू कर रखा था। इसी कारोबार के सम्बन्ध में उनके बड़े बेटे (जो पहले युवराज शैलेन्द्रनाथ जो कहलाते थे अब केवल मिस्टर एस.एन. वाजपेयी थे) जापान, सिंगापुर, आस्ट्रेलिया के दौरे पर निकले थे। युवराज ज़रा भोले-से नौजवान थे। पहली बार देश से बाहर जाने का संयोग हुआ था, इसलिए आस्ट्रेलिया में सकपकाये हुए थे।

क्रिसमस सीज़न के कारण सिडनी में बहुत चहल-पहल थी। उस दिन ऐसा हुआ कि ओपेरा हाउस की तरफ़ से चले तो याद आया, दोपहर को आस्ट्रेलिया-इण्डिया टैस्ट मैच है। एक राहगीर से रास्ता पूछकर क्रिकेट-स्टेडियम की ओर जानेवाली बस पर चढ़ गये, खिड़की के पास जा बैठे। बस में भाँति-भाँति की सूरतें एक से बढ़कर एक हसीना लेबनानी लड़कियाँ, अतावली माईग्रेट गोल चेहरोंवाले आस्ट्रेलियन। बस कण्डक्टर ने नाजुक गोरा हाथ बढ़ाया। उन्होंने सिर उठाकर देखा तो आँखें चकाचौंध, ऐसा हसीन जगमगाता चेहरा वाक़ई रूख़ेरोशन, चाँदनी का चाँद, इतना सौन्दर्य भी सम्भव है। वह अप्सरामुख भी एक हिन्दुस्तानी को देखकर ज़रा स्वजनता से मुसकरायी।

राजकुमार ने सुन रखा था कि गोरी मेम हँसी तो फँसी, अब ज़रा निर्भीकता से उससे आँखें चार कीं, हज़ार जान से आशिक़ हुए। जो बन्दे पहली बार गोरों के देश जाते हैं, अगर वे पहले छह महीनों के अन्दर-अन्दर किसी मेम से विवाह न कर लें तो समझो बच गये, वरना नहीं। राजकुमार शैलेन्द्र को तो आस्ट्रेलिया आये महज़ दस दिन हुए थे।

बस कण्डक्टर टिकट देकर उसी तरह मुसकराती हुई आगे चली गयी। फिर उसने इनका नोटिस न लिया। लेकिन राजकुमार स्थिर निश्चयी आदमी थे। दूसरे दिन फिर उसी समय उसी बस पर चढ़े। चार दिन पीछा करने के बाद कामयाब रहे। परिचय कराया प्रिन्स शैलेन्द्रनाथ जी ऑफ़ इण्डिया।

शब्द 'प्रिन्स' से वह धरती की अप्सरा प्रभावित नज़र आयी, क्योंकि बचपन से मसूरी में राजकुमारों और नवाबज़ादों को देखती आयी थी, और अगर सिडनी की एक बस में एक व्यक्ति स्वयं को राजकुमार की हैसियत से परिचित करे तो वह अनुभवी कैबरे डान्सर पहचान सकती थी कि वह बन्दा नक़ली राजकुमार नहीं।

परी शीशे में उतरने लगी। शाम के लिए अपॉइण्टमेण्ट। रात को मोमबत्तियों की रोशनी में डिनर-डान्स। दिन में समुद्र तट पर हवाख़ोरी, ख़रीदारी, उत्तमकुल, बर्तानवी लड़की, कर्नल की बेटी, लार्ड की धेवती—क्या हर्ज़ है।

हमारे नवाब राजा लोगों का क़ायदा था कि कम-से-कम एक जूनियर बेगम या जूनियर रानी यूरोपियन रखते थे। आम तौर पर वह लन्दन की बारमेड ही होती थीं लेकिन अब रजवाड़े समाप्त हो चुके थे।

इसके बावजूद आज़ाद हिन्दुस्तान में भी अंग्रेज़ या अमरीकन औरत से शादी

करने में जो स्नाब वेल्यू निहित थी, शैलेन्द्रनाथ जी उससे अवगत थे। वे अभी अविवाहित थे।

जब उन्होंने कैथ्रीन कूट को प्रोपोज किया, उसके दूसरे रोज़ ही कैथ्रीन ने स्वयं को सिडनी के एक आश्रम में मौजूद पाया। जकार्ता की मस्जिद में उसका निकाह पढ़ाया गया था। यहाँ स्वामी जी ने वैदिक मन्त्र पढ़े। शीलजा देवी उसका नाम रखा गया। शैलेन्द्र के अनुपात में–स्वामी जी ने मुसकराकर समझाया।

"अखण्ड सौभाग्यवती, युवरानी, राज्य लक्ष्मी शीलजा देवी जी, बधाई हो।" उसके मन्दबुद्धि, नये पति ने जो उम्र में उससे काफ़ी छोटा भी था, बाँछें खिलाकर उससे हाथ मिलाया। शादी के रजिस्टर पर उसके बाप का नाम लिखा गया–कर्नल आर्थर बोल्टन ऑफ़ लन्दन एण्ड पेशावर कण्टोन्मेण्ट।

कार्पोरल आर्थर बोल्टन मेरठ छावनी से सीधा बर्लिन गया था। कुछ दिन बाद ही युद्ध समाप्त हुआ और वह अपने फ़ौजी बैण्ड के साथ इंग्लिस्तान में जगह-जगह विजय के शादयाने बजाता। फिर उसे स्थायी फ़ौजी नौकरी से बरख़ास्त कर दिया गया।

आर्थर बोल्टन का बाप जो पिकेडली सर्कस में जूतों पर पालिश करता था, बमबारी में मर चुका था। माँ भी मर चुकी थी। आर्थर को ईस्ट एण्ड के एक डान्स बैण्ड में काम मिल गया। शादी नहीं की। कौन यह बखेड़ा पालता। वर्ष बीतते गये। फ़ालिज ने एक हाथ बेकार कर दिया तो ड्रम बजाना ख़त्म। हस्पताल से निकलकर चौकीदारी करने लगा। इसी तरह बूढ़ा हो गया। अब भी पोइट्री लिखता, जो कहीं न छप सकी। नियमित रूप से चर्च जाता जो गुरुद्वारे, मस्जिदें और मन्दिर बनने से बच गये थे, वह भी अकसर उसे ख़ाली खण्डहर मिलते। उर्दू जानने के कारण हिन्दुस्तानी और पाकिस्तानी मज़दूरों से उसकी ख़ूब पटती थी। एक सिख चौकीदार ही ने उसे एक पंजाबी श्रेष्ठ व्यापारी मिस्टर खोसला की एक दुकान में दरबान का काम दिलवा दिया। आलीशान शो-रूम नाइट्स ब्रिज में था। वहाँ सब लोग उस विनम्र प्यारे ख़ब्ती-से बूढ़े से बहुत ख़ुश थे।

उस रोज़ सुबह शो-रूम पहुँचकर उसने हॉल की झाड़-पोंछ की। ग्राहकों के लिए मेज़ पर पड़ी पत्रिकाओं को तरतीब से रखा। उस समय बम्बई से निकलनेवाली एक ज़नाना-पत्रिका के मुखपृष्ठ पर उसकी नज़र पड़ी। Cover girl की सूरत ने उसे आकर्षित किया। पत्रिका के अन्दर उस हसीना की कोठी के साज-सज्जा के बारे में सचित्र लेख इण्टीरियर डेकोरेशन के सम्बन्ध में।

आर्थर बोल्टन सोफ़े पर बैठ गया और जेब से ऐनक निकालकर लेख पढ़ने लगा–"युवरानी शीलजा देवी जी नस्ल से अंग्रेज़ हैं और बरतानवी एरिस्टोक्रेसी से सम्बन्ध रखती हैं। उनके पिता कर्नल आर्थर बोल्टन पिछले महायुद्ध में लापता हो

गये। उनके नाना एक आयरिश लार्ड थे। राजकुमारी जी का बचपन मसूरी में गुज़रा। फिर वह अपनी फूफी लेडी, रिचमण्ड के पास आस्ट्रेलिया चली गयीं जहाँ उन्होंने बैले पियानो और इण्टीरियर डेकोरेशन में महारत हासिल की।"

बुड्ढे आर्थर ने आँखें बन्द कर लीं और देर तक चकित और ख़ामोश बैठा रहा। फिर एक कोने में जाकर घुटनों के बल झुका और प्रार्थना में तल्लीन हो गया।

न जाने क्यों उसे विश्वास-सा था कि कट्टो अब भी मसूरी में मौजूद है और उसी पुराने पते पर। यदि वह उसे पत्र लिखेगा तो उसका उत्तर भी देगी।

ऐसा ही हुआ। कट्टो का ख़त आने पर आर्थर बोल्टन ने दुकान के मैनेजर से एक महीने की छुट्टी माँगी जो मंजूर हुई, उसने इण्डिया हाउस जाकर बीज़ा बनवाया। बैंक से सारी उम्र की जमा-पूँजी निकालकर हवाई जहाज़ का रिटर्न टिकट लिया और बाक़ी बचे रुपयों से कट्टो, कैथ्रीन और फ़ज़ल मसीह के लिए तोहफ़े ख़रीदता फिरा। सेलफ्रेज़ के थैले अपने स्वस्थ हाथ में उठाये-उठाये पैदल चलते-चलते थक जाता तो किसी दरवाज़े में बैठकर दम लेता और फिर चलना शुरू कर देता। ट्रान्सपोर्ट के जो पैसे बचाये उनसे दामाद के लिए एक अदद टाई भी ख़रीद डाली।

ठीक एक सप्ताह बाद वह 'दी न्यू हिमालय वेजीटेरियन होटल' के सर्वेण्ट क्वार्टर्स के सामने खड़ा था।

कट्टो ने उसे समझाया, "साहब, हमारा छोकरी हमको एक लेटर नहीं डाला और विवाह कर लिया। इसका क्या मतलब है? ये मतलब कि वो हमसे मिलकर अपना लाईफ़ में कोई गड़बड़ी नहीं डालना माँगता।"

वह सर्वेण्ट-क्वार्टर्स के आगे एक पत्थर पर बैठी अपने सिर में सरसों का तेल डाल रही थी। फ़ज़ल मसीह पास ही एक पाइप के नीचे उसी तरह ख़ामोश बैठा हिमालय को ताक रहा था। सामने वादियाँ ऊदे कोहरे से भर गयी थीं।

बुड्ढे आर्थर ने अपने स्वस्थ हाथ से पाइप सुलगाया और चकित हुआ कि यह ज़ाहिल, ग़रीब और दुःखी औरत कितनी शान्त थी।

"कट्टो, तुमको ज़रा गुस्सा नहीं?" उसने आश्चर्यपूर्ण स्वर में दोहराया।

"ग़ुस्सा किस बात का, साहब? जो कुछ हमारे साथ बीता, हमने छटी माँ का लिखा पूरा किया।"

"छटी माँ! वह कौन लेडीज़ है?"

बम्बई का एक बोहरी बेगम साहब इधर आया था। हमारा क़िस्सा सुनकर बोला, "कट्टो बाई! जब बच्चा पैदा होता है, उसके छटे रोज़ छटी माँ आधी रात को आकर उसका मुक़द्दर उसके माथे पर लिख जाती है। इधर हम लोग इसको मुक़द्दर का खेल बोलते हैं। करम के लच्छन।"

आर्थर ध्यान से सुनता रहा। भौंह उठाकर अपने माथे पर हाथ फेरा और हँस पड़ा। कट्टो बोली, "इसी सर्वेण्ट क्वाटर की, उस सामनेवाली कोठरी में छटी माँ रात

को आकर हमारा किट्टी बाबा के माथे पर लिख गयी थी कि वो रानी बनेगी, हमारी बात मान लो साहब, उससे मिलने मत जाओ।"

"क्यों?"

"बस, हम जो तुमको बोलता है।"

"नाई-नाई, कट्टो। छटी माँ ने य भी लिख दिया है कि हम और तुम उससे मिलने दिल्ली जाएगा। देखो, हम विलायत से उसके लिए कितने प्रेज़ेण्ट भी लाया है।" क़रीब पत्थर पर बैठकर आर्थर ने बड़े शौक़ और चाव से वह शॉपिंग-बैग खोले।

पैलेस के सामने छोटा-सा लॉन था, और फाटक के सम्मुख कुछ ही फ़ासले पर उस बेडरूम का दरीचा, जिसकी तसवीर इण्टीरियर डेकोरेशन के सिलसिले में उस ज़नाना अंग्रेज़ी पत्रिका में छपी थी। इतवार का दिन था। गुलाबी जाड़ों की सुबह का सुहाना वक़्त। लॉन पर राजा साहब, उसका मँझला लड़का और कुछ यूरोपियन मर्द-औरतें एक स्वामी जी का व्याख्यान सुनने में व्यस्त थे। यह एक कुछ नये-से स्वामी जी थे, जो थोड़े समय पूर्व ही इण्टरनेशनल गुरु सर्कल में शामिल हुए थे और इन करोड़पति फ्रेंच और जर्मन चेलों के साथ कुछ दिनों पहले फ्रान्स से वापस आये थे और एक पाँच सितारा होटल में ठहरे हुए थे। राजा साहब के साथ ब्रेकफ़ास्ट करने के बाद अब सत्, चित् और आनन्द पर व्याख्यान दे रहे थे, जब टैक्सी फाटक पर आकर रुकी और तीन व्यक्ति उसमें से उतरे। एक फटीचर-सा अंग्रेज़ बूड्ढा सेलफ्रेज का एक बैग उठाये मामूली साड़ी पहने एक ग़रीब देसी औरत और कनटोप और दँगला चढ़ाये, झाड़-झंखाड़ खिचड़ी दाढ़ीवाला पगला-सा आदमी। यह आदमी झिझककर फाटक के स्तम्भ के पीछे ही दुबक गया। ख़स्ताहाल ख़च्चर पादरी अंग्रेज़ ने सहमती-झिझकती औरत का हाथ थामा और उसके साथ लॉन की तरफ़ बढ़ा।

राजा साहब ने सिर उठाकर मनस्ताप से नवागतों पर नज़र डाली और हैरान हुए। गोरखे दरबानों ने इन अनाप-शनाप क़िस्म के लोगों को अन्दर कैसे आने दिया।

सम्भवतः यह ऊल-जलूल लोग यहोबा के गवाह हैं। किसी को कोई हानि न पहुँचानेवाले ख़ब्ती मिशनरी, जो इतवार के दिन सुबह-सुबह भले-मानसों के घरों पर पहुँचकर उन्हें सावधान करते हैं कि क़यामत आनेवाली है। यह लोग बहुत बोर करते हैं।

कुर्सियों के पास आकर बुड्ढा ठिठक गया। जब स्वामी जी ने पानी पीने के लिए चाँदी का गिलास उठाया। फ़िरंगी बूढ़े ने हर्ष से कहा, "गुड मॉर्निंग फ्रेण्ड्स!" वह और देसी औरत कुछ क्षणों तक उसी तरह खड़े रहे। उपस्थितगण बिलकुल स्तब्ध थे। स्वामी जी को अपने भाषण में हस्तक्षेप बहुत नागवार गुज़रा था। वह अप्रसन्न

होकर एक फूल सूँघ रहे थे। महाराजा ने भौंह द्वारा इशारा किया। बैठ जाओ। दोनों बैठ गये।

"महाराज, आरम्भ कीजिए।" राजा साहब ने, जो साधु-सन्तों के बड़े भक्त थे, हाथ जोड़कर प्रार्थना की।

स्वामी जी ने सत्य और असत्य पर भाषण फिर शुरू किया। बुड्ढा आर्थर सिर आगे बढ़ाकर ध्यान से सुनने लगा। स्वामी जी कुछ मिनट बाद रुके। एक फ्रेंच चेली ने टेप का कैसेट बदला।

तब बुड्ढे अंग्रेज़ ने उनको सम्बोधित किया, "मिस्टर गुरु, सत् और असत् पर आपके विचारों ने मुझे बहुत प्रभावित किया। मैं स्वयं एक सत्य पर प्रकाश डालने इंग्लिस्तान से यहाँ आया हूँ। यूअर हाइनेस, मैं आपकी प्यारी बहू कैथ्रीन..." उसने जेब से पत्रिका में छपी तसवीर का तराशा निकालकर नाम पढ़ा—"अखण्ड सौभाग्यवती राज्य लक्ष्मी शीलजा देवी जी का बाप हूँ।"

"ओहो! वाट ए प्लेज़ेण्ट सरप्राईज़ कर्नल..." राजा ने यकायक मुसकराकर सम्भ्रान्ति से हाथ मिलाने के लिए बढ़ाया। "कर्नल बोल्टन, अपने आने की सूचना क्यों न दी? पहले क्यों न बताया?"

"युअर हाईनस!" बुड्ढे आर्थर ने गला साफ़ करके चारों तरफ़ देखा और फ़रिस्तोंवाली मुसकान के साथ बोला—"कर्नल तो मेरे ख़ानदान में सात पुश्तों में कोई नहीं हुआ। मेरा बाप मोची था। माँ बावर्चन। मैं आर्मी में ड्रमर भरती हुआ था। अब दरबान हूँ।"

उपस्थित लोग बर्फ़ के पुतलों के समान जम चुके थे। आर्थर ने चारों तरफ़ देखकर अफ़सोस से सिर हिलाया। "मेरे साथ उम्रभर यही समस्या रही कि मैं ख़ालिस सच बोलता रहा हूँ। जब यहाँ पहुँचा तो क्या देखता हूँ कि मिस्टर स्वामी सच के ऐश्वर्य पर ही व्याख्यान दे रहे हैं तो मुझे बड़ी ख़ुशी हुई। मैं अपने जीवन भर की जमा-पूँजी ख़र्च करके यहाँ पहुँचा हूँ। अपनी लड़की से मिलने। ग़रीब आदमी हूँ लेकिन उसके लिए उसके दहेज़ के तौर पर कुछ चीज़ें भी ला सका हूँ।" उसने झुककर घास पर धरे सेलफ्रेज के बैग उठाये, फिर रख दिये। मजमा उसी तरह जमा रहा।

आर्थर ने फिर बात शुरू की, "कैथ्रीन विश्वास है कि अपनी माँ से मिलकर भी ख़ुश होगी, जिससे वह पन्द्रह साल की उम्र से बिछड़ी हुई है।"

आर्थर साँस लेने के लिए रुका। कट्टो आश्चर्यचकित होकर उसे तक रही थी। माहौल अचानक बेहद असाधारण हो गया था। वास्तविक जीवन में इस तरह की बातें नहीं होतीं। आर्थर फिर बोला—"यह बेवकूफ़ औरत यहाँ आते हुए डर रही थी। मैंने कहा, मार्था रोशनी से डर रही हो? सत्य की रोशनी से मत डरो। सत्य हक है (ट्रुथ), सच ख़ुदा है और हम सब ख़ुदा के बच्चे हैं। क्या तुम अपनी प्यारी बेटी

से मिलने के लिए व्याकुल नहीं? तो आओ, हम दिल्ली चलें और चलकर हम अपनी लड़की से मिलें। क्या कोई माँ-बाप और उनकी औलाद एक-दूसरे से मिलते हुए झिझक सकते हैं? कुदरत के क़ानून के ख़िलाफ़ जा सकते हैं? डरने की क्या बात है और युअर हाईनस, आपकी माइथोलॉजी में है कि लार्ड शिवा जब अपनी ससुराल पहुँचे तो उनके अभिमानी ससुर ने उनकी बेइज़्ज़ती की थी"—आर्थर थोड़ा रुका और खँखारकर बोला—"माफ़ कीजिए, मैंने ग़लत मिसाल दी—मतलब यह कि..."

यह बुड्ढा बिलकुल दीवाना था। राजा साहब ने सोचा, वे आँखें फाड़े इस अजीबोग़रीब अजनबी को तक रहे थे। उनके चेहरे की रंगत तेज़ी से बदलती जा रही थी मगर आर्थर बोल्टन ने बड़े इत्मीनान से अपना परिचयात्मक भाषण ज़ारी रखा।

"तो युअर हाईनेस, अभी जब मैं फाटक पर पहुँचा तो एक क्षण के लिए मुझे लगा कि आप भी लार्ड शिवा के ससुर की तरह अभिमानी होंगे, लेकिन उसी वक़्त आपके शब्द मेरे कानों में पड़े। आप मिस्टर गुरु के इस कथन से सहमति ज़ाहिर कर रहे थे कि मनुष्य को हर हालत में, हर मौक़े पर, सच बोलना चाहिए और सच का सामना करने की हिम्मत रखनी चाहिए। यही असली सिद्धान्त और ज्ञान है। और राज़ा साहब, आपको यह मालूम करके खुशी होगी कि मेरा मोक्ष दिलानेवाला जीजिस क्राइस्ट भी यही कह गया है। वह तो सच बोलते-बोलते सूली पर चढ़ गया। मशहूर वाकिया है। आपने भी सुना होगा।"

मँझले राजकुमार ने महसूस किया कि गुस्सैले राजा साहब का पारा तेज़ी से ऊपर चढ़ रहा है और वे न जाने क्या कर बैठें। उसने मौक़ा सम्भालने के लिए जल्दी से पूछा—"आप लोग कॉफ़ी पियेंगे या चाय?"

आर्थर ने मुसकराकर उसे देखा, "मार्था कॉफ़ी?"

स्वामी जी हरियाली पर टहल रहे थे। मँझले राजकुमार ने कॉफ़ी बनाकर कट्टो आया को पेश की। बुड्ढे आर्थर ने सिर हिलाया और बड़े जोश से हिन्दुस्तानी में बोला—"हम यह देखकर बहुत खुश हुआ कि आप लोग छूतछात भी नहीं करता हाय। हम सब खुदा की औलाद हैं। जीज़िस ने बोला कि मेरे बाप के महल में सबके लिए कमरा हाय। युअर हाईनस! हमारा लड़की का माँ का हमसे शादी भी नहीं हुआ। हमको मालूम भी नहीं था कि मार्था, कैथ्रीन को जनम दिया...35 साल बाद हमने मैगज़ीन में उसका तसवीर देखा—ये सब खुदा का, कुदरत का खेल हाय... मार्था बड़ा बहादुर औरत हाय। अब तक आयागीरी करता मसूरी में बड़ा नेक औरत हाय, सच्चा क्रिश्चियन। इसका माँ-बाप भी क्रिश्चियन था। वह भी बहुत ग़रीब लोग था। झाड़ू देता था, गुसलख़ाने साफ़ करता था। जीज़िस ने बोला—ग़रीब, दीनहीन लोग ही ख़ुदा की आसमानी बादशाहत का वारिस हाय। आपका मिस्टर गाँधी भी

यही बात बोलता था। देहली में बौगी कालोनी में रहता था—हमारा कट्टो भी बौगी हाय। ये भी आसमानी बादशाहत में ज़रूर जाएगा।"

राजा साहब जो टकटकी बाँधे, बुड्ढे को घूर रहे थे उन्होंने अपने सिर को दोनों हाथों से थामा और ज़ोर से चीखे। राजा साहब बदमिज़ाज थे मगर सारी ज़िन्दगी किसी ने उनको इतने ज़ोर से दहाड़ते नहीं सुना था। उनकी इस ख़ौफ़नाक चीख़ से दहलकर सब उनकी तरफ़ लपके। राजा साहब को चक्कर आ गया और उन्होंने आँखें बन्द करके सिर झुका लिया। उनको ग़श आ रहा था। वे दिल के मरीज़ थे।

कैथ्रीन उस वक़्त बेडरूम के दरीचे से सारा दृश्य देख रही थी, जो उस जगह से एक स्टेज के सेट की तरह मालूम हो रहा था। ज़िन्दगी यक़ीन के क़ाबिल न थी। सुबह ब्रेकफ़ास्ट की मेज़ पर जब उसका परिचय स्वामी जी से कराया गया था तो वे दोनों एक-दूसरे को पहचान गये थे। स्वामी जी वही, मसूरी स्कूल के भूतपूर्व ड्रिल मास्टर थे जिन्होंने उससे छेड़छाड़ की थी जिसके कारण मिस रिचमण्ड ने आस्ट्रेलिया चले जाने का अचानक फ़ैसला कर लिया था।

इस वक़्त ब्रेकफ़ास्ट के बाद मौक़ा पाकर उन्होंने अपनी भूतपूर्व शिष्या से कहा, "देखो जी छोटी कट्टो—मैंने बीस साल की बड़ी मेहनत से वेस्ट में अपना यह कैरियर बनाया है। वहाँ स्वामियों का काम्पटीशन बहुत सख़्त है। इसके बावजूद इस वक़्त यूरोप और अमरीका में मेरे अठारह आश्रम हैं और हज़ारों चेले। तुम मेरा भाण्डा न फोड़ो। मैं तुम्हारे बारे में तुम्हारी ससुराल की इस रूढ़िवादी रायल फ़ेमिली को यह न बताऊँगा कि तुम मसूरी की कट्टो आया की लड़की हो।" उनकी यह कानाफूसी सुनते ही कैथ्रीन का रंग उड़ गया और वह आकर अपने कमरे में छुप गयी थी।

स्वामी जी ने बाहर लॉन पर जाकर अपना भाषण शुरू कर दिया था लेकिन होनी अपनी वंशी बजा चुकी थी। एक टैक्सी आकर रुकी और उसने अपनी माँ को उतरते देखा, और उसका आधा पाग़ल मामा और फिर एक सनकी-सा अंग्रेज़ बुड्ढा, वे जाकर लॉन पर बैठ गये और कैथ्रीन ने अपने इस आश्चर्यजनक बाप की बात का एक-एक शब्द सुना।

मिस सीलिया रिचमण्ड को एक बार गेस्ट हाउस में एक दहलवी बेगम साहब ने बावली हँडिया पकानी सिखाई थी।

ज़िन्दगी भी दीवानी हाँड़ी थी जो खद-बद पके जा रही थी और अब अचानक इसमें उबाल आ गया था।

भय से काँपकर उसने सामने देखा, फाटक पर उसका पाग़ल मामा थम्ब की तरह खड़ा शून्य में घूर रहा था। घास पर उसका दीवाना बाप उसकी ज़िन्दगी तबाह करने में जुटा हुआ था। इस शख़्स से मिलने की वह सदा से कितनी अभिलाषी रही थी। बचपन से इसकी माँ और आण्ट सीलिया ने इस आदमी की नेकदिली और भोलेपन की कितनी कहानियाँ सुनाई थीं। जो केवल दो महीने गेस्ट हाउस में रहकर सबके मन मोहकर चला गया था। शायद क़ुदरत ने उसे पैदा ही इसीलिए किया था कि वह अचानक कहीं से प्रकट हो। ज़िन्दगियों का रुख़ बदले और ग़ायब हो जाए। अविश्वसनीय असम्भव क्या नेकी और सत्यता विनाश करनेवाली होती है?

उसने आँखें फाड़कर सामने 'स्टेज' के पात्रों को देखा जो एक कॉमिक ओपेरा का दृश्य मालूम हो सकता था, अगर इतना भयानक न होता। राजा साहब को जिनको इस रहस्योद्‌घाटन के बाद कि उनकी बड़ी बहूरानी वास्तव में कौन है, फ़ौरन ग़श आ गया था। वे चारों यूरोपियन जो महाठगनी माया से बचने के चक्कर में एक 'नक़ली स्वामी' के पाले पड़ गये थे और वह बोगस 'गॉडमैन' जो अब राजा साहब को होश में लाने के लिए मन्तर पढ़ रहा था और उसकी बेचारी माँ, जो सारी उम्र रोती रही थी और अब भी रोने के सिवा उसके वश में कुछ न था और उसका बाप ग़रीब, दरिद्र, एक हाथ से अपंग, जो न जाने किस तरह पैसे इकट्ठे करके और उसका 'दहेज' लेकर सात समन्दर पार से आया था और अब हक्का-बक्का सबके चेहरे तक रहा था, जैसे कोई मूर्ख फ़रिश्ता ग़लत जगह पर आ निकला हो। अचानक कैथ्रीन के दिल में करुणा, मुहब्बत और ख़ून के जोश का एक रेला-सा आया और उसका जी चाहा वह भागती हुई बाहर जाए और अपने झक्की आधे ख़ब्ती बाप, मुसीबत की मारी माँ और प्यारे मामा से जाकर लिपट जाए। इस महल और इस एरिस्टोक्रेटिक ब्रह्म ख़ानदान और दौलतमन्द पति को तज दे और इन अत्यधिक प्यारे भोले दीवाने लोगों के साथ चली जाए क्योंकि जहाँ यह लोग होंगे, वहीं आख़िर को इसका घर होगा कि दुनिया Holyday inns और प्लास्टिक प्यालों के अतिरिक्त सुर्ख़ छतोंवाले तीन मंज़िला मकानों और चाँदी के गिलासों से भरी हुई है और इसे अपना घर कहीं नहीं मिला। क्या वह सचमुच अखण्ड सौभाग्यवती राज्य लक्ष्मी शीलजा देवी जी हैं? वह अपनी ख़ाल के अन्दर केवल कैथ्रीन बोल्टन है और कर्नल बोल्टन और कार्पोरल बोल्टन की जिस उलझन ने उसे सदा शिथिल रखा था, आज वह भी सुलझ चुकी थी। वह बाहर जाकर नाटकीय ढंग से ऐलान करेगी—डैडी-मामा, लो मैं आ गयी। मैं तुम्हारे साथ चल रही हूँ।

वह हिम्मत करके दरवाज़े की ओर बढ़ी लेकिन किवाड़ खोलते ही उसकी निगाह अपने हीरे के कंगन से टकरायी। सामने धूप में उसकी व्यक्तिगत मर्सीडीज़ चमकी और उसे याद आया कि ग्यारह बजे उसे गोल्फ़ क्लब पहुँचना है या यह सब पल-की-पल में ग़ायब?

संगमरमर के स्नानगृह में से शावर की आवाज़ आ रही थी। दूसरा ख़याल—इस भयानक रहस्योद्घाटन के बाद उसका पति उसे खुद ही चलता न कर देगा। इससे बेहतर है सम्मानपूर्वक खुद इन लोगों के साथ चली जाऊँ। उसे चक्कर आया जैसे वह डूबते जहाज़ पर खड़ी थी। उसने दरवाज़े का सहारा लिया, बचने के लिए हर सम्भव कोशिश ज़रूरी है। अस्तित्व संघर्ष का पहला नियम है।

उसका मन्दबुद्धि पति तौलिया का ड्रेसिंग गाउन पहने स्नानगृह से बाहर निकला। यह बाहर कैसा शोर हो रहा था? उसने दरीचे की तरफ़ जाते हुए पूछा, कैथ्रीन ने एक गहरी साँस भरी और साफ़ मज़बूत आवाज़ में बोली, "डार्लिंग, इस रिसाले में वह तसवीर और लेख छपा, गज़ब हो गया—कोई बदमाशों की टोली आ पहुँची है। ब्लैकमेल करने को खुद को मेरे माँ-बाप बताते हैं। तुम्हारे पिताजी इलेक्सन में खड़े हो रहे हैं। मुझे तो यह उसी का चक्कर मालूम होता है। तुम्हारे पिता के ब्राह्मण वोट को तोड़ने के लिए विपक्षियों ने एक हरिजन औरत को सिखला-पढ़ाकर एक अंग्रेज़ बूढ़े के साथ यहाँ भेज दिया कि कहे वह मेरी माँ है। यह बूढ़ा सी.आई. एजेण्ट भी हो सकता है। पुलिस को फ़ोन करो—फ़ौरन।"

राजकुमार शैलेन्द्र गाऊदी था मगर इतना नहीं। उसने भौंह उठाकर अपनी परी चेहरा चुव रानी को ज़रा सन्देह भरी नज़रों से देखा। कैथ्रीन का रंग पीला पड़ गया और वह भय से काँप रही थी। राजकुमार शैलेन्द्र उसे अपने रास्ते से हटाता दरवाज़ा खोलकर सीधा अपने 'महामहिम' बाप की तरफ़ लपका, जो होश में आ चुके थे। कैथ्रीन ने तीर की तरह स्नानगृह में जाकर दरवाज़ा अन्दर से बन्द कर लिया।

सामने फाटक पर उसका पगला मामा हाथ फैलाये खड़ा सबकी ख़ैर माँग रहा था।

खड़ा कबीरा देर से माँगे सबकी ख़ैर!

□

कुलीन

लम्बे-चौड़े सीले हुए स्नानगृह में दिन में भी अँधेरा रहता था। पीतल के झाल, पाल, ततेड़े, ऊँचा हमाम मटके, चौकी रंगबिरंगी साबुनदानियाँ, बेसन, उबटन, झाँवें, लोटे आफ़ताबे, मग्गे, खूँटियों पर ग़रारों और मैले दुपट्टों का ढेर, आँवलों और रीठों से भरी तश्तरियाँ, अँधेरा घुप्प, मुआ-अलीबाबा चालीस चोर की गुफ़ा-सा, लेकिन यही स्नानगृह छम्मी बेगम की दुःखी ज़िन्दगी में वक़्त-बेवक़्त आश्रय का काम देता था। उसी के हरे शीशोंवाली बन्द खिड़की का रुख़ चमेलीवाले मकान की ओर था। उसके एक शीशे का रंग नाखून से ज़रा-सा खुरचकर छम्मी बेगम ने बाहर झाँकने की व्यवस्था भी कर रखी थी, क्योंकि छम्मी बेगम के अज्जू मियाँ चमेलीवाले मकान में रहते थे। वह छम्मी बेगम के दूर के रिश्तेदार थे। पहरों वह उस शीशे में से सामनेवाले घर को इस तरह तकतीं जैसे शाहजहाँ अपने क़ैदख़ाने में से ताजमहल को देखा करता था।

औसत दर्जे के इस ज़मींदार परिवार के पुश्तैनी घर के दो हिस्से थे। बाहरवाला मर्दाना हिस्सा जिसके आँगन में चमेली की घनी झाड़ियाँ थीं, 'चमेलीवाला मकान' कहलाता था। ज़नाने हिस्से के आँगन में इमली का छायादार पेड़ खड़ा था, इसलिए सारे मोहल्ले में इसका नाम 'इमलीवाला मकान' पड़ गया था। दोनों आँगनों के बीचवाली दीवार में आने-जाने के लिए एक खिड़की थी।

छम्मी बेगम के अब्बा और अज्जू मियाँ के अब्बा पास-पास रहते थे। छम्मीबी के पैदा होते ही अज्जू मियाँ से मँगनी हो गयी थी। नौ-दस बरस की उम्र में मँगेतर से काना-परदा करा दिया गया था। अज्जू मियाँ बहुत ख़ूबसूरत और खिलन्दरे थे। इकलौते लाडले बेटे, इसलिए वह तो जी भरके बिगड़े। पतंगबाज़ी, कबूतरबाज़ी, यह बाज़ी, वह बाज़ी। लेकिन उनके माँ-बाप को विश्वास था कि ब्याह होते ही सुधर जाएँगे। छम्मी बेगम तो होश सम्भालते ही उन्हें अपना सभी कुछ समझने लगी थीं। माँ-बाप की इकलौती वह भी थीं। उनके नाज़ भी कम न उठाये जाते। ज़िद्दी, गुस्सेवाली और अभिमानी छम्मी बेगम सोलह साल की हुई तो शादी की तारीख़ तय कर दी गयी। दोनों ओर धूमधाम से तैयारियाँ होने लगीं कि अचानक मौत ने इस

सुखी और खुशहाल घराने की बिसात उलट दी। उस वर्ष शाहजहाँपुर में हैज़े की जो हवा फैली तो उसमें पन्द्रह दिन के अन्दर-अन्दर छम्मी बेगम की अम्माँ और अब्बा दोनों चटपट हो गये। छम्मी बेगम पर क़यामत गुज़र गयी लेकिन अभी अज्जू मियाँ के माँ-बाप का साया सिर पर सलामत था। सबसे बड़ी बात यह कि अज्जू मियाँ से ब्याह होनेवाला था। छम्मी बेगम माँ-बाप का शोक़ मनाने के बाद फिर से भविष्य के सुहाने सपने देखने में व्यस्त हो गयीं।

शादी कुछ समय के लिए आगे बढ़ा दी गयी लेकिन इससे पूर्व कि अज्जू मियाँ के बाप तारीख़ तय करें, उनका बैठे-बिठाये हार्ट फ़ेल हो गया।

उनके मरते ही अज्जू मियाँ ने कहा कि वह कुछ मुक़दमों के सिलसिले में लखनऊ जा रहे हैं, और अपने ख़ास दोस्तों के साथ उड़नछू हो गये। उनकी माँ छम्मी बेगम के मकान में आकर रहने लगीं। अब इमलीवाले मकान में ड्योढ़ी पर पुराने नौकर धम्मू खाँ डण्डा सम्भाले बैठे रह गये। अन्दर सलामत बुआ[1] और उनकी लड़कियाँ खाना पकाने में जुटी रहतीं। दोनों घरों की हिफ़ाज़त के लिए अज्जू मियाँ की माँ ने एक बूढ़े रिश्तेदार मल्लन खाँ को बरेली से बुलवा भेजा, जो चमेलीवाले मकान में दालान में खटिया डालकर पड़ रहे।

अज्जू मियाँ लखनऊ गये तो वहीं के हो रहे। हर ख़त में अम्माँ को लिख भेजते कि मुक़दमे की तारीख़ बढ़ गयी है। महीने-दो-महीने में आ जाऊँगा। पूरे छह महीने बाद वापस आये तो अम्माँ ने शादी की बात छेड़ी। वह बोले, "जब तक ज़मीनों के मामले नहीं सुधर जाते, मैं शादी-वादी नहीं करने का।"

जभी से छम्मी बेगम अँधेरे स्नानगृह के कोने में मैले कपड़े के ढेर पर बैठकर चुपके-चुपके रोने लगीं।

अब छम्मी बेगम उन्नीस साल की हो चुकी थीं। अज्जू मियाँ ने शायद तय कर लिया था कि लखनऊ में ही रहेंगे। लोगों ने आकर बताया कि ख़ूब रंगरेलियाँ मना रहे हैं। छम्मी बेगम भी न जाने कैसा नसीब लेकर आयी थीं कि एक दिन अज्जू मियाँ की माँ पर दिल का दौरा पड़ा और वह भी चल बसीं।

अब छम्मी बेगम बिलकुल अकेली रह गयीं। आँगन में उल्लू बोलने लगे। कुछ और हिफ़ाज़त के ख़याल से अन्धे-धुन्धे मल्लन खाँ चमेलीवाले मकान से इमलीवाले मकान में आ गये। इधर आँगन में पड़े वह खाँसा करते, ड्योढ़ी में धम्मू खाँ खाँसता रहता।

अज्जू मियाँ माँ की मौत पर आये थे। तीजा करते ही वापस चले गये। किस तरह उन्होंने मँझधार के बीचोंबीच छम्मी बेगम का साथ छोड़ा, अल्लाह! अल्लाह! जब वह यह सब सोचतीं तो कलेजा फटने लगता। ज़मीनों की देखभाल करनेवाला

1. बड़ी उम्र की नौकरानी के लिए बोला जानेवाला आदरसूचक शब्द।

कोई न रहा था। महीने-के-महीने छम्मी बेगम की ज़मीनों की थोड़ी-सी आमदनी की रक़म मल्लन खाँ लाकर उनके हाथ पर रख देते। कभी-कभी मल्लन खाँ के नाम ख़ैर-ख़बर पूछने का ख़त लखनऊ से आ जाता था। मल्लन खाँ की बीवी और बेटी भी बरेली से आ गयी थीं लेकिन अपने चिड़चिड़े स्वभाव के कारण छम्मी बेगम की उन दोनों से एक दिन न बनी। दिन भर उन लोगों से लड़ने-झगड़ने या आप-ही-आप तिलमिलाने और कुढ़ने के बाद छम्मी बेगम फिर स्नानगृह में घुस जातीं और रोतीं या 'शाहजहाँनी शीशे' में से चमेलीवाले मकान को तका करतीं। यह ज़िन्दगी भी कैसी ज़िन्दगी है? वह सोचतीं। अभी सब कुछ है। अभी कुछ भी नहीं। कल की-सी बात लगती है कि इस घर पर कितनी रौनक़ थी। दालान में आरामकुर्सियाँ पड़ी हैं। आँगन में मोढे बिछे हैं। अब्बा और अज्जू मियाँ के बाप के दोस्तों की महफ़िल जमी है, बड़ी-बड़ी दावतें हो रही हैं, उनके बाद या तो मुशायरा हो रहा है या क़व्वाल गा रहा है। जब अज्जू मियाँ के दोस्त आते तो अज्जू आँगनवाली खिड़की में आकर खँखारते और एक ख़ास अन्दाज़ में धीरे-से पुकारते—"अरे भाई छम्मी, ज़रा वह अपनी खास पकौड़ियाँ तो बनवा के भिजवाओ।"

इन सुखी घरानों को किसी की नज़र खा गयी। अपनी इस कड़ी निराशा के बावजूद छम्मी बेगम को यक़ीन था कि एक-न-एक दिन अज्जू वापस आएँगे। चमेलीवाला मकान फिर आबाद होगा।

जुमे-के-जुमे वह उस मकान में जातीं। धम्मू खाँ और सलामत बुआ की लड़कियों के साथ मिलकर बाग़ के झाड़-झंखाड़ साफ़ करवातीं। दालान के जाले उतारे जाते। अन्दर के कमरों पर ताला था। दरवाज़ों के शीशों में से झाँककर वह अन्दर के कमरों पर नज़र डालतीं और सर हिलातीं, ठण्डी आहें भरतीं, वापस आ जातीं।

छम्मी बेगम तीस वर्ष की हो गयीं। बाल वक़्त से पहले सफ़ेद हो चले। अब उन्होंने चमेली के बाग़ की देखभाल भी छोड़ दी। दिल दुनिया से उचाट-सा हो गया लेकिन गुस्से और रौबदाब की अवस्था वही रही। बल्कि अब उम्र के बढ़ने के साथ इसमें भी वृद्धि होती जा रही थी।

उनके इस अभिमान और तनतने के कारण भी कुछ कम न थे। माँ-बाप ख़ालिस असल-नसल रोहेले पठान, दादा-परदादा हफ़्त-हज़ारी न सही, एक हज़ारी, दो हज़ारी (या निगोड़े जो कुछ भी वह होते थे) ज़रूर ही रहे होंगे। सारे कुनबे का सुर्ख़ रंग और पठानी ख़ुद्दारी और ग़ुस्सा इस हक़ीक़त का खुला सुबूत था कि इस ख़ानदान में खोट-खबेल कभी न हुई। अतीत के इन जुगादरी रोहेला सरदारों के नामलेवा इस कुनबे की कुलीनता और सम्मान पर कोई आँच न आये, यही सोचकर वह बिलकुल क़िला-बन्द होकर बैठ रहीं। मुहल्ले की औरतों से मिलना-जुलना भी कम कर दिया। बेवाओं के-से सफ़ेद कपड़े पहनने लगीं। उनका ज़्यादा वक़्त नमाज़

के तख़्त पर गुज़रता। अकसर दोपहर के सन्नाटे में सलामत बुआ आँगन की खिड़की में बैठकर ज़र्दा फाँकते हुए बड़ी डरावनी आवाज़ में आप-से-आप बुड़बुड़ातीं—"बारी तआला[1] फ़रमाता है। मुझे दो बख़त अपने बन्दों पर हँसी आती है। एक, जब जिसे मैं बना रहा होऊँ उसे कोई बिगाड़ने की कोशिश करे और दो, जब जिसे मैं बिगाड़ रहा होऊँ वह अपने-आपको बनाने की कोशिश करे। बस दो बख़त।"...और छम्मी बेगम दहलकर डाँटतीं—"ए सलामत बुआ, नहूतक की बातें मत करो।" लेकिन सलामत बुआ इत्मीनान से उसी तरह बुड़बुड़ाती रहतीं।

उस रोज़ नौचन्दी जुमेरात थीं। छम्मी बेगम स्नानगृह में नहा रही थीं। सर्दियों का ज़माना था। हमाम के नीचे सुलगते अंगारे कब के बुझ चुके थे और छम्मी बेगम को कँपकँपी-सी चढ़ रही थी। जल्दी से बाल तौलिये में लपेटकर खड़ावें पहन रही थीं, जब सलामत बुआ की सिलबिल्ली नवासी ने ज़ोर से स्नानगृह के दीमक लगे किवाड़ की कुण्डी खड़खड़ायी।

"आपा-ए-आपा, जल्दी निकलो।"

"अरे, क्या है, बावली!" छम्मी बेगम ने झुँझलाकर आवाज़ दी।

"आपा, चमेलीवाले मकान में, आप से कहा है कि चार-पाँच जनों के लिए चाय भिजवा दीजिए, जल्दी।"

"क्या...क्या?" छम्मी को अपने कानों पर यक़ीन न आया। उन्होंने जल्दी से 'शाहजहाँनी शीशे' से आँख लगा दी।

अँगनाई का फाटक खुला हुआ था। बाहर दो ताँगे खड़े थे। दो-तीन लफ़ंगे सामान उतरवा रहे थे। तीखे नैन-नक़्शवाली एक काली-कलूटी औरत लाल जारजट की साड़ी पहने हरी बनारसी शाल में लिपटी, दालान में मोढ़े पर बैठी इत्मीनान से घुटने हिला-हिलाकर नौकरों को हुक़्म दे रही थी। एक उसकी हमशक्ल तेरह-चौदह साल की उछाल-छक्का-सी छोकरी कासनी, शलवार कमीज़ पहने फ़र्श पर उकड़ूँ बैठी एक बक्स खोलने में व्यस्त थी। इतने में सदा की तरह बाँके छबीले अज्जू मियाँ अन्दर से निकले। झुककर उस लाल चुड़ैल से कुछ कहा। वह क़हक़हा मारकर हँसी। छम्मी बेगम की आँखों के सामने अँधेरा छा गया। धुँधली रोशनीवाला स्नानगृह अब बिलकुल अन्धा कुआँ बन गया। उन्होंने जल्दी से एक खूँटी पकड़ ली, लड़खड़ाती हुई बाहर आयीं और बेसुध होकर अपने बिस्तर पर गिर गयीं।

बात यह थी कि अज्जू मियाँ, जिन्होंने बरसों से लखनऊवाली कल्लो को घर डाल रखा था, अब बाक़ायदा निकाह करके उसे अपने साथ ले आये थे। कासनी

---

1. ख़ुदा।

शलवारवाली लड़की अशरफ़ी कल्लो अपने साथ लायी थी, वह अज्जू मियाँ की बेटी नहीं थी।

शाम को अज्जू खाँ कल्लो को साथ लेकर पर्दा करवाये बग़ैर, बेधड़क, छम्मी बी के घर चले आये और दालान में पहुँचकर पुकारा—

"अरे, भई छम्मी...आओ, अपनी भाभी से मिल लो।"

वह काँपकर रह गयीं। पलंग से उठकर फिर स्नानगृह में जा घुसीं और ज़ोर से चटख़नी चढ़ा दीं। अज्जू ज़रा चोर-से बने दालान के एक दर में खड़े रहे। कल्लो उनके पीछे दुबकी हुई थी। दोनों मियाँ-बीवी कुछ मिनट तक इसी तरह चुपचाप खड़े रहे और फिर सर झुकाये वापस चले गये।

उस दिन के बाद से छम्मी बेगम की दुनिया बदल गयी। अब वह सारा दिन क़ुरान-शरीफ़ ही पढ़ा करतीं। अज्जू ने उन्हें इतने बरसों अधर में लटकाकर, उनकी ज़िन्दगी तबाह करके किसी और से शादी कर ली। इस असहनीय सदमे से ज़्यादा डर उन्हें इस बात से था कि उन्होंने कल्लोबाई तवायफ़ से निकाह करके ख़ानदान की इज़्ज़त और मर्यादा भंग कर दी। छम्मी बेगम इस जुर्म के लिए उन्हें मरते दम तक मुआफ़ नहीं कर सकती थीं। कल्लो ने कई बार उनकी तरफ़ दोस्ती का हाथ बढ़ाया। अकसर वह आँगन की खिड़की में से धीरे-से कहती—"बिटिया, किसी चीज़ की ज़रूरत हो तो बता दीजिए।" कभी कोई ख़ास खाना बनता तो नौकर के हाथ सीनी भिजवाती लेकिन छम्मी बेगम ने धम्मू खाँ को हुक़्म दे रखा था कि चमेलीवाले मकान से कोई चिड़िया का बच्चा भी इस तरफ़ आये तो उसकी टाँगें तोड़ दो।

छम्मी बेगम की ज़मीनों की आमदनी बिलकुल ख़त्म हो चुकी थी। घर वापस आने के बाद दूसरे महीने अज्जू ने मल्लन खाँ के हाथ दो सौ रुपये भिजवाये लेकिन छम्मी बेगम खिड़की में जाकर ललकारीं—"जुम्मा खाँ मरहूम की बेटी और शब्बू खाँ मरहूम की पोती, चकले से आया हुआ एक पैसा भी अपने ऊपर हराम समझती है। मल्लन खाँ, ग़ैरतवाले पठान हो तो जाकर यह दो सौ रुपल्ली भेजनेवाले के मुँह पर दे मारो।" यह कहकर उन्होंने खिड़की का दरवाज़ा बन्द कर लिया और उसमें एक मोटा ताला डाल दिया।

अब छम्मी बेगम अपने गहने बेचकर गुज़ारा करने लगीं। गहने ख़त्म हो गये तो घर का क़ीमती सामान कबाड़ी के हाथ बेच डाला लेकिन भूख एक स्थायी रोग है जिसका वक़्ती इलाज़ काफ़ी नहीं और छम्मी बेगम को धम्मू खाँ, मल्लन खाँ, सलामत बुआ और उनके चींगड़ पोतों का पेट भरना था। उन्होंने अपने घर में मोहल्ले की लड़कियों को क़ुरान-शरीफ़ और उर्दू पढ़ाने के लिए बच्चियों का एक छोटा-सा मदरसा खोल लिया। मोहल्लेवालों के कपड़ों की सिलाई करने लगीं। जब मेहनत करते-करते बीमार पड़ गयीं और हलहलाकर बुख़ार चढ़ आया तो सलामत घबरा गयीं और बोलीं, "बीबी, क्या आन पर जान दे दोगी? ऐसी भी क्या निगोड़ी

आन।" लेकिन छम्मी बेगम बुख़ार से बेसुध पड़ी थीं। सलामत भागी-भागी चमेलीवाले मकान में पहुँचीं।

कल्लो फ़ौरन सिर पर बुर्क़ा डालकर गली के रास्ते अन्दर आयी। डॉक्टर बुलाया गया। कल्लो सारी रात पलंग की पट्टी से लगी बैठी रही। अज्जू मियाँ ने कई बार आकर दुखियारी छम्मी की हालत देखी लेकिन शायद अब भी उस बेइन्साफ़ी का अहसास न हुआ जो उन्होंने इनके साथ की थी, क्योंकि सलामत के शब्दों में, "उस काली बला ने उन्हें उल्लू का मांस खिला रखा था।"

छम्मी बेगम को ज्यों ही होश आया, आँखें खोलीं और कल्लो का फ़िक्रमन्द चेहरा सामने देखा, उन पर ग़मो-गुस्से का भूत फिर सवार हो गया। कल्लो उनके पठानी तेज़ से बहुत भयभीत थी। फ़ौरन कान दबाकर अपने घर वापस भाग गयी।

अधिकतर तवायफ़ों की तरह जो शादी करके बेहद वफ़ादार नेक बीवियाँ बन जाती हैं, कल्लो भी बड़ी पतिव्रता औरत थी। उसकी सबसे बड़ी तमन्ना यही थी कि छम्मी बेगम उसे कुनबे की बहू समझकर इमलीवाले मकान में दाख़िल होने दें। उसकी आरज़ू कभी पूरी न हुई।

दस साल निकल गये। अज्जू मियाँ को छम्मी बेगम के रिश्ते की फ़िक्र भी थी लेकिन छम्मी बेगम अधेड़ हो चुकी थीं। अब उनसे शादी कौन करेगा?

छम्मी बेगम उनसे और कल्लो से उसी तरह सख़्त परदा करती थीं। उसी तरह मदरसा चलाकर गुज़ारा कर रही थीं कि देश विभाजित हो गया। आधा मोहल्ला समझो ख़ाली हो गया। उनके मदरसे की अधिकतर लड़कियाँ अपने-अपने माँ-बाप के साथ पाकिस्तान चली गयीं। छम्मी बेगम के यहाँ रोटियों के लाले पड़ गये। उसी ज़माने में किसी काम से अज्जू मियाँ दिल्ली गये और दंगों में वह भी मारे गये। जब उनकी सुनावनी आयी, कल्लो पछाड़ें खाने लगी। चूड़ियाँ तोड़ डालीं। आँगन की खिड़की पर मुक्के मार-मारकर हाथ लहूलुहान कर लिये—"हाय बिटिया...बिटिया ...अरे मैं कहीं की न रही।"

छम्मी बेगम दालान के तख़्त पर बेख़बर सो रही थीं। रोने-चिल्लाने की भयंकर आवाज़ सुनकर जाग उठीं। दीवार की कील से टँगी चाबी उतारीं। ताला खोला। कल्लो बाल बिखराये भूतनी की तरह खड़ी चीख़ रही थी..."अरे लोगो! मेरा सुहाग लुट गया...हाय बिटिया, मेरी माँग उजड़ गयी।"...उसने आगे बढ़कर छम्मी से लिपटना चाहा। वह दो क़दम पीछे हट गयीं। नींद से बोझिल आँखें मलीं और सहसा उनकी समझ में बात आ गयी, तब वह भी खिड़की में बैठ गयीं। सफ़ेद दुपट्टा मुँह पर रख लिया। सिसक-सिसककर रोने लगीं, रोते-रोते बोलीं—"अरी मुरदार, तू तो आज बेवा हुई है। मैं अभागिन तो सदा की विधवा हूँ।"

अज्जू मियाँ के चालीसवें के बाद ही कल्लो न जाने कहाँ ग़ायब हो गयी। उसकी लड़की अशरफ़ी, जिसका चन्द साल पहले अज्जू मियाँ ने अपने किसी ख़ास

मित्र से निकाह करवा दिया था, लखनऊ से आयी और चमेलीवाले मकान के साज़ो-सामान पर क़ब्ज़ा किया और सब चीज़ें छकड़ों पर लदवाकर चलती बनी। छम्मी बेगम स्नानगृह के शीशे में से निस्पृहता के साथ इस नश्वर संसार के यह सारे तमाशे देखती रहीं।

चमेलीवाले मकान पर कस्टूडियन का ताला पड़ गया क्योंकि छम्मी बेगम अदालत में यह किसी तरह साबित न कर सकीं कि अज्जू मियाँ पाकिस्तान नहीं गये। खुद किसी पुराने प्रेत की तरह वह इमलीवाले मकान में मौजूद रहीं। मल्लन खाँ और धम्मू खाँ दोनों बुढ़ापे और भूख के कारण मर गये। सलामत बुआ पर फ़ालिज गिर गया। उनकी लड़कियाँ और दामाद पाकिस्तान चले गये। छम्मी बेगम सिलाई करके पेट पालती रहीं। अकेले मकान में रहते अब उन्हें डर नहीं लगता था क्योंकि सर सफ़ेद हो चुका था। बहुत जल्द मुहल्ले की बड़ी-बूढ़ी कहलाएँगी। कुछ समय बाद चमेलीवाले मकान में एक सिख शरणार्थी डॉक्टर आ बसे। कभी-कभी सरदारनियाँ आँगन की खिड़की में आ बैठतीं और वह और छम्मी बेगम अपने दुख-सुख की बातें करतीं। डॉक्टर साहब की लड़की चरणजीत कौर की शादी नयी दिल्ली में किसी सरकारी अफ़सर से हुई थी।

अबकी बार वह मायके आयी तो उसने अपनी माँ से कहा कि उसके पति के मुसलमान अफ़सर की बेगम को एक उस्तानी की ज़रूरत है जो घर पर रहके उनके बच्चों को उर्दू और क़ुरान पढ़ाये। “मैं तो छम्मी मौसी से कहते डरती हूँ उन्हें गुस्सा आ जायेगा। आप कहकर देखिये।”

बड़ी सरदारनी ने छम्मी बेगम से इस नौकरी का ज़िक्र किया। समझाया-बुझाया—“बहन जी, इस ग़रीबी और तन्हाई में कब तक गुज़ारा करोगी। दिल्ली चली जाओ, सबीहउद्दीन साहब के घर इज़्ज़त और आराम से बुढ़ापा कट जाएगा।”

छम्मी बेगम का गुस्सा कब का धीमा पड़ चुका था। रौबदाब, आवेग और तेज़ में कमी आ गयी थी। उनकी समझ में भी यह बात आ गयी कि अगर कलकलाँ को मर गयी तो आख़िरी वक़्त यासीन शरीफ़[1] पढ़नेवाला तो कोई होना चाहिए।

संक्षिप्त यह कि छम्मी बेगम बुर्क़ा ओढ़ केवल एक बक्स और बिस्तर और लोटा साथ लेकर घर से निकलीं जो अब तक बिलकुल खण्डहर हो चुका था, और जिसे खण्डहर होने का अब उन्हें बिलकुल ग़म न था। क्योंकि वह त्याग और संन्यास की अवस्था में पहुँच चुकी थीं। वह रेल में बैठकर दिल्ली पहुँचीं जहाँ रेलवे स्टेशन

1. क़ुरान-शरीफ़ की एक आयत जो मरने के समय पढ़ी जाती है।

पर बेगम सबीहउद्दीन, चरणजीत का ख़त मिलने पर कार लेकर स्वयं उन्हें घर ले जाने के लिए आ गयी थीं।

उसी रोज़ से, शाहजहाँपुर के जुम्मन खाँ ज़मींदार की बेटी छम्मी बेगम, मुग़लानी[2] बन गयीं।

छम्मी बेगम ने पूरे बारह साल सफ़ेद दुपट्टा माथे से लपेटे सबीहउद्दीन साहब के घर में गुज़ार दिये। बच्चे जिन्हें वह उर्दू और क़ुरान-शरीफ़ पढ़ाने आयी थीं, बड़े हो गये। बड़ा लड़का बी.ए. करने के बाद अपने चचा के पास पाकिस्तान भेज दिया गया। मँझली लड़की भी ब्याहकर कराची चली गयी। छोटी लड़की कॉलेज में थी। अब बेगम सबीहउद्दीन को छम्मी बेगम की ज़रूरत नहीं रही। सबीहउद्दीन साहब रिटायर होकर अपने वतन मिर्ज़ापुर जानेवाले थे। दिल्ली से रवाना होने से पहले बेगम सबीहउद्दीन ने छम्मी बेगम को अपनी दोस्त बेगम राशिद अली के यहाँ रखवा दिया। राशिद अली साहब भी भारत सरकार के एक बड़े अफ़सर थे।

छम्मी बेगम, सबीहउद्दीन साहब के घर बहुत सुख-चैन से रही थीं। उनके साथ घर के बड़ों जैसा व्यवहार किया जाता था। उन्हें तीनों बच्चों से बेहद मोहब्बत हो गयी थी। गुस्सा भी बहुत कम आता था। यदि आता भी तो अपनी मजबूरियों का ख़याल करके पी जाती थीं। अब उनके नाज़ उठानेवाला कौन था? उनके नाज़ उठानेवाले कब के मर चुके थे। कभी-कभी उन्हें कल्लो का ख़याल भी आ जाता और सोचतीं, न जाने कमबख़्त अब कहाँ और किस हाल में होगी। या शायद वह भी मर-खप गयी हो। आजकल ज़िन्दगियों का क्या भरोसा है।

बेगम राशिद अली आजकल की मॉडर्न लड़की थीं, लेकिन इज़्ज़त उन्होंने भी छम्मी बेगम की बहुत की। यहाँ भी वह घर के सदस्य की तरह रहतीं। राशिद अली उनका बहुत ख़याल रखते। उनकी रौबदार शक्ल-सूरत और कुलीनता से सभी प्रभावित थे। बेगम राशिद अली अकसर सहेलियों से कहतीं—"भई, वाक़ई ज़िन्दगियों में कैसे-कैसे परिवर्तन आते हैं। पल भर में क्या से क्या हो जाता है। हमारी मुग़लानी बी का क़िस्सा सुना है आपने? शाहजहाँपुर के एक ऊँचे ख़ानदान से ताल्लुक़ रखती हैं..." और वह महिलाएँ सिर हिलाकर ठण्डी साँसें भरतीं और दूसरे इसी तरह के नसीहत भरे क़िस्से सुनातीं।

बेगम राशिद अली के बच्चे बहुत छोटे थे। उनकी हैदराबादी 'आया माँ' देखभाल करती थीं। छम्मी बेगम हाउस कीपर बन गयीं। घर सँभालने के लिए बेगम राशिद को छम्मी बेगम की बेहद ज़रूरत थी क्योंकि उनका अपना समय अधिकतर क्लबों, पार्टियों और सरकारी कार्यक्रमों में गुज़रता था।

---

1. शरीफ़ ख़ानदान की ग़रीब, विधवा या बेसहारा औरत जो अमीर घरानों में आदरपूर्वक, बच्चों को पढ़ाने के लिए नौकर रखी जाती हैं।

पाँच बरस छम्मी बेगम ने राशिद अली के घर में काट दिये। जब राशिद साहब का तबादला भारतीय दूतावास वाशिंगटन होने लगा, उनकी बेगम को फ़िक्र हुई कि छम्मी बेगम का कहीं और ठिकाना बनाएँ। एक दिन वह अपने एक अलविदाई लंच के लिए रोशन आरा क्लब गयी हुई थीं और छम्मी बेगम से कहती गयी थीं कि तीन बजे कार लेकर मुन्नी को मेरे पास ले आइएगा।

जब छम्मी बेगम रोशन आरा क्लब पहुँचीं, लंच अभी ख़त्म नहीं हुआ था। छम्मी बेगम बच्ची की उँगली पकड़े घास पर टहलती रहीं। वह अब परदा नहीं करती थीं और साड़ी पहनती थीं। इस निगोड़ी दिल्ली में उन्हें पहचाननेवाला अब कौन रखा था? सामने बरामदे में एक तरफ़ रमी की महफ़िल जमी थी, और एक बेहद फ़ैशनेबल चालीस-पैंतालीस वर्ष की तेज़तर्रार औरत पाँच-छः मर्दों के साथ क़हक़हे लगा-लगाकर ताश खेलने में व्यस्त थी।

सत्रह वर्ष दिल्ली में रहकर छम्मी बेगम इस नयी 'ऊँची सोसायटी' और आधुनिक भारतीय महिलाओं की अल्ट्रा मॉडर्न जीवन-शैली की भी आदी हो चुकी थीं इसलिए छम्मी बेगम आराम से घास पर टहलती रहीं। कुछ मिनटों के बाद उस महिला ने सिर उठाकर छम्मी बेगम को ज़रा ध्यान से देखा। कुछ देर बाद फिर नज़र डाली और अपने एक साथी से कुछ कहा। तब छम्मी बेगम ने देखा एक मर्दुवा ताश की मेज़ से उठकर लम्बे-लम्बे डग भरता, उनकी ओर आ रहा है।

पास आकर उसने कहा, "बड़ी बी! ज़रा इधर आइये।"

छम्मी बेगम गम्भीरता से बरामदे में पहुँचीं। अजनबी महिला ने पूछा, "यह बच्ची किसकी है और वह किसकी मुलाज़िम हैं?" छम्मी बेगम ने बताया। महिला ने कहा, वह बम्बई में रहती हैं और आजकल उन्हें भी एक विश्वस्त 'बड़ी बी' की ज़रूरत है। अगर वह अपने-जैसी किसी बड़ी बी को जानती हों तो बताएँ। छम्मी बेगम फ़ौरन दिल में उस मेहरबान खुदा का लाख-लाख शुक्र बजा लायीं जो अन्न का एक दरवाज़ा बन्द करता है तो दूसरा खोल भी देता है, फिर उन्होंने उसी शालीनता से जवाब दिया कि वह स्वयं शीघ्र ही इस नौकरी से मुक्त होनेवाली हैं।—"मेरी बेगम साहब अभी बाहर से आती होंगी, उनसे बात कर लीजिए।" इतना कहकर वह वहीं बरामदे में बेगम राशिद का इन्तज़ार करने लगीं। जब बेगम साहिबा लंच रूम में से निकलीं तो मेज़ से उठकर अजनबी औरत ने अपना परिचय दिया। अपना नाम मिसेज़ रज़िया बानो बताया और छम्मी बेगम के सम्बन्ध में उनसे बात की। बेगम राशिदा भी बहुत खुश हुईं और वायदा किया कि वाशिंगटन रवाना होने से पहले वह खुद छम्मी बेगम को रेल में बिठा देंगी। रज़िया बानो ने बताया था कि वह आज शाम ही बम्बई वापस जा रही हैं। अपने घर का पता लिखकर उन्होंने छम्मी बेगम को दे दिया, लेकिन बेगम राशिद ने ज़रा चिन्तित होकर पूछा, "ख़ाला, क्या तुम अकेली इतनी दूर का सफ़र कर लोगी?" छम्मी बेगम ने फ़ौरन स्वीकृति

में सिर हिला दिया। छम्मी बेगम को अब ज़िन्दगी में किसी बात के लिए 'नहीं' कहने की ज़रूरत न रही थी। उन्होंने रज़ियाबानो से तनख़्वाह का फ़ैसला भी न किया क्योंकि उन्होंने सदा के लिए एक तनख़्वाह निश्चित कर ली थी। चालीस रुपये माहवार और खाना। यह चालीस रुपये उनकी निजी ज़रूरतों के लिए बहुत थे। कपड़े उन्हें हमेशा अपनी बेगमों से मिल जाते थे। बहुत समय पहले उन्हें मालूम हो चुका था कि कपड़े-लत्ते, गहने-पाते, जायदाद-सम्पत्ति, रिश्ते-नाते, दोस्ती-प्यार सब अर्थहीन और नश्वर चीज़ें हैं।

बेगम राशिद अली और छम्मी बेगम बरामदे में से उतरने लगीं तो रज़िया बेगम ने बैग खोलकर फ़ौरन डेढ़-सौ रुपये के नोट निकालकर छम्मी बेगम को दे दिये ...'सफ़र ख़र्च' उन्होंने ज़रा लापरवाही से कहा। बेगम राशिद को उनकी इस दरियादिली पर आश्चर्य तो हुआ लेकिन उन्हें खुद पता था कि बम्बई में एक-से-एक बड़ी सेठानी बसती हैं। छम्मी बेगम ने ख़ामोशी से नोट सदरी की जेब में उड़स लिये। उन्होंने अब ज़िन्दगी की अनोखी घटनाओं पर चकित होना भी छोड़ दिया था।

मिस्टर और मिसेज़ राशिद अली के अमरीका जाने से दो दिन पहले छम्मी बेगम ने भी ट्रेन में सवार होकर बम्बई का रुख़ किया।

बम्बई सेण्ट्रल पहुँचकर वह पहली बार ज़रा घबरायीं क्योंकि नयी दिल्ली की शान्त कोठियों में उन्होंने अब तक बहुत सुरक्षित ज़िन्दगी गुज़ारी थी। अल्लाह का नाम लेकर प्लेटफ़ार्म से बाहर निकलीं। कुली के सिर से अपना टीन का बक्स और दरी में लिपटा बिस्तर उतरवाया। अपना लोटा, पंखा और पनदनिया सँभालकर टैक्सी की। सरदार जी को पता बताया, "गुलज़ार जाडन रोड।"

थोड़ी देर बाद टैक्सी एक ऊँची नयी इमारत की बरसाती में जा रुकी। छम्मी बेगम ने बूढ़े सरदारजी को किराया दिया, जो रास्ते में उनसे दुनिया के हालात पर विचार-विनिमय करते आये थे। उसी वक़्त दो बेहद स्मॉर्ट लड़कियाँ लिफ़्ट से निकलकर सरदारजी की टैक्सी में बैठ गयीं। सरदारजी ने ख़ामोशी से फ़्लैग गिराया और फाटक से बाहर निकल गये। कितनी सुव्यवस्थित और मशीनी ज़िन्दगी थी इस शहर की?

छम्मी बेगम ने सदरी की जेब से काग़ज़ का टुकड़ा निकालकर फिर आँखें चुँधियायीं और पता पढ़ा, 'ग्यारहवीं मंज़िल, फ़्लैट नम्बर तीन'। स्टूल पर बैठे चौकीदार ने उकताये हुए अन्दाज़ में ख़ामोशी से उठकर उनका सामान लिफ़्ट में रख दिया। लिफ़्ट आटोमेटिक था। छम्मी बेगम बहुत घबरायीं। चौकीदार जल्दी-से अन्दर आया और उन्हें ग्यारहवें माले तक पहुँचाकर वापस नीचे चला गया। अब छम्मी बेगम अपने सामान समेत लम्बी गैलरी में अकेली खड़ी थीं। फिर उनकी नज़र पास के एक दरवाज़े पर पड़ी जिसके ऊपर नम्बर 3 लिखा था। दरवाज़े पर एक

और लोहे का जालीदार दरवाज़ा चढ़ा था, जो अन्दर से तालाबन्द था। जैसे बैंकों के दरवाज़े होते हैं। छम्मी बेगम ने आगे बढ़कर घण्टी बजाई। कुछ क्षणों बाद एक भूरी आँख ने अन्दर के किवाड़ के जालीदार सूराख का पट हटाकर झाँका। छम्मी बेगम को सहसा वर्षों बाद अपने स्नानगृह की खिड़की का खुर्चा हुआ शीशा याद आ गया, जिसमें से उन्होंने पहली बार उस मनहूस लाल चुड़ैल को देखा था। थोड़ी देर बाद दोनों दरवाज़े खुले और एक गुस्सैला-सा गोरखा बाहर निकला। उसने सन्देह-भरी नज़रों से छम्मी बेगम को देखा। छम्मी बेगम डर-सी गयीं। फिर याद आया कि वह भी पठान है। सिर उठाकर रौब से कहा, "बेगम साहब से कहो, छम्मी बेगम दिल्ली से आ गयी हैं।"

"मालूम है, तुम दिल्ली से आया है। अन्दर आ जाओ" गोरखे ने रुखाई से जवाब दिया और बाहर निकलकर उनका सामान उठा लिया। उनके पीछे-पीछे छम्मी बेगम अन्दर आ गयीं तो उसने खट-से दोनों दरवाज़े बन्द कर दिये।

अब छम्मी एक मद्धिम रोशनीवाले एयरकण्डीशण्ड आलीशान ड्राइंगरूम में खड़ी थीं। ऐसा शानदार ड्राइंगरूम तो न बेचारे सबीहउद्दीन साहब का था और न राशिद अली साहब का। एक तरफ़ की दीवार पर काला परदा पड़ा था जो ज़रा-सा सरका हुआ था और इसके पीछे दीवार में लगी सिनेमा की छोटी-सी स्क्रीन नज़र आ रही थी। कमरे के दूसरे हिस्से में 'बार' थी।

"बेगम साहब हैं?" छम्मी बेगम ने दोनों हाथों में लोटा, पनदनिया और पंखा उठाये-उठाये सवाल किया।

"मेम साहब सो रहे हैं।"

"और साहब?" नौकरी शुरू होने से पहले, घर के साहब के इण्टरव्यू से वह हमेशा झिझकती थीं।

गोरखे ने कोई जवाब नहीं दिया और ड्राइंगरूम से निकलकर एक गैलरी की ओर चला। छम्मी उसके पीछे-पीछे दोनों तरफ़ देखती हुई। गैलरी में दोनों ओर चार दरवाज़े थे जो सब अन्दर से बन्द थे। यह बहुत बड़ा और शानदार फ़्लैट था।

आगे जाकर गैलरी बायीं ओर मुड़ गयी थी। यहाँ रसोईघर और नौकरों के दो छोटे कमरे थे, जिनके बाहर बालकनी थी। नौकरों के इस्तेमालवाले ज़ीने में भी अन्दर से ताला पड़ा था। एक साफ़-सुथरी और रोशन ख़ाली कोठरी में जाकर गोरखे ने बक्स बिस्तरा धम-से ज़मीन पर रख दिया और उसी तरह चुपचाप बाहर चला गया।

छम्मी बेगम ने पनदनिया अलमारी के तख़्ते पर रखकर अपनी नयी पनाहगाह, नये ठिकाने पर नज़र डाली। कोने में लोहे का एक पलंग पड़ा था। उन्होंने दिल में सोचा, यह बहुत चुभेगा। दीवारों पर पिछले शौक़ीन-मिज़ाज नौकर की चिपकायी हुई फ़िल्म अभिनेत्रियों की तसवीरें मुसकरा रही थीं। कोठरी में उमस थी। छम्मी

ने खिड़की खोली तो सहसा समन्दर आँखों के सामने आ गया। नीला, विस्तृत, फैला हुआ ठाठें-मारता अप्रत्याशित, जीवन की घटनाओं के समान अचानक। उन्होंने समन्दर पहले कभी न देखा था। यकायक ख़याल आया, उस मालिक के कुर्बान जाऊँ जो बिगड़े हुए कामों को बना देता है। समन्दर तक पहुँच गयी, अब ख़ुदा ने चाहा तो हज भी कर आऊँगी। इसी समन्दर के उस पार मक्का-मदीना है। यह सोचकर उनका जी भर आया।

कोठरी से मिला हुआ नौकरों का स्नानगृह था। छम्मी बेगम ने बक्सा खोला। कपड़े निकाले, स्नानगृह में गयीं। अपने ख़ानदानी मकान का वह लम्बा-चौड़ा मद्धिम रोशनीवाला गुसलख़ाना, मामाएँ, असीलें वह बरसों की कोशिश के बाद भुला चुकी थीं कि मनुष्य जीवन के निरन्तर परिवर्तनों का अभ्यस्त होता चला जाता है वरना मर जाए।

नहा-धो, कपड़े बदल, वह फिर अपनी कोठरी में आयीं। सारा घर सुनसान पड़ा था। नौकर न चाकर। साहब दफ़्तर गये होंगे। बच्चे स्कूल। मेम साहब सो रही थीं। दोपहर का समय था। अब उन्हें चाय की तलब सताने लगी। सारी उम्र तीव्र मानसिक और भावनात्मक दुःख सहते रहने से छम्मी बेगम की तेज़ी-तर्रारी कब की हवा हो चुकी थी, और वह बुढ़ापे के कारण सत्तरी-बहत्तरी भोली-भुग्गी-सी हो गयी थीं। सादगी से सोचा—अब बावर्चीख़ाने में जाकर चाय बनाऊँ।

सुनसान किचन में पहुँचीं तो वहाँ गैस के चूल्हे नज़र आये जिनका प्रयोग करना नहीं जानती थीं। ज़रा झुँझलाकर गैलरी में आयीं जिनके चार दरवाज़ों में से एक खुल चुका था। और उस पर पड़ा कीमती परदा दिखाई दे रहा था।

उनके पैरों की चाप सुनकर परदे के पीछे-से किसी ने आवाज़ दी, "कौन है?"

"छम्मी बेगम...दिल्ली से आयी हूँ"...उन्होंने उसी सादगी से उत्तर दिया।

"ओहो...आ गयीं! आओ, आ जाओ।"

परदा सरकाकर अन्दर गयीं। एक बिलकुल शाहना शयनकक्ष में लम्बे-चौड़े अमरीकन छपर खट पर रज़िया बानो गुलाबी नायलॉन का नाइटगाउन पहने तकिये के सहारे लेटी थीं। उँगलियों में सिगरेट सुलग रहा था। छम्मी बेगम को उनका यह नंगा पहनावा ज़रा भी पसन्द न आया। लेकिन सोचा—भई, अपना-अपना दस्तूर है। इस शहर के यही रंग-ढंग हैं। रज़िया बानो का सिगरेट भी उन्हें अच्छा न लगा। बेगम सबीहउद्दीन और बेगम राशिद दोनों सिगरेट नहीं पीती थीं। उन्होंने रोब से कहा, "अस्सलाम अलेकुम!"

"आओ बुआ,[1] बैठो..." रज़िया बानो ने फ़र्श की ओर इशारा किया।

---

1. बड़ी उम्र की नौकरानी के लिए बोला जानेवाला आदरसूचक शब्द।

जब से छम्मी बेगम बुर्क़ा सिर पर डालकर हक़-हलाल की रोज़ी कमाने बाप-दादा की चौखट से बाहर निकली थीं, आज तक उन्हें किसी ने 'बुआ' नहीं कहा था। सबीहउद्दीन साहब और राशिद साहब दोनों के घर उन्हें 'छम्मी ख़ाला' या केवल 'ख़ाला' कहकर पुकारा जाता था। वह धैर्य से दीवार के किनारे पर टिक गयीं।

रज़िया बानो के सिरहाने दो टेलीफ़ोन रखे थे। एक सफ़ेद, एक लाल। सफ़ेदवाले की घण्टी बजी। रज़िया बानो ने रिसीवर उठाकर अंग्रेज़ी में धीरे-धीरे कुछ बातें कीं। हाथ बढ़ाकर साइड-टेबल से एक बड़ी-सी सुनहरी नोटबुक उठाई। उसमें कुछ लिखा। फिर रिसीवर रखकर लाल रंग के टेलीफ़ोन का एक नम्बर मिलाया और धीरे-से कहा—"माधव...चार नम्बर...नाइन थरटी"...और फ़ोन बन्द कर दिया। छम्मी बेगम ख़ामोश बैठी कमरे की सजावट देखती रहीं। संगमरमर की मूर्तियाँ, बड़ी-बड़ी तसवीरें, रेडियोग्राम, लम्बा-चौड़ा सफ़ेद रंग का वार्डरोब, इतने में परदा सरकाकर एक तरहदार लड़की, हाउसकोट पहने अन्दर आयी। गैलरी के बन्द दरवाज़ों में से एक खुला। कमरे में ज़ोर-से स्टीरियो की आवाज़ सुनाई दी। लड़की ने रज़िया बानो से कुछ गिट-पिट की। उल्टे पाँव वापस गयी और गैलरीवाला दरवाज़ा फिर बन्द हो गया।

"अल्लाह रखे, कितने बच्चे हैं?" छम्मी बेगम ने पूछा।

"मेरे यहाँ कोई औलाद नहीं। यह मेरी भांजियाँ हैं। मेरे साथ ही रहती हैं।" रज़िया बानो ने संक्षिप्त उत्तर देकर फिर नोटबुक खोल ली।

"कॉलेज में पढ़ती होंगी..." छम्मी बेगम ने कहा।

"कौन?" रज़िया बेगम ने बे-ख़याली से पूछा।

"भांजियाँ आपकी।"

"हूँ..."

"अल्लाह रखे, आपके मियाँ बिज़नेस करते हैं?" छम्मी बेगम को पता था कि बम्बई में सब लोग बिज़नेस करते हैं।

"...क्या?" रज़िया बानो ने नोटबुक से सिर उठाकर ज़रा नागवारी से पूछा।

"मियाँ?"

"मियाँ मर गये।"

"इन्ना लिल्लाहे व इन्ना इलैहै राजेऊन"[1]...छम्मी बेगम के मुँह से निकला। क्षण भर के लिए अज्जू मियाँ का ग़म फिर हरा हो गया। हर मौत की ख़बर पर हरा हो जाता था। कोई क्या जान सकता था कि छम्मी बेगम ने अपनी सारी उम्र

---

1. क़ुरानी वाक्य, जो किसी के मरने की ख़बर सुनकर दोहराया जाता है। अर्थात् "हम ख़ुदा की तरफ़ से आये हैं और उसी की तरफ़ लौटेंगे।"

कैसे असीम दुःखों में रहकर, उन्हें किस तरह सहन करके गुज़ार दी। सब्र शुक्र, सब शुक्र।

चूड़ीदार पाजामा पहने एक और साक्षात् क़यामत नवजवान लड़की लहराती बलखाती कमरे में आयी। रज़िया बानो ने उससे अंग्रेज़ी में कुछ कहा। लड़की उसी तरह लहराती-मुसकराती बाहर चली गयी। अब रज़िया बानो ने छम्मी बेगम की ओर ध्यान दिया, जिन्हें चाय की तलब में जँभाइयाँ आने लगी थीं। रज़िया बानो ने एक तकिया कोहनियों के नीचे दबाकर कहना शुरू किया, "बुआ, (छम्मी बेगम फिर कुलबुलायीं) आपने बहुत अच्छा किया जो मेरे यहाँ आ गयीं। मैंने पहली नज़र में अन्दाज़ा लगा लिया था कि आप बेसहारा और दुखी हैं। अब आप इस घर को अपना घर समझिये। मैं हमेशा यही चाहती हूँ कि कोई नेक बीबी मेरे घर में नमाज़-क़ुरान पढ़ती रहा करें। बरसों से मेरे पास एक हैदराबादी 'बड़ी बी' थीं। वह पिछले साल बेचारी हज करने गयीं। वहीं गुज़र गयीं...अच्छा"...रज़िया बेगम ने पहलू बदलकर बात ज़ारी रखी—"मैं आपको बताना यह चाहती हूँ बुआ कि यह बम्बई शहर एक क़यामत का मैदान है। तरह-तरह की बातें। भाँति-भाँति के लोग। आप किसी बात पर कान न धरिये। बस अपने काम से काम रखिये। किचन की देखभाल कर लीजिए। बाक़ी वक़्त अपने नमाज़-रोज़े में गुज़ारिये। अब आपके लिए मेहनत का नहीं, आराम का वक़्त है। क़ुरान शरीफ़ पढ़िये। मेरे लिए दुआयें ख़ैर करती रहिये। बाक़ी यह कि लड़कियों, मेरी भांजियों के लिए दूसरी आया मौजूद है। इब्राहीम ख़ानसामाँ का नाम है। बिसन सिंह गोरखा है। माधव मेरा ड्राइवर है। किसी के झगड़े-टण्टों में न पड़िये।"

"मैं खुद..." छम्मी बेगम ने कहना चाहा लेकिन रज़िया बानो ने उनकी बात काटी।

"...मेरी अल्लाह के फ़ज़ल से बहुत बड़ी बिज़नेस है"—ज़रा ठहरकर वह फिर बोलीं—"एक्सपोर्ट-इम्पोर्ट। जानती हैं एक्सपोर्ट-इम्पोर्ट?"

"जी हाँ"...बेगम ने सिर हिलाया। सबीहउद्दीन साहब व्यापार विभाग के अफ़सर थे और इस तरह के शब्द छम्मी बेगम के कानों में पड़ते रहते थे। रज़िया बानो, छम्मी बेगम को बहुत समझदार और नेक बीबी मालूम हुईं और इतनी ही खुदापरस्त। छम्मी बेगम ने उनका बारीक नाइटगाउन और सिगरेटनौशी माफ़ कर दी।

"मैं औरत ज़ात, बिलकुल अकेली, इतना बड़ा कारोबार सम्भाल रही हूँ। इस वजह से दस तरह के लोगों से मिलना पड़ता है। भांजियाँ भी आजकल की लड़कियाँ हैं। उनके मिलने-जुलनेवाले भी आते-जाते रहते हैं। फिर मेरी बिज़नेस की वजह से पुलिस दो बार रेड कर चुकी है।"

"पुलिस?" छम्मी बेगम ने ज़रा डरकर दोहराया।

रज़िया बानो हँस पड़ीं—"डरिये नहीं, यहाँ बड़े-बड़े कारोबारियों को पुलिस और इनकम टैक्सवाले अकसर परेशान करते रहते हैं। मैं अकेली औरत, दसियों दुश्मन पैदा हो गये। किसी ने जाकर पुलिसवालों से जड़ दी कि मैंने इनकम टैक्स नहीं दिया। बस दौड़ आ गयी। इसलिए मैंने बाहर लोहे का दरवाज़ा लगवा लिया है। तो अब आपसे कहना यह है कि जब बाहर की घण्टी बजे तो आप पहले सूराख़ में से देखकर इत्मीनान कर लीजिए। कभी-कभी यह पुलिसवाले सादे कपड़ों में भी आ जाते हैं।"

छम्मी बेगम सफ़र की थकान और चाय की तलब में निढाल हुई जा रही थीं। उठ खड़ी हुई और बोलीं—"बीबी, गैस का चूल्हा कैसे जलता है?"

रज़िया बानो ने सिरहाने एक बिजली का बटन दबाया। एक मिनट में इब्राहीम बावर्ची दरवाज़े में 'जिन' की तरह प्रकट हुआ।

"इब्राहीम, यह हमारी नयी बुआ हैं। उनके लिए चाय तो बना दो झटपट।"

छम्मी बेगम जल्दी-से उठकर इब्राहीम के पीछे-पीछे किचन की ओर रवाना हो गयीं।

जुहर, असर, मग़्रिब, सारी नमाज़ें पढ़कर वह फिर बालकनी में जाकर खड़ी हो गयीं। घर में करने के लिए कुछ काम ही न था। रज़िया बानो सज-सँवरकर बाहर जा चुकी थीं। दो 'भांजियों' के कमरों में रोशनी जल रही थी। तीसरी भांजी ग़ायब थी। तीनों-चारों नौकर भी फ़्लैट में न थे। इसलिए घण्टी बजी तो बजती ही चली गयी। छम्मी बेगम नयी दिल्ली की आदत के अनुसार फ़ौरन दरवाज़ा खोलने के लिए ड्राइंगरूम की ओर लपकीं, और जल्दी से अन्दरवाला दरवाज़ा खोल दिया। बाहर का लोहे का दरवाज़ा उस वक़्त पहले से एक तरफ़ सरका हुआ था। और जिस तरह सबीहउद्दीन साहब और राशिद साहब की कोठियों में ड्राइंगरूम की दहलीज़ पर आकर वह मेहमानों से बहुत शीलता से कहती थीं, 'तशरीफ़ लाइये', उसी आदत के अनुसार उन्होंने शीलता से कहा, 'तशरीफ़ लाइये।'

दो मोटे-ताज़े सेठ और एक ख़ुशबू में बसा हुआ युवक अमीरज़ादा अन्दर आये। अमीरज़ादा सीधा बार की ओर चला गया। दोनों सेठ धम्म-से एक सोफ़े पर बैठ गये। सबीहउद्दीन साहब के यहाँ भी अकसर इस प्रकार के कारोबारी अपने काम से आया करते थे लेकिन ख़ुशबुओं से महकते उस युवक को देखकर अलबत्ता ज़रा आश्चर्य हुआ। फिर सोचा, इस शहर का यही दस्तूर होगा। अभी वह तय नहीं कर पायी थीं कि मुअज़्ज़िज़ मेहमानों से चाय के लिए पूछें या कॉफ़ी के लिए कि सोने के बटनों और हीरे की अँगूठियोंवाले एक मोटे आदमी ने डपटकर पूछा—"मैडम किधर है?"

छम्मी बेगम अच्छी तरह जानती थीं कि बेगम को अंग्रेज़ी में मैडम कहते हैं। सलीके से जवाब दिया—"मैडम बाहर गयी हैं।"

"साला, छोकरी लोग किधर गया?" छम्मी बेगम को क्रोध आ गया। यह सही है कि बम्बई के लोग तमीज़दार और सभ्य भाषा बोलनेवाले लोग नहीं लेकिन यह गाली-गलौज का क्या मतलब? उन्होंने होंठ पिचकाकर पूछा, "बेगम साहिबा की भांजियाँ?"

इतने में दरवाज़ा खुला और नज़ियाबानो तेज़ी से खुद अन्दर आ गयी और छम्मी बेगम से कहा, "बुआ, तुम जाकर अपनी कोठरी में बैठो। आराम करो।"

"जी अच्छा..." उन्होंने जवाब दिया। उनके ग़ैलरी में से गुज़रने के बाद एक 'भांजी' के कमरे से एक साहब निकलकर बाहर चले गये।

छम्मी बेगम ने अपनी कोठरी में जाकर एक बार फिर जायनमाज़ निकाली। वज़ू किया, नमाज़ पढ़ने लगीं और उस जलालवाले रब का शुक्र अदा किया जिसे अपने बन्दों पर सिर्फ़ दो वक़्त हँसी आती है और उसी पाक परवरदिगार ने उनके बाप-दादा की लाज, उनकी कुलीनता और प्रतिष्ठा की इज़्ज़त रख ली और एक बार फिर एक शरीफ़-घराने की हक़-हलाल की कमाई में उनका हिस्सा भी लगा दिया।

□

जिन बोलो तारा-तारा

दुलारे चचा जैसे लोग, मूल्यों के क्राइसिस और धनवृद्धि के नतीजे में पैदा होनेवाली नैतिक गिरावट के मौजूदा दौर में नाकामयाब पहले ख़ासकर कस्बों और देहात में अकसर पाये जाते थे। नेक-स्वभाव किसी को नुकसान न पहुँचानेवाले महफ़िल की रौनक कमनसीब और नाकारा। दुलारे चचा का सम्बन्ध रुहेलखण्ड-कुमाऊँ रेलवे से हरग़िज न था लेकिन हमेशा 'छोटी लाइन' वाले कहलाये क्योंकि उत्तर प्रदेश के क़स्बाती फ्यूडल कुनबों में अगर कोई मनचले रईसज़ादे किसी गायिका डोमनी, घरेलू नौकरानी, अकालग्रस्त किसान लड़की या किसी 'नील ज़ात' औरत से निकाह कर लेते थे या उसे घर डाल लेते थे तो उसकी औलाद 'छोटी लाइन' कहलाती थी और कभी भी अपने बाप के ख़ानदान से बराबरी का दावा नहीं कर सकती थी। (हिन्दू घरानों में ऐसी सन्तान को दासी पुत्र कहा जाता था) यह बेचारे उस ख़ानदान के किनारे-किनारे ही ज़िन्दगी गुज़ारते थे। न पूरी तरह उस कुनबे के अन्दर न बाहर। ग़रीबी और हीन भावना से पीड़ित इन लड़कों-लड़कियों की शादियाँ भी अच्छे घरानों में न हो सकती थीं।

दुलारे चचा हमारे एक रिश्तेदार घराने की 'छोटी लाइन' थे लेकिन इस लिहाज़ से ख़ुश-किस्मत कि उनकी माँ (जो एक पर्दानसीन शरीफ़ मीरासन थीं) उनके बाप की इकलौती और ब्याहता बीवी थीं। दुलारे चचा इकलौते बेटे और बाप की जायदाद के अकेले वारिस। उन्होंने बड़ी शिष्टता और सादगी के साथ ज़िन्दगी गुज़ारी। बिरादरी और क़स्बे में सर्वप्रिय, गुफ़्तगू की कला में माहिर, जगत चचा। सारी बस्ती के दुःख-दर्द में काम आना उनका शुग़ल था। शादीग़मी हर मौक़े की व्यवस्था उन्हीं के सुपुर्द की जाती। लड़कियों की शादियों के सारे बखेड़े वे ख़ासतौर पर अपने जिम्मे ले लेते और लड़की के बाप का हाथ बँटाना एक पवित्र 'कर्तव्य समझते' (उनकी अपनी शादी अलग क़िस्सा है जो आगे आएगा)। बेऔलाद थे लेकिन बच्चों के शौदाई। उनका अपना मकान बस्ती के किनारे पर स्थित था जिसके बाद हरे-भरे खेत और आम के बाग़ों का सिलसिला दूर तक नज़र आता था। जब कभी हम लोग वतन जाते गर्मियों में दुलारे चचा अपने आम के बाग़ में (जहाँ वे सीज़न में

एक बार सारी बिरादरी की दावत करते थे) या सर्दियों में चबूतरे पर हवाली-मवालियों के साथ बैठे गप्पें ठोंकते पाये जाते। दावतें करने के अलावा उनके दो शौक़ और थे। शिकार और सिनेमा (जिसे वे सनीमा कहते थे) हर नयी अंग्रेज़ी और हिन्दुस्तानी फ़िल्म बाक़ायदा अपनी फोर्ड पर शहर या देहली जाकर देखते। गूँगी फ़िल्मों की बातें करते जो बिलकुल पाषाण युग की बातें मालूम होतीं। जैसे यह कि, "साहब टेलीफ़ोन गर्ल हमने तीन बार देखी और सन छब्बीस में 'शीराज़' हिमान्सुराय ने बनाई थी। जर्मनी के सहयोग से साहब जर्मनों का क्या मुक़ाबला। जंग हार गये मगर साइन्स में सबसे आगे। और हिमान्सुराय 'लाइट ऑफ एशिया' में महात्मा बुद्ध खुद बने थे। उसमें रैनीस्मिथ एक एंग्लो-इण्डियन लड़की हीरोइन थी। उसका नाम सीता देवी रखा था। सारे यूरोप में यह फ़िल्म दिखाई गयी थी और लन्दन में चार महीने चली थी। बादशाह सलामत ने और पूरी रायल फ़ैमिली ने उसे देखा था। जी हाँ।"

दुलारे चचा फ़ौरन नेसिल्ज चाकलेट-ऐलबम उठाकर लाते, उसमें अमरीकन और अंग्रेज़ी फ़िल्म-स्टारों की तसवीरें लगी थीं जो नेसिल्ज-चॉकलेट में से निकलती थीं। उनमें सीता देवी और इन्दिरा देवी की तसवीरें भी शामिल थीं। दुलारे चचा बड़े गर्व से कहते थे–"देखिये, जनाब! इसमें भी दो इण्डियन फ़िल्म स्टारों की तसवीरें शामिल हैं...और कर्मा का क्या बतायें आपको...लन्दन में बनी थी। देविका रानी ने बिलकुल अंग्रेज़ी तरीक़े से गाया था...कर्मा, कर्मा!"

यह सीता देवी, इन्दिरा देवी, वायलेट कपूर अर्मलीन, सविता देवी, आजूरी, ज़ैबुन्निसा, कज्जन, ज़ुबैदा, सुलताना, नादिया, अनवरी, माधुरी, सुलोचना बड़ी अविश्वसनीय हस्तियाँ मालूम होतीं। बालों के गुफ्फे से बनाये, लम्बे-बुन्दे, गुलूबन्द और अजीबोग़रीब साड़ियाँ जिन पर फ़ीतों के Bow टँके होते थे। अनोखे ब्लाउज पहने इन बेहद हसीन महिलाओं की पृष्ठभूमि उनसे अधिक रहस्यमय थी। कलकत्ता और बम्बई के एंग्लो-इण्डियन और यहूदी मुहल्ले, थियेटर कम्पनियाँ, लाहौर का शाही मुहल्ला...कई एक मराठी और बंगाली मिडिल क्लास सुरक्षित लड़कियाँ भी फ़िल्म इण्डस्ट्री में शामिल थीं, मगर जो रोमान और रहस्य अर्मलीन, इशरत सुलताना, बिब्बो में निहित था, वह शान्ता आपटे, लीला चिटनीस बी.ए. और साधना बोस में हरग़िज न था।

इन महिलाओं या इनकी फ़िल्मों की चर्चा करनेवाले, हमारे यहाँ एक अकेले व्यक्ति दुलारे चचा थे, लेकिन दुलारे चचा की यह गुफ़्तगू कभी-कभार ही हमारे कानों में पड़ती, क्योंकि सिनेमा एक बिगाड़नेवाली चीज़ समझी जाती थी और उसका ज़िक्र बच्चों के सामने नहीं किया जाता था। व्यक्तिगत रूप से दुलारे चचा का सिनेमा से एक विशेष सम्बन्ध उनकी एक दुःखती रग थी और उसका यह सम्बन्ध काफ़ी समय तक गुफ़्तगू का एक वर्जित विषय रह चुका था। इसके अतिरिक्त खुद हमारे यहाँ नौजवानों को सिनेमा से कोई ख़ास दिलचस्पी न थी। दरअसल उस वक़्त तक

न फ़िल्म इण्डस्ट्री की इतनी तरक्की हुई थी न मास मीडिया की, जिसके द्वारा सिनेमा क़ौम की 'साईकी' पर हावी हो सके, जैसा आज है, संक्षिप्त यह कि फ़िल्म स्टारों का ज़िक्र फ़िल्मी प्रेस और फ़िल्मी संगीत अभी लोगों का ओढ़ना-बिछौना न बने थे।

उस ज़माने में दुलारे चा की सिनेमा से इतनी अधिक दिलचस्पी बहुत अनोखी और अफ़सोसजनक समझी जाती थी। हमारे एक नवयुवक कज़िन ने दुलारे चा की रहबरी में अशोक कुमार की दस्तख़त शुदा तसवीर मँगवायी। उसे बड़े प्रयोजन से एक कमरे के दरवाज़े बन्द करके हमें दिखाया। इस शर्त पर कि अम्मीजान से हरग़िज मत कहना। लड़कियों को तो हिन्दुस्तानी सिनेमा देखने की इजाज़त ही न थी। अँग्रेज़ी पिक्चर देखने अलबत्ता सुरक्षित होने की निशानी समझा जाता था मिशाल के तौर पर यूँ कि—"कल मैंने A tale of two cities देखी, मैं तो ख़ैर यह नाविल भी पढ़ चुकी हूँ, इसलिए आसानी से समझ में आ गयी।"

छोटी पौध को लॉरल एण्ड हार्डी और वाल्ट डिजनी की फ़िल्म देखने की इज़ाज़त थी। एक बार मेरी अम्माँ की एक पंजाबी सहेली का कपूरथला से ख़त आया था, जिसमें उन्होंने अपने पति के बारे में सूचना दी थी—"नजम फ़िल्म में काम करता है।" तो अम्मी को बहुत दुःख हुआ था। "कर्नल असग़र अली का दामाद एक्टर बन गया, अफ़सोस।" बम्बई टाकीज़ के हीरो नजमुल हसन को इस संक्षिप्त वाक्य के साथ अम्मी ने तो Dismiss कर दिया मगर दुलारे चा पूरी जानकारी रखते थे।

"अरे साहब, नजमुल हसन की क्या बात थी। बस दो ख़ूबसूरत हीरो आये थे, एक गुल हमीद मरहूम और एक यह नजमुल हसन। वह गाना क्या ख़ूब था। अनाथ आश्रम उनकी फ़िल्म का—

"सरकार यह गुलाम रोटी खाने जाता है।
बाज़ार से यह हलवा-पूरी लाने जाता है।"

दुलारे चा की मालूमात हैरत-अंगेज़ थी।

अम्माँ कभी-कभी अपने एक अजीज़ के बारे में अफ़सोस के साथ कहतीं—

"इम्तियाज़ भी फ़िल्में बना रहा है।" एक बार उन्होंने दुलारे चा के सामने नसीहत के बतौर इम्तियाज़ भाई की उस फ़िल्म 'सुहाग का दान' का ज़िक्र किया जो उन्होंने लाहौर में बनाई थी और नुकसान उठाया था। लेकिन दुलारे चा ने बहुत खुश होकर फ़रमाया—

"जी हाँ। क्या डॉयलाग लिखे हैं। जब मन्त्री कहता है—महारानी, तुम्हारे सुहाग पर मृत्यु की छाया काँप रही है।"

अम्माँ ने ज़रा सख़्ती से उनकी बात काटी—"दुलारे, अगर तुमने इसी श्रद्धा के साथ कॉलेज की पढ़ाई कर ली होती..."

बेचारे दुलारे चा सिर झुकाकर ख़ामोश हो गये।

इम्तियाज़ अली ताज दरअसल आज के सुरक्षित बुद्धिजीवी निर्देशकों के अग्रसर थे। उसी ज़माने में लाहौर और कलकत्ता के बुद्धिजीवियों ने सबसे पहले सिनेमा के मीडियम में रुचि लेनी शुरू की, मगर इसी दिलचस्पी की वजह से हमारे क़स्बे में बेचारे दुलारे की आलोचना की जाती थी।

'नैरंगे ख़याल'[1] का 1929 का वार्षिक विशेषांक मैंने हाल ही में देखा जिसमें पितरस बुख़ारी का सचित्र लेख 'इंग्लिस्तान का जदीद तरीन थियेटर' और चार्ली चैपलिन पर दीवान आत्मानन्द शरर मुलतानी का लेख शामिल है। दीवान शरर ने दो-तीन साल बाद हिन्दुस्तान की पहली अंग्रेज़ी फ़िल्म 'कर्मा' में भी काम किया। उसी विशेषांक में एक विज्ञापन मौजूद है—'शबिस्तान'—उर्दू ज़बान में पहली सचित्र पत्रिका। सिनेमा के एक्टरों-एक्ट्रेसों के अन्दरूनी हालात। फ़िल्मों के बारे में ताज़ा-तरीन मालूमात। मशहूर एक्टरों और मशहूर दृश्यों की तसवीरें। ग़रज़ जो कुछ आप रात को सिनेमा के परदे पर देखते हैं, यहाँ आपको दिन के उजाले में बे-परदा नज़र आएगा। पंजाब के नामवर शायर ड्रामाटिस्ट और फ़िल्म आर्टिस्ट दीवान आत्मानन्द शरर बी. ए. एम. आर. ए. एस. (लन्दन) इसके एडीटर होंगे। इस पत्रिका का प्रवेशांक क्रिसमस के दिन 25 दिसम्बर को प्रकाशित हो जाएगा दारुल-इशा-अत पंजाब, लाहौर।

फिर 'नैरंगे ख़याल' के अन्य वार्षिक विशेषांकों में जहाँ आराकज्जन, नलिनी त्रिखण्ड, ज़ैबुन्निसा, सुलताना, सरदार-अख़्तर, मुख़्तार बेगम आदि की तसवीरें। मुख़्तार बेगम उँगलियों में सिगरेट थामे। औरतों का सिगरेट पीना हमारे यहाँ आज तक बुरी बात समझी जाती है। सम्भवतः इसका एक कारण यह हो कि सिगरेट सिर्फ़ नाचने-गानेवालियाँ पीती थीं। (पाश्चात्य जगत् में भी प्रथम महायुद्ध के दौरान की औरतों का धूम्रपान करना उनकी सामाजिक आज़ादी और मर्दों से बराबरी का प्रतीक समझा गया।)

'नैरंगे ख़याल' में एक और तसवीर एक चंचल चतुर पंजाबी एक्ट्रेस और एक बेहद ख़ूबसूरत एक्टर। एक्ट्रेस का नाम शायद ज़ोहरा बाई। फ़िल्म का नाम शायद 'हीर राँझा'। लाहौर में भी फ़िल्में बनती थीं जो बड़ी रोमेण्टिक बात मालूम होती थी।

एक और पुरानी उर्दू पत्रिका, आर्ट-पेपर पर न्यू थिएटर्ज की मासिकी 'अवकाश' सम्पादक आरज़ू लखनवी। न्यू थिएटर्ज ने फ़िल्मों को अचानक बहुत प्रतिष्ठित बना दिया था।

क़िस्से के बीच अपनी बैठक के अन्दर पेचवान के कश लगाते दुलारे चा न्यू थिएटर्ज प्रभात और बम्बई टॉकीज और मिनर्वा के कारनामों पर रोशनी डाला करते।

---

1. लाहौर की मशहूर साहित्यिक पत्रिका।

सिनेमा की पब्लिसिटी का तरीक़ा सर्कसवालों जैसा था। एक ठेले पर फ़िल्म का बड़ा-सा इश्तिहार साथ-साथ एक-दो बैण्ड बजानेवाले। एक छोकरा सचित्र पैम्फलेट बाँटता जाता। यह पैम्फलेट दुलारे चा शुरू-शुरू की बोलती फ़िल्मों के वक़्त से जमा कर रहे थे। ज़मीन का चाँद। तूफ़ानी टोली भोला शिकार। लेदर-फ़ेस, गुलाम डाकू। बम्बई की बिल्ली, पूरण-भगत, इन्दिरा एम.ए., रंगीला राजा, लाले-यमन, तूफ़ान मेल, अमर ज्योति, वहाँ, निर्मला, तलाक़, ख़ान बहादुर, जेलर, पुकार।

नसीमबानो अब उनकी पसन्दीदा एक्ट्रेस थीं। उनकी बैठक की एक मेज़ पर एक अंग्रेज़ी पत्रिका रखी रहती थी। 'ओरयण्ट' (कलकत्ता) उसके मुख पृष्ठ पर नसीमबानो की तसवीर। कानों में बिजलियाँ, कलाइयों में बेशुमार चूड़ियाँ, बिना आस्तीन का ब्लाउज। गुलाब का फूल ध्यान से देख रही हैं।

उस दिन जब मैं खेलती-कूदती दुलारे चा के यहाँ पहुँची, उनको कहते सुना—"दिल्ली के कुईन मैरी स्कूल में पढ़ती थी। फ़्राक पहनकर अपनी मोटरकार में स्कूल में आती थी।"...इस क़िस्म की मालूमात आपको सिर्फ़ दुलारे चा से हासिल हो सकती थी।

उनके एक मुसाहिब[1] ने कहना शुरू किया, "साहब वह ख़ान बहादुर सुलेमान है ना।"

"हाँ-हाँ, वही ख़ान बहादुर सुलेमान, जिन्होंने नयी दिल्ली बनाई है।" दुलारे चा ने फ़रमाया।

मेरी समझ में न आया कि ख़ान बहादुर सुलेमान ने नयी दिल्ली किसी तरह बनाई है। पूछने ही वाली थी कि दुलारे चा की नज़र मुझ पर पड़ गयी। फ़ौरन बोले, "बीबी, जाइये, कोठी पर वापस जाइये। भाभी साहब से अर्ज़ कीजिए, दुलारे शाम को क़दमबोसी के लिए हाज़िर होगा।"

दुलारे चा मुझे वहाँ से भगाना चाह रहे थे मगर एक दिन पहले वह उस चीते का क़िस्सा छेड़ चुके थे जो उन्होंने पिछले हफ़्ते लाल डाँग के जंगल में मारा था, जो मैं पूरा सुनना चाहती थी। जब मैं घर वापस पहुँची (हमलोग क्रिसमस की छुट्टियों में क़स्बे आये हुए थे), अम्माँ ने पूछा—"कहाँ भागी-भागी फिर रही हो अबाई-तबाई?"

"दुलारे चा"...मैंने संक्षिप्त में जवाब दिया।

"दुलारे निगोड़ा फिर बैठ गया एक्ट्रेसों के शज्रे[2] सुनाने।" एक रिश्तेदार बीबी ने कहा। अचानक सब ख़ामोश हो गये।

समझ ही में न आता था कि दुलारे चा जैसे प्यारे इन्सान का ज़िक्र हमारे बुजुर्गों को क्यों उदास कर देता था।

---

1. रईसों के पास बैठकर उनका दिल बहलाने और हाँ-में-हाँ मिलानेवाले लोग।
2. वंशावली।

दूसरे रोज़ जब मैं दुलारे चा के घर उनके ख़रगोश और हिरन के बच्चे देखने गयी जो उन्होंने अपने बाग़ में पाल रखे थे। वे आरामकुर्सी पर बैठे बड़ी तल्लीनता से लाहौर की एक उर्दू फ़िल्मी पत्रिका 'चित्रा-वीकली' में सवाल-जवाब का अध्ययन कर रहे थे।

सवाल : "नसीम बानो की लड़की का क्या नाम है?"

जवाब : "अफ़सोस कि नसीम बानो ने अपनी लड़की के नामकरण संस्करण पर हमें नहीं बुलाया था।" मुझे आरामकुर्सी के पीछे से झाँकते देखकर बोले—"जाइये, बाग़ में जाकर खेलिये। यह रिसाला आपके पढ़ने का नहीं है।"

दुलारे चा के बाहर दरवाज़ोंवाले लम्बे दालान की दीवार पर एक्ट्रेसों की तसवीरें एक क़तार में सजी हुई थीं। अर्मलीन, पेशंस कपूर, वाइलेट कपूर, जुबैदा, सुलताना, मेहताब, गौहर, देविका रानी, रतन बाई, बिब्बो, पद्मा देवी, मिस रोज़, सुलोचना, माधुरी, रमोला। उनकी साड़ियों पर अब्रक लगी थी और शाम को जब दालान के झाड़-फ़ानूस रोशन किये जाते तो वह तसवीरें जगमगा उठतीं।

उस क़तार में एक जगह ख़ाली थी। मालूम होता था कि वहाँ पर लगी तसवीर को उतार दिया गया है। जब से मैंने होश सम्भाला, वह जगह ख़ाली देखी मगर बुज़ुर्गों ने हम सब बच्चों को समझा रखा था कि दुलारे चा से कभी उस ख़ाली जगह के बारे में न पूछें कि वहाँ किसका फ़ोटोग्राफ़ लटका था।

दुलारे चा की ज़िन्दगी की वह एक ऐसी ग़मगीन गाथा थी, जिसकी परदादारी पासदारी के कारण सब मिलकर करते थे।

जैसा कि मैंने शुरू में कहा था कि अपनी माँ की ओर से कुलीन न होने के कारण उनका विवाह ख़ानदान या बिरादरी में न हो सकता था। जवानी में वह ख़ासे तरहदार रहे होंगे मगर अय्याश या आवारा बिलकुल नहीं थे, सिनेमा का बेहद मासूम-सा शौक़ रखते थे। एक बार दोस्तों के साथ शिकार खेलने भोपाल की तरफ़ गये। वहाँ से बम्बई पहुँचे। वहाँ रेसकोर्स पर एक्ट्रेस मिली। वह इन पर रीझ गयी। वह अच्छी-ख़ासी मशहूर और बेहद हसीन अदाकारा थी और शायद शाही मोहल्ला लाहौर से सम्बन्ध रखती थी और किसी शरीफ़ आदमी से निकाह करके शरीफ़ाना ज़िन्दगी गुज़ारना चाहती थी। दुलारे चा की नेकदिली और भोलापन पहली मुलाक़ात ही में लोगों पर ज़ाहिर हो जाता था। वह एक्ट्रेस सुना है, इन पर आशिक़ हो गयी। दुलारे चा 'बड़ी लाइन' के चश्मोचिराग़ होते तो एक एक्ट्रेस से शादी करने की हिम्मत न कर सकते। बेचारे पहले ही से बहिष्कृत थे। महज़ इस वजह से कि उनकी माँ मीरासन थी। उनको 'टाट बाहर' समझा जाता था। उन्होंने ख़ामोशी के साथ उसी एक्ट्रेस से निकाह कर लिया और बुर्क़ा उठाकर उसे वतन ले आये। जैसी कि उम्मीद थी, उनके ख़ानदान और बिरादरी बेगमात ने उनकी बीवी से परदा किया। दुलारे चा उसे लेकर गर्मियाँ गुज़ारने मसूरी गये। वापसी पर हमारे यहाँ देहरादून आये।

लेखिका की माँ के बारे में शायद उन्होंने सोचा होगा कि इतनी रोशन-ख़याल और समाज सुधार की भावना रखनेवाली महिला उनकी पत्नी को मुलाक़ात का मौक़ा ज़रूर प्रदान करेंगी।

मैं उस सेह-पहर को फाटक के क़रीब लगे सिल्वर ओक तने पर गिलहरियों की आवक-जावक ध्यान से देख रही थी कि एक ताँगा आता दिखाई दिया। दुलारे चा सीट पर एक टाँग रखे रईसाना अन्दाज़ से विराजमान। बराबर में सुनहरा रेशमी बुर्क़ा ओढ़े महिला। ताँगा बरसाती में पहुँचा। मैं पीछे दौड़ी। दुलारे चा ने कहा—"बीबी, जाकर भाभी साहब से अर्ज़ कीजिए, दुलारे आया है। दुलारे और उसकी बीवी क़दमबोसी के लिए हाज़िर हुए हैं।"

मैंने तीर की तरह अन्दर जाकर अम्माँ से कहा। वह अपने ज़माने की मशहूर उपन्यासकार और सामाजिक कार्यकर्ता थीं। सितार बजाती थीं और कार चलाती थीं, लेकिन एक्ट्रेसों से मिलने की उदारता उनमें भी न थी। उन्होंने बेज़ारी के साथ जवाब दिया—"कह दो, मेरी तबीयत ख़राब है। ब्लडप्रेशर बढ़ा हुआ है। डॉक्टर ने मिलने-जुलने को मना कर दिया है।"

मैंने बाहर जाकर पैग़ाम दोहराया। दुलारे चा ताँगे से उतरकर बरामदे के नीचे टहल रहे थे। मेरी बात सुनकर उनका चेहरा उतर गया। उन्हें मेरी वालिदा से इस रवैये की उम्मीद न थी। बेहद मायूस स्वर में बोले—"बहुत ख़ूब, हम दोनों की तस्लीम अर्ज़ कर देना।" वापस जाकर सीट पर बैठ गये। बुर्क़ेवाली महिला ने अब तक नक़ाब नहीं उल्टी थी। उसी तरह नक़ाब डाले हुए वह ताँगे से उतरी। बुर्क़े में से हाथ निकालकर विलायती गुड़िया का एक बड़ा-सा डिब्बा बरामदे के फ़र्श पर सरका दिया शायद सोचा होगा कि उनके 'नापाक' हाथों से गुड़िया भी न लूँगी। वह ताँगे में सवार हुई। ताँगा बरसाती से बाहर निकल गया।

उस ज़माने में फ़िल्मी प्रेस, गोसिप कालम, फ़िल्मी रिपोर्टर यह सब कुछ नहीं था। एक्टरों के स्कैण्डल, प्रेम, तलाकें, शादियाँ आज की तरह राष्ट्रीय महत्त्व की समस्याएँ नहीं बनी थीं। फ़िल्म-स्टार्ज़ की समाज में कोई हैसियत ही नहीं थी। लिहाज़ा उस बेचारी की दुलारे चा से शादी का बिलकुल चर्चा न हुआ। हालाँकि वह 'गुले बकावली' और 'हातिमताई' जैसी फ़िल्मों की काफ़ी लोकप्रिय हीरोइन थी।

मसूरी से वापस जाकर दुलारे चा इतने दुखी हुए कि उसको अपनी क़स्बेवाली हवेली में नहीं उतारा। सीधे अपने इलाक़े पर ले गये जहाँ उनका देहाती मकान ख़ाली पड़ा था। इसके बाद दुलारे चा हफ़्ते में दो-तीन दिन के लिए क़स्बेवाले मकान पर आते। फिर गाँव चले जाते जहाँ उनकी बीवी उनकी ख़िदमत गुज़ारी, नमाज़-रोज़े और घरेलू कामों में व्यस्त परदों में छुपी रहीं और सिर्फ़ दो साल बाद पीलिया रोग के कारण परलोक सिधारी। सुना है, मरते वक़्त बहुत ख़ुश और एहसानमन्द थीं

कि इज़्ज़तदार गृहस्थन की हैसियत से दुनिया से जा रही थी। सुना है, उसकी यह बात सुनकर दुलारे चा फूट-फूटकर रोये।

उसके चालीसवें के बाद उदास और टूटे दिल दुलारे चा क़स्बे वापस आकर रफ़्ता-रफ़्ता फिर अपने मशग़लों में लग गये। उनके दीवानख़ाने की उस पिक्चर गैलरी में विमला कुमारी, रतन बाई, माया बनर्जी वग़ैरह की क़तार में उस एक्ट्रेस की तसवीर भी मौजूद थी जो उसे ब्याह लाने के बाद, दुलारे चा ने नष्ट कर दी थी। तब से उस रंगीन फ़ोटोग्राफ़ की जगह ख़ाली पड़ी थी और अब तो वह हसीना दुनिया ही में अपनी जगह ख़ाली कर गयी थी।

दुलारे चा की व्यक्तिगत ट्रेजडी का ज़िक्र बिलकुल नहीं किया जाता था क्योंकि सबको मालूम था कि वह स्वर्गवासी महिला दुलारे चा की बहुत ही नेक और अच्छी बीवी साबित हुई थी और वे उससे मोहब्बत करने लगे थे।

सामाजिक रवैयों में भी परिवर्तन आता जा रहा था। अलीगढ़ गर्ल्ज़ कॉलेज के बानी शेख़ मोहम्मद अब्दुल्लाह की साहबज़ादी खुर्शीद जहाँ रेणुका देवी बनकर अचानक तहलका मचा चुकी थी। जब उनकी भावज 'नीना' के रूप में रजत पट पर आयी तो लोगों को इतना जेहनी धक्का न लगा और उसके कुछ समय बाद अलीगढ़ की जुबैदा हक़ उर्फ़ पारे, बेगम पारा में परिवर्तित हुई उस वक़्त तक दूसरा महायुद्ध हिन्दुस्तान में काफ़ी सामाजिक परिवर्तन ला चुका था।

दुलारे चा अब अपनी बैठक की आरामकुर्सी या अपने आम के बाग़ में बैठकर 'भरोसा' के चन्द्रमोहन, जमुना की 'ज़िन्दगी', नसीम बानो की 'मैं हारी', कारदार के 'पागल', महेबूब ख़ान की 'औरत' और बम्बई टाकीज़ की फ़िल्मों पर प्रकाश डाला करते। 'मैं हारी' में जब वह कहता है—"यह जो तुम कोयलों को धोना चाहती हो...और वह गाना...पनघट पे एक छबीली पनिया भरन को आयी...क्या फ़िल्म थी साहब।"

उसी ज़माने में एक नयी एक्ट्रेस की धूम मची। दोस्तों ने विस्तृत जानकारी के लिए फ़ौरन दुलारे चा से सम्पर्क किया। फ़रमाया—"अरे मियाँ, वह अपने मँझले मियाँ हैं न उनके ताया अब्बा, तुम जानो माहिरे फ़न गाने-बजानेवालों के बड़े क़दरदान थे और बड़े दरियादिल उनके दो साहिब बेहतरीन सितारिये थे और दोनों सैयदज़ादे। उस लड़की की माँ भी बड़ी मशहूर गायिका हैं...तो वह मँझले मियाँ के यहाँ मुजरे के लिए बुलाई गयी थीं। उनकी अपनी फ़िल्म कम्पनी भी थी, तो वह उन दोनों उस्तादों को अपने साथ कलकत्ता ले गयी। दोनों मशहूर म्युजिक डायरेक्टर बने।"

दुलारे चा की इनसाइक्लोपीडियाई मालूमात पर सुननेवाले ताज्जुब करते।

लेकिन मीना कुमारी के दौर तक पहुँचते-पहुँचते दुलारे चा की दिलचस्पी सिनेमा में मद्धिम पड़ गयी। इसका एक कारण यह था कि ज़मींदारी के ख़ातमे के

बाद दुलारे चा अत्यन्त आर्थिक परेशानियों में घिर चुके थे। सारी ज़िन्दगी बेफ़िक्री और खुशहाली में गुज़ारी थी। अधिकतर मुसलमान ज़मींदारों के समान खाने-खिलाने में रुपया उड़ाया था। उनके दस्तरख़्वान पर सुबह-शाम दस-दस दोस्त और मुसाहिब उनके साथ बैठते थे। अब अचानक उनको निर्धनता और एकान्त का सामना करना पड़ा। उनके 'बड़ी लाइन' वाले सारे रिश्तेदार कराची सिधारे। क़स्बे का नक़्शा बदल गया। एक वक़्त था कि दुलारे चा की बैठक में भाँति-भाँति के दिलचस्प लोगों का जमघट रहता। मोहल्ले के एक बुज़ुर्ग हर लिहाज़ से सही-दिमाग़ थे। महज़ एक ख़ब्त सवार था कि शहज़ादी एलिजाबेथ से ब्याह करेंगे। शहज़ादी की तसवीरें साथ लिये घूमते। बेहद संजीदगी से कहते बर्किंघम पैलेस में बादशाह सलामत ने मेरे लिए कमरे ठीक करवा दिये हैं, मगर मैं तो उसे रुख़सत कराके यहीं लाऊँगा और परदे में रखूँगा। दुलारे चा बड़ी गम्भीरता के साथ उन बुज़ुर्ग से शहज़ादी एलिजाबेथ के बारे में गुफ़्तगू करते।

एक ख़स्ता हाल मुग़ल शहज़ादे, जो क़स्बे में हकीम थे, शाम के वक़्त अपना दवाख़ाना बन्द करके झुके-झुके लाठी टेकते आकर दुलारे चा के पास बैठ जाते और उनको अपने वह कीट-खाये हुए क़ानूनी काग़ज़ात दिखाया करते जिनके ज़रिये वह दुलारे चा की मदद से गवर्नमेण्ट ऑफ़ इण्डिया पर आगरा के क़िले के स्वामित्व का दावा दायर करना चाहते थे। दुलारे चा बड़ी दर्दमन्दी से उनकी गुफ़्तगू सुना करते। एक और साहब फ़रमाते थे कि आलमे बर्जख़[1] में रेडियो स्टेशन खुल गया है। आधी रात के बाद वह अपने रेडियो सेट पर विभिन्न मशहूर लोगों की तक़रीरें और दूसरे प्रोग्राम सुना करते हैं। मिसाल के तौर पर कल रात जानकी बाई ने ग़ज़ब की कजरी गायी या यह कि बिस्मार्क कल अपनी तक़रीर में कह रहा था...आदि आदि।

बाद में दुलारे चा कहते—मियाँ यह बेचारे अपने ख़यालों में मगन हैं। इनकी बात को ग़लत साबित करके इनका दिल क्यों तोड़ो? दुनियावालों ने अपने रवैयों से ख़ुद दुलारे चा का दिल बहुत जलाया था मगर वह हमेशा मुसकाया करते।

हाल ही में, एक लम्बे समय के बाद दुलारे चा से मुलाक़ात हुई। अपने उजाड़ दीवानख़ाने में आरामकुर्सी पर लेटे पेचवान के कश लगा रहे थे। उम्र पचहत्तर के क़रीब हो चुकी थी। बूढ़े कमजोर और अकेले। मैंने चारों तरफ़ नज़र डाली। छत ख़ाली पड़ी थी। झाड़-फ़ानूस बिक चुके। फ़र्श पर से कालीन ग़ायब, दीवार पर पुरानी एक्ट्रेसों की तसवीरें अलबत्ता मौजूद थीं और बिलकुल ईसवी पूर्व युग की यादगार-सी मालूम हो रही थीं। विमला कुमारी, लीला डेसाई और सुल्ताना की तसवीरों के पीछे चिड़िया ने घोंसले बना लिये थे। वीरानी और उदासी दरो-दीवार से टपक रही थी।

---

1. वह लोक जो स्वर्ग और नरक के मध्य स्थित है।

मैंने सोचा, दुलारे चा को उनके प्रिय विषय के ज़िक्र से ज़रा चियर-अप करना चाहिए। "दुलारे चा"—मैंने सुलताना की तसवीर की तरफ़ इशारा करके कहा—"वाक़ई बड़ी ख़ूबसूरत ख़ातून है। मैंने कराची में जब देखा उस वक़्त तक बेहद हसीन थी।"

"हाँ बीबी—" दुलारे चा सम्भलकर बैठ गये—"कइयों ने उसके इश्क़ में मुब्तला होकर ख़ुदकुशी कर ली थी।"

"उससे एक इण्डस्ट्रियलिस्ट रज़्ज़ाक बावला ने शादी कर ली। उसकी लड़की जमीला से पाकिस्तान के एक मशहूर क्रिकेट खिलाड़ी ने ब्याह कर लिया है।"

दुलारे चा फार्म में आ गये। बोले—"रज़्ज़ाक बावला के बड़े भाई को एक महाराजा ने क़त्ल करवा दिया था, मुमताज़ बेगम के चक्कर में। फिर वह हालीवुड चली गयी।"

"उस ज़माने में भी लोग यहाँ से हालीवुड चले जाते थे?" मैंने आश्चर्य से पूछा।

"क्यों नहीं, क्या सिर्फ़ तुम्हारा ज़माना ही सबकुछ है। पिछला ज़माना कुछ नहीं था—?" वह ज़रा रंजीदा होकर फिर पेचवान की ओर आकर्षित हुए।

मैंने तसवीरों की निचली क़तार पर नज़र दौड़ाई। गुल हमीद राजा सेडो, ई. बिली मोरिया, मास्टर विट्ठल, मोतीलाल, मास्टर निसार...।

मैंने कहा—"दुलारे चा, चन्द साल हुए सिपलावाले डॉक्टर हमीद के लड़के की शादी में एक क़व्वाल-पार्टी गा रही थी। क़व्वालों की पिछली क़तार में बैठा एक दुबला-पतला और खस्ताहाल आदमी कमज़ोर-सी आवाज़ में साथ दे रहा था—किसी ने बताया कि वह मास्टर निसार थे।"

दुलारे चा ने एक आह भरी। यकायक मुझे ख़याल आया कि बजाय चियरअप करने के, दुलारे चा को और उदास कर रही हूँ।

अतः मैंने प्रसन्न स्वर में बात शुरू की—"दुलारे चा, मालूम है इन दिनों बोलती फ़िल्मों की गोल्डन जुबली मनायी जा रही है?"

"अच्छा..." उन्होंने चौंककर पूछा—कल की तो बात है। हम 'आलमआरा' देखने गये थे दिल्ली। ...दुलारे चा कुछ और खिन्नचित्त नज़र आये। मैं उनके लिए अंग्रेज़ी और उर्दू की नयी फ़िल्मी पत्रिकाएँ साथ लेती गयी थी, पेश कीं।

"बीबी, मोतियाबिन्द की वजह से साफ़ सुझाई नहीं देता। यहाँ इस क़स्बे में बड़े-बड़े सिनेमा हाल खुल गये। घर-घर टेलीविजन लग गया। और तो और एक साहब हैंगे। नेपाल के रास्ते ग़ैर-क़ानूनी कारोबार करते हैं। उनके नौ दौलतिये लड़कों ने अपने नये मकान में एक डिस्को रूम बनाया है। पड़ोस में रात भर शोर मचता है। नींद नहीं आती।"

"दुलारे चा..." मैंने एक अंग्रेज़ी फ़िल्मी पत्रिका उनके सामने रखी और फिर

उनको ख़ुश करने की कोशिश की—"यह देखिये। यह एक और पाकिस्तानी लड़की लन्दन से बम्बई आयी है। फ़िल्मों में काम करने। लिखा है, इसकी माँ ने 'शाहजहाँ' फ़िल्म में काम किया था, ज़रा पहचानिये तो सही।"

दुलारे चा ने तसवीर को ग़ौर से देखा। आँखों में पुरानी चमक वापस-सी आ गयी। अपने पुराने जानकारीवाले अन्दाज़ से सिर हिलाकर बोले—"समझ गया। एक अनवर बाई ऑफ़ अमृतसर हुआ करती थी। रेडियोवाले जुगल किशोर मेहरा ने इस्लाम क़ुबूल करके उससे अक़्द कर लिया था और शेख़ अहमद सलमान अपना नाम रखा था। पाकिस्तान चले गये थे। अनवर बाई की लड़की थी नसरीन। 'शाहजहाँ' फ़िल्म की हीरोइन।"

कुछ क्षणों के लिए दुलारे चा वापस आ गये थे। मुझे याद आया, शेख़ अहमद सलमान रेडियो पाकिस्तान के डॉयरेक्टर जनरल थे। हमीद भाई उनके घर ठहरते थे। एक बार नसरीन ने मेरी वालिदा को फ़ोन करके पूछा था कि हमीद अली साहब कब तक आ रहे हैं और अपना परिचय दिया था कि वह शेख़ अहमद सलमान की बेटी हैं। मैंने कहा, "जी हाँ, दुलारे चा शायद यह...।"

लेकिन दुलारे चा पर निद्रालस तारी हो चुका था। मैं उठकर लम्बे ढण्डार दालान में टहलने लगी। सारा फ़र्नीचर बेचा जा चुका था। एक कोने में पुराने ज़माने का ग्रामोफ़ोन और रिकार्ड अभी मौजूद थे मैंने वह पुराने रिकार्ड उल्टे-पल्टे। एक रिकार्ड मुख़्तार बेगम का निकला। जिन बोलो तारा-तारा—तब मुझे एक और बात याद आयी। लखनऊ में एक साहब थे, जिनके छोटे भाई फ़िल्म डॉयरेक्टर बन गये थे। एक फ़िल्म 'कारवाने हुस्न' डायरेक्ट की थी और उसकी हीरोइन से शादी कर ली थी। बचपन में जब मैं उन साहब की साली के साथ खेलने उनके घर जाती तो भूतपूर्व हीरोइन तारा माथे तक दुपट्टे से सिर ढँके तख़्त पर बैठी नमाज़ पढ़ती नज़र आती थी। प्यारी-सी शक्ल थी। मेरी हमजोली ने यह भी बताया था कि मुख़्तार बेगम का मशहूर गीत 'जिन बोलो तारा-तारा'—इन्हीं के लिए कम्पोज़ किया गया था। मैंने पलटकर पूछा—"यह फ़रीदा ख़ानम, मुख़्तार बेगम की बहन है या बेटी?"

लेकिन दुलारे चा बुढ़ापे की परेशान नींद में डूब चुके थे। एक परिन्दा रतन बाई की तसवीर के पीछे-से फड़फड़ाता निकला। मैंने उसके बराबरवाली ख़ाली जगह को देखा। आज तक दुलारे चा से पूछने की हिम्मत नहीं पड़ी कि उनका गुमनाम और अनदेखी परदानशीन बीवी कौन थी जिनकी तसवीर दुलारे चा ने दीवार पर इस उम्मीद में उतार दी थी कि शायद समाज में उनको जगह मिल जाए लेकिन वह जगह उनको न मिली थी।

मैंने मुख़्तार बेगम का रिकार्ड लगाया। घिसी हुई आवाज़ निकली—जिन बोलो तारा-तारा। जिन बोलो तारा-तारा। जिन बोलो तारा...

दुलारे चा थके हुए से खर्राटे ले रहे थे। मैं बैठक से बाहर आ गयी।

चन्द रोज़ पहले दुलारे चा इस दुनिया से गुज़र गये। गाँव में अपनी गुमनाम बीवी के करीब दफ़न किये गये। दूसरी तरफ़ उनकी माँ की क़ब्र है। उनको भी समाज ने स्वीकार नहीं किया था।

क़स्बे में दुलारे चा का मकान उनकी 'बड़ी लाइन' के एक रिश्तेदार को मिल गया। दीवानख़ाने की सारी तसवीरें निकालकर फेंक दी गयीं। उसमें एक राजनीतिक पार्टी का दफ़्तर खुल गया है।

□

सेंट फ्लोरा ऑफ़ जार्जिया की आत्म-स्वीकृतियाँ

सबसे पहले मैं सर्वशक्तिमान ईश्वर और प्रभु-पुत्र ईसा की स्तुति करती हूँ, जिसने मुझे मुर्दों में से जगाया और दोबारा क़यामत के दिन तक सुलानेवाला है और अपने किये हुए और न किये हुए गुनाहों का इकरार करती हूँ और माफ़ी की तलबगार हूँ। पाक परवरदिगार तू ख़ूब जानता है, मुझे पता न था कि यह कौन-सी सदी है? कौन-सा साल? कौन-सा महीना और दिन? मैं अपने खुले ताबूत में सोयी पड़ी थी, जब तेरे किसी फ़रिश्ते का रुपहला पर मेरी हड्डियों से टकराया और मैं उठ बैठी। मेरी खोपड़ी पाँयती पड़ी थी। नीचे हाथ बढ़ाकर उसे उठाया। उसकी धूल झाड़ी और गर्दन में फिट किया। घुप्प अँधेरा था। खोपड़ी ग़लत फिट हुई थी और मुझे आगे के बजाय पीछे दिखाई देने लगा। बड़ी मुश्किल से उसे ठीक से लगाया। हे प्रभु! करुणा-निधान! मैं स्वीकार करती हूँ कि उस लम्हे मेरी आरज़ू यह थी कि आईने में देखूँ कैसी लगती हूँ। चारों तरफ़ नज़र डाली। उस अँधियारे पुराने तलघर में सात-आठ पत्थर के ताबूत हड्डियों और खोपड़ियों से ऊपर तक भरे हुए दीवारों से लगे रखे थे। मुझे बहुत डर लगा। मैं अपने ताबूत के किनारे बैठी ईश्वर-भय से काँप रही थी कि अचानक खिड़की रोशन हुई और वह सैलानी फ़रिश्ता फिर प्रकट हुआ। कहने लगा, "मैं अपनी तसबीह यहाँ भूल गया। तुम कौन हो?"

"सेण्ट फ्लोरा साबीना ऑफ़ जार्जिया।"

"खुदा की बरकत हो तुम पर।" उसने जवाब दिया और तसबीह ढूँढ़ने में जुट गया। आकाशगंगा के तारों से बनी वह तसबीह मुझे एक ताबूत के पीछे पड़ी नज़र आ गयी। मैंने फ़ौरन कहा, "ज्योति फैलानेवाले प्यारे फ़रिश्ते, अगर वह माल ढूँढ़ दूँ तो मुझे क्या दोगे?" वह बेहद परेशान और व्याकुल दिखाई देता था। कम उम्र फ़रिश्ता था। कहने लगा, "मुझे सेण्ट पीटर के दफ़्तर में एक-एक दाने का हिसाब देना पड़ता है। मैं एक भुलक्कड़ फ़रिश्ता हूँ। इसी भुलक्कड़पन की वजह से मुझे सत्तर हज़ार बरस तक ट्रैनी फ़रिश्ता रहना पड़ा। तब जाकर मुझे अपना हाला प्रदान किया गया है।" उसने गर्व और हर्ष से अपने ज्योति मण्डल की ओर इशारा किया। "लेकिन अब मैंने अपनी तसबीह गँवा दी।"

"क्या दोगे?"

"क्या चाहती हो?"

"मैं युवावस्था में मरी थी। उन्नीस बरस की थी। जब मेरे बाप ने मुझे सीरिया के एक कॉन्वेट में बन्द कर दिया। अगले पच्चीस बरस मैंने ख़ानक़ाह[1] में क़ैद रहकर गुज़ारे। मैं ज़रा दुनिया देखना चाहती हूँ और अच्छे कपड़े पहनने की अभिलाषी हूँ।"

"मैं तुमको गोश्त-पोस्त और ख़ून प्रदान करने की सामर्थ्य नहीं रखता। ऐसा सिर्फ़ क़यामत के दिन होगा। फ़क़त एक साल तक जीवधारी रहने की इजाज़त दिलवा सकता हूँ। तसबीह लाओ।"

"प्यारे मेहरबान फ़रिश्ते! मेरा खुश्क पंजर एक साल तक इस अजनबी दुनिया में अकेला किस तरह कहीं मारा-मारा फिरेगा। किसी दिलचस्प मुर्दे को मेरी दूसराथ के लिए ज़िन्दा कर दो।"

"दिलचस्प मुर्दा कैसा होता है?"

"मेरा मतलब है..."

"अच्छा, पहले तसबीह लाओ।"

"नहीं, पहले एक और मुर्दा ज़िन्दा करो। कहो, 'क़ुम बाइज़्मे ईसा'[2]..."

"जब तुम खुद एक सन्त-महात्मा स्त्री हो तो क्यों नहीं एक अदद चमत्कार दिखाती"...उसने झुँझलाकर कहा।

"मैं ऐसा नहीं कर सकती। इसकी एक टेकनिकल वजह है। कहो कुमकुम..."

फ़रिश्ता घुटनों के बल बैठकर दुआ में व्यस्त हुआ।

सहसा मेरे पहलू के ताबूत में खड़खड़ाहट शुरू हो गयी और दूसरा कंकाल उठ बैठा। फ़रिश्ते ने मुझसे कहा। "सिर्फ़ साल भर के लिए। अगले साल यही महीना, यही तारीख़ और यही वक़्त। साढ़े ग्यारह बजे रात...इसको भी अच्छी तरह समझा देना। मुझे देर हो रही है। खुदा हाफ़िज़..."

मैंने तसबीह उठाकर उसे दी और वह फ़ुर-से ग़ायब।

भूमिगत हड़बाड़ में अब फिर अँधेरा था, लेकिन मैं भयभीत नहीं थी। दूसरे ढाँचे ने ताबूत में बैठे-बैठे दायाँ-पंजा इस तरह बढ़ाकर सिरहाने कुछ टटोला मानो आदम अनुसार जागने के बाद शमा जलाकर किताब उठाना चाहता हो। मैंने जल्दी-से उसे सम्बोधित किया और पूरा वाकिया उसे सुनाया और अपना नाम बताया—"सेण्ट फ़्लोरा साबीना ऑफ़ जार्जिया।"

"फ़ादर ग्रैगरी ओर बैलियानी ऑफ़ जार्जिया।"

---

1. आश्रम।
2. अरबी में 'ईसा की आज्ञा से जीवित हो जाओ।'

"खुदा की बरकत हो तुम पर पवित्र पिता।"

"आप सेण्ट हैं?" फ़ादर ग्रेगरी घबराकर ताबूत से निकला और मेरे सामने घुटने टेकने चाहे लेकिन लड़खड़ाकर गिर गया। उसके घुटनों की चपनियाँ बेहद पुरानी हो चुकी थीं। मैंने खुदाया तुझसे दुआ माँगी कि ए दो जहाँ के मालिक अगर तूने मुझे एक साल के लिए यह एसकोर्ट प्रदान किया है तो इसे एक साबुत-सम्पूर्ण और उचित पंजर बना दे। फ़ादर ग्रेगरी फ़ौरन उठ खड़ा हुआ। खिड़की में से तेज़ ठण्डी हवा अन्दर आकर हमारी हड्डियों को काटे डाल रही थी। उसने कहा, "बहुत सर्दी है। पहले अलाव का इन्तज़ाम किया जाना चाहिए।"

"अगर कहीं से चकमक मिल जाए"...मैं बोली। उसने खिड़की से बाहर झाँका जहाँ पाइन के झुण्ड साँय-साँय कर रहे थे।

"फ़ादर इधर आ जाओ, नहीं तो ज़ुकाम हो जाएगा।" मैंने चिन्तित होकर कहा। वह आकर, अपने ताबूत के किनारे पर बैठ गया। मैं खिड़की बन्द करने के लिए उठी। खिड़की का एक पट टूटकर गिर चुका था। दूसरे पट की तरफ़ हाथ बढ़ाने के लिए बाहर झाँका। पहाड़ी के ठीक नीचे चौड़ा दरिया बह रहा था, जो कफ़काज पहाड़ी क्षेत्र से निकलकर ब्लैक-सी अथवा काले-सागर में गिरता था। मुझे याद आ गया कि मैं इस पहाड़ीवाली ख़ानक़ाह में कई वर्ष रह चुकी थी। फिर इस दरिया पर एक शानदार चार मंज़िला सफ़ेद रंग का जगमगाता महल प्रकट हुआ और एक भयानक आवाज़...सूरे-इसराफ़ील[1]...मैं फ़ौरन सिज़दे में गिर गयी और बहुत अफ़सोस हुआ कि दुनिया में साल भर रहने की भी मोहलत न मिली। दोबारा सूरे इसराफ़ील तीसरी बार...तब फ़ादर ग्रेगरी खिड़की में आया और बाहर झाँककर मुझसे कहा।

"पवित्र महिला...यह एक स्टीम-शिप है और अपना सायरन बजाता है। उठो।"

मैं खड़ी हो गयी और बाहर झाँका। नीचे दरिया के किनारे एक ख़ेमागाह नज़र आयी जिसमें जगह-जगह अलाव जल रहे थे और साज बजाये जा रहे थे और हँसी और क़हक़हों का शोर। ए खुदा, मेरा जी चाहा कि मैं भी जाकर इस जश्न में शामिल ओ जाऊँ तब फ़ादर की आवाज़ ने मुझे चौंका दिया जो कह रहा था—"आओ, बाहर चलकर आग तलाश करें।"

हम दोनों टटोलते-टटोलते उस तलघर से निकलकर एक सुरंग में पहुँचे जिसकी सीढ़ियाँ ऊपर बाग़ में खुलती थीं। दरवाज़े पर झाड़ियाँ और घास उगी हुई थीं। डेज़ी की क्यारियाँ लहलहा रही थीं। हम एक-दूसरे का हाथ थामे, दुरण्टे की झाड़ियाँ फलाँगते बाग़ में आये जिसके सामने एक बड़ा चर्च खड़ा था और ओक

1. वह बिगुल जो इस्राफील फ़रिश्ता क़यामत के दिन मुर्दों को उठाने के लिए बजायेगा।

और पाइन के झुरमुट। एक पेड़ के नीचे काग़ज़ी प्लेटें, ग्लास और नैपकिन पड़े नज़र आये। मैं लकड़ियाँ चुनने लगी। फ़ादर ने इस काठकबाड़ को इकट्ठा किया। एक डिबिया मिली। इसमें तीलियाँ-सी थीं। फ़ादर ने एक तीली डिबिया पर रगड़ी। आग पैदा हुई। फ़ादर ने कहा—"यह माचिस है। कोई पिकनिक मनानेवाली टोली यहाँ छोड़ गयी। ख़ुदा हमारे साथ है।"

हमने अलाव जलाकर तापना शुरू किया।

"या ख़ुदा, मैं चुगली नहीं खाती मगर सेण्ट साइमन की क़सम, उस लम्हे मैंने देखा कि फ़ादर ग्रैगरी के नथनों से धुआँ निकल रहा है। मैं बे-तरह घबरायी। धुएँ के मरगौलों के पीछे एक मुन्ना-सा अंगारा उसके मुँह में रोशन था या इलाही। मुझे अच्छी तरह मालूम है कि धुआँ और आग की लपटें केवल शैतानों के मुँह से निकलती हैं। मैंने फ़ौरन तेरी सलीब का निशान बनाया और सोचा कि निःसन्देह कोई दुष्ट आत्मा इसके पंजर में आ घुसी है या भुलक्कड़ फ़रिश्ते की ग़लती है जिसने किसी इबादत गुज़ार जाहिद के बजाय किसी भूत को जगा दिया है।"

अचानक फ़ादर हँसने लगा और बोला—"डरो मत। यह सिगरेट कहलाता है। जो पर्यटक यहाँ पिकनिक के लिए आये थे, माचिस के साथ एक पैकिट सिगरेट भी यहाँ भूल गये। मुझे अभी पत्तों में पड़ा मिला।"

मैंने कहा, "तुम्हें किस तरह मालूम हुआ कि यह चीज़ सिगरेट कहलाती है और इसे जलाकर मुँह से धुआँ उगलते हैं? यह स्पष्ट रूप से पिशाचवृत्ति का शैतानी काम है।"

फ़ादर ने नरमी से समझाया, "बीबी फ़्लोरा...अमरीकन वैज्ञानिकों ने हाल ही में एक ऐसे आले का आविष्कार किया है जिसे रात को सर पर फिट करके इन्सान सो जाता है और सोते में उस आले के ज़रिये विभिन्न विद्याएँ अपने दिमाग़ में बिठा लेता है। क्या तुम उस सर्वशक्तिमान ख़ुदा की कुदरत पर शक़ कर सकती हो जिसने साढ़े तेरह सौ बरस की लम्बी नींद के दौरान इस मुर्दाघर में मुझे आज तक की विभिन्न विद्याओं और आधुनिक भाषाओं और दूसरे मामलों से वाक़िफ़ कर दिया? एक हद तक तुम ख़ुद बहुत-सी बातों से परिचित हो चुकी हो, इसका अनुभव तुम्हें इस एक वर्ष में ख़ुद हो जाएगा, बल्कि अभी-अभी इसी क्षण में हुआ जाता है... ज़रा कान लगाकर सुनो।"

नीचे घाटी में जो साज़ बज रहे थे, मैं फ़ौरन समझ गयी कि वह गिटार बेलालिका, अकर्डियन और सेक्सोफ़ोन कहलाते हैं और वह नौजवान रूसी और जार्जियन भाषाओं के गीत गा रहे थे। फिर हवा के रेले के साथ घाटी की आवाज़ें हमारे कानों में पहुँचीं। नीचे ख़ेमागाह में एक नौजवान गिटार बजाते-बजाते एक लड़की से कह रहा था—"निताशा! देखो ऊपर भी अलाव जल रहा है। कुछ लोगबाग वहाँ पहले से कैम्पिग कर रहे हैं।"

फिर हवा का रुख़ बदल गया और वह आवाज़ें मद्धिम पड़ गयीं।

तब फ़ादर ने कहा, "पवित्र महिला..."

"अगर तुम मुझे इस उपाधि से सम्बोधित न करो तो अच्छा होगा। इसका कारण अभी बता दूँगी।"

"क्या कारण है? अच्छा ठीक है। हम दोनों को साल भर इकट्ठे रहना है। उचित यही है कि अपना-अपना हाल एक-दूसरे को निस्संकोच बता दिया जाये ताकि आइन्दा किसी ग़लतफ़हमी की सम्भावना न रहे। मैं ग्रैण्ड ड्यूक ऑफ़ तिफिलस का बेटा तुम्हारी ख़िदमत में हाज़िर हूँ।"

"खुदाया! मैं वन-अपमैनशिप न करना चाहती थी लेकिन आख़िरकार मजबूर होकर बतलाना पड़ा कि मेरे फ़ादर ईरान के लिए बाज़न्तियम के राजदूत हैं।"

"थे"...उसने याद दिलाया–"कुसतुनतुनिया से उत्तरी गिर्जिस्तान के इस दूरदराज़ पहाड़ पर तुम कैसे आ पहुँची..."

"हम जब बासफ़ोरस से चले"...मैंने कहना शुरू किया..."समन्दर शान्त था और हवा अनुकूल..."

"लेकिन बासफ़ोरस से ईरान जाने के लिए काले-सागर का रुख़ क्यों? तुम्हारे जहाज़ का कप्तान पागल था?" फ़ादर ग्रैगरी ने सिगरेट का कश लगाकर मेरी बात काटी।

"नहीं, सुनो तो, अच्छा शुरू से बताती हूँ। तुम्हें तो मालूम होगा। हम बाज़नतेनी कितने शानदार लोग थे। कुसतुनतुनिया सरकारी तौर पर 'द्वितीय रोम' कहलाता था। जस्टिनीन ने सान्ता सोफ़िया चर्च के निर्माण के बाद कहा था... खुदाबन्दा...मैं तेरे बादशाह सुलेमान से बाज़ी ले गया...जस्टिनीन थ्योसोडियम और आर्केडियस के युग की कला-विधाएँ, ओलम्पिक खेल...और हमारी अद्वितीय कला..."

"थ्योडोरा को गोल कर गयी..." फ़ादर ने चोट की।

"ख़ैर, वह भी थी... एक कैलोपेट्रा एक थ्योडोरा...इन दो ने ज़रा बुलन्द हिम्मती दिखाई तो वह तुम मर्दों के गले से आज तक न उतरी। ख़ैर जब सासानियों ने ज़ोर पकड़ा और हमारे प्रदेश शाम पर क़ब्ज़ा करके यरोशलम से प्रभु यीशु का असली सलीब उठाकर तेसफून ले गये हमारा हर्क़ल उनसे लड़भिड़कर उसे यरोशलम ले आया...जब अरबों ने यरोशलम पर विजय प्राप्त की तो वह सलीब हमारा हर्क़ल कुसतुनतुनिया ले गया।"

"बिब्लिसी में मैंने भी अपने पिता के साथ अरब लश्कर का मुक़ाबला किया था मगर नाक़ाम वह दुनिया की नयी विश्वव्यापी शक्ति थे...जैसे आजकल रूस और अमरीका"–फ़ादर ओर बैलियानी ने ख़ुश्क स्वर में कहा।

"हम बाज़नतेनी साज़िशों के बेहद शौकीन थे, और हमारे दरबार के षड्यन्त्र, राजनीतिक हत्याएं, शहज़ादियों की प्रेम लीलाएँ, शहज़ादों के स्कैण्डल सारी दुनिया

में मशहूर थे। आम दस्तूर यह था कि हमारे बादशाह को उनकी रानियाँ या बेटे ज़हर देकर मार डालते थे। चर्च का हुकूमत पर गहरा दबाव था, मगर पादरी लोग खुद आपस में धार्मिक मामलों में बाल की खाल निकालकर सबका वक़्त बरबाद कर रहे थे। मेरे पिता स्टीफ़न होनोरियस राज्य के एक महत्त्वपूर्ण मन्त्री थे। मेरी माँ आयरीन मारिया मलिका की ख़ास लेडी-इन-वेटिंग थीं। बड़ा भाई इलग्जेण्डर सिल्वेरियस शाही दस्ते का आला अफ़सर। हमलोग ठाट से रहते थे। सारा कुनबा दरबारी षड्यन्त्रों में व्यस्त। बड़े मज़े से गुज़रती थी। थिएटर ओलम्पिक खेल ग्लैडीयेटर्स के मुक़ाबले हमारे पड़ोसी सर्जियस बेलागियस अब्बा के गहरे दोस्त थे। सार्लोनिका में उनके अंगूर के बाग़ थे। काले-सागर में अपने व्यापारिक जहाज़ चलते थे। उनके लड़के थ्योडोरक गैलासिस से मेरी शादी होनेवाली थी। वह बेहद ख़ूबसूरत और बुद्धिमान था। उसने एक दिन मुझसे कहा। मैं बाज़नतियम की ऊँची सोसायटी और उसकी इस अत्यधिक भ्रष्ट ज़िन्दगी में शामिल नहीं होना चाहता। शादी के बाद मेरे साथ सालोनिका चलकर रहो। आराम से अपने बाग़ में बैठकर फलसफ़ा पढ़ा करूँगा। तुम बरबत बजाना और कशीदाकारी करना। लेकिन फ़ादर, मैं उस हाई लाइफ़ की बेहद शौकीन थी। रोज़ शाम को माँ-बाप के साथ दरबारी उत्सवों में जाती। नृत्य करती। एक से एक बढ़िया पोशाकें पहनती। उस वक़्त मेरी उम्र सिर्फ़ सोलह साल की थी। ग्लैडीयेटर्स के तमाशों पर मैं कितनी मोहित थी, थ्योडोरक उनसे उतना ही नफ़रत करनेवाला, कहता, 'हमलोग ईसाई हो गये मगर रोमनों के इस बेरहम वहशियाना खेल-तमाशों का शौक़ नहीं गया।'

"हमारी शादी सेण्ट सूफ़िया के गिरजाघर में बड़ी धूम-धाम से होनेवाली थी। महीनों पहले से मेरे कपड़े सिये जा रहे थे। बेहतरीन ज़ेवर तैयार किये गये थे। शादी से कुछ दिन पहले थ्योडोरक के पिता ने यह खुशख़बरी सुनाई कि शहंशाह ने शादी के तोहफ़े के तौर पर थ्योडोरक को अपना चेम्बरलेन नियुक्त कर लिया है। यह सुनते ही थ्योडोरक घबराया हुआ मेरे पास आया। मैं अपने कमरे में बैठी दहेज की एक टेपेस्ट्री में आख़िरी टाँके लगा रही थी। उसने कहा गजब हो गया। मैं और शहंशाह का चेम्बरलेन, मैं रात ही को बन्दरगाह जाकर गॉल[1] रवाना होने का इन्तज़ाम करता हूँ। शादी के फ़ौरन बाद मेरे साथ चुपके से निकल चलना फ़ादर—उस वक़्त मुझे मालूम न था कि थ्योडोरक उन नौजवानों में से था जिन्हें आगनोस्टिक और 'विद्रोही' कहा जाता है।

"फ़ादर, मैं माँ-बाप और भाइयों की लाडली और बेहद जिद्दी लड़की थी। मैंने कहा वहशियों के देश जाती है मेरी जूती। मैं तो यहीं रहूँगी और तुम्हें भी यहीं रहना होगा। उसने कहा, 'सुनो, मुझे तुम्हारे शहंशाह, उसके ख़ानदान, लाट पादरी सारी

1. फ्रान्स।

बाज़नतेनी हुक़ूमत से नफ़रत है। मैं और उस दरबार की नौकरी करूँ। नामुमकिन।' हम दोनों में काफ़ी तकरार हुई। वह बुड़बुड़ाता हुआ बाग़ की दीवार फ़लाँगकर अपने घर चला गया।

"फ़ादर, अब ख़ालिस बाज़नतेनी परम्परा के अनुसार मेरी माँ की एक सेविका रेशमी परदे के पीछे छुपी यह सारा संवाद सुन रही थी। वह बलगारी सेविका भी वास्तव में हुक़ूमत की जासूस थी। उसने जाकर सारा क़िस्सा बादशाह से जड़ दिया। दूसरे दिन थ्योडोरक को गिरफ़्तार करने का हुक़्मे-ख़ास मेरे भाई इलग्जैण्डर सिल्वेरियस ही को दिया गया। साथ ही यह ताकीद भी की गयी कि थ्योडोरक को शराब में जहर मिलाकर पिला दिया जाए। मेरा भाई शाही हुक़्म की तामील के लिए तैयार हो गया। नहीं तो उसको भी क़त्ल कर दिया जाता। तब मैं उसी रात लबादा ओढ़, खंज़र और अशरफ़ियों की थैली लबादे में छुपा, थ्योडोरक के मकान पर पहुँची। उसके बाग़ की दीवार के ठीक नीचे समन्दर था और हम लोग आम तौर पर यहीं मिला करते थे। थ्योडोरक को इस हुक़्म की इत्तिला नहीं थी। वह ख़ुश-ख़ुश गुलाब की कियारी फ़लाँगता दीवार पर आया। मैंने उसे उस मनहूस ख़बर से अवगत किया। वह भौंचक्का रह गया। मैंने कहा—'मैं अपनी मूर्खता और ग़लती पर लज्जित हूँ। अब साथ चलने को तैयार हूँ। आओ, फ़ौरन भाग चलें, नहीं तो सुबह होते ही मेरा भाई तुम्हें गिरफ़्तार कर लेगा।' जानते हो थ्योडोरक ने क्या कहा? वह दीवार पर से कूदकर समुद्र के रुख़ खड़ा हो गया। बाजू फैलायें और बोला—'ए दौलत की गुलाम लोभी बाज़नतेनी रईसज़ादी...इस चाल से मुझे अभी पकड़वाने आयी हो...? खुदा हाफिज़..." और पानी में कूद गया।

"मैं हक्का-बक्का खड़ी-की-खड़ी रह गयी। उस वक़्त अगरचे मैं कम उम्र और कम अक़्ल थी। मुझे सहसा अहसास हुआ कि एक विकृत दुराचारग्रस्त समाज में एक वक़्त ऐसा आता है जब इन्सान का इन्सान पर से विश्वास पूर्ण रूप से उठ जाता है। मैं थ्योडोरक के साथ अपनी जान पर खेलकर भागने के लिए तैयार थी। हम लोग बलगारिया जा सकते थे। कार्पोथियन पहाड़ों में छुप सकते थे। कहीं भी जा सकते थे, लेकिन उसने मुझ पर भी शक़ किया—और अकेला चला गया। बाद में सुना गया कि वह फ्रान्स पहुँचा। वहाँ से बर्तानिया। वह मुझे छोड़कर भाग निकला। ख़ुदा करे उसे बर्तानवी वहशी खा गये हों..." मैंने आँसू पोंछे। फ़ादर ग्रैगरी ने नरमी से कहा, "बीबी फ़्लोरा साबीना। बर्तानवी अर्ध सभ्य है। आदमख़ोर नहीं। फिर क्या हुआ?"

"ख़ुदा का शुक्र है कि पिता पर शहंशाह का प्रकोप नहीं पड़ा। लेकिन बाद में हुक़्म मिला कि जल्दी-से-जल्दी कुसतुनतुनिया से रवाना होकर तेसफुन में बाज़नतेनी दूतावास का चार्ज लें। यह भी एक तरह की सज़ा थी क्योंकि शहंशाह जानता था कि मदाइन पर शीघ्र ही अरबों के कारण आफत आनेवाली है। उसमें

हम सब मारे जाएँगे। अतः कुछ दिनों बाद हमारे परिवार ने जहाज़ पर सवार होकर मेडीटेरियन सागर का रुख़ किया। समुद्र शान्त था और हवा अनुकूल थी।

"जहाज़ ने अन्ताकिया के किनारे लंगर डाला। हम लोग बन्दरगाह की सीढ़ियाँ चढ़े। शहर के म्यूजियम में मिस्र की मलिका का संगमरमर का पोर्ट्रेट देखा, जो एक रोमन मूर्तिकार ने केलोपेट्रा को अपने सामने बिठाकर बनाया था। सच कहती हूँ फ़ादर, केलोपेट्रा बिलकुल हसीन नहीं थी। न जाने उसे इतनी अधिक ख़ूबसूरत क्यों मशहूर कर दिया गया है? ख़ासी मोटी भद्दी नाक, ऊपर का होंठ मोटा, नीचे का पतला, मर्दाना कठोर चेहरा। उसे उत्कृष्ट और क़ुबूलसूरत ज़रूर कह सकते हैं, परी चेहरा कदापि नहीं...हम लोग अन्ताकिया से रवाना होकर मदाइन पहुँचे। दज़ला के किनारे वहाँ वालिद ने कुछ दिन बाद शाही महल में ईरान के शहंशाह के सामने दूतकर्म सम्बन्धी पत्र पेश किये। वह बादशाह था तो साइरस और दारा का जॉनशीन मगर जब तक यह लोग भी हमारी तरह बेहद डेकेडेण्ट हो चुके थे। यहाँ भी कुसतुनतुनिया की तरह दरबारी षड्यन्त्रों और राजवंश में एक-दूसरे के क़त्ल-ख़ून का बाज़ार ग़रम था और भोग-विलास का बाहुल्य था। शाही महल में रोज़ ज़श्न होते थे।

"तेसफून में एक रोमन जनरल मुझ पर मोहित हुआ। लेकिन वह रोमन कैथोलिक था। और हम लोग ग्रीक ऑर्थोडोक्स। अब्बा उससे मेरी शादी के लिए राज़ी न हुए जबकि मैं तैयार थी। कुसतुनतुनिया में मैंने सुना था कि ईरान और तूरान के घुँघराली दाढ़ियोंवाले क्रोधातुर अग्निपूजक अपनी औरतों को परदे में क़ैद रखते हैं और बहुत वहशी लोग हैं। मगर वह हम बाज़नतीनियों से बढ़-चढ़कर सभ्य, सुशील और रसानुभवी निकले और हमारी तरह सुन्दर भी और वह अग्नि मन्दिर के मुख्य पुरोहित का बेटा...दस्तूरज़ादा मनुचहर फ़ीरोज़"...मैं कुछ याद करके उदास हो गयी। फ़ादर ग्रैगरी ने कन्फ़ेशन सुननेवाले स्वर में कहा—"बीबी, कहे जाओ। मैं सुन रहा हूँ।"

"फ़ादर, मनोचहर...वाक़ई मनोचहर था यानी ख़ूबसूरत। उसने मेरे नाम का अनुवाद अपनी फ़ारसी भाषा में गुलबानो किया था। वह मुझसे कहता...गुलबानो ...गुलचेहरे...गूँचे...गुलबदन...। पैग़म्बर मेहर आबाद की क़सम...तुमने मुझसे शादी न की तो मैं दज़ला में कूदकर जान दे दूँगा। चलो, हम लोग आतिशे-बेरहम की ग़वाही में चुपके से विवाह कर लें। मैं राज़ी हो गयी। उस शाम हम दज़ला के किनारे एक कुंज में बैठे यह स्कीम बना रहे थे। दुर्भाग्य से शायद यहाँ एक सासानी जासूस झाड़ियों में छुपा बैठा था। बजरे पर सवार होकर शाम को जब मैं अपने मकान पहुँची, मुझे फ़ौरन अपने कमरे में बन्द कर दिया गया। मैं कभी कमबख़्त थ्योडोरक को याद करके रोती। कभी रोमन जनरल को और कभी दस्तूरज़ादा मनोचहर फ़ीरोज़ को...तीसरे रोज़ सुबह, अम्मी सुर्ख़ आँखें लिये कमरे में आयीं और कहा, 'बेटी सफ़र

के लिए तैयार हो जाओ।' मैं समझी शायद बाज़नतियम वापस जाते हैं। फ़ौरन गुलाब जल से मुँह धोया। हमाम में जाकर नहाई। कपड़े बदले। बाहर आयी, लेकिन मुझे देखकर सब घरवाले बिलकुल ख़ामोश। बलगेरियन गुलाम और कनीज़ें भी चुप। कुछ पता न चला कहाँ जा रहे हैं। शायद मुझे समन्दर में डुबोने के लिए ले जाते हों। अब्बा अपनी कठोरता और संगदिली के लिए मशहूर थे। थर-थर काँपती मैं दरवाज़े से निकली। अम्मी मुझसे लिपटकर ख़ूब रोयीं। मगर वह भी ख़ामोश। कनीज़ों ने मुझे गजावे में सवार कराया। ऊँटनी हिल-डुलकर उठी। चलने लगी—डर लगा कि अब गिरी। अब्बा और दोनों भाई घोड़ों पर सवार हुए। नौकरों ने वह सन्दूक जिसमें मेरे दहेज़ का ज़रो-जवाहर और सोने-चाँदी के बरतन कुसतुनतुनिया साथ-साथ आये थे, सवारी के जानवरों पर लादे। अम्मी दरवाज़े पर खड़ी रोती रहीं। कारवाँ रवाना हुआ। तेसफून की शहरपनाह से निकलकर शाम का रुख़ किया। दमिश्क पहुँचे। रास्ते में जहाँ-जहाँ आराम के लिए ठहरे वालिद और भाई चुप। मुझे अब अच्छी तरह अहसास हो चुका था कि काफ़िर अग्निपूजक से इश्क़ की सज़ा वालिद के नजदीक मौत से कम तो कुछ हो ही नहीं सकती।

"दमिश्क से काफ़ी दूर जाकर एक पर्वत शिखर पर जेतून के वृक्षों में छिपा एक ग्रीक ऑर्थोडोक्स ख़ानक़ाह नज़र आयी। उसके फाटक पर पहुँचकर काफ़िला रुका। अब्बा ने घोड़े से उतरकर ख़ानक़ाह के घण्टे का रस्सा तीन बार हिलाया। कुछ देर बाद काष्ठ-द्वार चरचराता हुआ खुला और एक यूनानी बूढ़ी बैरागिन ने झाँका। चन्द मिनट बाद दूसरी यूनानी वृद्धा हम लोगों को अन्दर ले गयी। एक बड़े कमरे में सर्द भूरे पत्थरों का फ़र्श। सर्द पथरीली दीवारें। दीवारों में एक छोटी-सी खिड़की। दो खुरदरी बेंचें। वह वृद्धा ख़ानक़ाह की एबेस और संन्यास लेने से पहले एक बाज़नतीनी शहज़ादी थी। दूसरे कमरे में जाकर वालिद ने उससे बहुत देर तक बातें कीं। फिर मुझे बुलाया और इतने दिनों बाद पहली बार बोले। कहने लगे—'देखो बेटी, जो हुआ, सो हुआ। अब तुम्हारी बेहतरी इसी में है कि मैं तुम्हें हमेशा के लिए प्रभु यीशु की शरण में दे दूँ।'

'जी अब्बा' मैंने सिर झुकाकर कहा। इसके अलावा कर भी क्या सकती थी!

"वालिद दूसरे कमरे में आये। ऊँटबानो को इशारा किया। उन्होंने अशरफ़ियों आदि से भरे हुए सन्दूक मदर सुपीरियर के सामने रखे, जो अब्बा ने दस्तूर के अनुसार मेरे आसमानी जहेज़ के तौर पर ख़ानक़ाह की भेंट किये। इसके बाद अब्बा ने मुझे गले लगा लिया। मेरे सिर पर हाथ फेरा। आँसू रोके। भाइयों ने भी अपनी आँखों की नमी ख़ुश्क की। अब मैं यीशु की दुलहन बननेवाली थी। वे तीनों, मेरा बाप और मेरे भाई, मेरे सामने सम्मानपूर्वक घुटनों के बल झुके और कहा—'हमारे लिए दुआ करना'—और उठकर बाहर चले गये। मेरा जी चाहा दहाड़ें मार-मार रोऊँ! हिम्मत से काम लेकर सलाखोंवाली खिड़की में से झाँका। वे तीनों फाटक से निकले,

घोड़ों पर सवार हुए। सिर झुकाये पहाड़ी रास्ते पर उतर गये और रात के धुँधलके में नज़रों से ओझल हो गये। उनके पीछे-पीछे वह कोतल ऊँट, एक पर ख़ाली महमिल। दूसरे ऊँट, जो मेरा जहेज़ लादकर यहाँ लाये थे, अब ख़ाली जा रहे थे। यूनानी वृद्धा ने बाहर जाकर फ़ाटक में ताला चढ़ा दिया और कुंजियों का गुच्छा झनझनाती, शमा हाथ में लिये वापस आयी और कहा—'चलो।' मैं एक अँधेरी सर्द गैलरी में उसके पीछे-पीछे चलने लगी। वह एक कोठरी में दाख़िल हुई। सर्द पथरीली दीवारें। सर्द फ़र्श, एक छोटी-सी सलाखोंदार खिड़की, मसेहरी के बजाय लकड़ी का तख़्ता जिस पर बकरी की ऊन का कम्बल बिछा था। उस पर भेड़ की ऊन का खुरदरा लबादा मेरे लिए तैयार रखा था। एक काली तसबीह सिरहाने एक शमादान दीवार पर स्याह सलीब और एक बाज़नतीनी आइकन[1] तिपाई पर एक पत्थर का प्याला, एक रकाबी, लकड़ी का एक चमचा। बूढ़ी नन गैलरी में चली गयी। मैंने मोतियों से सुसज्जित जड़ाऊ कपड़े का सुर्ख़ गाउन उतारा। खुरदरी चादर पहनी। गाउन का बण्डल बनाकर नन को थमा दिया। दरवाज़ा अन्दर से बन्द करके यीशु की प्रतिमा के सामने घुटनों के बल बैठ गयी।"

मैंने बात ख़त्म की। फ़ादर इस बीच सिगरेटों का आधा पैकेट फूँक चुका था।

"इसके बाद...?" उसने चौंककर पूछा।

"वह बड़ी दुर्घटनाओं और आपत्तियों से भरा हुआ ज़माना था। हमारा शहंशाह हर्कल निरन्तर अरबों से जा भिड़ता और बुरी तरह हार जाता। हमारे कुछेक बुज़ुर्ग पादरियों का कहना था कि हम लोग इतने अधिक गुमराह हो चुके हैं कि ख़ुदा हमसे नाराज़ है। हमारे तेसफून आने से चन्द साल पूर्व ही वह रोमांचक घटना घटी थी जब अरब की मरुभूमि से निकलकर दो फ़कीर समान एलची पैग़म्बर मोहम्मद का एक महत्त्वपूर्ण पत्र लेकर शाहे-ईरान के पास आये थे, जिस तरह का पत्र ऐसे ही दरवेश नुमा एलची हमारे शहंशाह के पास लाये थे और जैसा अपमानपूर्ण व्यवहार उसने उनके साथ किया था। उसी तरह शहंशाह ख़ुशरो परवेज़ ने मज़ाक उड़ाते हुए वह ख़त पढ़ा और एलचियों को दरबार से निकाल दिया। उसके कुछ वर्ष बाद ही सासानी हुक़ूमत हमेशा के लिए मिट गयी। जब हम लोग मदाइन में थे। वह शाह ख़ुशरो के अन्तिम उत्तराधिकारी का दौर था। वह अब भी अपनी स्वर्ण कुर्सी पर परदे के पीछे बैठा रहता था।

"ख़ानक़ाह में क़ैद, बाहरी दुनिया से मेरा सम्बन्ध पूर्णतः कट चुका था। कुछ वर्षों बाद, दमिश्क से आनेवाले चन्द पादरी यह ख़बर लाये कि शाह ने जो फ़ौज कुछ समय से अरबों के ख़िलाफ़ कल्दानिया भेज रखी थी। उसके ज़वाबी हमले में अरब ख़लीफ़ा की फ़ौजों ने तेसफून ही का सफ़ाया कर दिया। अब्बा इस जंग से

1. ईसा और मरियम की तसवीर।

ज़रा पहले कुसतुनतुनिया वापस बुला लिये गये थे। शाम और मिस्र हमारे हाथों से निकले। ईरान सासान के वंशजों ने खोया। मुझे अब्बा की तरफ़ से बड़ी फ़िक्र थी और तीनों ज़वान फ़ौजी भाई। जाने अब उनको किस क़त्लगाह में भेज दिया जाए। मैं सुबह-शाम दुआएँ माँगा करती। इबादत के अलावा और कोई काम ही नहीं था।

"लेकिन अजीब बात यह थी कि नयी अरब हुक़ूमत ने हमारे साथ बहुत अच्छा व्यवहार किया। सुना गया, वह कहते थे कि वह अपने प्राफेट के उस चार्टर पर अमल कर रहे हैं जो उन्होंने ख़ानक़ाह सेण्ट कैथ्रीन के संन्यासियों को दिया था।

"सूर्यास्त के बाद जब हममें से कोई 'नन' छत पर कन्दील रोशन करने जाती तो लेबनान और फलस्तीन और मिस्र की ओर जानेवाले कारवाँ घण्टियाँ बजाते घाटी में से गुज़रते नज़र आते। कभी-कभी उनमें से कोई आवाज़ देता—'पैग़म्बर ईसा की अनुयायी महिमावान महिलाओ! तुम पर सलामती हो।' जवाब में हम देर तक क़न्दीलें उठाये बुर्जी में खड़े उनको रास्ता दिखाते रहते। यहाँ तक कि वह मुसाफ़िर धुँधलके में खो जाते।

"दमिश्क और यरोशलम की ईसाई अमीरज़ादियाँ अपनी दासियों और गुलामों के साथ हमारे गिरजाघर में दफ़न सेण्ट साइमन के मज़ार पर बहुमूल्य चादरें चढ़ाने आतीं और मैं बड़े रश्क से उनकी झिलमिलाती पोशाकें देखा करती।

"एक सुबह मैं छत पर कबूतरों को दाना खिला रही थी, जब दूर से एक काफ़िला आता दिखाई दिया। आगे-आगे सफ़ेद घोड़े पर एक शहज़ादी सवार थी। बाक़ायदा सुनहरा ताज़ सर पर, बायें हाथ में सेण्ट जार्ज का ध्वज। गवर्नमेण्ट के दो अरब अफ़सर घोड़ों पर सवार उसके दायें-बायें आ रहे थे। मैंने हैरत से सोचा कि किस देश की मलिका है—वह गर्जिस्तान[1] की शहज़ादी कातंका थी।

"ज्यों ही मैंने यह नाम लिया, फ़ादर ग्रेगरी चौंक पड़ा और जल्दी-जल्दी सिगरेट का कश लगाने लगा। मैंने क़िस्सा ज़ारी रखा।

"वह इतनी दूर-दराज़ का सफ़र करके सेण्ट साइमन के मज़ार की ज़ियारत करने आयी थी। अरब ख़लीफ़ा के अफ़सरों ने उनको ख़ानक़ाह तक सम्मानपूर्वक पहुँचाया। बड़ी अलबेली, शानदार मनचली शहज़ादी थी। जो बाँके मुसलमान सहसवार उसे फाटक तक छोड़ने आये थे, उनसे इतनी देर तक मीठी-मीठी बातें करती रही कि हम लोग जो उसके स्वागत के लिए निकले थे, खड़े-खड़े थक गये।

"हम चार राहिबायें उसकी मेज़बानी के लिए नियुक्त की गयीं। शहज़ादी एक महीने हमारे यहाँ मेहमान रही। ख़ानक़ाह और गिरजा को सोना और जवाहर भेंट किये। सेण्ट के मज़ार पर सोने-चाँदी के तारों से बने बेल-बूटेदार कपड़े की चादर चढ़ाई, जिसके किनारों पर याक़ूत और ज़ुमुर्रूद से गुले-सनोवर की बेल बनाई गयी थी।

---

1. जार्जिया

"चलते वक़्त शहज़ादी ने हमारी एबिस से दरख्वास्त की कि उसने अपने राज्य में एक नयी ख़ानक़ाह और पूजागृह निर्माण कराया है, उसकी देखभाल के लिए चन्द अनुभवी राहिबाओं को उसके साथ भेज दें। एबिस ने मुझे, तीन और लड़कियों को हुक़्म दिया कि शहज़ादी के साथ जार्जिया रवाना हों। मैं ख़ुशी से तैयार हो गयी। बाक़ी राहिबाओं में से दो तो रास्ते में ही मर गयीं। वह दोनों बेचारियाँ मिस्री लड़कियाँ थीं। रास्ते में पहाड़ों की शदीद सरदी बर्दाश्त न कर सकीं। तीसरी लड़की यूनानी थी। उसके बाप ने उसे भी ज़बरदस्ती ख़ानक़ाह में ठूँस दिया था। वह तर्बजून के क़रीब काफ़िले से बिछुड़ गयी और कहनेवाले कहते हैं कि किसी अरब या बाज़नतीनी सौदागर के साथ भाग गयी। ख़ुदा तू बेहतर जानता है।

उसी शहज़ादी ने इस पहाड़ पर यह रबात[1] निर्माण करवाया था। यह सामने वाला गिरजा बहुत बाद में बना होगा। मैं मरते दम तक यहाँ रही। अकसर मुझे अपने घरवालों की याद आती और फ़िक्र सताती। बाज़नतियम से जार्जिया सौदागर और पादरी लोग अकसर जाते-आते रहते थे। उनसे वहाँ की ख़बरें मालूम होती रहतीं। नियम अनुसार मैं अपने माँ-बाप से पत्र-व्यवहार नहीं कर सकती थी क्योंकि अब वे सब मेरे लिए अजनबी थे। मेरा रिश्ता सिर्फ़ ख़ुदा से था। बाज़नतियम से आनेवाले पादरी बताया करते, "कुसतुनतियन द्वितीय को उसके बेटे थ्योडोसिस ने क़त्ल किया। फिर उसके बेटे मोगोनेट्स ने अपने भाइयों हर्कल और टाईबेरियस की नाकें ही काट डालीं छुरी से और बेशुमार पादरी सूली पर चढ़ा दिये गये। फिर एक मुसाफिर ने जो न जानता था कि मैं कौन हूँ, बातों-बातों में ज़िक्र किया कि बाजनतियन के पिछले गृहयुद्ध में जो क़त्लेआम हुआ, उसमें वज़ीर स्टीफन होनोरियस और उसके तीनों बेटे मारे गये। लेडी आयरीना मारिया बहुत पहले ही मर चुकी थीं।

"उस रात मैं अपनी कोठरी में बिलख-बिलखकर निरन्तर रोयी। बर्फ़ के पानी से आँखें धोकर सुबह की इबादत में शामिल हुई। उसके बाद मैंने बाग़ के दरख़्तों, फूल-पत्तों, पशु-पक्षियों, तितलियों से भी अपना दिल हटा लिया कि यह सब प्रकृति के प्रतीक किसी-न-किसी तौर से दिल को राहत पहुँचाते थे और हर्ष की निशानी थे—महज़ ग़म—ख़ालिस ग़म और यातना मेरा हिस्सा थे। और वह मुझे पूरी तरह मिले। मैं घण्टों सजदे में पड़ी रहती, लगातार रोज़े रखती। टाट ओढ़कर, सर पर राख डालकर अपने पिछले किये और न किये गुनाहों की मुआफ़ी चाहती लेकिन फ़ादर ग्रैगरी, हम यूनानियों के यहाँ जो केथार्सिस की कल्पना है वह बिलकुल अर्थहीन है। केथार्सिस कोई चीज़ नहीं, निरन्तर यातना है। प्रभु मसीह की सलीब पर सहन की हुई यातना हक़ीक़त की बुनियादी हक़ीक़त है।

"अब मेरे संयम और पारसाई, विनम्रता और सहनशीलता के चर्चे कफ़काज़

---

1. आश्रम

के पहाड़ों में दूर-दूर तक होने लगे। लोग मेरे पास दुआ-दरू के लिए आने लगे। इत्तिफ़ाक और ख़ुदा की रहमत से ऐसा हुआ कि बहुत-से मरीजों के लिए मैंने दुआ की और वह अच्छे हो गये। अपाहिज़ और बूढ़े डोलियों में बैठकर मेरे पास आने लगे। फिर एक छूत लगनेवाली ख़तरनाक बीमारी का मरीज आया। मैंने उसकी तीमारदारी में दिन-रात एक कर दिया। वह तो अच्छा हो गया। मैं उसी मरज में मुब्तिला होकर मर गयी। अब मुझे याद नहीं वह क्या मरज था। मरते समय मेरी उम्र 45 वर्ष की थी। मेरा ताबूत दस्तूर के अनुसार उसी ख़ानक़ाह के तहख़ाने में रख दिया गया।"

"बहुत हसीन थीं—?" फ़ादर ने पूछा।

"बेहद।"

"मैं भी।"

उस वक़्त ऐ ख़ुदा मुआफ़ करना। मेरे दिल में ख़याल आया—यह आरज़ू पैदा हुई कि काश, जब यह ज़िन्दा था और फ़ादर नहीं था और यह ग्रेण्ड ड्यूक ऑफ़ तब्लिसी का बेटा था और मैं बाज़नतियम के राजदूत की हसीन लड़की। उस वक़्त अगर हमारी मुलाक़ात होती—मगर तेरे भेद तू ही जाने—मैंने फ़ादर को अपने क़िस्से के अन्दाज़ से सूचित किया—"मेरे मरने के बाद यात्री दर्शन के लिए यहाँ आने लगे। कुछ चमत्कार मशहूर हो गये। सदियाँ गुज़रती गयीं। सन् 1872 में चर्च ने फ़ैसला किया कि किसी पुनीतात्मा बन्दे या बन्दी को सेण्ट घोषित करने के लिए इस पद की जिन शर्तों को पूरा करना ज़रूरी है जैसे कुछ प्रमाणित चमत्कार। विश्वस्त जीवन-चरित्र वग़ैरह। अगर मेरे हालात इन शर्तों को पूरा करते हों तो मुझे सेण्ट बना दिया जाएगा। वर्षों यह अनुसन्धान चला किया। नियमानुसार मेरा केस मास्को के सबसे बड़े विशप के पास भेजा गया। आख़िर में यह फ़ैसला किया गया कि 25 नवम्बर 1921 के दिन मुझे सेण्ट फ़्लोरा साबीना बना दिया जाएगा। उस रोज़ मेरा जश्न मनाने की तैयारी की जा रही थी मगर उसी तारीख़ से कुछ दिन पूर्व यह चर्च और ख़ानक़ाह ही बन्द कर दी गयी। लिहाज़ा मैं ऑफीशियल तौर पर सेण्ट फ़्लोरा नहीं हूँ। वैसे शायद हूँ। फ़ादर अब तुम बताओ, तुमने सांसारिक विषयवासना का त्याग क्यों किया? दुनिया सिर्फ़ मर्दों के लिए बनाई गयी है। वह त्याग क्यों करते हैं? क्या वही पुराना क़िस्सा मेहबूबा की बेवफाई..."

वह चुप रहा।

ए ख़ुदा—मैं बड़ी नम्रता से इकरार करती हूँ कि औरत का स्वभाव साढ़े तेरह सौ वर्ष मौत की नींद सोने के बाद भी नहीं बदलता। मैंने बड़ी दिलचस्पी से कुरेदा।

"फ़ादर ग्रैगरी, क्या शहज़ादी कातंका ही तुम्हारी बेवफ़ा मेहबूबा तो नहीं थी? क्योंकि ख़ुदा बख़्शे वह बड़ी दिल फेंक और आशिक़-मिजाज़ ख़ातून मशहूर थी—क्या उसके कारण तुम अपना घर-बार उजाड़ बैठे?"

फ़ादर ने कटुता से जवाब दिया, "लेडी फ़्लोरा, तुम गड़े-मुर्दे उखाड़ती हो।"

"हा-हा-हा" मैंने उसके सेन्स ऑफ़ ह्यूमर की दाद दी। बल्कि ब्लैक ह्यूमर। उसने आतुरता से एक और सिगरेट सुलगाया।

मैंने कहा—"फ़ादर, ज़्यादा तम्बाकू-नोशी तुम्हारे फेफड़ों के लिए हानिकारक है"—सहसा ख़याल आया—यह भी ब्लैक ह्यूमर है।

"चर्चा के प्रसंग में—तुम्हारी उस बेहद धर्मनिष्ठ कातंका ने जार्जिया पर अरबों का कब्ज़ा होने के फ़ौरन बाद तिफ्लिस के एक अरब जनरल से ब्याह रचा लिया था।" फ़ादर ने रुखाई से कहा।

"अरे..." मैं भौंचक रह गयी।

"स्पष्ट है, यह तुम्हारी मृत्यु के बाद की घटना है। मैं लाख ग्रेण्ड ड्यूक का बेटा सही मगर अरब-प्रभुत्व हो जाने के बाद मेरी क्या हैसियत थी। मैं तो अपनी जागीर के मामलों से भी बेपरवाह, सारा वक़्त तिफ्लिस के चर्च के लेखन-गृह में गुज़ारता था। शहज़ादी कातंका हवा का रुख़ पहचानती थी। ज़माना अब अरबों के साथ था। मैं राजनीति से दूर भागनेवाला और कातंका राजनीति की दाँव-पेंच की उस्ताद। मुझे पहल-पहल बहुत दुःख हुआ। मानसिक और भावात्मक। फिर मैंने सोचा। मियाँ ग्रैगरी औरत ज़ात इस लायक नहीं कि उसके लिए रोया-धोया जाय। समय की बरबादी। रहीं हसीन लड़कियाँ, तो उनकी कहीं कमी नहीं। वह कौन-सी अप्राप्य चीज़ें हैं? अतः मैंने किताबों में जी लगाया लेकिन तिफ्लिसी के चर्च के लेखन-गृह में निरन्तर रिसर्च के लिए उन राहिबों के सिलसिले में शामिल होना ज़रूरी था। मैंने आव देखा न ताव, राहिब भर्ती हो गया। कुछ महीने बाद कार्थेज़ चला गया और ख़ास उस मदरसे में काम किया जहाँ सेण्ट आगस्टाइन ने पढ़ाई की थी। फिर रोम गया। ऐथेन्स गया। तुम्हारे वतन कुसतुनतुनिया गया। नहीं, अपनी यात्रा के बीच तुम्हारा थ्योडोरक गैलिसिस मुझे कहीं नहीं मिला। कहीं मर-मरा चुका होगा।"

"खुदा न करे।" मैं अनायास बोल उठी। फ़ादर हँसने लगा—"फिर काले-सागर[1] के रास्ते गिर्जिस्तान वापस आया। नहीं, मैं शहज़ादी कातंका के कान्वेण्ट भी कभी नहीं आया। वह सामने जो नीले रंग की पर्वत माला देखती हो न—उसके दामन में एक आश्रम मौजूद था। कुछ राहिब पर्वत की गुफाओं में रहते थे। मैंने भी एक अलग-थलग गुफा में अपना ठिकाना बनाया। सामने पत्थरों की दीवार चुनकर उस पर रंग-बिरंगे फूलों की बेलें चढ़ाईं। आराधना के लिए हम लोग बड़े गिरजाघर में जाया करते थे और खाना मिल-जुलकर ख़ानक़ाह के हाल में खाते थे। हम में से बहुत से लोग स्कॉलर थे। रात को अकसर ज्ञान के मामलों पर बहसें

1. ब्लैक सी

होतीं। कोई शामत का मारा नेस्टोरियन सेण्ट्रल एशिया से आ निकलता तो उससे झाँय-झाँय करते। वह कहता—"माँ मरियम ईसा मसीह की माँ है, ख़ुदा की माँ नहीं।"—हम कहते—"तुम्हारे पास क्या सबूत है?" कोई सीरियन पादरी आ पहुँचता। उससे झड़प रहती। वह कहता—मसीह के प्रकृति के एकत्व को स्वीकार कर लो। हम कहते—हरग़िज नहीं। इन झड़पों से तंग आकर कई राहिब तिफ्लिस पहुँचे और मुसलमान हो गये।"

सारांश यह कि बड़ा अच्छा वक़्त गुज़र रहा था। मसीह के जन्म-दिवस की ख़ुशी से दो दिन पहले की बात है। मैं सुबह मुँह-अँधेरे बावर्चीख़ाने के लिए लकड़ियाँ काटने जंगल में गया। सारा जंगल बर्फ़ से ढँका हुआ था। घाटी में गिरजाघर के सुरीले घण्टे बज रहे थे और खरगोश और गिलहरियाँ मेरे चारों तरफ़ दौड़ती फिर रही थीं। एक कोण्टाकिया गुनगुनाते-गुनगुनाते मैंने ज़ोर-से कुल्हाड़ी, जो दरख़्त के तने में मारी, वह आकर मेरे पाँव में लग गयी। मैंने फ़ौरन थोड़ी-सी बर्फ़ से ज़ख़्म साफ़ करके हरे पत्तों की पट्टी बाँधी। लकड़ियाँ काटकर ख़ानक़ाह में वापस आया और रोज़मर्रा के कामों में व्यस्त हो गया। रात को अपने कक्ष में जाकर सोने से पूर्व रोज़ की तरह मोमबत्ती जलाई और सेण्ट आगस्टेन की आत्म-स्वीकृतियों का अध्ययन शुरू किया। कुल्हाड़ी के द्वारा रुधिर के विषाक्त हो जाने के कारण सुबह तक ख़त्म हो चुका था। गुज़रते समय आयु 54 वर्ष की थी। मुझे मालूम नहीं, इस तहख़ाने में कब और क्यों मुन्तक़िल किया गया।

शायद शहज़ादी कातंका ने ताबूत मँगवा लिया हो। मैंने सोचा, लेकिन ख़ामोश रही।

अलाव बुझ चुका था। सर्द हवा में हमारे ढाँचे लड़खड़ाने लगे। फ़ादर ग्रैगरी ने कहा :

"आओ, चलकर कहीं से गर्म कपड़े तलाश करें। ख़ुदा हमारे साथ है।"

सनोवरों के जंगलों में से गुज़रकर हम दोनों एक गिरजा में पहुँचे जो अपेक्षाकृत बहुत आधुनिक था, यानी गिर्जिस्तान की मलिका गोरानदुख़्त ने 11वीं सदी में बनवाया था। यह शायद एक 'फंक्शनिंग चर्च' था क्योंकि अन्दर तेरे सुसज्जित स्वर्ण आईकनों के सामने ऊँचे शमादान रोशन थे और पादरी के कमरे का दरवाज़ा खुला पड़ा था। हम अन्दर गये। गैलरी में एक अलमारी नज़र आयी, जिसमें पादरियों के स्याह चोगे लटक रहे थे। पादरी शायद अपने मकान में सो रहा था। फ़ादर ग्रैगरी ने अलमारी में से दो लबादे हड समेत चुराये जो हम दोनों ने फ़ौरन पहन लिये। जान में जान आयी। ठीक उसी समय अलमारी के पीछे एक परछाईं दिखलाई दी। एक व्यक्ति ने चेक का कोट, ब्राउन पतलून, सर पर घने खिचड़ी बाल, मोटे शीशों की ऐनक। वह भी एक चोगा चुराने में व्यस्त था। हमें देखकर अलमारी

के पीछे दुबक गया। हम दोनों फ़ौरन बाहर आ गये और उस शख़्स के डर से भाग खड़े हुए। लड़खड़ाते-लड़खड़ाते पहाड़ी उतरने लगे। चन्द मिनट बाद पलटकर देखा—वह व्यक्ति भी एक राहिब की सादा पोशाक़ में हमारे पीछे-पीछे आ रहा था। हमने जल्दी से खैमाग़ाह का रुख़ किया ताकि वहाँ के मजमे में खो जाएँ लेकिन वहाँ से लड़के और लड़कियाँ अब अपने-अपने बैग उठाये जहाज़ की ओर बढ़ रहे थे, जो पास ही जेटी पर खड़ा था।

एक लड़का और लड़की बातों में खोये हुए साथ-साथ चल रहे थे। उनकी पीठ पर जो बैग बँधे हुए थे, उनमें दो-दो जोड़ी चमड़े के दस्ताने लटक रहे थे। फ़ादर ग्रैगरी ने फ़ौरन हाथ की सफ़ाई दिखाई। उसके बाद वह एक ख़ाली खेमे में घुस गया और वहाँ से दो जोड़े फुलबूट और दो मफ़लर उड़ा लाया। एक और खेमे से स्याह चश्मे दो अदद पार किये। अब हम दोनों ने एक पेड़ के नीचे जाकर फुलबूट और समूरी-अस्तरवाले चर्मी-दस्ताने पहने। गॉगेल्ज़ से आँखें और मफ़लर से गर्दनें छिपाईं और बीसवीं सदी के पिचहत्तरवें साल का मुक़ाबला करने के लिए तैयार हुए। अब हमें देखकर कोई नहीं कह सकता था कि दो मुर्दे जा रहे हैं। हमारे चेहरे हुड में छिपे हुए थे। आँखें गॉगेल्ज़ में। जीते-जागते राहिब और राहिबा मालूम हो रहे थे।

अब पौ फटनेवाली थी। दरिया पर गहरी धुन्ध छायी हुई थी। जहाज़ ने रवानगी का भोंपू बजाया। लड़कों और लड़कियों का समूह, गाता-बजाता सीढ़ी पर चढ़ने लगा। वे कई-सौ स्टुडेण्ट्स थे। हम भी उनकी भीड़ में जा घुसे और जहाज़ पर चढ़ गये। धुँधलके पर भीड़-भड़क्के में हमें किसी ने नहीं देखा... जहाज़ पर पहुँचकर अब जो पलटकर देखती हूँ तो वह रहस्यमय व्यक्ति मौजूद। वह भी हमारे साथ-साथ लगा रहा। हम फ़ुर्ती से एक अँधेरे कोने में दुबक गये। वह भी हमारे साथ बैठ गया। जहाज़ ने लंगर उठाया और दक्षिण की ओर रवाना हुआ।

हम दोनों भूख-प्यास और नींद से बेपरवाह थे। उस तीसरे पर क्या गुज़र रही होगी, इसका अन्दाज़ा हमें नहीं हुआ, लेकिन वह बिलकुल चुपका बैठा रहा। दूसरी रात जहाज़ ने बातूनी पर लंगर डाले। गाते-बजाते नवजवानों की भीड़ के साथ-साथ हम तीनों जहाज़ से उतरकर साहिल पर आ गये और जल्दी-जल्दी एक तरफ़ को चलने लगे। पता ही नहीं था कि किधर जा रहे हैं। महज़ भागने से ग़रज थी। साल भर के एडवेंचर की आकांक्षा जो तुझसे की थी।

चलते-चलते हम लोग एक जगह पहुँचे, जहाँ बहुत सारी कश्तियाँ खड़ी थीं। अभी सूरज निकलने में देर थी और साहिल सुनसान पड़ा था। फ़ादर ग्रैगरी ने एक मोटर बोट का रस्सा उसके खूँटे से अलग किया और तेरा नाम लेकर उसमें कूद गये, और मेरा हाथ पकड़कर मुझे सवार कराया। क्या देखती हूँ कि वह तीसरा किनारे पर मौजूद। या अल्लाह! सुना था कि मौत ज़िन्दगी का पीछा करती है। यहाँ उल्टा हिसाब था। उसने हाथ हिला-हिलाकर ज़ोर से कहा—मुझे भी साथ ले

चलो—मुझे भी। उसने पहली बार बात की थी। फ़ादर ने इशारे से उसको बोट में बुला लिया और इंजिन स्टार्ट किया। इस महारत से जैसे सातवीं सदी ईसवी के दरियाये कुरा में आप मोटरबोट ही पर तिफ़्लिस आया-जाया करते थे।

वह अनजान व्यक्ति आकर हमारे बराबर बैठ गया। फ़ादर ग्रैगरी ने एकदम प्रोफेशनल आवाज़ में पूछा—

"प्यारे बेटे, तुम्हें क्या तकलीफ़ है? तुम मलिका गोरानदुख्त के गिरजा से लेकर यहाँ तक हमारा पीछा क्यों कर रहे हो?"

सहसा मुझे सम्बोधित किया—"यह जैट कश्ती है..." फिर उस आदमी की तरफ़ रुख़ करके कहा—"हाँ, तो प्यारे बेटे, तुम्हें क्या तकलीफ़ है?"

उसने अपने मुँह पर हाथ रखकर धीरे से कहा। "फ़ादर, मैं एक डिसीडेण्ट इण्टलेक्चुअल हूँ। वेस्ट को डीफेक्ट कर रहा हूँ। मेरी मदद करो।"

"वेस्ट...?" फ़ादर ने फ़ौरन कश्ती का रुख़ पश्चिम की ओर कर दिया। "बलगारिया की कौन-सी बन्दरगाह जाना चाहते हो?" उस क्षण फ़ादर ग्रैगरी की खोपड़ी से वर्तमान विद्याएँ और सामान्य-ज्ञान शायद अस्थायी तौर पर ग़ायब हो चुका था या उनकी खोपड़ी उस वक़्त कहीं और थी। बहरहाल! उस व्यक्ति ने घबराकर कहा—"फ़ादर शायद आप सन् 45 ई. के बाद से अपनी ख़ानक़ाह से बाहर नहीं निकले।"

"सन् 45 में, मैं तिफ़्लिसी में था"—फ़ादर बोला। मगर शुक्र है मोटर के शोर में उस शख़्स ने यह बात नहीं सुनी। वह कहता रहा। "फ़ादर, वेस्ट अब बर्लिन की दीवार के दूसरी तरफ़ से शुरू होता है।"

"या ख़ुदा! मैं भोली-भाली हव्वा की कमअक़्ल बेटी..." मैं बोल उठी।

"दीदारे चीन तो मैंने भी सुनी है...सफ़ेद-सिकन्दरी और दरबन्द हमारे कफक़ाज़ ही में मौजूद हैं...यह बर्लिन की दीवार कहाँ है?"

फ़ादर ने मुझे टहोका दिया कि चुप रहूँ। उस क्षण फ़ादर ग्रैगरी की सारी 'समकालीन चेतना' वापस आ चुकी थी। उन्होंने मोटर बोट का रुख़ तुर्की की तरफ़ कर दिया। कश्ती खुले समन्दर में फर्राटे भरती हवा से बातें करने लगी। फ़ादर ने उस डिसीडेण्ट इण्टलेक्चुअल से कहा—"प्यारे बेटे; ख़ुदा को याद करो जिसने यूनुस पैग़म्बर को बचाया। हमारा भी हाफ़िज़ और नासिर है और समन्दरों का सितारा—माँ मरियम हमारी रहनुमाई करनेवाली हैं..."

"आमीन..." मैंने कहा। "प्यारे बेटे, ख़ुदाबन्द करीम, बादबानी जहाज़ों और कारवानों के रहबर को याद करो। मैं उम्मीद करती हूँ कि तुम मसीही सन्तों और शहीदों के हालात नियमित रूप से पढ़ते होंगे।"

उसने जवाब दिया—"मैं केवल मेला में, काफ़्का और बॉदलियर का अध्ययन करता हूँ।"

ऐ खुदा मैं स्वीकार करती हूँ कि मैंनें इन सन्तों के नाम पहले न सुने थे।

ऐ जग के पालनहार...इसके बाद के सारे हालात तुझ पर रोशन हैं। हम किस तरह किन एडवचर्ज़ का सामना करके आख़िर में वीआना पहुँचे। वहाँ किस तरह हमारा स्वागत हुआ। डिसीडेण्ट इण्टलेक्चुअल ने किस तरह प्रेस कान्फ्रेंस बुलाई। टी.वी. और प्रेस से साक्षात्कार, किताबों के कण्ट्रक्ट दावतें और गार्डन पार्टियाँ, मैं और फ़ादर ग्रेगरी हर जगह साथ; लेकिन विआना पहुँचते ही फ़ादर ने डिसीडेण्ट इण्टलेक्चुअल से कह दिया था कि तुम सबको अच्छी तरह समझा दो कि मैं और मदर फ्लोरा दोनों गिर्जिस्तान के जार्जियन चर्च के एक ऐसे प्राचीनतम ऑर्डर से सम्बन्ध रखते हैं जिसके सदस्य मरते दम तक पूर्ण रूप से मौन धारण करने का प्रण ले चुके हैं अतः हम दोनों को इण्टरव्यू देने से मुआफ़ रखा जाए। दैनिक आवश्यकताओं के सम्बन्ध में हम दोनों एक पर्ची पर कुछ शब्द लिख दिया करेंगे। इसके अलावा हम तसवीरें भी नहीं खिंचवाएँगे कि यह आत्मप्रशंसा और आत्मप्रदर्शन की अभिव्यक्ति है। इण्टलेक्चुअल ने यह पैग़ाम पत्रकारों को दे दिया। एक तहलका मच गया। अब वर्ल्ड-प्रेस में सुर्खियाँ छपीं..."फ़ादर ग्रेगरी और मदर फ्लोरा का ज़िन्दगी भर ख़ामोश रहने का संकल्प"...इसके बाद पेरिस में एक पत्रकार ने ज़िद की—मेरे सवालों का जवाब पर्चे पर लिखकर दे दीजिए। फ़ादर ने जवाब में लिखा, "मैं किसी कारणवश कुछ नहीं कहना चाहता।" चुनांचे और भी सुर्ख़ियाँ लगीं। "फ़ादर ग्रेगरी का बयान। वे किसी कारणवश कुछ कहना नहीं चाहते।"

पेरिस से हम लोग लन्दन ले जाए गये। वहाँ भी यही हंगामा रहा। अब हमारा नित्य नियम यह था कि डिसीडेण्ट इण्टलेक्चुअल मीडिया के प्रतिनिधियों में घिरा रहता। फ़ादर ग्रेगरी पुस्तकालयों में वक़्त गुजारता। मैं विण्डो-शॉपिंग करती फिरती। हम लोग बेहतरीन होटलों में ठहराये गये। प्रेस ने हमारी इच्छाओं का सम्मान करके मुझे और फ़ादर को बिलकुल अकेला छोड़ दिया। हमारे मेज़बान भी अगले दिन के प्रोग्राम के बारे में जो कुछ कहना होता, डिसीडेण्ट इण्टलेक्चुअल को बता देते थे।

एक महीने के बाद ऐ परमात्मा, तुझे अच्छी तरह पता है कि हम तीनों अमरीका आमन्त्रित किये गये, जहाँ प्रोग्राम के अनुसार हम तीनों स्थायी रूप से निवास करनेवाले थे। इण्टलेक्चुअल अब बे-तरह व्यस्त था। अपनी किताब और सिलसिलेवार लेखों के लिए अत्यधिक रॉयल्टी पेशगी वसूल कर चुका था और ऐश कर रहा था। हम लोग न्यूयार्क हिल्टन में ठहराये गये। अब यहाँ मुझे और फ़ादर को उसी समस्या का सामना करना पड़ा। जिसने हमको पश्चिमी यूरोप और इंगलैण्ड के होटलों में परेशान किया था। ऐ खुदा, तू वाकिफ़ है कि हम दोनों को भूख-प्यास, नींद और बाथरूम जाने की आवश्यकता नहीं थी अतः हम अपने कमरों में न ब्रेकफ़ास्ट मँगवाते, न खाना खाने के लिए नीचे जाते। न रूम सर्विस को किसी ज़रूरत के लिए फ़ोन करते, लेकिन सबसे बड़ा मामला बाथरूम का था। कमोड पर

बँधे काग़ज़ी रिबन ज्यों-के-त्यों रखे रहते थे। तौलिया, साबुन, वाशबेसन हर चीज़ अनटच्ड सुबह को 'मेड' सफ़ाई के लिए आती तो चकित होती। फ़ादर से इस सिलसिले में बात करते मुझे शर्म आती थी। आख़िरकार एक दिन मैंने उससे कहा। वह बोला—औरत वाक़ई मन्दबुद्धि है। यह तो बड़ी सरल चीज़ है। मैं काग़ज़ी रिबन अलग कर देता हूँ। वाशबेसन के आसपास पानी छिड़क देता हूँ। ज़रा-सा छींटा साबुन पर डाल देता हूँ। यह कोई प्रॉब्लम नहीं। खाने-पीने के बारे में हमने विआना ही में अपने मेज़बानों से कह दिया था कि हम दोनों निरन्तर रोज़े रखते हैं और रात को मात्र जौ की रोटी पियाज़-पनीर और सादे पानी से इफ्तार करते हैं। चुनांचे बढ़िया बर्तनों में नेपकिन से ढँकी 'इफ्तारी' हमें शाम के वक़्त हमारे कमरों में पहुँचा दी जाती जिसे हम सुबह को गैलरी में रखे कूड़ेदान में डाल देते, लेकिन हिलटन में ठहरने के चौथे रोज़ फ़ादर ने मुझसे कहा—"हमारे मेज़बानों ने हमें अलास्का की ग्रीक ऑर्थोडोक्स ख़ानक़ाहों में भेजने का इन्तज़ाम किया है। नीचे आओ तो मैं तुमसे सलाह करूँ।"

मैं घबरायी हुई नीचे आयी। फ़ादर ने कहा—"मैंने अभी-अभी कमेटी के सेक्रेट्री से बात की है और उससे कहा है, हम पहले अपने चन्द जार्जियन रिश्तेदारों से मिलने फलाडल्फिया जाएँगे। इसके बाद कुछ समय न्यूयार्क ही में कुछ अज़ीजों के साथ ठहरेंगे क्योंकि यहाँ पुस्तकालयों में थोड़ा-सा काम करना चाहता हूँ। उन्होंने मुझे एक बड़ी धनराशि इस बीच होनेवाले खर्चे के लिए दे दी है। कल सुबह यहाँ से चेक आउट कर जाएँ।" अतः दूसरे दिन हम डिसीडेण्ट इण्टलेक्चुअल और अपने मेज़बानों को ख़ुदा हाफ़िज कहकर हिलटन से सटक लिये। फ़ादर ने एक मामूली बोर्डिंग हाउस में दो कमरे किराये पर लिये। पैसे की कमी नहीं थी। फ़ादर साइंस और टेक्नोलॉजी और विश्व-राजनीति पर ताज़ा-तरीन किताबें ख़रीदता, मैं फैशन मैगजीन। वह पुस्तकालयों में वक़्त गुजारता। मैं विण्डो शॉपिंग करती। एक रोज़ एक बुकशॉप में मैंने क्या देखा कि फ़ादर 'प्ले बॉय' का ग़ौर से अध्ययन कर रहा है। मुझे देखकर झेंप गया। बोला—"इस पत्रिका में इण्टरव्यू बहुत अच्छे छपते हैं। मैं सालबेलो पर एक लेख पढ़ रहा था।"

फ़ादर पुस्तकालयों से एकाध किताब चुरा भी लाता था और सिगरेट पीने की लत ऐसी पड़ी थी कि अपने कमरे में बैठकर मुसलसल सिगरेट पीता था। पब्लिक में सिगरेट पी नहीं सकता था क्योंकि उसके लिए हुड में छिपा हुआ चेहरा खोलना पड़ता।

साल भर की मोहलत तेज़ी से ख़त्म हो रही थी। पतझड़ का मौसम आ चुका था। हर तरफ़ दरख़्तों में सुर्ख़ पत्ते झिलमिला रहे थे। मेरी बड़ी आरज़ू थी कि कम-से-कम एक ख़ूबसूरत लिबास खरीदकर अपने कमरे में उसे पहन लूँ। फ़ादर पक्का मेल शोवनिष्ट था। मेरी इस इच्छा को लापरवाही से नज़रअन्दाज़ करता रहा।

बल्कि मेरे हिस्से के डॉलर भी अपनी किताबों पर ख़र्च कर डाले। अकसर जाकर सिनेमा और थियेटर देखता। मुझसे कह जाता तुम्हारे कमरे में टी.वी. है उसे देखो और फिर इबादत करो।

हाय अल्लाह, मैं यह बताना तो भूल ही गयी, मैंने तेरे भुलक्कड़ फ़रिश्ते से पूछा था : फ़र्ज़ करो हम निश्चित समय पर जार्जिया के इस तहख़ाने में न पहुँच सके तो क्या होगा? उसने जाते-जाते जवाब दिया था कि तुम जहाँ भी हो किसी पास के क़ब्रिस्तान चले जाना और दो खाली क़ब्रों में जा पड़ना। साल ख़त्म होनेवाला था। ख़ुदाया तेरी इतनी बड़ी, इतनी दिलचस्प, आकर्षक और इतनी उन्नत दुनिया में हम तो अभी कुछ भी न देख पाये। फ़ादर ने क़ब्रिस्तान तलाश करने का काम भी मुझ पर छोड़ दिया था। खुद सैर-सपाटे के लिए निकल जाता और मैं क़ब्रिस्तानों के चक्कर लगाती कि कहीं दो खाली क़ब्रें दिखलायी दे जाएँ तो उन्हें नज़र में रखूँ।

वापसी के लिए अब सिर्फ़ चन्द रोज़ रह गये थे। पैसा ख़त्म होने के क़रीब था। फ़ादर इसके लिए तैयार नहीं था कि मेज़बानों को फ़ोन करके कुछ और डालर माँगे। वह पूछते, तुम लोग अब तक यहाँ क्या कर रहे हो। अलास्का की ख़ानक़ाह क्यों नहीं गये। बाक़ी बचे डालर से (जो मेरे हिस्से ही के थे) मैं अपनी पहली और आख़िरी इच्छा...एक गाउन खरीदना चाहती थी लेकिन फ़ादर इस रक़म से अरब आइल की अर्थ-व्यवस्था और यूरोपियन कामन मार्केट पर दो किताबें उठा लाया। मैं रो पड़ी। उसने कहा—“वक़्त बहुत कम रह गया है। दिन-रात लगकर यह पढ़ूँगा।” फिर मुझे बहलाने के लिए बोला—“ज़रा यह तो सोचो, हमारे अण्डरग्राउण्ड हो जाने पर सारी दुनिया में किस क़दर तहलका मचेगा? (मैंने ‘अण्डरग्राउण्ड’ की फ़ौरन दाद दी) अमरीकन और रूसी दोनों यह समझेंगे कि हम डबल एजेण्ट थे और बेचारे डेसीडेण्ट इण्टलेक्चुअल पर आफ़त आयेगी। मगर स्थिति कुछ ऐसी है कि हम उस ग़रीब की किसी तरह मदद नहीं कर सकते। आओ, ज़रा टहल आयें।”

हम घूमने निकले। एक आलीशान दुकान में क्रिश्चियन ‘डियोर’ की ताज़ातरीन रचनाओं की नुमाइश हो रही थी। मैं फ़ादर को दुकान में घसीट ले गयी। फैशन शो शुरू हो चुका था। उस दुकान का मालिक कोई कैथोलिक था। हमारे स्याह लबादे देखकर किसी ने कुछ नहीं कहा। हम जाकर एक पिछली क़तार में बैठ गये। मैं वस्त्रों को और फ़ादर ग्रैगरी मॉडल लड़कियों को देखता रहा। अचानक मैं आश्चर्यचकित रह गयी। एक मॉडल लड़की सुर्ख अत्लस का गाउन पहने सामने से गुज़री, जिसके किनारे और पेटी पर मोती टँके थे। लगभग उसी तर्ज का बाज़तीनी गाउन मैंने उस रात सीरिया की ख़ानक़ाह के कक्ष में आखिरी बार उतारकर राहिबा की खुरदरी चादर पहनी थी। मैं फटी-फटी आँखों से उसे देखती रही। बेहद बहुमूल्य लिबास था।

फ़ादर ने चुपके से पूछा। "लेडी फ्लोरा साबीना क्या तुम भी वही सोच रही हो जो मैं सोच रहा हूँ?" मैंने कहा। "हाँ, फ़ादर ग्रैगरी।" वह चुप रहा। कुछ देर बाद उसने कहा, "तुम अब घर चली जाओ। मैं रात को आऊँगा।" मैंने उसके कहने पर अमल किया।

रात के दो बजे फ़ादर बोर्डिंग हाउस पहुँचा। उसका कमरा मेरे कमरे के पहलू में था। मैंने खटर-पटर की आवाज़ सुनी। उसने दरवाज़े पर दस्तक दी। मैंने किवाड़ खोला। उसने अपने क्लोक के अन्दर से एक पैकेट निकालकर मुझे थमा दिया। इत्मीनान से कहा–"भीड़ भड़क्के में एक बैडरूम में जा घुसा। यह गाउन सामने ही हेंगर पर मौजूद था। खुदा हमारे साथ है।" वह अपने कमरे में जाकर आइल क्राइसिस पर किताबें पढ़ने में व्यस्त हुआ। मैंने गाउन पहना। उसमें पैडिंग की काफी से ज़्यादा ज़रूरत थी। दूसरे रोज़ मैं बाज़ार से आवश्यक सामान ख़रीद लायी। फिर दो दिन कमरे में बैठकर सारे गाउन के नीचे रुई का मोटा अस्तर लगाया। अब जो पहना तो मालूम ही न होता था कि एक ढाँचे ने उसे पहना है। तीसरे पहर को फ़ादर मेरे कमरे में आया। मुझे इस लिबास में देखकर सीटी बजाई। हम लोग पार्क में जाकर अपनी पसन्द की बेंच पर बैठ गये। फ़ादर उदासी से मुझे देखता रहा। कुछ देर बाद उसने अपने स्याह के लबादे की जेब से एक किताब निकाली और आहिस्ता से बोला–"आज मैं लायब्रेरी से आयरलैण्ड के महाकवि डब्ल्यू. बी. यीट्स की किताब चुरा लाया हूँ।" हमारे चारों तरफ़ शाहबल्लुत के खिजाँग्रस्त सुर्ख़ पत्तों की बारिश हो रही थी। सूरज डूबनेवाला था और अन्धकार छा रहा था। फ़ादर ग्रैगरी ने कहा–"इस कविता का शीर्षक है 'सेलिंग टु बाजनतियम' लो, सुनो" उसने गम्भीर स्वर में आहिस्ता-आहिस्ता पढ़ना शुरू किया :

> वह सरज़मीन बूढ़ों की नहीं
> हर्षित नौजवान, बाग़ों के परिन्दे मरते जाते हैं
> और जो हैं गाने में तल्लीन
> लहर-लहर मछलियों की रुपहली तैराक़ी
> परिन्दे, मछली और मनुष्य, हर जानदार
> फल लगाते समय ज़िन्दगी के जश्न में व्यस्त हैं
> ज़िन्दगी के जोश के मनोरंजन में मग्न!
> हम पुरानी यादगारें भूल जाते हैं :
> शाश्वत जेहन के चमत्कार[1] शानदार

1. यीट्स का नज़रिया था कि इन्सान यदि कला की पूर्ति में व्यस्त रहे तो उसे ज़िन्दगी के मुआमलात से निवृत्त होना पड़ता है। कला और जीवन की डायकोटोमी यीट्स की खास समस्या है।

एक बूढ़ा आदमी है बहुत तुच्छ और हीन
मानो लाठी पर लटकती हुई पोस्टीन
अगर आत्मा जोश से न गाये
नश्वर पोशाक़ की हर थकी हुई जान के लिए
काव्य और संगीत की कोई परम्परा ऐसी नहीं
जो निपुण गुणीजनों से कुछ प्राप्त न करे
जो स्वयं अपनी महानता का सम्मान न करे
तो समन्दर-समन्दर गुज़रता हुआ मैं
बाजनतीनी चिरस्थायी कला के
भित्तिचित्रों के सुनहरे पवित्रशोलों में निहित
विद्वानो, पावन आग से तनिक बाहर आओ
काल और इतिहास के चक्र में नृत्य करो
तुम मेरी आत्मा के वृद्ध गीतकार बनो
फूँक डालो यह दिल राख़ इसको करो

जो आरज़ू की बहुलता से थका हुआ है
एक मरते हुए जानवर से बँधा है और
स्वयं अपनी हालत से परिचित नहीं
मुझे अनश्वरता के शिल्प के आलिंगन में
क्यों न ले लो।

मैं एक बार प्रकृति से परे निकल जाऊँगा
फिर उससे अपनी आकृति नहीं लूँगा
लेकिन ऐसी आकृति जो यूनान के किसी
स्वर्णकार ने स्वर्णिम-पत्र से बनाया हो ऐसा
जो ऊँघते शहंशाह को जगाये रखे
या बैठ जाऊँ मैं किसी सुनहरी वृक्ष पर
और बाजनतियम के अधिपतियों और
राजकुमारियों के लिए मैं गीत गाऊँ
गाऊँ मैं उसका जो व्यतीत हो चुका है
अब गुज़र रहा है
अथवा होना शेष है।

मैं भल-भल हो रही थी। फ़ादर ने किताब बन्द करके एक लम्बी साँस ली और कहा, "चलो, आख़िरी बार डाउन-टाउन हो आएँ।" हम दोनों पार्क से निकले। टैक्सी पर शहर पहुँचे। रास्ते में एक शानदार होटल पर लिखा नज़र आया। "इस्राइल

फण्ड के लिए मास्त बाल"। फ़ादर ने मुझे देखा। मैंने उसे। हम एक डिपार्टमेण्ट स्टोर पर उतर गये। पार्क से चलते वक़्त मैंने अपना स्याह लबादा अपने गाउन के ऊपर पहन रखा था। नित्य की तरह स्याह चश्मे और हुड में चेहरा छिपाये हमने दुकान में जाकर दो मास्क ख़रीदे और सुनहरे विग। जनाने और मर्दाने क्लाक रूम में जाकर हम दोनों तैयार हुए।

फ़ादर चलते-चलते अपने लिये एक बढ़िया स्कार्फ ख़रीदने लगा। तब मैंने उसे फिर याद दिलाया—"आज हमारी मोहलत का आख़िरी दिन बल्कि आख़िरी शाम है। ठीक साढ़े ग्यारह बजे हमें अण्डरग्राउण्ड होना है। जो क़ब्रिस्तान मैंने तलाश किया है, हमारे ठहरने की जगह से काफ़ी दूर है। सारे पैसे मत खर्च कर दो। क़ब्रिस्तान जाने के लिए टैक्सी करनी होगी।" फिर भी उसने कीमती सिगरेटों का एक पैकेट ख़रीद लिया। हम भागम-भाग हॉल में पहुँचे। प्रवेश टिकिट द्वारा था। हमने सबसे कम क़ीमत के दो टिकिट ख़रीदे। मुख्य द्वार पर फुटमैन नाम एनाउन्स कर रहा था। फ़ादर ने (जो अपने स्याह लबादे में था, सिर्फ़ चेहरे पर मास्क पहन रखा था) गम्भीरता से कहा—

"प्रिन्सिस कातंका ऑफ़ जार्जिया, ग्रैंड ड्यूक ग्रैगरी और बैलियानी ऑफ़ तिफ़्लिसी।"

होटल का चोबदार हमें 1917 इन्क़िलाब के बाद आये हुए सफ़ेद रूसी समझा। अन्दर जाकर हम दीवार के क़रीब एक सोफ़े पर बैठ गये। बड़ा शानदार रंगारंग मज़मा था। आर्केस्ट्रा 'ब्ल्यू डैन्यूब' बजा रहा था।

चन्द मिनट बाद फ़ादर सिगरेट पीने के लिए बाथरूम चला गया। मैं वहाँ चुपचाप बैठी सोचती रही। अब सिर्फ़ दो घण्टे बाद क़यामत तक कब्र का एकान्त और अन्धकार। तब सहसा मुझे दिखलाई दे गया। थ्योडोरक गेलासिस—वही घुँघराले बाल, लम्बा, ऊँचा पूरा। यूनानी नाक, वह एक रोमन सीनेटर का वेश बदले, एक 'स्पैनी-डान्सर' के साथ नाच रहा था। मुझे अपनी आँखों पर यकीन न आया। यह किस तरह मुमकिन है। क्या यह भी एक चमत्कार है। या ख़ुदा, मैं बिलकुल बौखला गयी। वह कई बार नाचता हुआ मेरे सामने से गुजरा और शायद मुझे अपनी तरफ़ ध्यान देते देखकर डान्स के बाद खुद मेरे पास आया और अपने साथ नाचने की प्रार्थना की। मैंने हड़बड़ाकर कहा, "मेरे पाँव में मोच आ गयी है, थ्योडोरक..."

उसने केवल आँखों पर मास्क पहन रखा था। वह उतारा। वह कोई और था ...मेरी थ्योडोरक से हल्की-सी एकरूपता ज़रूर थी लेकिन कोई और था। भला वह कैसे हो सकता था, मगर मुझसे रहा न गया। बड़ी मूर्खता से पूछा, "मुआफ़ कीजिए, क्या आपका नाम थ्योडोरक गेलासिस तो नहीं है?" उसने कहा, "जी नहीं, मैं रिचर्ड कोहन हूँ। कोलम्बिया में पढ़ता हूँ" फिर दो-चार बातें करके चला गया। चन्द मिनट

बाद फ़ादर सिगरेट पीकर वापस आया। सोफ़े पर बैठते हुए दीवार के क्लाक पर नज़र डाली और कहा–

"लेडी फ़्लोरा...अब चलना चाहिए...दस बज चुके हैं...चलो...उठो..."

तब उस वक़्त सहसा एक ख़ौफ़नाक ख़याल मेरी खोपड़ी में आया। मैंने बौखलाकर काफ़ी ऊँची आवाज़ में अंग्रेज़ी भाषा में कहा...(हम दोनों जब से लन्दन पहुँचे थे और वहाँ से अमरीका, अब अनवरत अंग्रेज़ी में एक-दूसरे से बात करते थे। फ़ादर की ताक़ीद थी... कि इस तरह एक नयी भाषा बोलने की प्रैक्टिस रहेगी। मैं चिढ़कर उससे कहती, फ़ादर हमें सिर्फ़ चन्द महीने इस दुनिया में और रहना है। मैं क्यों अपनी खोपड़ी खपाऊँ, तो वह जवाब देता–"लेडी फ़्लोरा...इन्सान आम तौर से हद से हद साठ-सत्तर साल दुनिया में जीवित रहता है। कभी-कभी इससे भी बहुत कम। लेकिन इस अहसास के बावजूद कि उसकी उम्र की मुद्दत बहुत छोटी है, वह ज़िन्दगी का आधा हिस्सा ज्ञान प्राप्त करने में व्यतीत करता है। दिमाग़ खपाता है। मेहनत करता है और अपनी सारी शिक्षा, ज्ञान, तजुर्बे, आत्मज्ञान के बावजूद...एक दिन पट-से मर जाता है। अब चाहे एक व्यक्ति को दस साल और जीना हो या एक साल। बात तो एक ही है।" अल्लाह, फ़ादर बड़ा झक्की था...(बहरहाल तो हम लोग हमेशा कानाफूसी में गुफ़्तगू करते थे लेकिन उस वक़्त क्लाक पर नज़र पड़ते ही मैं घबराकर ऊँची आवाज़ में अंग्रेज़ी में बोल उठी, "हमें जो वापसी का वक़्त बताया गया था, क्या वह 'ग्रेनेज टाइम' था...? रूस के और यहाँ के वक़्त में तो कम-से-कम अठारह घण्टे का फ़र्क होगा...और...उसने तो पुराने रूसी कैलेण्डर के हिसाब से 23 सितम्बर कहा था...।" इस पर फ़ादर ग्रैगरी भी हड़बड़ाकर बोला–"अरे अब क्या होगा?"

"अब...यह होगा..." एक पुलिस अफ़सर ने अपना हाथ आगे बढ़ाया। हम दोनों भयभीत होकर सोफ़े से खड़े गये। हमारे आसपास नाचनेवालों का मजमा लग गया। पुलिस अफ़सर के साथ दो सिपाही मौजूद थे। उसने फ़ादर को सख़्त आवाज़ में सम्बोधित किया–"अमुक डिपार्टमेण्ट स्टोर से यह गाउन जो तुम्हारी गर्ल फ्रेण्ड ने पहन रखा है, तुम चुराकर भागे थे। पुलिस उस रात से तुम्हारी तलाश में व्यस्त है। यह गाउन जेकलीन ओनासिस की फ़रमाइश पर ख़ास तौर पर तैयार किया गया था। विभिन्न लायब्रेरियों से भी हमें सूचना मिली है कि एक व्यक्ति राहिब के वेश में श्रेष्ठ अप्राप्य किताबें चुराता फिर रहा है। तुम दोनों को हमारे साथ पुलिस स्टेशन चलना होगा।"

अब फ़ादर ग्रैगरी और बैलियानी ने मुझे देखा और मैंने फ़ादर ग्रैगरी और बैलियानी को। हम दोनों ने पहले अपने दस्ताने उतारे, अपने पंजे अपने चेहरों की तरफ़ ले गये। स्याह चश्मे अलग किये और अपने-अपने मास्क उतारे।

□

यह दाग़-दाग़ उजाला

पानी किनारे-किनारे बहता जा रहा है और पत्ते रहस्यमय बादबानी जहाज़ों की तरह पानी की सतह पर वर्ग और वैभव के साथ बह रहे हैं। हरियाली पर जो टूटी बेंच पड़ी है उसके चारों ओर पुराने काग़ज़ के डिब्बे सिगरेट के टुकड़े और उन दूसरे राहगीरों की छोड़ी हुई चीज़ों के निशान बिखरे पड़े हैं जो ऐसी ही शीतल राहों में यहाँ बैठकर सुस्ताये होंगे।

वे लोग जो यहाँ से गुज़रे थे, उनमें से कुछ मर चुके हैं और कुछ दुनिया के कोनों में घूम रहे हैं। कुछ अपने बिस्तरों पर ख़ामोश लेटे हैं। वक़्त मिथ्या है और सर्द सितारे तेज़ी से जलते हैं और क्षण इस तरह ख़त्म होते जाते हैं जैसे सुबह के बढ़ते हुए उजाले में रात की रोशन गलियाँ, ऊँचे पुल, लैम्प, बाग़ात, साहिल सब मर चुके हैं। हम ज़िन्दा हैं, सिर्फ़ हमारा दिमाग़ और बारिश, लैम्प की शीतल रोशनी, कुहरा पड़ी घास, और दिमाग़ ने इन अनुभूतियों को एकत्रित किया है। ज़िन्दगी की इस बिखरी हुई तसवीर में क्या तुम्हें भय नज़र आया है? तुम लोग जहाँ चारों तरफ़ घूमते हुए ग्रह हैं और सड़कों की तेज़ रोशनियों के इस चक्र में तुम मौजूद हो, जाग्रत हो, जीवित हो और कार्यरत हो। यह कुहरों से ढकी लम्बी सुरंगें जिनके रोशनदानों में उजाले की तेज़ लकीरें तैरती हुई नीचे उतरती हैं। फ़ौलाद के शेड, भीड़, चीखती-चिल्लाती मोटरें, बच्चा-गाड़ियाँ धकेलती सुर्ख़ बालोंवाली सफ़ेद वर्ण औरतें।

बाहर अँधेरा बढ़ता जा रहा है। मुझे हवा की आवाज़ साफ़ सुनाई देती है जो समन्दरों पर बह रही है। झाड़ियों का भीगापन, पत्थरों की महक, नदियों का सुकून। इन जगहों पर खुदा की रूह रहती है और मैं उन ज़मानों को याद करती हूँ जब सुबह की बर्फ़ समेटकर वह अन्दर आते। वृक्षों पर धुन्ध जमी होती और लकड़ी के मकानों में से धुआँ उठता।

दुनिया की आबादियों पर सुबह होती है। फुटपाथों पर, ख़ेमों के टुकड़ों से बने हुए झोंपड़ों पर और नीचे फ्लैट्स की अँधेरी खिड़कियों की पंक्तियों पर जो रहस्यमय ढंग से खुलती और बन्द हो जाती हैं। महरबानों, शहरबानों, खुदाहाफ़िज़, अपने क्षणिक सुरक्षा स्थानों, मकानों फ़्लैटों को समेट लो। आसमान गिर रहा है, गिर रहा है।

ताब्लिस्तान राज्य के दूतावास का उप राजदूत सुबह के नौ बजे सोकर उठा। अपने देश के अख़बारों पर सरसरी नज़र डाली और मादाम ओस्तोवस्की को फ़ोन पर गुडमार्निंग कहने के बाद कमरे के लम्बे दरीचे में से बाहर नज़र डालकर उसने देखा कि कैरल[1] गानेवालों की टोलियाँ अपने गीत सुनाकर वापस जा चुकी हैं। उस वक़्त दिमाग़ पर ज़ोर डालकर उस पुराने कैरल को याद किया, जो उसने स्विटज़रलैण्ड के स्कूल में सुना था कि एक लँगड़ी भेड़ पवित्र नगर की ओर धीर-धीरे बढ़ रही है ताकि वहाँ पहुँचकर पुनः जन्म ले सके।

और मैं, उन वक़्तों को याद करती हूँ जब आतिशदान के सामने हम इंग्लिश पेण्टिंग-बुक्स में हरे पेड़ों और उन पर लदे लाल सेबों में रंग भरते थे और बाथरूम के टब में कलकी मोटर बोट चलाते थे। हमने रात को बाहर घास पर बैठे-बैठे सितारों की रोशनी में फूलों क़ो बढ़ते देखा, लेडी बर्ड और हाली हॉक्स की बातचीत सुनी और उनके ऐनक लगाये बुद्धिमान उल्लू के दार्शनिक विचार-विनिमय पर ग़ौर किया।

बाहर के सुर्ख़ फूलों और ख़िज़ाँ की सुर्ख़ आग के बीच हम वक़्त गुज़ारते रहे और मैंने माली को देखकर सोचा कि यह कैसा बेवकूफ़ माली है जो दिन भर इतनी गम्भीरता से फूलों में व्यस्त रहता है। लाल, पीले, काशनी और नीले फूलों की पंक्तियों के बीच अपने रहस्यमय पीले पैकिट निकाल-निकालकर टहनियों पर अटकाता रहता है।

कभी मुझसे बात नहीं करता। मैं उससे कहना चाहती, ऐ माली, तुम कितने मूरख हो, क्या तुमको नहीं मालूम कि अभी ख़िज़ाँ आ जाएँगी, और तुम्हारी यह क्यारियाँ वीरान हो जाएँगी—क्या इससे अच्छा यह न होता कि तुम मेरे साथ आकर दुकान-दुकान या रेल-रेल खेलते।

लेकिन यह पानी इसी तरह बह रहा है और उन कुंजों की तरफ़ आ रहा है जहाँ बचपन में वह खेला करते थे और खिड़की के बाहर, हवाओं के रेले में वक़्त का रहस्यमय संगीतकार आर्गन बजाता जा रहा है। हम पुराने मकानों में प्रवेश करते हैं और अँधेरे कमरों में धूल में अटे शाहबल्लूत की मेज़ों के गिर्द बैठकर शमा की रोशनी में बातें करते हैं और तैल-चित्र उदासी से हमें देखते रहते हैं।

पानी के किनारे, हरियाली पर जो इन्सान बैठा है उसे देखो, सोचो और उदास हो जाओ, यह एक मिटे हुए घराने, एक पतनशील संस्कृति, एक धुँधली पृष्ठभूमि से निकलकर यहाँ आया है। इसके बाप-दादा महल सराओं में रहते थे। ख़वासों और मुसाहिबों के साथ शतरंज खेलते थे, और मसनवियाँ[2] पढ़ते-पढ़ते इस नश्वर संसार

---

1. ईसा मसीह के जन्म-गीत
2. मसनवी का बहुवचन, उर्दू पद्य की एक विधा।

को अलविदा कहते थे। यह इन्सान इतना भी नहीं कर सकता। यह अपनी उन कीट खायी वंशावलियों को लपेट रहा है जिनमें हर पुश्त में अनगिनत ताल्लुकेदारों, खान बहादुरों, डिप्टी-कमिश्नरों और अंग्रेज़ी सरकार के प्रिय पुत्रों के शुभ नाम दर्ज हैं।

हम पानी के किनारे घास पर बहुत उदास बैठे हैं। अँधेरे कमरों और सेहनचियों और गैलरियों में घुसकर हमने उन सब चीज़ों को खोलकर देखा। पुराने क़ालीन, जो तेहरान और मशहद में ख़रीदे गये। चीनी के बरतनों का ढेर पेरिस में जमा किया गया था! रेशमी परदे, जो शंघाई से मँगवाये गये थे।

अल्लाह अकबर, अल्लाह अकबर।

किनारे की नमी में भूरे पत्ते जम गये हैं। मैं यहाँ बैठकर रोना चाहती हूँ। मेरे अज़ीज, मेरे भाई तुम मेरा मर्सिया[1] लिखोगे? मेरे बाप का मर्सिया 'सिगनल अप एण्ड सिगनल डाऊन, दैट्ज़ दी वे टू लन्दन टाउन।'

अब आप साहिबान ग़म ग़लत करने के लिए एक कहानी सुनिये।

'उल्लू और पूसी की कहानी'

उल्लू और पूसी हरे रंग की कश्ती में बैठकर समन्दर की सैर के लिए गये और अपने साथ, शहद और टाफी लेते गये। उल्लू सितारों को देखता रहा और गिटार पर उसने गाया—"ऐ मेरी प्यारी पूसी, तुम कितनी ख़ूबसूरत हो।"

पूसी ने जवाब दिया, "ए शानदार और दिलकश और सर्वप्रिय पक्षी, तुम कितना अच्छा गाते हो! शादी की अँगूठी ख़रीदने के लिए तैरते-तैरते वह एक जंगल में पहुँचे जहाँ एक बेहद विद्वान और कलाकार सुअर रहता था। उसकी नाक में एक अँगूठी थी। अतः उससे अँगूठी ख़रीदकर वे नये देश में पेरू के पास गये, जिन्होंने शादी का खुतबा[2] पढ़ा। इसके बाद उन्होंने चूहों और पनीर का नाश्ता किया और चाँद की रोशनी में रेत पर डान्स करते रहे। (अंग्रेज़ी नर्सरी का गीत)

अब मैं आपको अपनी कथा-व्यथा सुनाती हूँ। जगबीती से आपबीती की तरफ़ आती हूँ। क़िस्सा इस कनीज़ नाचीज़ का है कि क़यामत के साथ आनेवाले इस इन्क़िलाब में यह सेविका भी यथासाध्य मुल्क और क़ौम की ख़िदमत बजा लायी। ग़म और फ़िक्र से इतनी अधिक परेशान थी कि रातें आँखों में कटती थीं। वह हमारी गवर्नर बुलबुले-हिन्द[3] के कहने पर शरणार्थियों के लिए 'फिर बसाओ' काम भी किया...लेकिन कब तक?

घर पर मुझे सिखाया गया था कि ऐट होम पर इस तरह चाय बनाकर मेहमानों को पेश करूँ। टमाटर का रस इस तरह तैयार करूँ। मेहमानों से निरन्तर महज़

---

1. उर्दू शायरी की एक विधा, जिसमें किसी की मौत पर शोक व्यक्त किया जाता है।
2. शादी से पूर्व की वह रस्म, जिसमें वर और कन्या का सम्बन्ध निश्चित होता है।
3. उर्दूवाले श्रीमती सरोजिनी नायडू को 'बुलबुले हिन्द' पुकारते थे।

उनकी दिलचस्पी की बातें करूँ और चेहरे पर कृत्रिम मधुर मुसकान बराबर क़ायम रखूँ, और मान्य लेडी बॉक्सवाला से पूछूँ कि अब उनका ज़ुकाम कैसा है और आदरणीय कमोडोर सिंह से यह उम्मीद ज़ाहिर करूँ कि कैनेडा में उनको अपनी नयी नियुक्ति बहुत पसन्द आयी होगी।

और सन्ध्या की लालिमा के उजाले में वह सब चट्टान पर एक क़तार में बैठे हैं और सुदूर गाँव में इन दिनों खेतों की निराई की जा रही होगी।

बाबिल यहाँ से कितनी दूर है। क्या हम मोमबत्तियों की रोशनी में वहाँ तक पहुँच जाएँगे। यह एक नर्सरी का गीत है जो मुझे इस वक़्त याद आया। यह चाँद की पहली तारीखें हैं और छत के कंगूरों पर गुज़रते वक़्तों के भूत टहलते हैं और उधर वह अर्ध-रोशन सर्द हॉल है, जहाँ वह किसी ड्रामे की रिहर्सल कर रहे हैं। वक़्त ख़ामोशी से अपने आपको अनश्वरता की ओर धकेलता जा रहा है और भविष्य के बन्दूक़ची अँधियारे नुक्कड़ों पर खड़े हैं। समय चारों ओर तेज़ी के साथ घूम रहा है और दुनिया अपने अस्तित्व के चक्कर से बाहर निकलती जा रही है लेकिन क्या हम इसी जगह खड़े रहेंगे?

फ़ज़ा में तोपें गरज रही हैं और हवाई जहाज़ों की क़तारें जगमगा रही हैं। रेत पर बिछे हुए क़ालीन और सोफ़े जिन पर बैठी हुई प्रतिष्ठित ख़ूबसूरत महिलाएँ गॉगेल्ज़ लगाये सुर्ख़ और नीली साड़ियाँ पहने प्रोग्राम के काग़ज़ों से आँखों पर साया किये सामने के दृश्य को आलस्य से देखती हैं। उनके पीछे बहुत फ़ासले पर बहुत बड़ा समूह रैलिंग पर उमड़ा खड़ा है। उनसे कहो पीछे हट जाएँ। यह बेहद विशेष मजमा है। इन लोगों को यहाँ किसने घुसने दिया। आम पब्लिक तमीज़ के साथ अपनी औक़ात पहचानते हुए सड़कों पर दोनों तरफ़ खड़े होने को पर्याप्त क्यों नहीं समझती। इनको हटाओ, मैंने क़र्ताजिना और एथेन्ज़ और बाबिल और स्कनदरिया में भी यही दृश्य देखे हैं।

और पानी तेज़ी से बह रहा है और हवा सरसरा रही है, और हम रेत पर खड़े हैं। थ्री चियर्ज़, थ्री चियर्ज़।

छोटी पत्तियोंवाली श्यामल स्वीस घास पर से हवा रोती हुई गुज़र रही है। चैपल का दरवाज़ा खुल गया है और सीढ़ियों पर पीपल के पौधे उग आये हैं, इस गिरजाघर में प्यारी डोरेस की शादी वाल्टर से हुई थी, जो इण्डियन पुलिस में था और अब होम वापस आया। जहाज़ के डेक पर सफ़ेद रोग़नवाली डेकचियर्ज़ रखी है। नोरमा डार्लिंग, और जिंजर पिओ और धूप में आ जाओ।

थ्री चियर्ज़, थ्री चियर्ज़!

मैं धूप में बैठकर कैनवस तैयार करती थी और टॉब्ज़ के नये नज़रियों का अध्ययन करती थी। एल.एम.सेन मेरे गुरु थे।

मेरे एक बुज़ुर्ग अज़ीज ने मुझसे कहा, “बिटिया, मेरे साथ न्यूयार्क चला करो

और वहाँ 'संयुक्त राष्ट्र संघ' की जनरल एसेम्बली में कोई हल्का-फुल्का काम करो—सेक्रेटरी, जर्नलिस्ट, अनुवादक।" मैं रोती रही क्योंकि मैंने महज क़ेहवा बनाना सीखा था और अब कैनवस धो रही हूँ।

और मेरे अज़ीज़ ने यू.एन.ओ. में विलायती चूहों के आहार में संशोधन और रिसर्च के लिए पन्द्रह सब-कमेटियाँ बनाई हैं और प्रत्येक सब-कमेटी हर एक सेशन की मीटिंग में पन्द्रह हज़ार शब्दों की रिपोर्ट तैयार करती है।

डिनर के दौरान लेपलैण्ड के राजदूत ने बताया कि उनके देशवासियों को हमसे किस क़दर गहरी मोहब्बत है। दिन-रात हमारा ज़िक्र ही वहाँ हुआ करता है। हमारे क़ौमी आन्दोलनों को वहाँ के बारहसिंघे तक बेहद सहानुभूति और दिलचस्पी की निगाह के साथ हमेशा से देखते चले आये हैं। कल्चरल सम्बन्ध स्थापित करने के बाद तो पूरी उम्मीद है कि यह आसक्ति दिन-दूनी रात-चौगुनी तरक़्क़ी करेगी। यह भी तय किया गया यू.एन.ओ. की चूहों के आहार संशोधन की सब-कमेटी का अगला इज़लास लेपलैण्ड में होगा।

"और एक लँगड़ी भेड़ आहिस्ता-आहिस्ता पवित्र नगरी की ओर बढ़ रही है ताकि वहाँ पहुँचकर दोबारा जन्म ले।"

मैं ताब्लिस्तान के दूतावास का प्रबन्धक हूँ, कर्नल फ़लफ़ूज, अगरचे हमारे पारस्परिक सम्बन्ध राजनीतिक दृष्टिकोण से फिलहाल बहुत ख़राब हैं और ख़ुदा ने चाहा तो ऐसे ही रहेंगे और जाइये आप जहन्नुम में, लेकिन मादमोज़ेल इस वक़्त तो आप दूतावासीय दृष्टिकोण से इस शतुरमुर्ग के पुलाव को नोश कीजिए, जो हमारे प्राचीन देश की छह हज़ार वर्ष पुरानी सभ्यता का शाहकार है। शार्वा फेयर्स कर्नल फ़लफ़ूज़ उस कैरल को याद करने की कोशिश कर रहा है जो उसने स्विटज़रलैण्ड के स्कूल में सुना था। बैतुल्लहम के चरवाहों को नग़मा और तीन बादशाहों का गीत, जो पवित्र जन्म की ख़बर सुनकर पूर्व दिशा में बैतुलमुक़द्दस की तरफ़ आये थे।

तीन बादशाहों का गीत।

"जब हम वतन से चले तो पूरब का सितारा आगे-आगे हमारा मार्ग-दर्शन कर रहा था। मौसम अच्छा नहीं था और विलिंगडन एयर पोर्ट के प्रीवेण्ट अफ़सर बेहद असभ्य थे लेकिन हम बोर नहीं हुए और मरुस्थल और दरिया और पहाड़ पार करते हुए रवाना हुए। जहाज़ की मेज़बान लड़की इतनी ख़ूबसूरत न थी कि उसको अब तक याद रखा जाता, और कोको, जो उसने पिलायी, वह ठण्डी थी। घण्टियाँ बजाते और 'रीडर्ज़ डाइजेस्ट' पढ़ते हम अपनी मंज़िल की तरफ़ बढ़े।

मेज़बान लड़की ने हमें 'लाइफ़' और 'लुक' के अलावा 'अवर टाइम्स' भी पढ़ने को दिया। (यह दूसरी बात है कि आडेन की शायरी मुझे कभी पसन्द नहीं आयी, और गर्टर्ड स्टैन के सम्बन्ध में भी मेरी अपनी राय है जिसे मैं सुरक्षित रखना

चाहता हूँ।) आस्था के बाहुल्य और ज़लाले-खुदाबन्दी[1] के नूर से परिपूर्ण हम पवित्र शहर पर उतरे। उस दिन वहाँ नये जन्म की खुशी का शानदार जश्न था। हम पवित्र हैं। कल तक नहीं पहुँच सके और हमें मेस में ठहरा दिया गया जो वहाँ का सरकारी मेहमान-ख़ाना था। अगर आप खुदाये-कुद्दस[2] से इण्टरव्यू चाहते हैं तो उनके प्राइवेट सेक्रेटरी के पर्सनल असिस्टेण्ट को फ़ोन कीजिए। एक ए.डी.सी. ने हमसे फ़ोन पर कहा।

हमने चारों तरफ़ देखा वहाँ जश्न हो रहा था। लेकिन ज़िन्दगी न थी। वहाँ पर सिर्फ़ क़ब्रें थीं। मर्मर के मक़बरे, कच्चे मज़ार बेनिशान, मिट्टी के ढेर वहाँ पैदाइश नहीं थी। मौत भी नहीं थी। महज़ प्राणों का अन्त, महज़ शरीर से जान निकलने की अवस्था। हम सर्दी में बाहर लॉन पर बैठे खुशी के मारे घण्टियाँ बजाते रहे जिसकी वजह से हम तीनों को इनफ्लूएंजा हो गया।

फूयर दी वेल माई फ़ैरी फ़ै, मैं सूजीयेना से मिलने लूज़ियाना जा रहा हूँ—रास्ते में मुझे एक नीग्रो मिला और मैं उसे घोड़ा समझकर उस पर सवार हो गया।

(अमरीकन लोकगीत)

"सिगनल अप एण्ड सिगनल डाउन, दैट्ज़ दी वे टू लन्दन टाउन।"

मुझे थोड़ा-सा जुकाम हो गया है, ख़ानम फ़हीमी। इसलिए मैं आपके प्यारे हैण्डसम शहंशाह की सालगिरह की दावत में न आ सकूँगी। आक़ाये फ़हीमी से मेरी ओर से माज़रत कर दीजिएगा।

बॉले-बॉले[3]

पुल पर ज़र्द कोहरा मँडरा रहा है और इन्सानों की अँधेरी क़तारें उस पर से गुज़र रही हैं। हाय चूहे, अरे कितने बहुत-से चूहे, और हम मर चुके हैं, और दरवाज़ा फिर बन्द हो जाता है।

"आदि बीज एकले, आदि बीज एकले,
सब दरवाज़े बन्द रहे और निकल गया सवार रे,
धीरे गाड़ी हाँक रे, भैया गाड़ीबाना....धीरे
आदि बीज एकले..."

किनारे पर पानी आहिस्ता-आहिस्ता बह रहा है। मुझे यहाँ घास पर बैठकर रोने दो। बोट हाउस के पीछे कैसा अँधेरा है, अँधेरा, अँधेरा किसी चीज़ का; किसी चीज़ से कोई ताल्लुक़, कोई सिलसिला नहीं है। इस क़िरमिजी रोशनी में तुम्हारे साथ कौन है? मैं उसे नहीं पहचान सकती। सबने सफ़ेद लबादे ओढ़ रखे हैं। और

1. ईश्वरीय प्रताप।
2. अत्यन्त पवित्र ईश्वर।
3. फ़ारसी में 'जी हाँ, जी हाँ।'

आहिस्ता-आहिस्ता चल रहे हैं और हवा समन्दरों पर फैल रही है और सरसरा रही है। ताब्लिस्तान का उप राजदूत डिनर से वापस आने के बाद मादाम ओस्तोवस्की को फ़ोन पर 'शब बख़ैर' कहकर सो गया है। तुम भी सो जाओ मेरे अज़ीज़ो!

सो जाओ, और पूर्व दिशा के उन तीन बूढ़े बादशाहों को भूल जाओ, जो ठण्डी घास पर उदास बैठे पैदाइश की ख़ुशी में घण्टियाँ बजा रहे हैं।

यही वह सरज़मीन है जिसका उनसे वायदा किया गया था। यह अपना बहुत लम्बा सफ़र तय करके यहाँ पहुँचे हैं और मरियम अपने बाग़ में बैठी है।

□

परिशिष्ट

क़ुर्रतुलऐन हैदर से एक इण्टरव्यू

भारतीय ज्ञानपीठ के 25वें पुरस्कार की घोषणा से कुछ समय पूर्व की बात है। 'भारतीय कहानीकार' शृंखला के अन्तर्गत प्रस्तुत पुस्तक के लिए 22 जून, 1990 को क़ुर्रतुलऐन हैदर से एक इण्टरव्यू रिकार्ड किया गया था। वैसे तो उर्दू उपन्यास की गौरवशाली परम्परा में क़ुर्रतुलऐन हैदर एक महत्त्वपूर्ण और चर्चित हस्ताक्षर की हैसियत रखती हैं, किन्तु इस भेंटवार्ता में उनकी कहानीकार की हैसियत मद्देनज़र रखी गयी है। वार्ताकार हैं उर्दू के युवा कवि और आलोचक डॉ. सादिक़।

आप अपने या अपनी लेखनकला के बारे में कुछ कहना या लिखना पसन्द नहीं करतीं। क्या इसका कोई ख़ास कारण है?

□ ...देखिये, ऐसा है कि यह अपने-अपने मिज़ाज पर निर्भर करता है। कुछ लोग अपने बारे में बातें करना-लिखना पसन्द करते हैं। वे अपनी कहानियों-उपन्यासों का ज़िक्र करते रहते हैं। उनके बारे में इण्टरव्यूज़ देते हैं और कुछ लोग यह पसन्द नहीं करते। ये मिज़ाज पर है।

मेरे अन्दर इतनी ईगो नहीं है कि बैठी अपने ही बारे में लिखती रहूँ। अपने सम्बन्ध में बात करने या लिखने से मुझे बहुत उकताहट और कोफ़्त होती है। मेरे ख़याल में सिर्फ़ लिखना काफ़ी है। मैंने लिख दिया, लोगों ने पढ़ लिया, और बस।

फिर भी कुछ ऐसे मौक़े तो ज़रूर आते हैं, जब किसी लेखक का अपने या अपनी कला के बारे में कुछ कहना आवश्यक हो जाता है?

□ ...हाँ, अगर कोई अकादमिक परिचर्चा हो तो मैं अवश्य ही उसके बारे में बात करूँगी, लेकिन अब ये कहा जाए कि साहब, ये अपनी कहानियों में अँग्रेज़ी के शब्दों का प्रयोग करती हैं या यह कि इनके यहाँ नॉस्टेलजिया बहुत है या इसी तरह की बेवक़ूफ़ी की बातें, तो मैं उनका क्या जवाब दूँ? मैं जो कुछ कहती हूँ, अकसर इण्टरव्यूज़ में वह उसी तरह रिपोर्ट भी नहीं किया जाता। फिर मुझे गुस्सा आता है।

जिस ज़माने में आपने लिखना शुरू किया, उस ज़माने में उर्दू साहित्य में

प्रगतिशील लेखकों का बोलबाला था। क्या आप कभी प्रगतिवादी आन्दोलन से प्रभावित रही हैं?

□ ...जिस ज़माने में यह आन्दोलन चला, मैं उस वक़्त कॉलेज में पढ़ती थी। प्रथम, द्वितीय और तृतीय वर्ष के जो विद्यार्थी होते हैं। वे पॉलिटिकली कान्शस भी हो सकते हैं। लेकिन मैं एक ऐसे कॉलेज में पढ़ती थी जिसका माहौल बिलकुल अलग था। मेरे अपने घर का रहन-सहन इंग्लिश क़िस्म का था। जो मेरे आस-पास की सोसायटी थी, उसी माहौल के बारे में, मैंने लिखना शुरू किया। उसमें राजनीतिक अन्तर-प्रवाह भी मौजूद था, लेकिन जिस तरह की मैंने ज़िन्दगी पेश की वह ज़्यादातर लोगों के लिए अपरिचित थी। मेरी समझ में नहीं आता कि जो कुछ मैंने लिखा, शुरू से आज तक, उसके लिए मुझे प्रॉसिक्यूट क्यों किया जाता है कि आपने इस तरह क्यों लिखा?

वाक़ई उस ज़माने में प्रगतिशील आलोचकों ने आपकी कहानियों को लेकर बड़ा विरोध प्रकट किया था?

□ ...जी हाँ! उन्होंने कहा कि मैं जाने किस दुनिया की बातें करती हूँ। परिस्तान की। हालाँकि वह कोई परी-कथाएँ नहीं थीं। एक विशेष कॉलोनियल वर्ग की ज़िन्दगी थी जिसके बारे में पहले नहीं लिखा गया था, या अगर लिखा गया था तो 'आऊट-साइडर' के तौर पर। मैंने इसको 'इनसाइडर' की तरह लिखा।

एक विशेष माहौल और परिवेश में मेरा जन्म हुआ और परवरिश हुई। यह लोग मुझसे ऐसी आशा क्यों करते हैं कि मैं उस जीवन का चित्रण करूँ जिससे मैं परिचित नहीं? गाँव की ज़िन्दगी की हद तक तो मैं कुछ वाक़िफ़ हूँ क्योंकि उसका मुझे अनुभव था किन्तु वह अनुभव एक बड़े फ़ासले का था। जो तरक़्क़ी-पसन्दों ने मुझको बहुत बुरा-भला कहा और इस तरह मज़ाक़ उड़ाया मानो मैं लोक-आन्दोलन की विरोधी हूँ। तो वे लोग यह भूल गये कि मैं कॉलेज में पढ़नेवाली एक सोलह-सत्रह वर्ष की केयर-फ्री लड़की थी।

अभी आपने अपने घर के विशेष माहौल और परिवेश का हवाला दिया, तो क्या उसमें प्रगतिशील विचारों के लिए कोई गुंजाइश नहीं थी?

□ ...ऐसी बात नहीं। मेरे माता-पिता सामाजिक जागृति के आन्दोलन में महत्त्व पूर्ण भूमिका निभा चुके थे। माँ ने स्वदेशी आन्दोलन में भाग लिया था और उसके बारे में एक उपन्यास भी लिखा। मेरे माँ-बाप हिन्दुस्तान के शुरुआत के प्रगतिशील लोगों में से थे और बड़े राइटर थे। ख़ानदान के बहुत-से नौजवान राजनीतिक आन्दोलनों में शामिल थे। प्रोफ़ेसर अहमद अली, मजाज और सज़्ज़ाद ज़हीर वग़ैरह हमारे यहाँ आया-जाया करते थे लेकिन मैं उनसे बराबरी से नहीं मिल सकती थी। इसलिए कि वे दूसरी पीढ़ी से सम्बन्ध रखते थे। मुंशी प्रेमचन्द से वालिद

के सम्बन्ध उस वक़्त से थे जब प्रेमचन्द ने सुप्रसिद्ध उर्दू पत्रिका 'ज़माना' में 'नवाब राय' नाम से वालिद की कहानियों के पहले संकलन की समीक्षा लिखी थी। ख़ैर...तो ऐसी-ऐसी बातें प्रगतिशील आलोचकों ने मेरे बारे में लिखीं। पढ़कर बड़ा दुख होता था कि यह लोग क्या कह रहे हैं? क्यों यह मेरे लिए ऐसा लिखते हैं? लेकिन मैंने परवाह नहीं की, क्योंकि लिखने की मेरे अन्दर अर्ज (Urge) थी।

आपकी कहानियों में यथार्थ का समावेश कब से और कैसे हुआ?

□ ...मैंने पहली बार जो यथार्थवादी-अन्दाज़ की कहानी लिखी, वह चैलेंज के तौर पर लिखी। सम्भवतः 1957 की बात है मुझसे एक साहब (मशहूर एक्टर ज़िया मुहीउद्दीन, जो अब लन्दन में सैटल हो गये हैं) ने कहा कि तुम मण्टो की तरह रियलिस्टिक कहानी नहीं लिख सकतीं। मैंने कहा कि मैं लिखकर दिखाऊँगी। मतलब मण्टो की तरह तो नहीं, लेकिन मैंने 'पतझड़ की आवाज़' लिखी। सीधे-सादे बयानिया स्टाइल में। बिलकुल रियलिस्टिक। इससे पहले मैं 'ज़िला वतन' भी लिख चुकी थी। उससे पहले भी जो कहानियाँ लिखती रही थी वह भी बिलकुल इसी दुनिया ही की थीं। भाई हिजाब इम्तियाज़ अलीवाली फ़ैण्टेसी नहीं थी लेकिन कैरेक्टर और जो उनका माहौल था, वह अलग था और लोगों को फ़ैण्टेसी मालूम होता था और उसमें अगर आपका अन्दाज़े-बयाँ ज़रा शायराना हो और पर्सेप्शन अलग हो तो ज़ाहिर है कहानी मुख़्तलिफ़ मालूम होगी।

उसी ज़माने में आपने सिम्बॉलिस्ट कहानियाँ भी तो लिखी हैं।

□ ...हाँ, मेरी एक कहानी है 'कैक्टस लैण्ड'। बुनियादी सतह पर आप इसे रियलिस्टिक सिम्बॉलिस्ट कहानी कह सकते हैं। यह मैंने 1949 में लिखी थी। या 'यह दाग़-दाग़ उजाला' यह शायद 1950 में लिखी थी। यह बिल्कुल राजनीतिक सिम्बॉलिस्ट कहानी है। 'कैक्टस लैण्ड' की तरह 'यह दाग़-दाग़ उजाला' को भी लोग नहीं समझे। इसकी वजह यह है कि प्रगतिशील आन्दोलन ने काफ़ी 'ब्रेन-वाशिंग' कर रखी थी पढ़नेवालों की। यह भी ज़ाहिर होता था कि ख़ुद अकसर आलोचकों में फ़िक्शन को अन्दर से पकड़ने की क्षमता नहीं रही थी या थी ही नहीं। वह जो बँधे-टँके प्रगतिशीलता के उसूल क़ायम कर दिये गये थे वे उन पर चल रहे थे। मैं तो खैर अब भी उसी तरह लिख रही हूँ। आलोचकों और पढ़नेवालों के नज़रिये अलबत्ता बदलते जा रहे हैं। आधुनिकता अब शुरू हुई है। उस वक़्त अपनी कहानियाँ बग़ैर यह सोचे हुए लिखीं कि मैं कोई नयी चीज़ लिख रही हूँ।

'यह दाग़ दाग़ उजाला...' और 'आह ऐ दोस्त' जैसी कहानियाँ लिखते वक़्त क्या यह बात आपके जेहन में थी कि यह कहानियाँ उर्दू साहित्य में नये ट्रेण्ड को जन्म देंगी?

□ ...मेरे ख़याल में इस तरह की कोई बात मेरे दिमाग़ में नहीं थी क्योंकि

जैसे मैंने पहले आपको बताया कि मैं तो लिखती चली गयी। 'आह ऐ दोस्त' मैंने इस तरह लिखी थी कि कॉलेज के बरामदे में एक प्रोग्राम के लिए हम लोग रिहर्सल कर रहे थे। कुछ लड़कियाँ डान्स कर रही थीं। कुछ एक स्किट की प्रैक्टिस में जुटी थीं। वहीं पर जो कुछ बातें मेरे दिमाग़ में आयीं, लिखीं। वह एक कहानी-सी बन गयी। वह मैंने प्रसिद्ध मासिक पत्रिका 'साक़ी' में भेजी और छप गयी। कोई ऐसी बात नहीं थी कि मैं नया ट्रेण्ड शुरू कर रही हूँ। मैंने आप से कहा न कि बिलकुल अनजाने में अनायास ही यह कहानी लिखी। कुछ अर्से बाद मुझे यह अहसास हुआ कि जो मैं लिखती हूँ वह उस वक़्त का साहित्यिक चलन नहीं। कहानी 'यह दाग़-दाग़ उजाला' भी मैंने यह सोचकर नहीं लिखी कि यह कोई नया स्टाइल है या इसका ट्रेण्ड बन जाएगा। असल में फ़ैज़ साहब का एक शेर मुझे इन्स्पायर कर गया।

'मल्फ़ूज़ात हाजी गुल बाबा बेकताशी' शीर्षक आपकी कहानी, उर्दू ज़बान में एक बिलकुल अनोखा प्रयोग है। इस रचना के पीछे जो अनुभव या इन्स्परेशन है, उसके बारे में कुछ बतायें।

□ ...बँगलादेश की लड़ाई के कुछ समय बाद एक दिन मैं किसी काम से 'नेशनल स्कूल ऑफ ड्रामा' गयी थी। वहाँ एक लड़का खड़ा हुआ था—बंगाली। उसके एक हाथ पर पट्टी बँधी हुई थी। वह स्कॉलरशिप पर बँगलादेश से आया था। वहाँ काफ़ी ऐसे लोग थे जिनको मैं भी जानती थी और वहाँ के क़त्लेआम के बाद उनके बारे में जानना चाहती थी। तो मैंने पूछा कि फ़लाँ कहाँ है? फ़लाँ-फ़लाँ कहाँ हैं? उसने बताया। फ़िर मैंने पूछा, फ़लाँ कहाँ हैं? वे एक आर्टिस्ट थे। बहुत मशहूर।

'वो तो मेरे फ़ादर थे। वे भी मारे गये।' उसने इस तरह कहा कि उसके चेहरे पर किसी क़िस्म का प्रभाव, कोई ऐक्सप्रेशन नहीं था। असल में उसने इतनी ग़ारतगरी देखी कि अब उसके अन्दर कोई अहसास बाक़ी नहीं रहा था। फिर मैंने पूछा कि तुम यहाँ कैसे आये? कहने लगा, मुझे भारत सरकार ने एक स्कॉलरशिप दी है, एक्टिंग की। फिर मैंने पूछा कि कैसा लग रहा है इण्डिया? वह बोला—आलराइट। ठीक है। मतलब यह कि उसके अन्दर किसी क़िस्म का कोई जज़बा, कोई इमोशन बाक़ी नहीं रहा था। एक तो यह चीज़ मेरे ज़ेहन में थी। दूसरी चीज़ यह हुई कि बँगला देश की जंग के ज़माने में मेरे पास एक ख़त आया कलकत्ता से, और वह ख़त कोई पचास पृष्ठों का था। मेरी एक दोस्त का। तो वे मार्क्सवादी और अंग्रेज़ी तथा बँगला की लेखिका थीं। उनका ख़त मुझे बड़ा अजीब लगा। उसमें उन्होंने लिखा था कि मेरा मियाँ बँगला देश में मारा गया लेकिन मुझे यक़ीन है कि वह मरा नहीं है। ज़िन्दा है, और तुम किसी पीर फ़कीर से मिलो बम्बई में, या किसी साधु-सन्त से, और उससे पूछो कि मेरा मियाँ कहाँ है। तो वह ख़त पढ़ के मैं बड़ी अप-सेट हुई कि यह लड़की ज़ेहनी तौर पर कितनी परेशान है कि जो बड़ी पक्की

मार्क्सवादी थी, अब मुझसे कह रही है कि पीर-फ़कीर से मिलूँ।

कुछ अर्से पहले मैं आर्मीनिया गयी थी। यरेवाना एयर पोर्ट से अरारात पर्वत साफ़ नज़र आता है। कहा जाता है हज़्रत नूह की कश्ती वहाँ जाके ठहरी थी।

तीसरा तत्त्व इस कहानी में सूफ़ियों का है। मतलब बेकताशी तुर्की सिलसिला एक ज़माने में इस एरिये में दूर तक फैला हुआ था। उस्मानी एम्पायर में हंग्री भी शामिल रह चुका था। बेकताशी सूफ़ी सिलसिले के एक बड़े बुजुर्ग वहाँ हंग्री में दफ़न हैं। यह बेकताशी क़लन्दर समरक़न्द, बुख़ारा और तुर्की वग़ैरह में फैले हुए थे। अतातुर्क ने वहाँ सारे सूफ़ी सिलसिले ख़त्म करवा दिये। उधर कम्युनिस्ट हुक़ूमत ने रूस में ख़त्म करवा दिये। मैंने उसे लेकर एक सिम्बॉलिक मेटाफ़िज़िकल या मिस्टिकल जो भी कहिये, उसके दो किरदार (पात्र) बना लिये। हाजी गुलबाबा बेकताशी तो ख़ैर ऐतिहासिक हैं, हाजी सलीम आफ़न्दी और बना लिया। वे मुझे एब्सट्रैक्ट लेवल पर मिलते हैं। वे खुद भी एब्सट्रैक्ट हैं लेकिन मैं एब्सट्रैक्ट नहीं हूँ। मैं उनसे पूछती हूँ। मैं तलाश में निकली हूँ। मेरे पास यह ख़त आया है। उस औरत का जो अपने मियाँ का पता पूछती है कि मेरा 'वह' कहाँ है? क्योंकि ज़ग छिड़ी हुई है। इसके बाद मैं हिन्दुस्तान वापस आती हूँ। एक ही वक़्त में विभिन्न लेवल के हिन्दुस्तान में घूमती हूँ। पहले तुग़लक़ाबाद, इसके बाद इन्द्रप्रस्थ और फिर मॉडर्न देहली।...और फिर एक बँगला देशी लड़का मुझे मिलता है और अपनी बात करता है। आख़िर में मौलाना रोम की बाँसुरी और सिम्बॉलिज़्म आता है। पूरी कहानी जो है मानो एक मुअम्मा है। अकसर सूफ़ियों का क़ायदा था कि नसीहत मुअम्मों में करते थे तो मानो यह पूरी कहानी पोलीटिकल भी है और मेटाफ़िज़िकल भी।

सेण्ट फ्लोरा शॉफ़ जार्जिया के एथिराफ़ात उर्दू में अपनी तर्ज की एक बेमिसाल कहानी है। उसकी रचना की पृष्ठभूमि के बारे में भी कुछ बताइये।

□ ...मैं 1974 में सोवियत जार्जिया गयी थी। जार्जिया, आज़रबाइजान और आर्मीनिया—यह सारे इलाक़े मुझे बेहद फ़ैस्सिनेट करते हैं। इनके बारे में फ़ारसी लिटरेचर में एक पूरी मिथ बनी हुई है। कोहेक़ाफ़, चश्मुये-हयात, सद्दे-सिकन्दरी वग़ैरह। 'मल्फ़ूज़ात हाजी गुलबाबा बेकताशी,' में भी यह इशारे मौजूद हैं। तो यह सारे इलाक़े बहुत ही महत्त्वपूर्ण हैं। ऐतिहासिक और कल्चरल लिहाज से यह एरिया पूरब और पश्चिम का संगम है। मैं वहाँ एक चर्च में गयी। वहाँ तहख़ानों में पत्थर के ताबूत रखे थे। संन्यासिनों और संन्यासियों की हड्डियाँ, खोपड़ियाँ और पंजर थे उनमें। रूसी गाइड ने बताया कि यह आठवीं सदी ईसवी के ताबूत हैं। वहीं ग्यारहवीं सदी के एक चर्च में हॉल के अन्दर मज़ार थे। अब्बासी ख़िलाफ़त के दौर में आज़रबाइजान, बग़दाद हुक़ूमत का एक सूबा था। उसमें एक मज़ार अब्बासी

शहज़ादे का भी मौजूद था। बहरहाल, मैंने यह कहानी लिखी कि तहख़ाने के दो पंजरों में जान पड़ जाती है और आज की दुनिया में उनके साथ क्या होता है। वग़ैरह, वग़ैरह।

जब यह दोनों पंजर सोवियत जार्जिया से भागते हैं, तो एक ज़िन्दा आदमी उनके पीछे-पीछे दौड़ता है और वह भी वेस्टर्न यूरोप पहुँच जाता है। इसकी बैकग्राउण्ड यह है कि मैं मास्को के राइटर्स यूनियन में बैठी हुई थी और सामने मेज़ पर शतरंज की बाज़ी लगी हुई थी। रूस में क़ायदा है कि अगर आप वहाँ अकेले बैठे हैं तो कोई भी, अजनबी भी आकर बैठ जाएगा और खेलना शुरू कर देगा।

अब एक साहब रूसी आकर बैठ गये। मुझे खेल में बुरी तरह हराने लगे। इतने में डॉक्टर मुल्कराज आनन्द आ गये। मैंने उनसे उर्दू में कहा कि यह आदमी तो मुझे बहुत ही बुरी तरह मात देनेवाला है। मुझे आप पुकार लीजिए ताकि मैं यहाँ से उठूँ। उन्होंने मुझे आवाज़ दी, तो मैंने उस आदमी से क्षमा-याचना की और उठ गयी। शायद यह वही राइटर था, जो कुछ रोज़ बाद कृष्ण-सागर में कूदकर दूसरी तरफ़ निकल गया। चुनांचे इस कहानी में मानो वही राइटर उन पंजरों के साथ भागा।

भारत और पाकिस्तान के उर्दू साहित्य में क्या आप कोई फ़र्क़ महसूस करती हैं? क्या दोनों मुल्कों के साहित्य की अलग पहचान बन गयी है?

□ ...उर्दू का विभाजन सम्भव नहीं। बँगला का भी सम्भव नहीं और पंजाबी का विभाजन भी नहीं हो सकता। भाषा अगर एक ही है, तो हर मुल्क़ के अपने-अपने हालात हैं, अपने-अपने तक़ाजे हैं और जो साहित्यकार वहाँ रहते हैं या वहाँ पैदा हुए हैं, ख़ास तौर से आज़ादी के बाद जो पैदा हुए हैं, भारत या पाकिस्तान में, उनकी अपनी-अपनी समस्यायें हैं और उनकी अपनी सोसायटी अलग हो गयी है। यह बात है तो मानो उनका चीज़ों को और ज़िन्दगी को देखने का ढंग बदल गया है। भारत और पाकिस्तान की नयी नस्लें अपने-अपने हालात से प्रभावित हैं। वहाँ के जो हालात हैं और जो नया समाज बना है, वे वहाँ उसका प्रतिनिधित्व कर रहे हैं। साथ ही उनकी जो नयी शख़्सियत, तहज़ीब बनी है, उसके लिहाज़ से लिख रहे हैं।

हिन्दुस्तान और पाकिस्तान की नयी नस्ल के बारे में याद रखने की बात यह है कि पाकिस्तान में उर्दू सरकारी ज़बान है और शिक्षा का माध्यम भी है और उसकी वहाँ वही हैसियत है, जो भारत में हिन्दी की है। लिहाज़ा वहाँ के लिखनेवालों को वह फ्रस्ट्रेशन नहीं है, जो हिन्दुस्तान में नये उर्दू के लिखनेवालों को है कि हम किसके लिए लिखें और किन पत्रिकाओं में लिखें, क्योंकि गिनती की पत्रिकाएँ हैं और उनका प्रकाशन भी सीमित है। मुझे याद है, आज से कोई बीस-पच्चीस साल पहले बलराज मेनरा ने मुझसे बहुत तल्ख़ी के साथ कहा था कि जब आपने लिखना शुरू किया

तो उस ज़माने में इतनी पत्रिकाएँ निकल रही थीं, इतनी बड़ी रीडरशिप थी। अब हम किसके लिए लिखें और कहाँ लिखें? पाकिस्तान में मीडिया, टी.वी., पत्र-पत्रिकाएँ ये सब लिखनेवालों के लिए मौजूद हैं, जबकि यहाँ ऐसा नहीं हैं। सिवाय इसके कि वह हिन्दी में लिखकर या अनुवाद करवाके एक बड़ी रीडर-शिप तक पहुँचें।

एक बात और। भारत में आपकी ग्यारह-बारह किताबें प्रकाशित हुई हैं। जबकि पाकिस्तान में आपके नाम से छपनेवाली किताबों की तादाद तीस-चालीस के क़रीब है। इसकी क्या वजह है?

□ ...इसकी वजह या जवाब तो आपको हिन्दुस्तान और पाकिस्तान दोनों की हुकूमतों से पूछना चाहिए, क्योंकि दोनों मुल्क़ों के बीच कोई कॉपी-राइट क़ानून नहीं है। दोनों मुल्क़ों के जो अदीब ज़्यादा पढ़े जाते हैं, उनकी किताबें दोनों तरफ़ चोरी से छपती हैं। यही सूरतेहाल बँगला देश और वेस्ट बंगाल की है कि बँगला किताबें दोनों तरफ़ खुले-खज़ाने छपती हैं, क्योंकि कोई कॉपी-राइट-लॉ वहाँ भी लागू नहीं होता। पाकिस्तानी प्रकाशक जानते हैं कि वहाँ मेरी किताबें हाथों-हाथ बिकती हैं। इसलिए धड़ाधड़ छापकर बेच रहे हैं, लेकिन उनसे मुझे एक पैसा रॉयल्टी आज तक नहीं मिली है। मेरी किताबें बारह हैं, लेकिन उनको वह विभिन्न शीर्षकों से छापते हैं। मिसाल के तौर पर मेरे कहानी संग्रह में अगर एक कहानी का शीर्षक 'पतझड़ की आवाज़' है, तो दूसरा प्रकाशक इसी संग्रह को इसी में से कोई और कहानी लेकर उसके नाम से प्रकाशित कर देगा। अच्छा, कई बार वह निहायत बेहूदा भौंडे नाम भी अपनी तरफ़ से रख देते हैं, जैसे मैं तो कभी न रखूँ।

बहरहाल, चालीस नामों से मेरी किताबें वहाँ बिकती हैं और उनसे वहाँ के प्रकाशकों ने लाखों रुपया बनाया है। आपको इस सवाल का जवाब भारत, पाकिस्तान और बँगला देश की हुक़ूमतों से लेना चाहिए।

□□□